rororo

C. Linnemann

Die Autorin

P. D. James (eigentlich Phyllis White), geboren 1920 in Oxford, die unter ihrem Mädchennamen schreibt, war in einer Krankenhausverwaltung tätig und mit einem britischen Arzt verheiratet. So lernte sie das Milieu kennen, in dem zwei ihrer berühmtesten Krimis spielen: «Eine Seele von Mörder» (rororo Nr. 14306) und «Tod im weißen Häubchen» (rororo Nr. 14698). Nach dem Tod ihres Mannes arbeitete sie überdies von 1968 bis 1980 in der Kriminalabteilung des britischen Innenministeriums. Mit ihren Kriminalromanen erwarb sie sich in den anspruchsvollen angelsächsischen Ländern große Anerkennung. «Im Reich des Krimis regieren die Damen», schrieb die «Sunday Times» in Anspielung auf Agatha Christie und Dorothy L. Sayers, «ihre Königin aber ist P. D. James.»

P. D. James

Eine Seele von Mörder

Roman

Deutsch von Thomas Schlück

Rowohlt Taschenbuch Verlag

Neuausgabe Mai 2001

Veröffentlicht im Rowohlt Taschenbuch Verlag GmbH,
Reinbek bei Hamburg, Juli 2000

Die englische Originalausgabe erschien 1963 unter dem Titel
«A Mind to Murder» im Verlag Faber & Faber Ltd., London

Umschlaggestaltung any.way Barbara Hanke/Cordula Schmidt
(Foto: © Ute Klaphake)
Satz Sabon PostScript (PageOne)
Gesamtherstellung Clausen & Bosse, Leck
Printed in Germany
ISBN 3 499 23075 5

Die Schreibweise entspricht den Regeln
der neuen Rechtschreibung.

Eine Seele von Mörder

Für Edward Gordon James

Vorbemerkung der Autorin

Es gibt in London nur wenige Kliniken, die ausschließlich der ambulanten psychiatrischen Behandlung dienen, und es versteht sich von selbst, dass diese Institute, die sich immerhin derselben medizinischen Spezialität widmen und dem vereinheitlichten Nationalen Gesundheitsdienst unterstehen, manche Behandlungsmethoden und Verwaltungsabläufe gemein haben. Eine Anzahl dieser Berührungspunkte teilen sie mit der Steen-Klinik. Umso deutlicher muss gesagt werden, dass die Steen-Klinik eine erfundene Klinik an einem fiktiven Londoner Platz ist, dass keiner der Patienten oder Mitarbeiter, sei es das ärztliche oder sonstige Personal, einem lebenden Vorbild entspricht und dass die schrecklichen Dinge, die sich dort im Keller ereigneten, ihren Ursprung einzig und allein in einem ganz besonderen psychologischen Phänomen haben – in der Phantasie des Kriminalschriftstellers.

P. D. J.

1. Kapitel

Dr. Paul Steiner, Psychotherapeut an der Steen-Klinik, saß im vorderen Sprechzimmer des Erdgeschosses und hörte sich an, wie außerordentlich rational sein Patient das Scheitern seiner dritten Ehe begründete. Mr. Burge lag bequem auf der Couch, um die Verwicklungen seiner Psyche besser darlegen zu können. Dr. Steiner saß am Kopfende auf einem Stuhl jenen Typs, den der Verwaltungsrat nach eingehenden Tests für Konsultationen verordnet hatte. Es war ein funktionelles und nicht unansehnliches Möbel, das allerdings den Nacken nicht stützte. Wenn Dr. Steiner einen Augenblick lang abschaltete, rief ihn ein schmerzhaftes Zucken der Halsmuskeln wieder in die Wirklichkeit seiner psychotherapeutischen Sprechstunde zurück, die er jeden Freitagabend abhielt. Der Oktobertag war sehr warm gewesen. Nach zwei Wochen kräftigen Frostes, einer Zeit, in der das Klinikpersonal gefroren und gefleht hatte, war das offizielle Einschalten der Zentralheizung auf einen jener vollkommenen Herbsttage gefallen, da der Platz vor dem Gebäude mit gelbem Licht überschwemmt war und die späten Astern in dem kleinen Vorgarten in hochsommerlicher Pracht bunt wie eine Palette geleuchtet hatten. Es war nun fast neunzehn Uhr. Draußen war die Wärme des Tages längst vergangen und hatte zuerst dem Nebel und dann einer kühlen Dunkelheit Platz gemacht. Doch hier im Innern der Klinik saß die Mittagshitze gefangen, und die Luft, die schwer und still in den Zimmern hing, schien von zu viel Reden verbraucht.

Mr. Burge erging sich in nörgelndem Falsett über die Unreife, Kälte und Gefühllosigkeit seiner Frauen. Nicht unbeeinflusst von den Nachwirkungen eines umfangreichen Mittagessens und der unklugen Wahl eines Stückes Sahnekuchen zum Nachmittagstee, lief Dr. Steiners fachliches Urteil darauf hinaus, es sei noch nicht an der Zeit, auf den einen Fehler hinzuweisen, den die drei Damen Burge gemein hatten: den einzigartigen Mangel an Urteilsvermögen bei der Wahl ihres Partners. Mr. Burge war noch nicht reif für die Konfrontation mit der eigenen Unzulänglichkeit.

Das Verhalten seines Patienten weckte in Dr. Steiner keine moralische Entrüstung. Es hätte sich auch mit dem Berufsethos schlecht vertragen, wenn ein derart unpassendes Gefühl sein Urteilsvermögen getrübt hätte. Nur wenige Dinge im Leben vermochten Dr. Steiners moralische Entrüstung anzustacheln, und die hatten meistens mit seiner Bequemlichkeit zu tun. Dabei ging es allerdings oft um die Steen-Klinik und ihre Verwaltung. So missbilligte er vor allen Dingen die Verwaltungschefin Miss Bolam, deren Interesse für die Anzahl der von ihm pro Sprechstunde empfangenen Patienten und die Genauigkeit seiner Reisekostenabrechnungen er als Teil einer systematischen Verfolgungskampagne ansah. Er hatte auch etwas dagegen, dass seine Freitagabend-Sprechstunde mit Dr. James Baguleys Elektroschock-Therapie zusammenfiel, sodass seine Psychotherapie-Patienten, die ausnahmslos hochintelligent und sehr empfänglich waren für das Privileg, von ihm behandelt zu werden, das Wartezimmer mit dem gemischten Publikum aus depressiven Vorstadthausfrauen und ungebildeten Psychotikern teilen mussten, die Baguley geradezu sammelte. Dr. Steiner hatte es abgelehnt, eines der Sprechzimmer im dritten Obergeschoss zu benutzen. Die Zimmer oben waren durch Unterteilung der großen, eleganten georgischen Räume entstanden, und er hielt sie für schlecht proportionierte und unschöne Zellen, die weder seinem Rang noch der Bedeutung seiner Arbeit angemessen waren. Ebenso wenig hatte er es passend gefunden, seine Sprechstunde zu verlegen. Also hätte Baguley das tun müssen. Aber Dr. Baguley war stur geblieben, und auch hierin hatte Dr. Steiner den Einfluss Miss Bolams gesehen. Sein Antrag, die Sprechzimmer im Erdgeschoss schalldicht auszustatten, war vom Verwaltungsrat der Klinik aus Kostengründen abgelehnt worden. Es hatte jedoch keine Einwendungen gegeben, als es darum ging, Baguley ein neues und sehr teures Gerät zu genehmigen, mit dem er seine Patienten durch Schockimpulse um das letzte bisschen Verstand brachte. Die Angelegenheit war natürlich im Ärzteausschuss der Klinik beraten worden, doch Miss Bolam hatte keinen Hehl daraus gemacht, wo ihre Sympathien lagen. In seinem Zorn über die Verwaltungschefin übersah es Dr. Steiner geflissentlich, dass sie nicht den geringsten Einfluss auf den Ärzteausschuss hatte.

Es war schwierig, den Ärger wegen der EST-Sitzungen zu vergessen. Das Klinikgebäude stammte aus einer Zeit, da man noch für die Ewigkeit baute, doch selbst die dicke Eichentür des Sprechzimmers vermochte das lebhafte Kommen und Gehen an einem Freitagabend nicht zu dämpfen. Der Haupteingang wurde um achtzehn Uhr geschlossen, und die Patienten der Abendsprechstunden wurden sorgfältig notiert, seit einmal vor fünf Jahren eine Patientin unbemerkt ins Haus gekommen war, sich in der Kellertoilette versteckt und diesen ungesunden Ort zum Schauplatz ihres Selbstmordes gemacht hatte. Dr. Steiners psychotherapeutische Sitzungen wurden durch das Läuten an der Tür, durch Schritte der kommenden und gehenden Patienten und durch die lauten Stimmen von Verwandten und Begleitern unterbrochen, die dem Patienten Mut zusprachen oder sich von Schwester Ambrose verabschiedeten. Dr. Steiner fragte sich, warum es Verwandte für nötig hielten, die Patienten anzuschreien, als seien sie nicht nur psychotisch, sondern auch noch taub. Doch nach einer Behandlung durch Baguley und seine Teufelsmaschine musste man ja wohl mit allem rechnen. Am schlimmsten war jedoch die Hausgehilfin der Klinik, Mrs. Shorthouse. Es musste doch einzurichten sein, dass Amy Shorthouse die Putzerei frühmorgens erledigte, wie es wohl der Norm entsprach. Auf diese Weise wäre das Klinikpersonal am wenigsten gestört worden. Aber Mrs. Shorthouse vertrat den Standpunkt, dass sie die Arbeit nicht schaffte, ohne am Abend noch einmal zwei Stunden zuzulegen, und Miss Bolam war darauf eingegangen. Kein Wunder. Dr. Steiner hatte den Eindruck, als würde Freitagabend nicht viel geputzt. Mrs. Shorthouse hatte nämlich ein Faible für die Schockpatienten – Dr. Baguley hatte einmal sogar ihren Mann behandelt –, und während die Therapie im Gang war, trieb sie sich gewöhnlich im Flur und im Hauptbüro herum. Dr. Steiner hatte im Ärzteausschuss mehr als einmal die Sprache darauf gebracht und sich immer wieder über das Desinteresse seiner Kollegen geärgert. Mrs. Shorthouse gehörte eigentlich hinter die Kulissen; sie durfte nicht herumstehen und mit den Patienten klatschen. Miss Bolam, die mit anderen vom Personal so unnötig streng verfuhr, dachte nicht daran, Mrs. Shorthouse zur Ordnung zu rufen. Es war allgemein bekannt, dass tüchtige Aufwartefrauen schwer zu kriegen waren, doch eine Verwaltungschefin, die sich auf ihre Arbeit verstand, hätte diese Hürde schon irgendwie genommen. Mit Schwäche ließ sich nichts erreichen. Aber Baguley war nicht dazu zu bringen, sich über Mrs. Shorthouse zu beschweren, dabei hätte die Bolam niemals Kritik an Baguley geübt. Die arme Frau war wahrscheinlich in ihn verliebt. Es wäre an Baguley gewesen, eine strikte Haltung einzunehmen, anstatt in seinem lächerlich langen weißen Mantel, in dem er wie ein zweitklassiger Dentist aussah, in der Klinik herumzustolzieren. Wirklich, der Mann hatte keine Ahnung von dem Stil, in dem eine therapeutische Klinik geführt werden musste!

Bumm, bumm – wieder ging jemand durch den Flur. Wahrscheinlich der alte Tippett, ein chronischer Schizophreniepatient Baguleys, der schon seit neun Jahren jeden Freitagabend in der Werktherapieabteilung verbrachte und Holzschnitzereien machte. Der Gedanke an Tippett steigerte Dr. Steiners Gereiztheit. Der Mann war in der Steen-Klinik fehl am Platz. Wenn es ihm so gut ging, dass er sich frei bewegen konnte – was Dr. Steiner eigentlich bezweifelte –, hätte er in einer Tagesklinik oder in einem Zentrum für Beschäftigungstherapie behandelt werden können. Patienten wie Tippett verschafften der Klinik einen zweifelhaften Ruf und stellten ihre wahre Funktion als analytisch orientiertes Psychotherapie-Zentrum in Frage. Es war Dr. Steiner richtig peinlich, wenn einer seiner sorgfältig ausgesuchten Patienten freitags auf Tippett stieß, wie der in der Klinik herumschlurfte. Tippett dürfte eigentlich gar nicht frei herumlaufen. Eines Tages würde etwas passieren, und dann steckte Baguley tüchtig in der Klemme.

Dr. Steiners heitere Vision von seinem Kollegen in der Klemme wurde durch die Klingel der Vordertür unterbrochen. Also wirklich, es war unmöglich! Diesmal handelte es sich anscheinend um einen Krankenfahrer, der einen Patienten abholen wollte. Mrs. Shorthouse ging zur Tür, um die beiden zu verabschieden. Ihre schrille Stimme hallte unheimlich durch den Flur. «Macht's gut, Leute! Bis nächste Woche! Bleibt sauber!»

Dr. Steiner zuckte unwillkürlich zusammen und schloss die Augen. Doch sein Patient, der sich glücklich seinem Lieblingshobby widmete, über sich selbst zu sprechen, schien nichts gehört zu haben. Mr. Burges quengelige Stimme hatte in den letzten zwanzig Minuten keinen Augenblick geschwiegen.

«Ich behaupte ja nicht, dass es leicht mit mir ist. O nein, ich bin höllisch kompliziert. Und das haben Theda und Sylvia nie begriffen. Das sitzt natürlich tief in mir. Erinnern Sie sich an unser Gespräch im Juni? Ich glaube, damals waren wir den Dingen auf dem Grund.»

Sein Therapeut erinnerte sich nicht an das fragliche Gespräch, machte sich jedoch keine großen Sorgen. Bei Mr. Burge lag das, was er für den Grund hielt, immer dicht unter der Oberfläche und tauchte auf jeden Fall auf. Eine unerklärliche Ruhe trat ein. Dr. Steiner kritzelte auf seinem Notizblock herum, betrachtete interessiert und besorgt seine Zeichnung, schaute sie sich noch einmal mit umgedrehtem Block an und beschäftigte sich einen Augenblick lang mehr mit dem eigenen Unbewussten als mit dem seines Patienten. Plötzlich drang neuer Lärm von außen in sein Bewusstsein, zuerst leise, dann immer lauter. Irgendwo schrie eine Frau. Es war ein schrecklicher Laut, hoch, anhaltend und animalisch. Dr. Steiner setzte er besonders unangenehm zu. Er war von Natur aus schüchtern und nervös. Obwohl ihn seine Arbeit dann und wann mit Krisensituationen konfrontierte, lag es ihm doch mehr, Anfällen vorzubeugen, als mit akuter Hysterie fertig zu werden. Seine Angst machte sich in Ärger Luft, und er sprang mit einem Aufschrei hoch.

«Nein! Wirklich, jetzt reicht es mir! Was denkt sich Miss Bolam eigentlich? Ist denn hier niemand zuständig?»

«Was ist los?», erkundigte sich Mr. Burge, richtete sich wie ein Springteufelchen auf und senkte seine Stimme um eine halbe Oktave in ihre normale Tonlage.

«Nichts. Nichts. Irgendeine Frau hat einen hysterischen Anfall, das ist alles. Bleiben Sie hier. Ich bin gleich zurück», befahl Dr. Steiner.

Mr. Burge ließ sich zurücksinken, behielt jedoch die Tür im Auge und spitzte die Ohren. Dr. Steiner befand sich im Flur.

Sofort wandte sich eine kleine Gruppe um und blickte ihm entgegen. Jennifer Priddy, die jüngere Sekretärin, klammerte sich an einen der Hausdiener, Peter Nagle, der ihr verlegen und mitleidig die Schulter tätschelte und verwirrt aussah.

Auch Mrs. Shorthouse war da. Das Schreien des Mädchens wurde zum Schluchzen, doch sie bebte noch am ganzen Körper und war leichenblass.

«Was ist los?», fragte Dr. Steiner heftig. «Was hat sie?»

Ehe ihm jemand antworten konnte, ging die Tür zum Schocktherapieraum auf, und Dr. Baguley trat heraus, hinterdrein Schwester Ambrose und seine Anästhesistin, Dr. Mary Ingram. Der Flur schien plötzlich voller Menschen zu sein. «Beruhigen Sie sich doch, ja, so ist's brav», sagte Dr. Baguley sanft. «Das hier ist eine Klinik.» Er wandte sich an Peter Nagle und fragte leise: «Was ist denn eigentlich los?»

Nagle schien etwas sagen zu wollen, doch da fing sich Miss Priddy plötzlich. Sie löste sich von dem jungen Mann, wandte sich an Dr. Baguley und sagte laut und deutlich: «Miss Bolam. Sie ist tot. Jemand hat sie umgebracht. Sie liegt im Archiv unten, ermordet. Ich habe sie gefunden. Enid ist ermordet worden!»

Sie klammerte sich an Nagle und fing erneut zu weinen an, doch diesmal ruhiger. Das schreckliche Zittern hatte aufgehört. Dr. Baguley sagte zu dem Hausdiener: «Bringen Sie sie ins Sprechzimmer. Sie soll sich hinlegen. Am besten geben Sie ihr einen Schnaps. Hier ist der Schlüssel. Ich bin gleich zurück.»

Er ging zielstrebig auf die Kellertreppe zu, und die anderen überließen das Mädchen Nagles Obhut und folgten ihm dicht gedrängt. Das Kellergeschoss war gut beleuchtet; alle Räume wurden benutzt, weil die Klinik wie die meisten psychiatrischen Institute an chronischem Raummangel litt. Hier befanden sich zusätzlich zum Heizraum, zur Telefonzentrale und zum Aufenthaltsraum der Hausdiener die Werktherapieabteilung, ein Archiv für Krankengeschichten und im vorderen Teil des Gebäudes ein Behandlungszimmer für LSD-Therapie. Als die kleine Gruppe am Fuß der Treppe ankam, öffnete sich die

Tür zu diesem Zimmer, und Schwester Bolam, Miss Bolams Cousine, blickte heraus – in ihrer weißen Tracht wirkte sie vor der Dunkelheit des Zimmers wie eine geisterhafte Erscheinung. Ihre leise, verwirrte Stimme tönte den anderen durch den Korridor entgegen: «Stimmt was nicht? Mir war, als hätte ich vor ein paar Minuten einen Schrei gehört.»

Schwester Ambrose befahl brüsk: «Alles in Ordnung, Schwester. Gehen Sie wieder zu Ihrer Patientin.»

Die weiße Gestalt verschwand, und die Tür ging zu. Schwester Ambrose wandte sich an Mrs. Shorthouse und fuhr fort: «Und Sie haben hier auch nichts verloren, Mrs. Shorthouse. Bitte, bleiben Sie oben. Miss Priddy möchte vielleicht eine Tasse Tee.»

Mrs. Shorthouse murrte, zog sich jedoch, wenn auch widerstrebend, zurück. Die drei Ärzte, mit Schwester Ambrose im Schlepptau, eilten weiter.

Das Archiv lag zu ihrer Rechten, zwischen dem Aufenthaltsraum der Hausdiener und der Werktherapieabteilung. Die Tür stand offen, und das Licht brannte.

Dr. Steiner, dem seltsamerweise jede Einzelheit auffiel, sah, dass der Schlüssel steckte. Niemand war zu sehen. Die mit Aktenheftern voll gepackten Stahlregale ragten bis zur Decke. Sie verliefen im rechten Winkel zur Tür und ließen ein paar schmale Gänge frei, die jeweils eine Neonröhre beleuchtete. Die vier hohen Fenster waren vergittert und durch die Regale unterteilt. Es war ein schlecht gelüfteter kleiner Raum, der selten besucht und noch seltener sauber gemacht wurde. Die kleine Gruppe drängte sich durch den ersten Gang und wandte sich nach links, wo eine kleine fensterlose Fläche ausgespart war. Hier standen ein Stuhl und ein Tisch, an dem die Ablage sortiert oder Akten eingesehen werden konnten. Es herrschte ein heilloses Durcheinander. Der Stuhl war umgeworfen. Auf dem Boden lagen Akten verstreut. Zum Teil waren die Deckblätter abgerissen, die Innenseiten zerfetzt, andere Mappen lagen in verrutschten Stapeln neben Lücken in den Regalen, die zu schmal aussahen, um ein solches Gewicht an Papier getragen zu haben. Im Zentrum des ganzen Durcheinanders ruhte auf der Papierflut wie eine plumpe, fehlbesetzte Ophelia Enid Bolams Leiche. An ihrer Brust lag eine groteske große Holzpuppe. Ihre Hände waren um die Figur verschränkt, sodass sie wie das grausige Zerrbild einer Mutter mit dem Kind an der Brust aussah.

Kein Zweifel – sie war tot. Trotz der Angst und seines Ekels drängte sich Dr. Steiner die unfehlbare Diagnose auf. Er starrte auf die Holzfigur und rief: «Tippett! Das ist sein Fetisch! Das ist die Puppe, auf die er so stolz ist! Wo steckt er? Baguley, er ist Ihr Patient! Tun Sie was!»

Er sah sich nervös um, als erwarte er, Tippett erscheinen zu sehen – als personifizierte Gewalt, mit schlagbereit erhobenem Arm.

Dr. Baguley kniete neben der Toten und sagte leise: «Tippett ist heute Abend nicht hier.»

«Aber er kommt doch jeden Freitag! Das ist sein Fetisch! Das ist die Waffe!» Dr. Steiner schrie fassungslos gegen solche Begriffsstutzigkeit an.

Sanft hob Dr. Baguley mit dem Daumen Miss Bolams linkes Augenlid an. Ohne den Kopf zu heben, sagte er: «Das St. Luke hat heute früh hier angerufen. Tippett ist dort mit Lungenentzündung eingeliefert worden. Am Montag, glaube ich. Jedenfalls war er heute Abend nicht hier.» Plötzlich stieß er einen leisen Schrei aus. Die beiden Frauen beugten sich weiter vor. Dr. Steiner, der sich nicht dazu überwinden konnte, die Untersuchung zu verfolgen, hörte ihn sagen: «Sie ist außerdem noch erstochen worden! Sieht aus, als wäre ihr das Ding direkt ins Herz gedrungen, ein Meißel mit schwarzem Griff. Gehört der nicht zu Nagles Werkzeugen, Schwester?»

Eine Pause trat ein, und Dr. Steiner hörte die Stimme der Schwester: «Sieht ganz so aus, Herr Doktor. Seine Werkzeuge haben alle schwarze Griffe. Er hat sie drüben im Aufenthaltsraum.» Sie fügte abwehrend hinzu: «Da könnte jeder ran.»

«Es muss wohl einer drangekommen sein.» Dr. Steiner hörte, wie sich Dr. Baguley aufrichtete. Ohne den Blick von der Leiche zu wenden, sagte er: «Bitte rufen Sie Cully an der Pforte an, Schwester. Machen Sie ihn nicht nervös, aber sagen Sie ihm, niemand darf das Gebäude betreten oder verlassen. Auch die Patienten nicht. Dann verständigen Sie Dr. Etherege und bitten ihn herunterzukommen. Er muss in seinem Sprechzimmer sein.»

«Müssen wir nicht die Polizei anrufen?», fragte Dr. Ingram nervös, und ihr rosa Gesicht, das eine lächerliche Ähnlichkeit mit dem Gesicht eines Angorakaninchens aufwies, rötete sich noch mehr. Nicht nur in Augenblicken höchster Erregung wurde Dr. Ingram leicht übersehen, und Dr. Baguley starrte sie ausdruckslos an, als hätte er sie einen Augenblick völlig vergessen.

«Wir warten auf den Chefarzt», sagte er.

Schwester Ambrose verschwand, und ihre gestärkte Leinentracht raschelte bei jedem Schritt. Das nächste Telefon befand sich neben der Tür, doch durch viele Papierreihen von der Außenwelt isoliert, spitzte Dr. Steiner vergeblich die Ohren, um das Anheben des Hörers oder das Murmeln ihrer Stimme zu hören. Er musste sich dazu zwingen, noch einmal auf Miss Bolams Leiche zu schauen. Als sie noch lebte, hatte er sie für unverschämt und reizlos gehalten, und der Tod hatte ihr keine Würde verliehen. Sie lag mit angezogenen und gespreizten Knien auf dem Rücken, sodass man deutlich ein Stück rosa Wollschlüpfer sehen konnte, was viel unanständiger wirkte als nacktes Fleisch. Ihr rundes, schweres Gesicht war ganz friedlich. Die beiden dicken Zöpfe, die sie um den Kopf gewunden trug, schienen unbeeinträchtigt zu sein. Aber schließlich hatte nichts Miss Bolams altmodische Frisur durcheinander bringen können. Dr. Steiner musste an seine private Phantasievorstellung denken, wonach die dicken, leblosen Zöpfe eigene geheimnisvolle Säfte absonderten und unverrückbar über der ruhigen Stirn festsaßen, in alle Ewigkeit. Während er die Gestalt betrachtete, die in der wehrlosen Schmach des Todes vor ihm lag, versuchte Dr. Steiner Mitleid zu empfinden und stieß dabei auf die Angst in seinem Herzen. An die Oberfläche drang jedoch nur der Ekel. Es war unmöglich, empfindsam auf etwas zu reagieren, das so lächerlich, so schockierend, so obszön war. Das hässliche Wort wirbelte ungebeten in sein Bewusstsein. Obszön! Er verspürte den lächerlichen Drang, ihr den Rock herabzuziehen, das aufgedunsene, klägliche Gesicht zu bedecken, die Brille zurechtzurücken, die ihr von der Nase gerutscht war und nun schräg am linken Ohr hing. Ihre Augen waren halb geschlossen, der kleine Mund geschürzt wie in Missbilligung eines so schmachvollen und unverdienten Endes. Dr. Steiner war mit diesem Blick durchaus vertraut; er hatte ihn oft erdulden müssen. Er dachte: Sie sieht aus, als hielte sie mir gerade meine Reisekostenabrechnungen vor.

Plötzlich erfasste ihn der unwiderstehliche Drang zu kichern. Zügelloses Gelächter brandete in ihm auf. Er erkannte, dass dieser schreckliche Impuls auf seine Nervosität und den Schock zurückzuführen war, doch dieses Begreifen brachte noch keine Kontrolle. Hilflos wandte er seinen Kollegen den Rücken zu und bemühte sich um Haltung, er ergriff die Kante eines Aktenregals und presste stützend die Stirn gegen das kalte Metall. Der trockene Staub der alten Akten stieg ihm unangenehm in Mund und Nase.

Er merkte nicht, dass Schwester Ambrose zurückkehrte, hörte sie aber plötzlich sprechen.

«Dr. Etherege ist schon unterwegs. Cully ist an der Pforte,

und ich habe ihm gesagt, dass niemand gehen darf. Ihr Patient führt sich ziemlich schlimm auf, Dr. Steiner.»

«Dann sollte ich wohl zu ihm.» Als er nun eine Entscheidung treffen musste, bekam sich Dr. Steiner wieder in den Griff. Er hatte das Gefühl, es sei irgendwie wichtig, bei den anderen zu bleiben und zur Stelle zu sein, wenn der Chefarzt eintraf; es sei ratsam, dafür zu sorgen, dass ohne ihn nichts Wichtiges gesagt oder getan würde. Andererseits hatte er keine große Lust, bei der Leiche zu bleiben. Im Archiv, das grell erleuchtet war wie ein Operationssaal, zugleich aber klaustrophobisch eng und überhitzt, kam er sich wie ein gefangenes Tier vor. Die dicht stehenden Regale schienen ihn zu bedrängen und zwangen seinen Blick immer wieder zu der massigen Gestalt auf ihrer Totenbahre aus Papier.

«Ich bleibe hier», entschied er. «Mr. Burge muss eben warten wie alle anderen.»

Wortlos wartete die Gruppe. Dr. Steiner sah, dass Schwester Ambrose mit bleichem Gesicht, doch ansonsten offenbar unbewegt dastand, die Hände locker über der Schürze gefaltet. So musste sie in ihrer fast vierzigjährigen Laufbahn als Krankenschwester unzählige Male am Bett von Patienten gestanden und in ruhiger Ehrerbietung auf die Anordnungen des Arztes gewartet haben. Dr. Baguley nahm seine Zigaretten aus der Tasche, blickte die Packung einen Augenblick lang an, als sei er überrascht, sie in der Hand zu halten, und steckte sie wieder ein. Dr. Ingram schien lautlos vor sich hin zu weinen. Einmal glaubte Dr. Steiner sie murmeln zu hören: «Die arme Frau! Die arme Frau!»

Kurz darauf hörten sie Schritte, und dann war der Chefarzt da, und die Psychologin Fredrica Saxon kam ihm nach. Dr. Etherege kniete neben der Leiche nieder. Er berührte sie nicht, sondern senkte den Kopf dicht vor Miss Bolams Gesicht, als wollte er sie küssen. Dr. Steiners wachen kleinen Augen entging der Blick nicht, den Miss Saxon Dr. Baguley zuwarf, ebenso wenig wie die instinktive Annäherung und das schnelle Zurückweichen der beiden.

«Was ist passiert?», flüsterte sie. «Ist sie tot?»

«Ja. Anscheinend ermordet.» Baguleys Stimme war tonlos. Miss Saxon machte eine plötzliche Bewegung. Einen Augenblick lang hatte Dr. Steiner das verrückte Gefühl, sie wolle sich bekreuzigen.

«Wer hat es getan? Doch nicht der arme alte Tippett? Das ist doch sein Fetisch?»

«Ja, aber er ist nicht im Haus. Er liegt mit Lungenentzündung im St. Luke.»

«Oh, mein Gott! Wer dann?» Diesmal trat sie dicht neben Dr. Baguley, ohne dass die beiden wieder auf Distanz gingen. Dr. Etherege rappelte sich hoch.

«Sie haben natürlich Recht. Sie ist tot. Anscheinend wurde sie zuerst betäubt und dann durch einen Stich ins Herz getötet. Ich gehe jetzt nach oben, um die Polizei anzurufen und das übrige Personal zu informieren. Wir halten die Leute am besten zusammen. Dann sollten wir drei das Gebäude durchsuchen. Natürlich dürfen wir nichts anfassen.»

Dr. Steiner wich Dr. Baguleys Blick aus. Dr. Etherege in seiner Rolle als allmächtiger Chef war ihm stets etwas lächerlich vorgekommen. Er vermutete, dass Baguley ähnlich dachte.

Plötzlich hörten sie Schritte, und die Fürsorgerin, Miss Ruth Kettle, erschien hinter den Aktenregalen und starrte kurzsichtig in die Runde.

«Ah, da sind Sie ja, Herr Direktor», sagte Miss Kettle mit ihrer wohlklingenden, atemlosen Stimme. Dr. Steiner fiel ein, dass sie die Einzige war, die Dr. Etherege mit diesem lächerlichen Titel anredete, Gott allein wusste, warum. Hörte sich ja an, als wären sie in einem Sanatorium für Naturheilkunde.

«Cully hat mir gesagt, dass Sie hier unten sind. Ich hoffe,

Sie sind nicht zu beschäftigt. Ich bin nämlich ganz außer mir. Ich will ja keinen Ärger machen, aber so geht das wirklich nicht! Miss Bolam hat Montag früh um zehn Uhr einen neuen Patienten für mich bestellt. Ich habe den Termin gerade in meinem Kalender entdeckt. Natürlich hat sie nicht bei mir rückgefragt. Sie weiß genau, dass um die Zeit immer die Worrikers zu mir kommen. Ich fürchte, sie hat das absichtlich getan. Ach, Herr Direktor, jemand muss endlich mal etwas gegen Miss Bolam unternehmen!»

Dr. Baguley trat zur Seite und sagte grimmig: «Schon geschehen.»

Auf der anderen Seite des Platzes nahm Kriminalrat Adam Dalgliesh von der Mordkommission an der traditionellen Sherry-Party seines Verlages teil, die im Herbst dieses Jahres zufällig mit der dritten Auflage seines ersten Gedichtbandes zusammentraf. Er überschätzte sein Talent oder den Erfolg seines Buches nicht. Die Gedichte, die seinen einsiedlerischen, ironischen und im Grunde ruhelosen Geist widerspiegelten, waren auf die richtige Stimmung im Publikum gestoßen. Er glaubte nicht, dass auf lange Sicht mehr als ein halbes Dutzend bestehen würde, nicht einmal vor seinem Urteil. Doch zunächst fand er sich in den Untiefen eines unbekannten Meeres, in dem Literaturagenten, Honorarabrechnungen und Kritiken angenehme Gefahrenpunkte waren. Und jetzt diese Party. Er hatte sich darunter etwas vorgestellt, das er hinter sich bringen musste, doch der Abend war bisher unerwartet erfreulich verlaufen. Die Herren Hearne & Illingworth waren gleichermaßen unfähig, schlechten Sherry auszuschenken wie schlechte Bücher zu veröffentlichen. Dalgliesh schätzte, dass der Verlagsanteil an seinem Buch in den ersten zehn Minuten vertrunken worden war. Der alte Sir Hubert Illingworth war kurz erschienen, hatte Dalgliesh traurig die Hand geschüttelt und war leise vor sich hin brummend weitergeschlurft, als beklage er es, dass schon wieder ein Autor des Hauses sich und seinen Verleger den zweifelhaften Freuden des Erfolgs aussetzte. Für ihn waren alle Autoren altkluge Kinder, die man ertragen und ermutigen musste, aber nicht zu sehr aufregen durfte, damit sie vor dem Zubettgehen nicht noch weinten.

Es gab auch weniger willkommene Ablenkungen als den kurzen Auftritt Sir Huberts. Nur wenige Gäste wussten, dass Dalgliesh Kriminalbeamter war, und nicht alle erwarteten, dass er über seine Arbeit sprach. Aber wie überall waren Leute darunter, die es unpassend fanden, dass ein Mann, der Mörder fing, auch Gedichte schrieb, und die diese Meinung mehr oder weniger taktvoll zum Ausdruck brachten. Wahrscheinlich wollten sie, dass Mörder gefangen wurden, wie sehr sie sich auch darüber streiten mochten, was hinterher mit ihnen geschehen sollte; doch zugleich offenbarten sie eine typische Zurückhaltung jenen gegenüber, die das Fangen besorgten. Dalgliesh war an diese Einstellung gewöhnt und fand sie weniger unangenehm als die weit verbreitete Annahme, dass es doch besonders ruhmvoll sein müsse, zur Mordkommission zu gehören. Aber wenn es auch die erwartete verstohlene Neugier und die Geistlosigkeiten gegeben hatte, die solchen Partys eigen sind, waren ihm doch auch angenehme Leute begegnet, die angenehme Dinge zu sagen wussten. Kein Autor, wie uninteressiert er sich auch an seinem Talent gibt, ist immun gegenüber der leisen Beruhigung beiläufig ausgesprochenen Lobes, und Dalgliesh, der den Verdacht bekämpfte, dass nur wenige sein Buch auch gekauft hatten, stellte fest, dass er sich ganz gut unterhielt, und war so ehrlich, sich den Grund dafür einzugestehen.

Die erste Stunde war ziemlich hektisch gewesen, doch kurz nach neunzehn Uhr stand er mit seinem Glas plötzlich allein neben dem reich verzierten James-Wyatt-Kamin. Ein kleines

Holzfeuer brannte und erfüllte das Zimmer mit einem leichten Landduft. Es war einer jener unerklärlichen Augenblicke, da man inmitten einer Menschenmenge plötzlich völlig allein ist, da der Lärm gedämpft klingt und die herandrängenden Mitmenschen zurückzuweichen scheinen und zu entrückten, geheimnisvollen Schauspielern auf einer fernen Bühne werden. Dalgliesh lehnte den Hinterkopf an den Kaminsims und genoss die vorübergehende Abgeschiedenheit, wobei er zugleich die eleganten Proportionen des Zimmers bewunderte. Plötzlich sah er Deborah Riscoe. Sie musste unauffällig ins Zimmer gekommen sein. Er fragte sich, wie lange sie schon hier war. Plötzlich wich das unbestimmte Gefühl des Friedens und Glücks einer so ausgeprägten und schmerzhaften Freude, als wäre er ein Junge, der sich eben zum ersten Mal verliebt hatte. Sie sah ihn sofort und kam mit dem Glas in der Hand quer durch den Raum auf ihn zu.

Ihr Erscheinen überraschte ihn sehr, doch er bildete sich nicht ein, dass sie etwa seinetwegen hier war. Nach ihrer letzten Begegnung war das kaum anzunehmen.

«Es ist schön, dass ich Sie hier treffe.»

«Ich hätte eigentlich auch so kommen müssen», erwiderte sie, «aber inzwischen arbeite ich hier. Felix Hearne hat mir den Posten verschafft, als Mutter starb. Ich mache mich hier ganz nützlich, als Mädchen für alles. Auch Steno und Schreibmaschine. Ich habe einen Kurs belegt.»

Er lächelte. «So wie Sie's sagen, hört es sich fast wie eine Kur an.»

«Na ja, irgendwie war's das wohl auch.»

Er tat nicht, als hätte er das nicht verstanden. Beide schwiegen. Dalgliesh reagierte auf jede Erwähnung des Falles, der vor knapp drei Jahren zu ihrer ersten Begegnung geführt hatte, ungemein empfindlich. Diese Wunde vertrug auch nicht die geringste Berührung. Er hatte vor etwa sechs Monaten die Todesanzeige ihrer Mutter in der Zeitung gelesen, doch es war ihm damals unmöglich und anmaßend erschienen, ihr eine Nachricht zukommen zu lassen oder auch nur die üblichen Beileidsworte auszusprechen. Schließlich war er ja mitschuldig an ihrem Tod. Auch jetzt fiel es ihm nicht leichter. So unterhielten sie sich nur über seine Gedichte und ihre Arbeit. Er steuerte seinen Teil zu diesem entspannten und anspruchslosen Geplauder bei und fragte sich, was sie wohl sagen würde, wenn er sie jetzt zum Abendessen einlud. Wenn sie nicht sofort ablehnte – was sie wahrscheinlich tat –, mochte das für ihn der Anfang eines neuen Engagements sein. Er machte sich keine Illusionen, er wolle vielleicht nur angenehm speisen mit einer Frau, die er zufällig für schön hielt. Er hatte keine Vorstellung, was sie von ihm hielt, doch was ihn betraf, so war er seit ihrer letzten Zusammenkunft im Begriff, sich in sie zu verlieben. Wenn sie mitkam – heute oder sonstwann –, war sein Einsiedlerleben bedroht. Er erkannte dies mit absoluter Gewissheit, und dieses Wissen erschreckte ihn. Seitdem seine Frau im Wochenbett gestorben war, hatte er sich sorgfältig von allem fern gehalten, was ihm wehtun konnte; Sex war wenig mehr als eine Geschicklichkeitsübung, eine Liebesaffäre nur eine emotionale Pavane, die förmlich und nach den Regeln getanzt wurde, ohne dass man zu etwas verpflichtet war. Aber natürlich würde sie nicht zusagen. Er hatte absolut keinen Grund zu der Annahme, dass sie sich für ihn interessierte. Und nur diese Gewissheit verlieh ihm überhaupt die Kraft, solchen Gedanken nachzuhängen. Trotzdem war er in Versuchung, sein Glück auf die Probe zu stellen. Während sie sich unterhielten, ging er im Geist die Worte durch und war dabei nicht wenig amüsiert, nach so vielen Jahren die Unsicherheit des Jünglingsalters wieder zu erkennen.

Die leichte Berührung an der Schulter überraschte ihn. Es war die Sekretärin des Verlagsleiters, die ihm mitteilte, dass er am Telefon verlangt wurde. «Der Yard, Mr. Dalgliesh», sagte sie mit zurückhaltendem Interesse, als würden Autoren von Hearne & Illingworth jeden Tag vom Yard angerufen.

Er lächelte Deborah Riscoe entschuldigend an, und sie zuckte resigniert die Achseln.

«Dauert nicht lange», sagte er, doch als er sich zwischen den plaudernden Partygästen hindurchdrängte, wusste er schon, dass er nicht zurückkommen würde.

Er nahm das Gespräch in einem kleinen Büro neben dem Konferenzzimmer entgegen. Dazu musste er sich zwischen Stühlen voller Manuskripte, zusammengerollter Fahnenabzüge und staubiger Akten zum Telefon durchkämpfen. Hearne & Illingworth pflegte eine Atmosphäre altmodischer Betulichkeit und allgemeinen Durcheinanders, hinter der sich – manchmal zum Leidwesen der Autoren – Furcht erregende Tüchtigkeit und Liebe zum Detail verbargen.

Die bekannte Stimme dröhnte ihm ins Ohr.

«Sind Sie das, Adam? Wie läuft die Party? Ach, gut. Tut mir Leid, sie zu sprengen, aber ich wäre dankbar, wenn Sie sich mal in der Gegend einschalten. Steen-Klinik, Nummer 51. Sie kennen den Laden ja. Nur für Neurosen der Oberschicht. Anscheinend hat die Sekretärin oder Verwaltungschefin oder wie die das nennen sich ermorden lassen. Im Keller auf den Kopf gehauen und dann fachmännisch durchs Herz gestochen. Die Jungs sind schon unterwegs. Ich habe Ihnen natürlich Martin geschickt. Er bringt Ihre Sachen mit.»

«Vielen Dank, Sir. Wann kam die Meldung?»

«Vor drei Minuten. Der Chefarzt hat angerufen. Er gab mir von praktisch allen Leuten ein präzises Alibi für die mutmaßliche Todeszeit und setzte mir dann auseinander, warum der Täter nicht zu seinen Patienten zählen könne. Dann kam ein Arzt namens Steiner an den Apparat. Er sagte, wir hätten uns vor fünf Jahren bei einem Abendessen seines inzwischen verstorbenen Schwagers kennen gelernt. Dr. Steiner erklärte mir, warum er nicht der Täter sein könne, und beglückte mich dann mit seiner Interpretation vom Seelenleben des Mörders. Die Leute da haben alle gute Krimis gelesen. Niemand hat die Leiche angefasst, sie lassen niemand rein oder raus und haben sich alle in einem Raum versammelt, um sich gegenseitig im Auge zu behalten. Beeilen Sie sich lieber, Adam, sonst haben sie den Mörder, ehe Sie drüben sind.»

«Wer ist der Chefarzt?», fragte Dalgliesh.

«Dr. Henry Etherege. Sie haben ihn bestimmt schon im Fernsehen gesehen. Er ist der Psychiater des Establishments und lebt dafür, seinen Beruf ehrbar zu machen. Distinguierter Typ, orthodox und eifrig bei der Sache.»

«Ich habe ihn vor Gericht erlebt», sagte Dalgliesh.

«Ach ja. Erinnern Sie sich an seinen Auftritt beim Routledge-Fall? Er hat mich fast zu Tränen gerührt, dabei kannte ich Routledge doch besser als die meisten. Etherege ist der ideale Gutachter für die Verteidigung – wenn sie ihn kriegen kann. Sie kennen doch das Gerede. Gesucht: Ein Psychiater, der ehrbar aussieht, Englisch spricht und weder die Jury schockiert noch den Richter gegen sich aufbringt. Antwort: Etherege. Na ja, viel Glück.»

Der stellvertretende Polizeichef war recht optimistisch in der Annahme, sein Anruf könne die Party sprengen. Das Fest war längst in einem Stadium, da das Verschwinden eines einzelnen Gastes niemanden mehr störte. Dalgliesh bedankte sich bei seinem Gastgeber, verabschiedete sich mit einer Handbewegung bei den wenigen Leuten, die ihm in den Weg liefen, und verließ fast unbemerkt das Gebäude. Deborah Riscoe sah er nicht wieder und gab sich auch keine Mühe, sie zu suchen. In Gedanken war er bereits bei der bevorstehenden Aufgabe, und er hatte das Gefühl, dass er irgendwie gerettet worden war – bestenfalls vor einer Zurückweisung und schlimmstenfalls vor einer Dummheit. Es war eine kurze, verlockende, ergebnislose und beunruhigende Begegnung gewesen, die aber bereits der Vergangenheit angehörte.

Er wanderte über den Platz auf das große georgische Gebäude zu, das die Steen-Klinik beherbergte, und rief sich dabei die wenigen Dinge ins Gedächtnis, die er über das Institut wusste. Es wurde oft gespottet, dass man schon ungewöhnlich normal sein musste, um zur Behandlung in der Steen-Klinik angenommen zu werden. Jedenfalls hatte das Haus den – nach Dalgliesh Meinung vielleicht unverdienten – Ruf, sich seine Patienten mehr unter dem Aspekt der Intelligenz und gesellschaftlichen Klasse als nach dem Geisteszustand auszusuchen. Die Patienten wurden angeblich diagnostischen Verfahren unterworfen, die geeignet waren, alle weniger Begeisterten abzuschrecken. Die Unverdrossenen wurden dann, so hieß es, auf eine Warteliste gesetzt, die so lang war, dass die Zeit ihr heilendes Werk tun konnte, ehe der Patient endlich seine erste Psychotherapie-Sitzung besuchte. Die Steen-Klinik, das fiel Dalgliesh jetzt ein, besaß auch einen Modigliani. Es war kein bekanntes Bild, auch stammte es nicht aus der besten Zeit des Künstlers, aber es war unleugbar ein Modigliani. Das Gemälde hing im Konferenzzimmer des ersten Stocks, gestiftet von einem dankbaren Patienten, und es war in mancher Hinsicht ein Symbol für das, was die Klinik in der öffentlichen Meinung darstellte. Andere Institute des Nationalen Gesundheitsdienstes schmückten ihre Wände mit Reproduktionen aus dem Bildkatalog des Roten Kreuzes. Das Steen-Personal jedoch machte keinen Hehl daraus, dass es einer erstklassigen Reproduktion jederzeit ein zweitklassiges Original vorzog. Und zum Beweis hatte man wirklich ein zweitklassiges Original anzubieten.

Das Gebäude war Teil einer ganzen georgischen Häuserreihe. Es stand an der Südecke des Platzes, gemütlich, bescheiden und rundherum gefällig. Hinten verlief eine schmale Gasse zur Lincoln Square Mews. Das Kellergeschoss war durch ein Geländer abgetrennt; an der Vorderfront zog sich das Geländer zu beiden Seiten der breiten Eingangstreppe empor und stützte zwei schmiedeeiserne Laternen. Rechts von der Tür trug ein unauffälliges Bronzeschild den Namen des Verwaltungsrats, der für dieses Institut zuständig war, und darunter die Worte «Steen-Klinik». Weitere Informationen wurden nicht gegeben. Das Institut posaunte seine Funktion nicht in die vulgäre Welt hinaus und wünschte sich auch keinen Zustrom von geisteskranker Laufkundschaft, die behandelt oder beruhigt werden wollte. Vier Wagen standen vor dem Gebäude, doch von der Polizei war noch nichts zu sehen. Das Haus wirkte sehr ruhig. Die Tür war geschlossen, doch durch die elegante Adam-Lünette über der Tür und hinter den zugezogenen Vorhängen im Erdgeschoss schimmerte Licht.

Die Tür wurde aufgerissen, kaum dass er den Finger vom Klingelknopf genommen hatte. Man erwartete ihn also schon. Ein stämmiger junger Mann in Hausdieneruniform öffnete ihm die Tür und ließ ihn wortlos eintreten. Der Flur war hell erleuchtet und wirkte nach der Kühle des Herbstabends sehr warm. Links von der Tür befand sich ein verglastes Empfangspult mit einer Telefonvermittlung. Ein zweiter und viel älterer Hausdiener saß davor. Er wirkte ausgesprochen elend. Er sah sich um, musterte Dalgliesh kurz mit feuchten Augen und setzte dann seine Betrachtung der Telefonanlage fort, als vermehre die Ankunft des Kriminalrats eine unerträgliche Last, die vielleicht, wenn er sie ignorierte, von ihm genommen würde. Von der Mitte des Flurs her näherte sich das Empfangskomitee, der Chefarzt mit ausgestreckter Hand, als hieße er einen Gast willkommen. «Kriminalrat Dalgliesh? Wir freuen uns. Ich möchte Ihnen meinen Kollegen Dr. James Baguley und den Sekretär des Verwaltungsrates, Mr. Lauder, vorstellen.»

«Sie sind aber schnell gekommen, Sir», sagte Dalgliesh zu Lauder. Der Sekretär erwiderte: «Von dem Mord habe ich erst erfahren, als ich vor zwei Minuten eintraf. Miss Bolam rief mich heute gegen Mittag an und sagte, sie müsse mich dringend sprechen. Irgendetwas gehe in der Klinik vor, und sie brauche meinen Rat. Ich kam so schnell wie möglich und muss nun feststellen, dass sie ermordet worden ist. Unter diesen Umständen hatte ich mehr als einen Grund, hier zu bleiben. Anscheinend brauchte sie meinen Rat dringender, als sie ahnte.»

«Was immer es war, Sie sind wohl leider zu spät gekommen», sagte Dr. Etherege.

Dalgliesh erkannte, dass der Mann viel kleiner war, als er im Fernsehen wirkte. Sein großer, runder Kopf mit dem Heiligenschein aus weißem Haar, das weich und dünn war wie das eines Säuglings, wirkte zu schwer für den schmalen Körper, der unabhängig von seinem Gesicht gealtert zu sein schien und ihm ein seltsam aufgelöstes Aussehen verlieh. Es war schwierig, sein Alter zu schätzen, aber Dalgliesh hielt ihn eher für siebzig als fünfundsechzig, das normale Pensionsalter für einen Klinikarzt. Er hatte das Gesicht eines unverwüstlichen Zwergs, mit hektisch geröteten Wangen, dass sie fast angemalt wirkten, und vorspringenden Brauen über stechend blauen Augen. Dalgliesh stellte sich vor, dass diese Augen und die leise, überzeugende Stimme nicht die unwichtigsten beruflichen Vorzüge des Chefarztes waren.

Im Gegensatz dazu war Dr. James Baguley ein Meter achtzig groß, fast so groß wie Dalgliesh, und machte auf den ersten Blick einen überarbeiteten Eindruck. Er trug einen langen weißen Kittel, der ihm lose von den gebeugten Schultern hing. Obwohl er viel jünger war, hatte er nichts von der Vitalität des

Chefarztes. Sein Haar war glatt und wurde bereits eisengrau. Von Zeit zu Zeit strich er sich mit langen, nikotinverfärbten Fingern eine Strähne aus dem Gesicht. Er hatte ein gut geschnittenes, knochiges Gesicht, doch Haut und Augen wirkten irgendwie matt, als habe er sich seit vielen Jahren nicht mehr richtig ausgeruht.

«Sie wollen natürlich sofort die Leiche sehen», sagte der Chefarzt. «Ich möchte Peter Nagle, unseren zweiten Hausdiener, bitten, uns zu begleiten, wenn Sie nichts dagegen haben. Sein Meißel war eine der vom Täter benutzten Waffen – nicht dass er etwas dafür könnte, der arme Bursche –, und sicher wollen Sie ihm Fragen stellen.»

«Ich möchte nach und nach alle hier verhören», erwiderte Dalgliesh.

Kein Zweifel – der Chefarzt hatte die Zügel in die Hand genommen. Dr. Baguley, der noch kein Wort gesagt hatte, schien mit dieser Entwicklung der Dinge ganz einverstanden, während sich Lauder offenbar entschlossen hatte, den Beobachter zu spielen. Als sie sich der Kellertreppe im hinteren Teil des Flurs näherten, sahen sich die beiden Männer an. Lauders kurzer Blick war schwer zu deuten, doch Dalgliesh glaubte einen amüsierten Schimmer und eine gewisse Neutralität darin zu erkennen.

Die anderen standen stumm herum, während Dalgliesh neben der Leiche kniete. Er berührte sie nicht, außer um Wolljacke und Bluse zur Seite zu heben, die beide aufgeknöpft waren, um den Meißelgriff freizulegen. Das Werkzeug war bis zum Heft in den Körper getrieben worden. Das Gewebe war kaum verletzt, und es gab kein Blut. Das Unterhemd der Frau war über ihre Brüste hochgerollt worden, um das Fleisch für den wohlberechneten Todesstoß freizulegen. Diese Vorsorge ließ darauf schließen, dass der Mörder über ausreichende anatomische Kenntnisse verfügte. Es gab leichtere Mordmethoden, als jemanden mit dem ersten Stoß ins Herz zu treffen. Doch wer das Wissen und die notwendige Körperkraft besaß – für den gab es kaum ein ähnlich sicheres Verfahren.

Er richtete sich auf und wandte sich an Peter Nagle.

«Ist das Ihr Meißel?»

«Anscheinend. Das Ding sieht wenigstens so aus, und meiner ist nicht im Kasten.» Obwohl das übliche «Sir» fehlte, lag in der gebildeten und tonlosen Stimme keine Spur von Frechheit oder Entrüstung.

«Haben Sie eine Vorstellung, wie der Meißel hierher gekommen ist?», fragte Dalgliesh.

«Absolut nicht. Aber wenn ich etwas wüsste, würde ich's wohl kaum sagen, oder?»

Der Chefarzt runzelte die Stirn, blickte Nagle warnend an und legte ihm kurz die Hand auf die Schulter. Ohne sich mit Dalgliesh abzustimmen, sagte er leise: «Das wäre im Augenblick alles, Nagle. Bitte warten Sie draußen.»

Dalgliesh erhob keine Einwände, als sich der Hausdiener gelassen aus der Gruppe löste und wortlos verschwand.

«Armer Junge! Die Verwendung seines Meißels hat ihn natürlich schockiert. Sieht ganz nach einem Versuch aus, ihn zu belasten. Aber Sie werden feststellen, Herr Kriminalrat, dass Nagle einer der wenigen Klinikangehörigen ist, die ein vollständiges Alibi für die angenommene Tatzeit haben.» Dalgliesh ging nicht darauf ein, dass dieser Umstand eigentlich schon sehr verdächtig war.

«Haben Sie berechnet, wann der Tod eingetreten ist?», fragte er.

Dr. Etherege erwiderte: «Ich glaube, dass es noch nicht lange her sein kann. Das ist auch Dr. Baguleys Meinung. Es ist heute sehr warm in der Klinik – wir haben gerade unsere Zentralheizung in Betrieb genommen –, sodass die Leiche nur sehr langsam abkühlt. Ich habe sie auf Leichenstarre untersucht.

Natürlich bin ich in diesen Dingen ein Laie. Aber ich konnte zumindest feststellen, dass die Frau vor höchstens einer Stunde gestorben war. Natürlich haben wir uns miteinander beraten, während wir auf Sie warteten, und es hat den Anschein, als sei Schwester Ambrose die Letzte gewesen, die Miss Bolam lebend gesehen hat. Das war um zwanzig nach sechs. Cully, unser älterer Hausdiener, sagt, Miss Bolam habe ihn gegen achtzehn Uhr fünfzehn über das Haustelefon angerufen und ihm gesagt, sie gehe in den Keller, und wenn Mr. Lauder da sei, solle er ihn in ihr Büro führen. So weit sich Schwester Ambrose erinnert, kam sie ein paar Minuten später aus dem EST-Raum im Erdgeschoss und ging über den Flur zum Wartezimmer, um einem Ehemann Bescheid zu geben, dass er seine Frau nun nach Hause bringen könnte. Schwester Ambrose sah Miss Bolam durch den Gang auf die Kellertreppe zugehen. Danach hat sie niemand mehr lebend gesehen.»

«Außer dem Mörder», sagte Dalgliesh.

Dr. Etherege sah ihn überrascht an.

«Ja, das stimmt wohl. Natürlich. Ich meine, dass niemand von uns sie noch lebend gesehen hat. Ich habe Schwester Ambrose nach der Zeit gefragt, und sie ist ziemlich sicher …»

«Ich werde mich noch mit Schwester Ambrose und dem anderen Hausdiener unterhalten.»

«Natürlich. Natürlich wollen Sic uns alle sprechen. Wir haben ja damit gerechnet. Während wir warteten, haben wir zu Hause angerufen und Bescheid gesagt, dass es heute wohl später würde, aber ohne einen Grund zu nennen. Wir hatten bereits das Gebäude durchsucht und uns vergewissert, dass die Kellertür und der Hintereingang im Erdgeschoss verriegelt waren. Hier am Tatort ist natürlich nichts angefasst worden. Ich habe dafür gesorgt, dass das Personal im vorderen Sprechzimmer zusammenblieb, außer Schwester Ambrose und Schwester Bolam, die mit den verbleibenden Patienten im

Wartezimmer sitzen. Außer Mr. Lauder und Ihnen ist niemand ins Haus gelassen worden.»

«Sie scheinen ja an alles gedacht zu haben, Doktor», sagte Dalgliesh, erhob sich von den Knien und blickte auf die Leiche hinab.

«Wer hat sie gefunden?», fragte er.

«Eine unserer Sekretärinnen, Jennifer Priddy. Cully, der ältere Hausdiener, klagt schon seit heute früh über Magenschmerzen, und Miss Priddy ging Miss Bolam suchen, um zu fragen, ob er nicht früher nach Hause gehen könnte. Miss Priddy ist ziemlich durcheinander, doch sie konnte mir sagen ...»

«Es wäre wohl besser, wenn ich das von ihr direkt erfahre. Ist diese Tür gewöhnlich abgeschlossen?»

Obwohl er durchaus höflich sprach, spürte er Befremden. Der Chefarzt antwortete in unverändertem Ton: «Normalerweise ja. Der Schlüssel hängt mit anderen Klinikschlüsseln hier im Keller an einem Brett im Dienstzimmer der Hausdiener. Dort wurde auch der Meißel aufbewahrt.»

«Und der Fetisch?»

«Der stammt aus dem Werktherapieraum auf der anderen Seite. Einer unserer Patienten hat ihn geschnitzt.»

Noch immer gab der Chefarzt die Antworten. Bisher hatte Dr. Baguley kein Wort geäußert. Plötzlich sagte er: «Sie ist mit dem Fetisch niedergeschlagen und dann durch einen Stich ins Herz getötet worden. Der Täter muss entweder sehr bewandert sein oder viel Glück gehabt haben. Das lässt sich schon erkennen. Was nicht so klar wird, ist die Frage, warum die beiden so in den Akten herumgewühlt haben. Miss Bolam liegt auf den Mappen, also muss das vor dem Mord geschehen sein.»

«Vielleicht das Ergebnis eines Kampfes», meinte Dr. Etherege.

«Es sieht nicht danach aus. Die Akten sind aus den Regalen gezogen und absichtlich verstreut worden. Dafür muss es einen Grund geben. Dieser Mord ist keine impulsive Tat.»

In diesem Augenblick kam Peter Nagle, der offenbar vor der Tür gestanden hatte, wieder in den Raum.

«Es hat vorn geklingelt, Sir. Könnten das die übrigen Beamten sein?»

Dalgliesh merkte sich, dass das Archiv schalldicht war. Obwohl die Haustürklingel ziemlich durchdringend läutete, hatte er sie nicht gehört.

«Gut», sagte er. «Wir gehen nach oben.»

Als sie sich zusammen der Treppe näherten, sagte Dr. Etherege: «Herr Kriminalrat, lässt es sich wohl einrichten, dass Sie erst mit den Patienten sprechen? Wir haben nur noch zwei im Haus, einen Psychotherapiepatienten meines Kollegen Dr. Steiner und eine Frau, die hier im Keller mit LSD behandelt worden ist. Dr. Baguley kann Ihnen die Behandlung erklären – die Frau ist seine Patientin –, doch Sie können versichert sein, dass sie ihr Bett erst vor wenigen Minuten verlassen konnte und bestimmt nichts über den Mord weiß. Die Patienten sind bei dieser Behandlung immer völlig desorientiert. Schwester Bolam war den ganzen Abend bei ihr.«

«Schwester Bolam? Ist sie mit der Toten verwandt?»

«Ihre Kusine», sagte Dr. Baguley kurz angebunden.

«Und Ihre desorientierte Patientin, Herr Doktor. Hätte sie etwas gemerkt, wenn Schwester Bolam während der Behandlung weggegangen wäre?»

«Schwester Bolam hätte das nie getan», sagte Dr. Baguley knapp.

Sie stiegen zusammen die Treppe hinauf. Vom Flur tönte ihnen bereits Stimmengewirr entgegen.

Das Klingeln brachte die Apparaturen und Fertigkeiten einer fremden Welt in die Steen-Klinik. Ruhig und ohne Umschweife traten die Fachleute für den gewaltsamen Tod in Aktion. Dalgliesh verschwand mit dem Polizeiarzt und dem Fotografen im Archiv. Der Fingerabdruckexperte, der klein und aufgeplustert war wie ein Hamster und zarte, schmale Hände hatte, widmete sich Türgriffen, Schlössern, dem Werkzeugkasten und Tippetts Fetisch. Beamte in Zivil, die verwirrenderweise wie Fernsehschauspieler in der Rolle von Beamten in Zivil aussahen, durchsuchten methodisch jedes Zimmer und jeden Schrank in der Klinik und stellten fest, dass sich tatsächlich keine unbefugte Person im Gebäude befand und dass die rückwärtigen Türen im Erdgeschoss und im Keller von innen fest verriegelt waren. Das Klinikpersonal war von diesen Vorgängen ausgeschlossen und saß im vorderen Sprechzimmer des Erdgeschosses. Dorthin waren hastig zusätzliche Stühle aus dem Wartezimmer gebracht worden. Hier herrschte das Gefühl vor, aus dem vertrauten Reich vertrieben worden zu sein und bereits in der unerbittlichen Maschinerie der Justiz fest zu sitzen, die auf ungeahnte Verwirrungen und Katastrophen zusteuerte. Nur der Sekretär schien ungerührt zu sein. Er hatte wie ein Wachhund im Flur Posten bezogen und wartete dort geduldig und allein, bis er zum Verhör aufgerufen wurde.

Dalgliesh richtete sich in Miss Bolams Büro häuslich ein. Es war ein kleiner Raum im Erdgeschoss zwischen dem großen Hauptbüro im vorderen Teil und dem hinten gelegenen EST-Behandlungsraum und dem Ruhezimmer. Direkt gegenüber befanden sich zwei Sprechzimmer und das Wartezimmer. Das Büro war durch Unterteilung eines großen Raumes gewonnen worden, sodass es seltsam proportioniert und für seine Höhe unangenehm schmal wirkte. Die Einrichtung war spartanisch, und eine große Chrysanthemenschale auf einem Karteischrank war die einzige persönliche Note. An einer Wand stand ein altmodischer Safe, und an der anderen zogen sich grün metallene Aktenschränke hin. Der Schreibtisch war bescheiden und enthielt nur einen Tischkalender, einen Notizblock und einen kleinen Aktenstapel. Dalgliesh blätterte die Mappen durch und sagte: «Seltsam. Offenbar Personalakten, doch nur von den weiblichen Klinikangehörigen. Übrigens ohne ihre Akte. Ich möchte wissen, warum sie die herausgenommen hat!»

«Hat wahrscheinlich die jährlichen Urlaubsansprüche der Leute überprüft oder so», meinte Sergeant Martin.

«Möglich. Aber warum nur die Frauen? Na ja, das ist im Augenblick nicht weiter wichtig. Sehen wir uns mal den Notizblock an.»

Miss Bolam gehörte offenbar zu jenen Menschen, die sich lieber nicht auf ihr Gedächtnis verließen. Das oberste Blatt des Notizblocks, über dem das Datum stand, war voller Vermerke – in einer schrägen und ziemlich kindlichen Handschrift.

Ärzteausschuss – mit Chef wegen vorgeschlagener Jugendabteilung sprechen.

Mit Nagle sprechen – gerissene Gardinenschnur in Miss Kalinskis Zimmer.

Mrs. Shorthouse –? Urlaub.

Diese Notizen waren klar, doch die Vermerke, die darunter standen und die offenbar in Eile niedergeschrieben waren, ließen sich nicht so schnell deuten.

Frau. Acht Jahre hier. Ankunft 1. Montag.

Dalgliesh sagte: «Sieht mir nach Notizen aus einem Telefongespräch aus. Kann sich natürlich um ein Privatgespräch handeln, das gar nichts mit der Klinik zu tun hatte. Vielleicht ein Arzt, der eine Patientin suchte, oder umgekehrt. Etwas oder jemand soll offenbar am ersten Montag oder am Montag, dem Ersten, eintreffen. Es gibt ein Dutzend Interpretationen, die nichts mit dem Mord zu tun haben. Trotzdem hat kürzlich jemand wegen einer Frau angerufen, und Miss Bolam hat sich offenbar die Personalakten aller Frauen in der Klinik angesehen – nur ihre Akte nicht. Warum? Um zu überprüfen, wer von den Leuten vor acht Jahren schon hier war? Das ist alles ziemlich weit hergeholt. Wir wollen die Freuden des Kombinierens zunächst noch zurückstellen und mal mit den Leuten reden. Zuerst die Sekretärin, das Mädchen, das die Leiche gefunden hat. Etheregge hat gesagt, sie war ganz durcheinander. Hoffentlich hat sie sich inzwischen beruhigt, sonst müssen wir hier übernachten.»

Aber Jennifer Priddy war die Ruhe selbst. Sie hatte offenbar etwas getrunken, und ihr Kummer war von einer kaum unterdrückten Erregung überlagert. Ihr Gesicht, noch vom Weinen verquollen, war hektisch gerötet, und ihre Augen glänzten unnatürlich. Doch der Alkohol hatte sie nicht durcheinander gebracht, und sie erzählte ihre Geschichte gut. Sie sei am Spätnachmittag die meiste Zeit im Hauptbüro im Erdgeschoss tätig gewesen und habe gegen siebzehn Uhr fünfundvierzig mit Miss Bolam in deren Büro gesprochen, als sie sich nach dem Termin für einen Patienten erkundigte. An Miss Bolam war ihr dabei nichts Ungewöhnliches aufgefallen. Sie war in das Hauptbüro zurückgekehrt, wo Peter Nagle gegen achtzehn Uhr zehn zu ihr gekommen war. Er war im Mantel und wollte die ausgehende Post abholen. Miss Priddy hatte die letzten Briefe im Portobuch registriert und ihm übergeben. Gegen Viertel oder zwanzig Minuten nach sechs war Mrs. Shorthouse zu den beiden ins Büro gekommen. Mrs. Shorthouse erwähnte, sie komme gerade aus Miss Bolams Büro, wo sie ein Problem wegen ihres Urlaubsanspruchs geklärt habe. Peter Nagle war mit der Post losgegangen, und sie und Mrs. Shorthouse waren zusammen geblieben, bis er etwa zehn Minuten später zurückkam. Nagle war dann hinunter ins Hausdienerzimmer gegangen, um seinen Mantel fortzuhängen und Tigger, die Hauskatze, zu füttern, und ein paar Augenblicke später ging sie ihm nach. Sie half ihm, Tigger zu versorgen, dann kehrten sie zusammen ins Hauptbüro zurück. Gegen neunzehn Uhr klagte der ältere Hausdiener Cully wieder über Magenschmerzen, die ihm schon den ganzen Tag zu schaffen machten. Miss Priddy, Mrs. Bostock, die andere Sekretärin, und Peter Nagle hatten wegen dieser Magenschmerzen im Laufe des Tages schon mehrfach Cullys Platz an der Telefonvermittlung einnehmen müssen, doch er hatte sich geweigert, nach Hause zu gehen. Nun war er dazu bereit, und Miss Priddy war in das Büro der Verwaltungschefin gegangen, um Miss Bolam zu fragen, ob er früher gehen dürfe. Da Miss Bolam nicht in ihrem Büro war, hatte sie im Schwesternzimmer auf demselben Stock nach ihr gesucht. Dort sagte ihr Schwester Ambrose, sie habe die Verwaltungschefin vor etwa dreißig Minuten durch den Flur auf die Kellertreppe zugehen sehen. Also hatte Miss Priddy im Keller nachgeschaut. Der Archivraum war gewöhnlich verschlossen, aber da jetzt der Schlüssel im Schloss steckte und die Tür angelehnt war, hatte sie hineingeschaut. Das Licht brannte. Sie hatte die Tote gefunden – hier geriet Miss Priddy ins Stocken – und war sofort nach oben gelaufen, um Hilfe zu holen. Nein, sie hatte nichts angefasst. Sie wusste nicht, warum die Akten herumlagen. Sie hatte keine Ahnung, wieso sie gewusst hatte, dass Miss Bolam tot war. Na ja, Miss Bolam hatte eben irgendwie tot ausgesehen. Sie wusste auch nicht, warum sie so sicher gewesen war, dass es sich um einen Mord handelte. Sie glaubte an Miss Bolams Kopf eine Verfärbung gesehen zu haben. Und dann hatte da Tippetts Fetisch auf der Leiche gelegen. Sie hatte Angst, Tippett könne sich zwischen den Aktenregalen versteckt haben und sie überfallen. Alle hatten gesagt, dass er nicht gefährlich sei – mit Ausnahme Dr. Steiners jedenfalls alle –, doch immerhin war er schon mal im Irrenhaus gewesen, und man steckte ja nicht drin in den Leuten, nicht wahr? Nein, sie hatte nicht gewusst, dass Tippett nicht in der Klinik war. Peter Nagle hatte den Anruf des Krankenhauses entgegengenommen und Miss Bolam Bescheid gegeben, doch ihr hatte er nichts gesagt. Sie hatte den Meißel in Miss Bolams Brust nicht gesehen, aber Dr. Etherege hatte später dem Personal von dem Umstand berichtet, als sie im vorderen Sprechzimmer versammelt waren und auf die Polizei warteten. Sie nahm an, dass die meisten Klinikangehörigen wussten, wo Peter Nagle sein Werkzeug aufbewahrte und welcher Schlüssel zum Archiv passte. Er hing am Haken Nr. 12 und war blanker als die anderen Schlüssel, hatte jedoch kein Schild.

«Denken Sie jetzt mal scharf nach», sagte Dalgliesh. «Als Sie nach unten gingen, um Mr. Nagle beim Füttern der Katze zu helfen, stand da die Archivtür offen und brannte das Licht – wie später, als sie wieder nach unten kamen und Miss Bolam fanden?»

Das Mädchen, das plötzlich erschöpft wirkte, streifte eine dunkelblonde Haarsträhne aus der Stirn und sagte: «Ich ... ich erinnere mich nicht. Wissen Sie, ich bin ja nicht an der Tür vorbeigekommen, sondern gleich unten an der Treppe in das Hausdienerzimmer gegangen. Peter war gerade dabei, Tiggers Teller sauber zu machen. Der Kater hatte nicht alles aufgegessen, und wir mussten die Reste vom Teller kratzen und ihn am Ausguss abwaschen. Wir sind gar nicht in die Nähe des Archivs gekommen.»

«Aber Sie konnten die Tür sehen, während Sie die Treppe hinuntergingen. Hätten Sie es merken müssen, wenn die Tür offen stand? Der Raum wird doch nicht oft benutzt, oder?»

«Nein, aber jeder kann dort hinein, wenn er eine Akte braucht. Ich meine, wenn die Tür offen wäre, würde ich nicht hingehen und nachschauen, wer da ist, oder so. Ich hätte sicher gemerkt, wenn die Tür weit offen gewesen wäre, also war sie's wohl nicht, aber ich erinnere mich nicht, ehrlich.»

Dalgliesh fragte sie zum Schluss noch nach Miss Bolam. Es stellte sich heraus, dass Miss Priddy sie auch außerhalb der Klinik gekannt hatte, dass die Priddys in dieselbe Kirche gingen und dass Miss Bolam das Mädchen ermutigt hatte, die Stellung in der Klinik anzunehmen.

«Ohne Enid hätte ich die Arbeit nicht bekommen. Natürlich habe ich sie in der Klinik nie so genannt. Das hätte sie nicht gemocht.» Miss Priddy sah nicht so aus, als hätte sie sich außerhalb der Klinik dazu überwinden können, Miss Bolam beim Vornamen zu nennen. Sie fuhr fort: «Ich will damit nicht sagen, dass sie mich direkt eingestellt hat. Mr. Lauder und Dr. Etherege haben mit mir gesprochen, aber ich weiß, dass sie sich für mich eingesetzt hat. In Steno und Schreibmaschine war ich damals nicht besonders – das ist jetzt immerhin fast zwei Jahre her –, und ich hatte Glück, dass ich genommen wurde. In der Klinik habe ich Enid nicht oft gesehen, aber sie war immer sehr freundlich zu mir, und es lag ihr daran, dass ich vorankam. Sie wollte, dass ich am Institut für Krankenhausverwaltung ein Diplom mache, damit ich nicht mein Leben lang tippen muss.»

Dieses Interesse für Miss Priddys Karriere kam Dalgliesh ein wenig seltsam vor. Das Kind machte absolut keinen ehrgeizigen Eindruck und würde sicher irgendwann heiraten. Es bedurfte wohl kaum eines Institutsdiploms, worum es sich dabei auch handeln mochte, um sie vor einem Leben als Stenotypistin zu bewahren. Er empfand so etwas wie Bedauern für Miss Bolam, die sich wohl kaum einen weniger geeigneten Schützling hätte aussuchen können. Die Kleine war hübsch, ehrlich und naiv, doch seiner Meinung nach nicht besonders intelligent. Er musste sich ins Gedächtnis zurückrufen, dass sie ihr Alter mit zweiundzwanzig und nicht mit siebzehn angegeben hatte. Sie hatte einen wohlgeformten und seltsam reifen Körper, doch ihr schmales Gesicht, umrahmt von langem, glattem Haar, war das Gesicht eines Kindes.

Sie konnte ihm nur wenig über die Verwaltungschefin sagen. Ihr war in letzter Zeit keine Veränderung an Miss Bolam aufgefallen. Sie wusste nicht, dass die Verwaltungschefin Mr. Lauder hatte kommen lassen, und hatte keine Ahnung, was für Sorgen Miss Bolam in der Klinik gehabt haben mochte. Es lief alles ganz normal. So weit sie wusste, hatte Miss Bolam keine Feinde, schon gar nicht jemanden, der sie umbringen wollte.

«So weit Sie wissen, war sie also glücklich? Ich überlege nämlich, ob sie vielleicht um eine Versetzung gebeten hatte. Eine psychiatrische Klinik ist sicher nicht einfach zu verwalten.»

«O nein! Ich weiß nicht, wie Enid das manchmal geschafft hat. Aber ich bin sicher, dass sie nie um eine Versetzung gebeten hätte. Da muss Ihnen jemand was Falsches gesagt haben. Sie war nicht der Typ, der so einfach aufgibt. Wenn sie geglaubt hätte, dass man sie loswerden wollte, hätte sie sich erst recht fest gebissen. Die Klinik war eine Art Herausforderung für sie.»

Dies war wohl das Interessanteste, was sie bisher über Miss Bolam gesagt hatte. Während er sich bei ihr bedankte und sie bat, beim übrigen Personal zu warten, bis das erste Verhör beendet war, dachte Dalgliesh darüber nach, was für ein Ärgernis eine Verwaltungschefin sein mochte, die ihren Posten als Herausforderung ansah, als ein Schlachtfeld, von dem sie niemals freiwillig gewichen wäre. Als nächsten ließ er Peter Nagle kommen.

Wenn sich der junge Hausdiener darüber Sorgen machte, dass der Mörder ausgerechnet seinen Meißel als Waffe gewählt hatte, so ließ er sich das nicht anmerken. Er beantwortete Dalglieshs Fragen ruhig und höflich, doch zugleich so leidenschaftslos, dass sie ebenso gut auch über einen unwichtigen Aspekt des Klinikalltags hätten sprechen können, der ihn eigentlich nichts anging. Er gab sein Alter mit siebenundzwanzig an, nannte eine Adresse in Pimlico und bestätigte, dass er seit über zwei Jahren bei der Klinik angestellt war und vorher eine Kunstschule in der Provinz besucht hatte. Er sprach ruhig und gepflegt, seine braunen Augen waren groß und ausdruckslos. Dalgliesh stellte fest, dass er ungewöhnlich lange Arme hatte, die locker an seinem kurzen, kräftigen Körper herabhingen und einen Eindruck animalischer Kraft vermittelten. Sein Haar war schwarz und kräuselte sich eng am Kopf. Er hatte ein interessantes Gesicht, abweisend, aber intelligent. Es hätte kaum einen größeren Gegensatz zum armen alten Cully geben können, der schon vor längerer Zeit nach Hause geschickt worden war, damit er seinen Magen und seinen Ärger über den unfreiwilligen Aufenthalt pflegen konnte.

Nagle bestätigte Miss Priddys Aussage. Noch einmal identifizierte er seinen Meißel, wobei er bis auf eine kurze angewiderte Grimasse keine weitere Gefühlsregung zeigte, und sagte, er habe das Stück früh um acht Uhr zum letzten Mal gesehen, als er seinen Dienst antrat und – ohne besonderen Grund – den Werkzeugkasten überprüfte. Am Vormittag war alles in Ordnung gewesen. Dalgliesh fragte, ob in der Klinik allgemein bekannt war, wo der Werkzeugkasten stand.

«Ich wäre ein schöner Dummkopf, wenn ich jetzt nein sagte, was?», erwiderte Nagle.

«Sie wären ein Dummkopf, wenn Sie jetzt oder später etwas anderes als die Wahrheit sagten.»

«Vom Personal wussten es wohl die meisten. Wer es nicht wusste, konnte sich schnell informieren. Der Hausdienerraum wird nicht abgeschlossen.»

«Ist das nicht ziemlich unklug? Wie steht es mit den Patienten?»

«Die kommen nicht allein in den Keller. Die LSD-Patienten sind immer in Begleitung, und auch die Leute von der Werktherapie werden normalerweise beaufsichtigt. Die Abteilung ist noch nicht lange hier unten. Das Licht ist zu schlecht, und der Raum passt eigentlich gar nicht. Ein vorübergehendes Arrangement.»

«Wo war denn die Abteilung vorher?»

«Im dritten Stock. Dann hat der Ärzteausschuss beschlossen, dass man den großen Raum oben für die Ehe-Diskussionsgruppen brauchte, also musste Mrs. Baumgarten – sie ist die Kunsttherapeutin – weichen. Sie bemüht sich sehr, den Raum zurückzubekommen, aber die gestörten Ehepaare sagen, es wäre für sie psychisch belastend, sich im Keller zu treffen.»

«Wer leitet diese Gesprächsgruppen?»

«Dr. Steiner und eine der Fürsorgerinnen, Miss Kalinski. Das ist ein Klub, in dem Geschiedene und Ledige den Patienten erzählen, wie man glücklich sein kann, obwohl man verheiratet ist. Ich wüsste nicht, was das mit dem Mord zu tun haben soll.»

«Ich auch nicht. Ich wollte nur wissen, warum die Werktherapieabteilung so unpassend untergebracht ist. Wann haben Sie übrigens erfahren, dass Tippett heute nicht teilnehmen würde?»

«Heute früh gegen neun. Der alte Knabe hat den Leuten vom St.-Luke-Hospital in den Ohren gelegen, uns Bescheid zu sagen. Also haben sie schließlich angerufen. Ich habe es Miss Bolam und Schwester Ambrose ausgerichtet.»

«Sonst noch jemandem?»

«Cully, glaube ich, als er wieder in die Zentrale kam. Er war heute die meiste Zeit mit seinen Magenschmerzen beschäftigt.»

«Hat man mir schon berichtet. Was stimmt bei ihm nicht?»

«Bei Cully? Miss Bolam hat ihn mal zu einer Untersuchung ins Krankenhaus geschickt, aber die konnten nichts feststellen. Sobald er sich aufregt, bekommt er Magenschmerzen. Hier heißt es ja, das sei psychosomatisch.»

«Was hat ihn denn heute Morgen aufgeregt?»

«Ich. Er war vor mir hier und sortierte die Post. Aber das ist meine Aufgabe. Ich habe ihm gesagt, er soll sich um seinen eigenen Kram kümmern.»

Geduldig ging Dalgliesh nun die Ereignisse des Abends durch. Nagles Bericht stimmte mit Miss Priddys Aussage überein, und wie sie vermochte er nicht zu sagen, ob die Tür zum Archiv offen gewesen war, als er von seinem Postgang zurückkehrte. Er räumte ein, dass er an der Tür vorbeigekommen war, als er bei Schwester Bolam nachfragte, ob die Wäsche sortiert sei. Da der Raum selten benutzt wurde, war die Tür üblicherweise abgeschlossen, und er meinte, er hätte gemerkt, wenn sie offen gestanden wäre. Es war ärgerlich, dass sich dieser entscheidende Punkt nicht aufhellen ließ, doch Nagle blieb fest. Er hatte nichts bemerkt. Er konnte sich nicht festlegen. Es war ihm auch nicht aufgefallen, ob der Schlüssel zum Archiv im Hausdienerzimmer hing. Aber die meisten Schlüssel waren im Gebrauch.

Dalgliesh sagte: «Ihnen ist klar, dass mit ziemlicher Wahrscheinlichkeit Miss Bolams Leiche im Archiv lag, als Sie und Miss Priddy die Katze fütterten? Sie wissen, wie wichtig die Frage ist, ob die Tür offen oder zu war?»

«Sie war angelehnt, als Jenny Priddy später nach unten ging. Das behauptet sie, und sie ist keine Lügnerin. Wenn sie zu war, als ich von meinem Postgang zurückkam, muss jemand sie zwischen achtzehn Uhr fünfundzwanzig und neunzehn Uhr aufgemacht haben. Ich begreife nicht, warum das so unmöglich sein soll. Es wäre natürlich besser für mich, wenn ich wegen der Tür eine klare Aussage machen könnte, aber das kann ich nicht. Ich hängte meinen Mantel in den Spind, ging sofort hinüber, um Schwester Bolam nach der frischen Wäsche zu fragen, und kehrte dann in den Aufenthaltsraum zurück. Jenny kam mir unten an der Treppe entgegen.»

Er sprach ohne Erregung, fast gefühllos. Es war, als wollte er sagen: «So war das nun mal. Ob es Ihnen gefällt oder nicht, genauso war es.» Er war zu intelligent, nicht zu begreifen, dass er in Gefahr schwebte. Vielleicht war er auch so intelligent, dass er wusste, wie minimal die Gefahr für einen Unschuldigen war, der einen kühlen Kopf behielt und die Wahrheit sagte.

Dalgliesh forderte ihn auf, sich sofort bei der Polizei zu melden, wenn ihm noch etwas einfiele, und ließ ihn gehen.

Schwester Ambrose kam als nächste an die Reihe. Sie stolzierte ins Zimmer, gepanzert mit ihrer weißen Tracht, kampfbereit wie ein Schlachtschiff. Der Schürzenlatz lag steif gestärkt vor einem mächtigen Busen, auf dem sie ihre Schwesternabzeichen wie Tapferkeitsmedaillen trug. Graues Haar lugte links und rechts unter ihrem Häubchen hervor, das sie über einem unbeugsam ehrlichen Gesicht tief in die Stirn gezogen trug. Sie war hochrot; wahrscheinlich hatte sie Mühe, ihre Empörung und ihr Misstrauen zu zügeln. Obwohl er sanft mit ihr umging, antwortete sie mit strenger Missbilligung auf seine Fragen. Sie bestätigte kurz, dass sie Miss Bolam gegen zwanzig nach sechs zum letzten Mal gesehen hatte, als die Verwaltungschefin auf die Kellertreppe zuging. Sie hatten nicht miteinander gesprochen, und Miss Bolam hatte ganz normal ausgesehen. Schwester Ambrose war in den EST-Raum zurückgekehrt, ehe Miss Bolam außer Sicht war, und war dort mit Dr. Ingram zusammen gewesen, bis die Leiche gefunden wurde. Auf Dalglieshs Frage, ob auch Dr. Baguley die ganze Zeit bei ihnen gewesen sei, schlug Schwester Ambrose vor, er möge doch den Arzt selbst fragen. Dalgliesh erwiderte milde, dies liege durchaus in seiner Absicht. Die Schwester konnte ihm viel Nützliches über die Klinik berichten, wenn sie wollte, doch bis auf einige Fragen über Miss Bolams persönliche Verhältnisse, die nichts Neues brachten, bedrängte er sie nicht. Von allen, die er bisher gesprochen hatte, war sie wohl am meisten erschüttert über den Mord, über die kaltblütige Gewaltsamkeit von Miss Bolams Tod. Wie es bei phantasielosen und wenig redegewandten Menschen zuweilen geschieht, äußerte sich ihr Schock in Gereiztheit. Sie war sehr wütend; auf Dalgliesh, weil ihm seine Arbeit das Recht einräumte, unverschämte Fragen zu stellen; auf sich selbst, weil sie ihre Gefühle nicht zu verbergen vermochte; sogar auf das Opfer, das die Klinik in diese bizarre Lage gebracht hatte. Reaktionen dieser Art kannte Dalgliesh, und wenn man eine solche Zeugin zur Mitarbeit zu zwingen versuchte, kam nichts Gutes dabei heraus. Später ließ sich Schwester Ambrose vielleicht zu einer freimütigeren Aussage verleiten; im Augenblick war es reine Zeitverschwendung, ihr mehr als die Tatsachen entlocken zu wollen, die sie mitzuteilen bereit war. Ein Umstand wenigstens war wichtig. Miss Bolam war gegen achtzehn Uhr zwanzig noch am Leben und ging auf die Kellertreppe zu. Um neunzehn Uhr wurde ihre Leiche gefunden. Diese vierzig Minuten waren entscheidend, und jeder Klinikangehörige, der für die Zeit ein Alibi beibringen konnte, ließ sich aus den Ermittlungen ausklammern. Auf den ersten Blick bot der Fall wenig Schwierigkeiten. Dalgliesh nahm nicht an, dass sich ein Außenstehender Zugang zur Klinik verschafft und Miss Bolam aufgelauert hatte. Mit ziemlicher Wahrscheinlichkeit befand sich der Mörder noch im Haus. Nun kam es auf eingehende Verhöre, auf die methodische Überprüfung der Alibis und auf die Suche nach einem Motiv an. Dalgliesh beschloss, mit dem Mann zu sprechen, dessen

Alibi unangreifbar zu sein schien und der den neutralen Blick des Außenseiters für die Klinik und ihre verschieden gearteten Persönlichkeiten hatte. Er dankte Schwester Ambrose für ihre wertvolle Hilfe – ein Flackern ihrer Augen hinter der stahlgefassten Brille deutete an, dass ihr die Ironie dieser Worte nicht entging – und bat den Wachtmeister an der Tür, Mr. Lauder hereinzuschicken.

2. Kapitel

Nun hatte Dalgliesh zum ersten Mal Gelegenheit, den Sekretär des Verwaltungsrats aus der Nähe zu betrachten. Er sah einen rundlichen Mann mit pausbäckigem Gesicht und sanften Augen hinter einer dicken, eckigen Brille, einen Mann, der in seinem gut geschnittenen Tweedanzug eher wie ein Landarzt oder Kleinstadtanwalt als wie ein Bürokrat aussah. Er war völlig ungezwungen und gab sich als Mann, der sich seiner Möglichkeiten wohl bewusst war, der sich ungern zur Eile antreiben ließ und der stets etwas in der Hinterhand hielt, wozu nach Dalglieshs Auffassung wohl auch eine wachere Intelligenz gehörte, als sein Aussehen vermuten ließ.

Er nahm Dalgliesh gegenüber Platz, rückte bequem seinen Stuhl zurecht, zog ohne Frage oder Entschuldigung eine Pfeife aus der Tasche und suchte in einer anderen nach seinem Tabaksbeutel. Er nickte zu Martin und seinem geöffneten Notizbuch hinüber und sagte mit einer ruhigen Stimme, in der ein Hauch von nördlichem Akzent lag: «Reginald Iven Lauder, geboren 21. April 1905. Adresse: Makepeace Avenue 42, East Chigwell, Essex. Beruf: Sekretär des East-Central-Krankenhaus-Verwaltungsrats. Also, Herr Kriminalrat, was wollen Sie wissen?»

«Viel, fürchte ich», sagte Dalgliesh. «Aber zunächst eins: Haben Sie eine Vorstellung, wer Miss Bolam getötet haben könnte?» Der Sekretär entzündete seine Pfeife, stützte die Ellenbogen auf den Tisch und betrachtete zufrieden den glühenden Pfeifenkopf.

«Ich wünschte, ich hätte eine Ahnung – da wäre ich schon

längst zu Ihnen gekommen. Aber nein. Hilfe dieser Art kann ich Ihnen nicht bieten.»

«Soweit Sie wussten, hatte Miss Bolam also keine Feinde?»

«Feinde? Nun ja, das ist ein sehr starkes Wort, Herr Kriminalrat. Manche Leute mochten sie nicht besonders. Das gibt's bei jedem – bei mir und sicher auch bei Ihnen. Aber wir leben nicht in der Angst, ermordet zu werden. Nein, ich würde nicht sagen, dass sie Feinde hatte. Aber wohlgemerkt, ich wusste nichts über ihr Privatleben. Das geht mich nichts an.»

«Können Sie mir etwas über die Steen-Klinik und Miss Bolams Stellung hier sagen? Ich kenne natürlich den Ruf der Klinik, aber es würde mir weiterhelfen, wenn ich eine klare Vorstellung von den Dingen hätte, die hier so passieren.»

«Eine klare Vorstellung von den Dingen, die hier so passieren?» Dalgliesh konnte sich täuschen, doch er vermeinte zu sehen, wie es um die Lippen des Sekretärs zuckte.

«Nun ja, der Chefarzt könnte Ihnen darüber mehr sagen als ich – aus ärztlicher Sicht, meine ich. Doch einen Abriss kann ich Ihnen geben. Die Klinik wurde zwischen den Kriegen von der Familie eines gewissen Mr. Hyman Stein gegründet. Es heißt, der alte Mann sei impotent gewesen, habe sich psychotherapeutisch behandeln lassen und danach noch fünf Kinder gezeugt. Weit davon entfernt, ihm die Haare vom Kopf zu fressen, schufen diese Kinder nach Papas Tod ein stabiles finanzielles Fundament für die Klinik – als eine Art Denkmal für ihn. Schließlich haben sie dem Institut ja einiges zu verdanken. Die Söhne änderten ihren Namen in Steen – wohl aus den üblichen Gründen –, und die Klinik erhielt den anglisierten Namen. Ich frage mich oft, was wohl der alte Hyman davon gehalten hätte.»

«Ist die Klinik gut dotiert?»

«Bis vor einiger Zeit. Dem Staat wurden natürlich am Stichtag nach dem 1946er Gesetz alle Stiftungen zugeschlagen.

Seither ist noch ein bisschen nachgekommen, aber nicht viel. Die Leute vererben ihr Geld nicht so gern an Institutionen, die von der Regierung betrieben werden. Aber vor 1948 stand die Klinik im Kreise vergleichbarer Häuser ziemlich gut da. Unser Verwaltungsrat hatte ziemliche Mühe, die Leute in dem Stil weiter zu versorgen, den sie gewöhnt waren.»

«Ist die Klinik schwierig zu verwalten? Ich könnte mir denken, dass es doch persönliche Differenzen gibt.»

«Nicht schwieriger als jedes andere kleine Institut. Und persönliche Differenzen treten überall auf. Allerdings habe ich lieber mit einem schwierigen Psychiater als mit einem schwierigen Chirurgen zu tun – das sind die wahren Primadonnen.»

«Haben Sie Miss Bolam für eine gute Verwaltungschefin gehalten?»

«Nun ... tüchtig war sie. Ich konnte mich eigentlich nicht beklagen. Wahrscheinlich war sie ein bisschen streng. Wo Erlasse vom Ministerium nicht mal Gesetzeskraft haben, ist es sinnlos, sie zu behandeln, als seien sie vom allmächtigen Herrgott persönlich diktiert. Ich glaube nicht, dass Miss Bolam noch viel weitergekommen wäre. Wohlgemerkt, sie war eine fähige, methodische und sehr gewissenhafte Beamtin. Ich glaube nicht, dass sie je eine unrichtige Meldung gemacht hat.»

Armer Teufel! dachte Dalgliesh, dem die kühle Anonymität dieses amtlichen Nachrufes zu schaffen machte.

«War sie hier denn beliebt?», fragte er. «Beim ärztlichen Personal, zum Beispiel.»

«Nun ja, da müssen Sie sich schon selbst erkundigen, Herr Kriminalrat. Ich kann mir keinen Grund denken, warum sie nicht beliebt gewesen sein sollte.»

«Der Ärzteausschuss hat Sie also nicht unter Druck gesetzt, Miss Bolam zu versetzen?»

Die milden grauen Augen wurden plötzlich ausdruckslos. Ein kurzes Schweigen trat ein, ehe der Sekretär ruhig erwiderte: «Ein offizieller Antrag dieser Art wurde nicht an mich gerichtet.»

«Doch inoffiziell?»

«Von Zeit zu Zeit ist hier wohl das Gefühl aufgekommen, eine Versetzung könne Miss Bolam gut tun. Und das ist gar keine so schlechte Idee! Jeder Verwaltungsbeamte in einem kleinen Institut, besonders in einer psychiatrischen Klinik, kann von einer Veränderung seines Wirkungskreises profitieren. Aber ich versetze mein Personal nicht nach den Launen von Ärzteausschüssen. Wahrlich nicht! Und wie ich schon sagte, lag mir ein offizieller Antrag nicht vor. Wenn Miss Bolam selbst um eine Versetzung gebeten hätte, wäre das etwas anderes gewesen. Aber selbst dann wäre es nicht leicht gewesen. Sie saß auf einer Planstelle, und wir haben nicht sehr viele Positionen dieser Art.»

Nun erkundigte sich Dalgliesh noch einmal nach Miss Bolams Anruf, und Lauder bestätigte, dass er gegen zehn vor eins mit ihr gesprochen hatte. Er erinnerte sich an die Zeit, weil er gerade zum Essen gehen wollte. Miss Bolam hatte um ein persönliches Gespräch gebeten, und seine Sekretärin hatte den Anruf durchgestellt. Miss Bolam hatte gefragt, ob sie ihn sofort sprechen könne.

«Können Sie sich an den genauen Wortlaut erinnern?»

«Mehr oder weniger. Sie sagte: ‹Kann ich so schnell wie möglich einen Termin bei Ihnen haben? Ich glaube, hier geht etwas vor, von dem Sie wissen sollten. Ich brauche Ihren Rat. Es geht um etwas, das lange vor meiner Zeit begonnen hat.›

Ich sagte, ich könne sie am Nachmittag nicht empfangen, da ich ab vierzehn Uhr dreißig im Finanzausschuss säße, und gleich anschließend sei eine Sitzung des Beraterkomitees. Ich fragte, ob sie mir einen Anhaltspunkt geben könne, worum es gehe, und ob die Sache nicht bis Montag Zeit habe. Sie zögerte, und ehe sie antworten konnte, sagte ich, dass ich heute Abend auf dem Heimweg vorbeikommen würde. Ich weiß, dass hier freitags Abendsprechstunden abgehalten werden. Sie erwiderte, sie wolle dafür sorgen, dass sie ab achtzehn Uhr dreißig im Büro allein sei, bedankte sich und legte auf. Die Sitzung im BK dauerte länger als erwartet – bei dem Komitee zieht sich immer alles in die Länge –, und ich war erst kurz vor halb acht Uhr hier. Aber das wissen Sie ja. Ich war noch in der Sitzung, als die Leiche gefunden wurde, wie Sie zweifellos ermitteln werden.»

«Haben Sie Miss Bolams Anliegen ernst genommen? Gehörte sie zu den Frauen, die mit jeder Kleinigkeit angerannt kamen, oder ließ ihre Bitte darauf schließen, dass wirklich etwas Ernstes vorlag?»

Der Sekretär überlegte einen Augenblick, ehe er antwortete: «Ich habe den Anruf ernst genommen. Deshalb bin ich auch heute Abend hier.»

«Und Sie haben keine Ahnung, worum es sich handeln könnte?»

«Nein, leider nicht. Es muss um etwas gehen, das sie seit Mittwoch erfahren hat. Da habe ich Miss Bolam nämlich in der Sitzung des Hauskomitees am späten Nachmittag gesprochen, und sie sagte mir, hier sei alles ziemlich ruhig. Übrigens habe ich sie da zum letzten Mal gesehen. Ich fand, dass sie ziemlich gut aussah. Besser als seit vielen Monaten.»

Dalgliesh fragte den Sekretär, was er über Miss Bolams Privatleben wisse.

«Sehr wenig. Ich glaube, sie hat keine nahen Verwandten und lebt allein in einer Wohnung in Kensington. Schwester Bolam kann Ihnen sicher mehr darüber sagen. Die beiden sind Kusinen, und Schwester Bolam ist wahrscheinlich die nächste Verwandte. Ich habe so eine schwache Erinnerung, als hätte sie ein kleines Vermögen. Die amtlichen Informationen über ihre Laufbahn befinden sich in ihrer Personalakte. Wie ich Miss Bolam kenne, ist die Akte wahrscheinlich ebenso genau geführt wie alle anderen Personalunterlagen. Sie muss sich irgendwo hier befinden.»

Ohne sich von seinem Stuhl zu erheben, beugte er sich zur Seite, zerrte die obere Schublade des Aktenschranks auf und steckte seine rundliche Hand zwischen die Aktendeckel.

«Na bitte. Bolam, Enid Constance. Ah, wie ich sehe, kam sie Oktober 1949 als Stenotypistin zu uns. Sie verbrachte achtzehn Monate in der Zentralverwaltung, wurde am 19. April 1951 mit einem B-Gehalt in eine unserer Lungenkliniken versetzt und bewarb sich am 14. Mai 1957 um den hier frei gewordenen Posten der Verwaltungschefin. Damals wurde der Posten nach Tarif D bezahlt, und sie hatte Glück, dass sie ihn bekam. Wenn ich mich recht erinnere, hatten wir keine sehr guten Bewerbungen. Im Anschluss an den Noel-Hall-Report wurden 1958 alle Verwaltungs- und Büroposten neu bewertet, und nach einigen Auseinandersetzungen mit der Stadtverwaltung konnten wir diese Stelle als gehobenen Verwaltungsposten einstufen. Steht alles hier. Geburtstag: 12. Dezember 1922. Anschrift: Ballantyne Mansions 37a, S. W. 8. Dann Einzelheiten über Steuerklasse, Versicherungsnummer und Gehaltszulagen. Seit sie hier anfing, ist sie erst eine Woche krank gewesen, und das war 1959 wegen Grippe. Das wäre alles. Ihre Bewerbung und die Ernennungsschreiben befinden sich in ihrer Personalakte in der Zentrale.»

Er reichte die Akte an Dalgliesh weiter, der sie kurz durchblätterte und dann sagte: «Hier steht, dass sie vorher im Botley-Forschungs-Institut angestellt war. Ist das nicht Sir Mark Ethereges Laden? Luftfahrtforschung oder so. Er ist doch Dr. Ethereges Bruder, nicht wahr?»

«Ich glaube, als Miss Bolam auf diesen Posten kam, sagte sie mir, dass sie Dr. Ethereges Bruder flüchtig kenne. Wohlgemerkt, viel mehr kann es nicht gewesen sein. Immerhin war sie bei Botley nur Stenotypistin. Ein Zufall, nehme ich an, und irgendwoher musste sie ja kommen. Wenn ich mich recht erinnere, hat ihr sogar Sir Mark ein Zeugnis ausgestellt, als sie sich bei uns bewarb. Das befindet sich natürlich im Zentraldossier.»

«Mr. Lauder, hätten Sie etwas dagegen, mir zu sagen, was für Maßnahmen Sie hier nun treffen werden, nachdem sie tot ist?»

Der Sekretär schob die Akte wieder in das Fach.

«Warum nicht? Ich muss natürlich mit dem Verwaltungsrat Rücksprache nehmen, da die Umstände ziemlich ungewöhnlich sind, doch ich werde dafür eintreten, dass die Kliniksekretärin, Mrs. Bostock, den Posten vorläufig übernimmt. Wenn sie die Arbeit schafft – und das nehme ich an –, wäre sie eine gute Kandidatin für die Stellung, doch natürlich wird der Posten wie üblich ausgeschrieben.»

Dalgliesh sagte dazu nichts, doch das Thema interessierte ihn. Eine so schnelle Entscheidung über Miss Bolams Nachfolgerin konnte nur heißen, dass sich Lauder schon vorher Gedanken darüber gemacht hatte. Die Vorstöße des ärztlichen Personals mochten inoffiziell gewesen sein, doch ihre Wirkung war wohl größer, als der Sekretär zugeben wollte. Dalgliesh kam auf das Telefongespräch zurück, das Mr. Lauder in die Klinik gerufen hatte.

«Miss Bolams Worte kommen mir bedeutsam vor. Sie sagte, hier gehe vielleicht etwas vor, von dem Sie wissen müssten, und es habe vor ihrer Zeit begonnen. Das deutet zunächst mal darauf hin, dass sie sich ihrer Sache noch nicht sicher war, sondern nur einen Verdacht hatte, und weiterhin, dass sie sich nicht über einen einzelnen Vorfall Gedanken machte, sondern über etwas, das seit langer Zeit regelmäßig passierte. Zum Beispiel systematische Dieberei oder Unterschlagung – im Gegensatz zu einem einzelnen Diebstahl.»

«Nun ja, es ist seltsam, dass Sie von Diebstahl sprechen,

Herr Kriminalrat. Wir haben kürzlich so etwas gehabt, einen einzelnen Fall, den ersten seit Jahren, und ich wüsste nicht, wie der mit dem Mord zusammenhängen könnte. Es geschah vor gut einer Woche, letzten Dienstag, wenn ich mich recht erinnere. Cully und Nagle verließen wie üblich als Letzte die Klinik, und Cully lud Nagle ein, im *Queen's Head* einen mit ihm zu trinken. Sie kennen die Bar wahrscheinlich. Sie liegt am anderen Ende der Beefsteak Street. Der ganze Vorfall hat ein paar seltsame Aspekte, und der seltsamste ist wohl die Tatsache, dass Cully Nagle einlud. Ich hatte noch nie den Eindruck, dass sich die beiden besonders mochten. Jedenfalls nahm Nagle die Einladung an, und die beiden waren so ab neunzehn Uhr zusammen im *Queen's Head.* Etwa eine halbe Stunde später kam ein Freund von Cully und sagte, er sei überrascht, Cully hier zu sehen, da er gerade an der Klinik vorbeigekommen sei und an einem Fenster ein schwaches Licht gesehen habe – als wandere jemand mit einer Taschenlampe herum, sagte er. Nagle und Cully gingen der Sache nach und stellten fest, dass eins der rückwärtigen Kellerfenster eingedrückt oder besser herausgeschnitten worden war. Eine ziemlich gute Arbeit. Cully hatte keine Lust, ohne Verstärkung weiter vorzugehen, und das kann man ihm wohl nicht verübeln. Wohlgemerkt, er ist fünfundsechzig und mit den Kräften nicht mehr so beisammen. Nachdem sich die beiden flüsternd beraten hatten, sagte Nagle, er gehe ins Haus, und Cully solle von der Telefonzelle an der Ecke schleunigst die Polizei anrufen. Ihre Kollegen kamen auch ziemlich schnell, haben aber den Einbrecher nicht mehr gefangen. Der Mann ist Nagle innerhalb des Gebäudes entwischt, und als Cully vom Telefon zurückkam, sah er ihn gerade noch durch die Mews verschwinden.»

«Ich prüfe nach, wie weit unsere Leute mit den Ermittlungen sind», sagte Dalgliesh. «Doch ich stimme Ihnen zu, dass ein Zusammenhang zwischen den Verbrechen auf den ersten Blick unwahrscheinlich ist. Wurde viel gestohlen?»

«Fünfzehn Pfund aus einer Schublade im Büro der Fürsorgerinnen. Der Schreibtisch war verschlossen, wurde aber aufgebrochen. Das Geld war in einem Umschlag, der mit grüner Tinte an die Verwaltungschefin der Klinik adressiert und eine Woche vorher eingetroffen war. Kein Begleitbrief, nur ein Zettel, auf dem stand, das Geld komme von einem dankbaren Patienten. Der übrige Schubladeninhalt war zerrissen und herumgestreut worden, doch sonst fehlte nichts. Jemand hatte den Versuch gemacht, die Aktenschränke im Hauptbüro aufzubrechen, und Miss Bolams Schreibtisch war geöffnet worden, doch auch hier wurde nichts vermisst.»

Dalgliesh fragte, ob die fünfzehn Pfund im Safe nicht sicherer gelegen hätten.

«Nun ja, da haben Sie natürlich Recht, Herr Kriminalrat. Eigentlich hatte das Geld im Schreibtisch nichts zu suchen. Aber es gab da gewisse Probleme wegen der Verwendung des Geldes. Miss Bolam rief mich an, als es eintraf, und meinte, der Betrag solle sofort auf das frei verfügbare Konto der Klinik eingezahlt und nach dem Wunsch des Hauskomitees verwendet werden. Das war durchaus korrekt, und ich äußerte mich in diesem Sinne. Kurz danach rief mich der Chefarzt an und wollte die Vollmacht haben, das Geld für ein paar neue Blumenvasen im Wartezimmer auszugeben. Da diese Vasen wirklich gebraucht wurden und es sich um eine korrekte Verwendung nicht-öffentlicher Mittel zu handeln schien, rief ich den Vorsitzenden des Hauskomitees an und holte seine Erlaubnis ein. Anscheinend wollte Dr. Etherege, dass Miss Kettle die Vasen aussuchte, und bat Miss Bolam, ihr das Bargeld zu geben. Da ich Miss Bolam bereits von der Entscheidung verständigt hatte, kam sie der Bitte nach, in der Erwartung, dass die Vasen sofort gekauft würden. Doch irgendetwas brachte

Miss Kettles Pläne durcheinander, und anstatt das Geld der Verwaltungschefin zur Aufbewahrung zurückzugeben, schloss sie es in ihrem Schreibtisch ein.»

«Haben Sie eine Vorstellung, wie viele Klinikangehörige davon wussten?»

«Diese Frage hat die Polizei auch schon gestellt. Wahrscheinlich wussten die meisten Leute, dass die Vasen noch nicht gekauft waren – sonst hätte Miss Kettle sie herumgezeigt. Sie konnten wohl auch vermuten, dass sie das Geld nicht im Safe deponieren würde, nachdem sie es einmal erhalten hatte. Ich weiß es nicht. Die Ankunft der fünfzehn Pfund war irgendwie seltsam. Es gab nur Ärger damit, und das Verschwinden des Geldes war ebenso rätselhaft. Jedenfalls gehört der Dieb nicht zum Personal, Herr Kriminalrat. Cully hat ihn nur eine Sekunde lang gesehen, doch er war sicher, dass er den Mann nicht kannte. Er fügte allerdings hinzu, dass der Bursche wie ein Gentleman wirkte. Fragen Sie mich nicht, woher er das wusste oder wie seine Beurteilungsmaßstäbe aussehen. Jedenfalls hat er das gesagt.»

Dalgliesh überlegte, dass der ganze Vorfall seltsam war und weiter untersucht werden musste, sah aber keine erkennbare Verbindung zwischen den beiden Verbrechen. Es war nicht einmal gewiss, dass Miss Bolams Anruf beim Sekretär mit ihrem Tod zu tun hatte, doch hier bestand schon eher Grund zu Vermutungen. Es war also sehr wichtig festzustellen, welchen Verdacht sie gehabt hatte. Noch einmal fragte er Mr. Lauder, ob er nicht doch etwas dazu beisteuern könnte.

«Wie ich schon sagte, Herr Kriminalrat, ich habe keine Ahnung, was sie gemeint hat. Wenn ich vermutet hätte, dass hier etwas nicht stimmte, hätte ich nicht auf Miss Bolams Anruf gewartet. In den Verwaltungsbüros sind wir doch nicht ganz so weit von den einzelnen Instituten entfernt, wie man oft annimmt, und ich erfahre im Allgemeinen von den Dingen, die ich wissen muss. Wenn der Mord mit dem Anruf zu tun hat, muss hier etwas Schlimmes vorgehen. Schließlich begeht man keinen Mord, nur damit der Sekretär nicht erfährt, dass man bei den Reisespesen gemogelt oder den jährlichen Urlaub überzogen hat. Nicht dass das bei irgendjemand der Fall ist, so weit ich weiß.»

«Genau», sagte Dalgliesh. Er blickte den Sekretär aufmerksam an und sagte ohne Betonung: «Es könnte sich um etwas handeln, wodurch jemand beruflich zugrunde gerichtet würde. Vielleicht die Liebesbeziehung zu einer Patientin – irgendetwas Ernstes dieser Art.»

Mr. Lauders Gesichtsausdruck veränderte sich nicht. «Jeder Arzt sollte wissen, wie schwer wiegend so eine Sache ist, besonders ein Psychiater. Mit den neurotischen Frauen, die hier behandelt werden, müssen sich die Therapeuten zuweilen sehr vorsehen. Doch offen gestanden glaube ich nicht daran. Die Ärzte hier sind berühmte Kapazitäten und genießen zum Teil in der ganzen Welt einen guten Ruf. Einen solchen Ruf erwirbt man sich nicht, wenn man ein Dummkopf ist, und Männer dieses Bekanntheitsgrades begehen keine Morde.»

«Und was ist mit dem übrigen Personal? Die Leute sind vielleicht nicht berühmt, doch vermutlich würden Sie sie als ehrlich bezeichnen?»

Ungerührt erwiderte der Sekretär: «Schwester Ambrose ist seit fast zwanzig Jahren hier und Schwester Bolam seit fünf Jahren. Beiden vertraue ich absolut. Das gesamte Büropersonal ist mit guten Zeugnissen zu uns gekommen, ebenso wie die beiden Hausdiener Cully und Nagle.» Er fügte trocken hinzu: «Ich muss zugegen, dass ich nicht überprüft habe, ob sie vielleicht einen Mord begangen hatten, doch von den beiden scheint mir keiner ein wahnsinniger Killer zu sein. Cully trinkt ein bisschen und ist ein trauriger Dummkopf, der in vier Monaten in Pension geht. Ich glaube nicht, dass er auch nur eine Maus töten könnte, ohne ein Chaos anzurichten. Nagle stammt aus einer besseren Schublade als die meisten Krankenhausdiener. Soweit ich mitbekommen habe, ist er Kunststudent und verdient sich hier sein Taschengeld. Da er erst seit zwei Jahren bei uns ist, kann er nicht vor Miss Bolams Zeit hier gewesen sein. Selbst wenn er alle weiblichen Angehörigen des Personals verführt hat, was unwahrscheinlich ist, wäre die schlimmste Konsequenz für ihn die Entlassung, und bei der heutigen Lage macht ihm das bestimmt keinen Kummer. Zugegeben – sie wurde mit seinem Meißel umgebracht, doch an den konnte jeder heran.»

«Ich bin nämlich überzeugt, dass der Mörder zum Haus gehört», sagte Dalgliesh leise. «Er wusste, wo Tippetts Fetisch und Nagles Meißel aufbewahrt wurden, er wusste, welcher Schlüssel zum Archiv passte und wo sich dieser Schlüssel am Brett im Hausdienerzimmer befand, außerdem trug er wahrscheinlich zum Schutz eine der Gummischürzen aus dem Werktherapieraum und hatte ganz bestimmt medizinische Kenntnisse. Und das Wichtigste – der Mörder konnte die Klinik nach der Tat nicht verlassen. Die Kellertür war verriegelt, ebenso der Hinterausgang im Erdgeschoss. Und Cully hatte die Haupttür im Auge.»

«Cully hatte Magenschmerzen. Er hätte jemanden übersehen können.»

«Halten Sie das im Ernst für möglich?», fragte Dalgliesh. Und der Sekretär antwortete nicht.

Auf den ersten Blick hätte man Marion Bolam für schön halten können. Sie hatte das blendende Aussehen, das, verstärkt durch die Schwesterntracht, einen ersten Eindruck von Lieblichkeit vermittelte. Ihr blondes Haar, das sich über der breiten Stirn teilte und am Hinterkopf zu einer hohen Rolle eingedreht war, wurde durch die einfache weiße Kappe zusammengehalten. Doch beim zweiten Hinschauen verging die

Illusion, und die Schönheit wich bloßer Hübschheit. Einzeln gesehen waren ihre Gesichtszüge nichts Besonderes – die Nase war ein wenig zu lang und die Lippen ein wenig zu schmal. In normaler Kleidung, abends auf dem Nachhauseweg, wäre sie gar nicht aufgefallen. Die gestärkte Tracht zur hellen Haut und zum blonden Haar täuschte das Auge. Nur in der breiten Stirn und der spitzen Nase vermochte Dalgliesh eine gewisse Ähnlichkeit mit ihrer toten Cousine auszumachen. Ganz ungewöhnlich waren jedoch die großen grauen Augen, die kurz seinem Blick begegneten, ehe sie den Kopf senkte und starr auf ihre im Schoß gefalteten Hände sah.

«Wie ich höre, sind Sie Miss Bolams nächste Verwandte. Es muss ein schrecklicher Schock für Sie sein.»

«Ja. O ja! Enid war meine Cousine.»

«Sie tragen denselben Namen. Ihre Väter waren also Brüder?»

«Ja. Und unsere Mütter waren Schwestern. Zwei Brüder haben zwei Schwestern geheiratet; wir sind also doppelt verwandt.

«Hat sie noch andere lebende Verwandte?»

«Nur Mami und mich.»

«Ich werde wohl Miss Bolams Rechtsanwalt aufsuchen müssen», sagte Dalgliesh, «aber es wäre nützlich, wenn Sie mir möglichst viel über ihre Verhältnisse sagen könnten. Tut mir Leid, aber ich muss solche persönlichen Fragen stellen. Meistens haben sie mit dem Verbrechen gar nichts zu tun, aber man muss über alle Beteiligten so viel wie möglich in Erfahrung bringen. Hatte Ihre Cousine außer ihrem Gehalt noch Einkünfte?»

«O ja. Enid ging es ziemlich gut. Onkel Sydney hat ihrer Mutter etwa fünfundzwanzigtausend Pfund vermacht – und das ganze Geld fiel an Enid. Ich weiß nicht, wie viel noch übrig war, doch außer ihrem Gehalt bekam sie wohl noch so um die tausend Pfund im Jahr. Sie hat die Wohnung meiner Tante in Ballantyne Mansions übernommen, und sie … sie war immer sehr gut zu uns.»

«In welcher Beziehung, Miss Bolam? Hat sie Ihnen ein Taschengeld ausgesetzt?»

«O nein! So etwas hätte Enid nicht getan. Sie hat uns Geschenke gemacht. Dreißig Pfund zu Weihnachten und fünfzig im Juli für unseren Sommerurlaub. Mami hat Sklerose, und wir können nicht in einem x-beliebigen Hotel wohnen.»

«Und was geschieht jetzt mit Miss Bolams Geld?»

Die grauen Augen hoben sich ohne Verlegenheit und sahen ihn an. Sie antwortete schlicht: «Das Geld geht wohl auf Mami und mich über. Es gibt doch sonst keinen, dem sie's hinterlassen könnte, oder? Enid hat immer gesagt, dass wir alles erben, wenn sie vor uns stirbt. Aber natürlich war das nicht anzunehmen; jedenfalls nicht, solange Mami noch am Leben ist.»

Es war unter normalen Umständen wirklich unwahrscheinlich, dass Mrs. Bolam an die fünfundzwanzigtausend Pfund oder den Rest dieses Betrages herangekommen wäre, überlegte Dalgliesh. Hier hatte er ein klares Motiv, so verständlich, so klassisch, so leicht begreiflich für jeden Staatsanwalt. Jeder Geschworene kannte die Verlockungen des Geldes. War sich Schwester Bolam nicht der Bedeutung der Information bewusst, die sie ihm hier freizügig auf dem silbernen Tablett überreichte? Konnte Unschuld so naiv oder Schuld so zuversichtlich sein?

«War Ihre Cousine beliebt?», fragte er abrupt.

«Sie hatte nicht viele Freunde. Ich glaube nicht, dass sie sich selbst für beliebt gehalten hätte. Das wollte sie auch gar nicht. Sie hatte ihre Arbeit in der Kirchengemeinde und bei den Pfadfinderinnen. Sie hat eigentlich ein sehr ruhiges Leben geführt.»

«Aber Ihnen sind keine Feinde bekannt?»

«O nein! Keine. Enid war eine geachtete Persönlichkeit.»

Dieser förmliche, altmodische Nachruf kam fast unhörbar über die Lippen des Mädchens.

«Dann sieht es also so aus, als hätten wir es mit einem ungeplanten Verbrechen ohne Motiv zu tun. Normalerweise würde das auf einen der Patienten hindeuten. Aber das scheint kaum möglich zu sein, und Sie alle sind sich darin einig, dass es unwahrscheinlich ist.»

«O nein! Ein Patient kommt nicht in Frage. Ich bin sicher, keiner unserer Patienten würde so etwas tun. Die sind nicht gewalttätig.»

«Nicht mal Mr. Tippett?»

«Aber Mr. Tippett kommt erst recht nicht in Frage! Er liegt im Krankenhaus.»

«Hat man mir schon berichtet. Wie viele Leute hier wussten, dass Mr. Tippett heute nicht in die Klinik kommen würde?»

«Keine Ahnung. Nagle wusste es natürlich, weil er den Anruf angenommen hatte, und er hat es Enid und Schwester Ambrose gesagt. Die gab mir Bescheid. Sie müssen wissen, normalerweise versuchte ich Tippett im Auge zu behalten, wenn ich freitags bei den LSD-Patienten Sonderwache habe. Ich kann meinen Patienten natürlich nur eine Sekunde allein lassen. Heute war das nicht nötig. Der arme Tippett, er hängt so sehr an der Werktherapie! Mrs. Baumgarten ist jetzt schon seit sechs Monaten krank, doch Tippett ließ es sich nicht nehmen, jeden Freitag herzukommen. Der tut keiner Fliege etwas. Es ist eine Gemeinheit, ihm die Sache anhängen zu wollen. Eine richtige Gemeinheit!»

Sie wurde überraschend heftig.

«Aber niemand tut das», erwiderte Dalgliesh beruhigend. «Wenn Tippett im Krankenhaus liegt – ich bin überzeugt, dass uns das bestätigt wird –, kann er nicht hier gewesen sein.»

«Aber jemand hat seinen Fetisch auf die Leiche gelegt, oder? Wenn Tippett hier gewesen wäre, hätten Sie ihn sofort verdächtigt, und er wäre ganz aufgeregt und verwirrt gewesen. Es ist gemein. So gemein!»

Ihre Stimme brach, und sie war den Tränen nahe. Dalgliesh sah zu, wie sich ihre dünnen Finger im Schoß bewegten.

«Ich glaube, wir brauchen uns um Mr. Tippett keine Sorgen zu machen», sagte er sanft. «Jetzt möchte ich Sie aber bitten, einmal scharf nachzudenken und mir alles zu berichten, was nach Ihrer Kenntnis in der Klinik geschehen ist, seit Sie heute Abend Ihren Dienst antraten. Vergessen Sie die anderen. Ich will nur wissen, was Sie gemacht haben.»

Schwester Bolam erinnerte sich noch gut an alles, was sie getan hatte, und lieferte nach kurzem Zögern einen genauen und logischen Bericht. Freitagabends hatte sie die Aufgabe, bei LSD-Patienten Sitzwache zu halten. Sie erklärte, das sei eine Behandlungsmethode, durch die tief greifende Hemmungen abgebaut werden sollten, sodass sich der Patient an Ereignisse erinnern und sie schildern konnte, die er ins Unterbewusstsein verdrängt hatte und die für seine Krankheit verantwortlich waren. Während sie von der Behandlung erzählte, verlor Schwester Bolam ihre Nervosität und schien zu vergessen, dass sie sich mit einem Laien unterhielt. Aber Dalgliesh unterbrach sie nicht.

«Eine erstaunliche Droge, und Dr. Baguley verwendet sie ziemlich oft. Sie heißt Lysergsäure-Diäthylamid und wurde, so viel ich weiß, 1942 von einem Deutschen entdeckt. Wir geben das Mittel oral ein, und die übliche Dosis ist 0,25 mg. Es wird in Ampullen von einem Milligramm geliefert und ist mit 15 bis 30 Kubikzentimetern destilliertem Wasser versetzt. Die Patienten müssen nüchtern kommen. Die erste Wirkung tritt nach einer halben Stunde ein, und die intensiven Gefühlseindrücke kommen zwischen einer und anderthalb Stunden nach der Einnahme des Mittels. Das ist die Zeit, die Dr. Baguley bei den Patienten verbringt. Die Wirkung kann bis zu vier Stunden andauern, und der Patient ist erhitzt und unruhig und der Wirklichkeit ziemlich entrückt. Solche Leute werden natürlich keinen Moment allein gelassen, und wir verwenden den Kellerraum, weil er abgelegen und ruhig ist und andere Patienten durch den Lärm nicht gestört werden. Wir führen LSD-Behandlungen normalerweise freitagnachmittags und -abends durch, und ich habe immer Wache.»

«Wenn freitags ein Geräusch – etwa ein Schrei – aus dem Keller käme, würden also die meisten Klinikangehörigen annehmen, der LSD-Patient habe geschrien?»

Schwester Bolam sah ihn zweifelnd an. «Möglich. Diese Leute sind manchmal ziemlich laut. Meine Patientin heute war ungewöhnlich unruhig, weshalb ich immer in ihrer Nähe geblieben bin. Normalerweise verbringe ich ein bisschen Zeit im Wäschezimmer, das neben dem Behandlungszimmer liegt, und sortiere die saubere Wäsche, sobald der Patient das Schlimmste überstanden hat. Natürlich bleibt dabei die Tür offen, sodass ich von Zeit zu Zeit ein Auge auf den Patienten werfen kann.»

Dalgliesh fragte, was im Verlauf des Abends geschehen war.

«Nun, die Behandlung begann kurz nach halb vier, und Dr. Baguley schaute nach vier Uhr zu uns herein, um sich zu vergewissern, dass alles in Ordnung war. Ich blieb bis sechzehn Uhr dreißig bei der Patientin; dann kam Mrs. Shorthouse und sagte mir, der Tee sei fertig. Schwester Ambrose löste mich ab, während ich nach oben in unser Dienstzimmer ging, um Tee zu trinken. Um Viertel vor fünf ging ich wieder nach unten und rief um fünf Uhr Dr. Baguley an. Er wachte etwa eine Dreiviertelstunde bei der Patientin, dann kehrte er in seine EST-Sprechstunde zurück. Ich blieb bei der Patientin, und da sie sehr unruhig war, beschloss ich, die Wäsche später zu machen. Gegen zwanzig vor sieben klopfte Peter Nagle an und wollte die Wäsche holen. Ich sagte, dass sie noch nicht sortiert war, und er sah ein bisschen überrascht aus, sagte aber nichts. Kurze Zeit darauf glaubte ich einen Schrei zu hören. Zuerst habe ich mich nicht darum gekümmert, da er nicht aus der Nähe zu kommen schien und ich annahm, es wären Kinder, die draußen auf dem Platz spielten. Dann überlegte ich, dass ich lieber doch nachsehen sollte, und ging zur Tür. Ich sah Dr. Baguley und Dr. Steiner mit Schwester Ambrose und Dr. Ingram in den Keller kommen. Schwester Ambrose sagte mir, es sei alles in Ordnung und ich solle wieder zu meiner Patientin gehen. Das habe ich getan.»

«Haben Sie das Behandlungszimmer verlassen, nachdem Dr. Baguley Sie gegen Viertel vor sechs verließ?»

«O nein! Dazu bestand keine Veranlassung. Wenn ich auf die Toilette gemusst hätte oder so (Schwester Bolam errötete leicht), hätte ich Schwester Ambrose angerufen und gebeten, mich zu vertreten.»

«Haben Sie während Ihrer Dienstzeit vom Behandlungszimmer aus telefoniert?»

«Nur einmal mit dem EST-Raum, um siebzehn Uhr, um Dr. Baguley zu rufen.»

«Sind Sie ganz sicher, dass Sie nicht Miss Bolam angerufen haben?»

«Enid? O nein! Ich hätte gar keinen Grund gehabt, Enid anzurufen. Sie ... ich meine, wir haben uns in der Klinik kaum gesehen. Ich unterstehe nämlich Schwester Ambrose. Enid hatte mit den Schwestern nichts zu tun.»

«Aber Sie haben sich außerhalb der Klinik oft gesprochen?»

«O nein! Das wollte ich damit nicht sagen. Ich bin ein paar Mal in ihrer Wohnung gewesen, um zu Weihnachten und im Sommer den Scheck abzuholen. Aber ich kann Mami nicht lange allein lassen. Außerdem führte Enid ihr eigenes Leben. Und sie ist um einiges älter als ich. Ich habe sie eigentlich nicht gut gekannt.»

Ihre Stimme brach, und Dalgliesh sah, dass sie nun weinte. Sie fummelte unter der Schwesternschürze nach der Tasche und schluchzte: ‹Ach, es ist so schrecklich! Die arme Enid! Dieser Fetisch auf ihrer Brust – ein grausamer Hohn, als stille sie ein Baby.«

Es war neu für Dalgliesh, dass sie die Tote gesehen hatte, und er äußerte sich entsprechend.

«O nein! Ich habe sie nicht gesehen! Dr. Etherege und Schwester Ambrose haben mich nicht hineingelassen. Aber man hat uns berichtet, was geschehen war.»

Miss Bolam hatte wirklich so ausgesehen, als gebe sie einem Säugling die Brust. Aber Dalgliesh war überrascht, dass jemand, der die Leiche gar nicht gesehen hatte, auf denselben Vergleich kam. Der Chefarzt musste die Szene ziemlich bildhaft beschrieben haben.

Plötzlich fand Schwester Bolam ihr Taschentuch und zog es aus der Tasche. Zugleich rutschten dünne Gummihandschuhe heraus und fielen Dalgliesh vor die Füße. Er hob sie auf und bemerkte: «Ich hab gar nicht gewusst, dass hier Operationshandschuhe verwendet werden.»

Schwester Bolam schien sich über sein Interesse nicht zu wundern. Überraschend beherrscht unterbrach sie sich im Schluchzen und erwiderte: «Wir benutzen sie nicht oft, doch wir haben etliche Paare im Haus. Neuerdings verwenden wir Wegwerfhandschuhe, doch es sind noch ein paar von der alten Sorte übrig. Die hier gehören auch dazu. Wir nehmen sie zum Putzen.»

«Vielen Dank», sagte Dalgliesh. «Ich behalte sie hier, wenn Sie nichts dagegen haben. Und jetzt brauche ich Sie nicht länger zu belästigen.»

Mit einem Murmeln, das «Danke» bedeuten mochte, verließ Schwester Bolam das Zimmer, wobei sie fast rückwärts ging.

Für das Klinikpersonal, das im vorderen Sprechzimmer auf die Verhöre wartete, zogen sich die Minuten unangenehm in die Länge. Fredrica Saxon hatte sich aus ihrem Büro im zweiten Stock einige Unterlagen geholt und wertete einen Intelligenztest aus. Beinahe hätte es Streit darüber gegeben, ob sie allein nach oben gehen dürfe, doch Miss Saxon hatte entschlossen verkündet, sie denke nicht daran, ihre Zeit zu verschwenden und auf den Fingernägeln herumzukauen, bis sich die Polizei endlich bequemte, mit ihr zu sprechen, dass sie oben keinen Mörder versteckt und auch nicht die Absicht habe, belastendes Beweismaterial zu vernichten, und sie habe nichts dagegen, wenn irgendein Angehöriger des Personals sie begleite, um sich davon zu überzeugen. Ihre unangenehme Offenheit hatte ein protestierendes und beschwichtigendes Gemurmel ausgelöst, doch Mrs. Bostock hatte verkündet, sie wolle sich ein Buch aus der Bibliothek holen, und die beiden Frauen hatten das Zimmer verlassen und waren zusammen wiedergekommen. Cully war gleich zu Anfang vorgelassen worden, nachdem er sein Recht durchgesetzt hatte, als Patient eingestuft zu werden. Man hatte ihn längst entlassen, damit er seinen Magen zu Hause weiterpflegte. Die einzige verbliebene Patientin, Mrs. Kind, war ebenfalls verhört worden und hatte mit ihrem Mann gehen dürfen. Auch Mr. Burge war abgezogen, unter lautstarkem Protest gegen die unterbrochene Sprechstunde und den ganzen traumatischen Vorfall.

«Von wegen, einen Riesenspaß hat er dran, das sieht man doch», sagte Mrs. Shorthouse vor versammelter Mannschaft. «Der Kriminalrat hat ihn geradezu rausschmeißen müssen, das kann ich Ihnen sagen.»

Mrs. Shorthouse schien den Anwesenden überhaupt eine Menge sagen zu können. Sie hatte die Erlaubnis bekommen, in ihrer kleinen Küche im hinteren Flügel des Erdgeschosses Kaffee zu kochen und Sandwiches zu machen, und dies gab ihr Gelegenheit, ständig durch den Korridor zu patrouillieren. Die Sandwiches wurden einzeln gebracht, die Tassen nach und nach zum Abwaschen getragen. Dieses Kommen und Gehen versetzte sie in die Lage, dem übrigen Personal den neuesten Stand der Entwicklung zu schildern – und man wartete mit nur schlecht verhohlener Nervosität und Neugier auf jede Fortsetzung ihres Berichts. Mrs. Shorthouse war eigentlich nicht die Beobachterin, die man sich in diesem Kreis gewünscht hätte, doch jede Neuigkeit, wie immer sie aussah und durch wen sie auch gebracht wurde, half die Last der Spannung zu mindern, und jedenfalls kannte sie sich in der Arbeitsweise der Polizei überraschend gut aus.

«Mehrere Beamte durchsuchen jetzt das Gebäude, und sie haben einen Typ an die Tür gestellt. Natürlich haben sie niemand gefunden. Na ja, war ja auch nicht zu erwarten. Wir wissen, dass er nicht aus dem Haus konnte. Oder hinein. Ich hab zu dem Wachtmeister gesagt: ‹In der Klinik wird heut kein Staubkorn mehr weggeputzt, also sagen Sie Ihren Kerlen, sie sollen aufpassen, wo sie hintreten …›

Der Polizeiarzt hat die Leiche untersucht. Der Fingerabdruckexperte ist immer noch unten, und von allen werden die Abdrücke genommen. Den Fotografen hab ich auch gesehen. Er ist mit dem Stativ und einem Riesenkasten, oben weiß und unten schwarz, durch den Flur gegangen …

Das ist aber wirklich komisch. Jetzt suchen sie im Kellerfahrstuhl nach Fingerabdrücken. Messen das Ding auch aus.»

Fredrica Saxon hob den Kopf, schien etwas sagen zu wollen, setzte dann aber ihre Arbeit fort. Der Kellerfahrstuhl, der gut einen Meter im Quadrat maß und durch einen Seilzug bedient wurde, war, als die Klinik noch ein Privathaus war, als Speiseaufzug zwischen der Küche im Keller und dem Esszimmer im ersten Stock benutzt worden. Man hatte ihn nicht ausgebaut. Von Zeit zu Zeit wurden damit Akten aus dem Kellerarchiv in die Sprechzimmer des ersten oder zweiten Stocks geschafft, doch er war ansonsten kaum im Einsatz. Niemand äußerte Vermutungen, warum die Polizei dort wohl nach Fingerabdrücken suchte.

Mrs. Shorthouse verschwand mit zwei Tassen, die sie abwaschen musste. Nach fünf Minuten war sie zurück.

«Mr. Lauder ist im Hauptbüro und telefoniert mit dem Vorsitzenden. Erzählt ihm wahrscheinlich von dem Mord. Da haben die im Verwaltungsrat tüchtig was zu tratschen, das kann ich Ihnen sagen. Schwester Ambrose geht mit einem Beamten die Inventurliste für die Wäsche durch. Anscheinend fehlt eine Gummischürze aus dem Werktherapieraum. Oh, und noch was. Sie machen den Boiler leer. Der soll wahrscheinlich ausgekratzt werden. Nette Geschichte, muss ich schon sagen! Am Montag frieren wir uns zu Tode ...

Der Leichenwagen ist da. Jawohl, der Leichenwagen. Da holen sie nicht die Ambulanz, wissen Sie. Nicht, wenn das Opfer schon tot ist. Sie haben ihn wahrscheinlich kommen hören. Wenn Sie die Vorhänge ein bisschen zur Seite ziehen, können Sie bestimmt sehen, wie sie fortgebracht wird.»

Doch niemand wollte die Vorhänge aufziehen, und als sich die leisen, vorsichtigen Schritte der Bahrenträger an der Tür vorbeiwagten, sagte niemand ein Wort. Fredrica Saxon legte den Stift aus der Hand und neigte den Kopf, als betete sie. Als sich die Haupttür schloss, äußerte sich die allgemeine Erleichterung in einem leisen, gepressten Ausatmen. Dann wieder ein kurzes Schweigen, bis der Wagen abfuhr. Mrs. Shorthouse ergriff als einzige das Wort.

«Armes Mädchen! Na ja, wie die Dinge lagen, hab ich ihr

sowieso bloß noch sechs Monate gegeben, aber ich hätte nie gedacht, dass sie mit den Füßen voran hier verschwindet.»

Jennifer Priddy saß abseits von den anderen auf der Kante der Behandlungscouch. Ihr Gespräch mit dem Kriminalrat war überraschend einfach gewesen. Sie wusste nicht recht, was sie erwartet hatte, doch auf keinen Fall diesen ruhigen, sanften Mann mit der tiefen Stimme. Er hatte ihr nicht sein Bedauern ausgedrückt, dass sie die Leiche gefunden hatte. Er hatte sie auch nicht angelächelt. Er war nicht väterlich oder verständnisvoll gewesen. Er machte den Eindruck, als sei er einzig und allein daran interessiert, möglichst schnell die Wahrheit herauszufinden, und als erwarte er von jedem die gleiche Einstellung. Sie ahnte, dass es schwierig sein würde, ihn anzulügen, und hatte es gar nicht erst versucht. Es war auch alles leicht zu merken gewesen, eine klare Sache. Der Kriminalrat hatte sie eingehend über die zehn Minuten verhört, die sie zusammen mit Peter im Keller verbracht hatte. Das war ganz natürlich. Selbstverständlich fragte er sich, ob Peter Miss Bolam hatte umbringen können, nachdem er von seinem Postgang zurückgekehrt war und ehe sie zu ihm ging. Nun, es war unmöglich. Sie war ihm gleich nachgegangen, Mrs. Shorthouse konnte das bestätigen. Wahrscheinlich hatte der Mord an Enid nicht lange gedauert – sie versuchte nicht über die grausame, kaltblütige Tat nachzudenken –, doch wie schnell das auch abgelaufen war, so viel Zeit hatte Peter nicht gehabt.

Sie dachte über Peter nach. Ihre wenigen einsamen Stunden waren zumeist angefüllt mit dem Gedanken an ihn. Heute jedoch schlich sich Angst in die vertrauten, angenehmen Bilder. Ob er sich über ihr Verhalten ärgerte? Sie dachte beschämt an ihren verspäteten Entsetzensschrei, nachdem sie die Leiche gefunden hatte, und daran, wie sie sich ihm an den Hals geworfen hatte. Er war natürlich sehr freundlich und rücksichtsvoll gewesen – aber das war er ja immer, wenn er nicht arbeitete und sie überhaupt wahrnahm. Sie wusste, dass er Getue hasste und dass jede Zurschaustellung von Zuneigung ihn ärgerte. Sie hatte sich damit abgefunden, dass ihre Liebe – und sie wagte nicht mehr, daran zu zweifeln, dass es Liebe war – sich seinen Bedingungen unterwerfen musste. Seit sie nach der Entdeckung der Leiche kurz im Schwesternzimmer mit ihm zusammen gewesen war, hatte sie nicht mit ihm gesprochen. Sie hatte keine Ahnung, was er empfand. Nur eins wusste sie. Sie konnte ihm heute nicht Modell sitzen. Das hatte nichts mit Scham oder Schuldgefühlen zu tun; solche Hemmungen hatte er ihr längst ausgetrieben. Er rechnete sicher damit, dass sie wie üblich ins Studio kam. Schließlich hatte sie ein sicheres Alibi: Ihre Eltern nahmen an, dass sie den Abendkurs besuchte. Er sah bestimmt keinen vernünftigen Grund, die Verabredung zu ändern, und wenn es um Vernunftgründe ging, war Peter nicht zu schlagen. Aber sie brachte es nicht fertig! Nicht heute Abend. Dabei ging es ihr weniger um das Modellsitzen als um das, was hinterher kam. Sie könnte ihn ja doch nicht abweisen, würde ihn nicht abweisen wollen. Dabei hatte sie seit Enids Tod das Gefühl, sie ertrage heute Abend keine Berührung.

Als sie von dem Verhör beim Kriminalrat zurückkehrte, hatte sich Dr. Steiner neben sie gesetzt und war sehr freundlich zu ihr gewesen. Aber Dr. Steiner war ja immer freundlich. Es gehörte nicht viel dazu, seine Trägheit zu kritisieren oder über seine komischen Patienten zu lachen. Aber er empfand etwas für seine Mitmenschen, während Dr. Baguley, der so schwer arbeitete und sich mit seinen Sprechstunden aufrieb, die Menschen in Wirklichkeit gar nicht mochte, sondern sich das nur wünschte. Jenny hatte keine Ahnung, warum ihr das so deutlich bewusst war. Sie hatte bisher gar nicht richtig darüber nachgedacht. Heute Abend jedoch war ihr Geist unnatürlich wach, nachdem der erste Schock über den Leichenfund vergangen war. All ihre Sinne waren geschärft. Die greifbaren Gegenstände ringsum, der Chintzbezug der Couch, die rote Decke, die zusammengefaltet am Fußende lag, die strahlenden Grün- und Goldtöne der Chrysanthemen auf dem Tisch waren klarer, heller und realer als je zuvor. Sie verfolgte den Umriss von Miss Saxons Arm, der auf dem Tisch lag und das Buch umschloss, in dem sie gerade las, und bemerkte, wie die Tischlampe kleine Lichtkronen auf die winzigen Armhärchen zauberte. Sie fragte sich, ob Peter das Leben ringsum stets mit solchem Staunen und in solcher Klarheit wahrnahm, als sei er in eine fremde Welt geboren worden, die noch all die frischen Farben der Schöpfung offenbarte. Vielleicht war dies das Gefühl, das einen erfüllte, wenn man Maler war.

Wahrscheinlich ist es der Brandy, dachte sie und kicherte leise. Sie erinnerte sich an Schwester Ambroses Murren vor einer halben Stunde: «Was hat Nagle der Priddy gegeben? Das Kind ist ja halb betrunken!» Aber sie war nicht betrunken und glaubte eigentlich auch gar nicht, dass es am Brandy lag.

Dr. Steiner hatte seinen Stuhl neben sie gerückt und ihr kurz die Hand auf die Schulter gelegt. Ohne nachzudenken, hatte Miss Priddy gesagt: «Sie war freundlich zu mir, und ich habe sie nicht gemocht.»

Sie war nicht mehr traurig und hatte auch keine Schuldgefühle mehr. Sie stellte einfach eine Tatsache fest.

«Sie dürfen sich keine Gedanken darüber machen», sagte er leise und tätschelte ihr das Knie. Dagegen hatte sie nichts. Peter hätte gesagt: «Geiler alter Bock! Sag ihm doch, er soll auf seine Pfoten aufpassen!» Aber Peter hätte sich geirrt. Jenny wusste, dass die Geste ein Ausdruck der Freundlichkeit war. Einen Augenblick lang war sie versucht, ihre Hand über die seine zu legen, um ihm zu zeigen, dass sie ihn verstand. Er hatte für einen Mann sehr kleine und helle Hände, die sich sehr von Peters langen, knochigen, farbbefleckten Fingern unterschieden. Sie sah, wie sich die Haare unter seinen Manschetten kräuselten, sah die schwarzen Stoppeln auf den Fingern. Am kleinen Finger trug er einen goldenen Siegelring, der schwer war wie eine Waffe.

«Es ist ganz natürlich, dass Sie so empfinden», sagte er. «Wenn ein Mensch stirbt, wünschen wir uns immer, dass wir netter zu ihm gewesen wären und ihn mehr gemocht hätten. Dagegen kann man nichts tun. Wir dürfen unsere Gefühle nur nicht verdrängen. Wenn wir sie begreifen, lernen wir sie schließlich auch hinzunehmen und mit ihnen zu leben.»

Aber Jenny hörte ihm nicht mehr zu. Denn die Tür war lautlos aufgegangen, und Peter Nagle war eingetreten.

Peter Nagle war es leid, am Empfangspult zu sitzen und mit dem wortkargen Polizisten, der dort Dienst hatte, sinnlose Bemerkungen zu wechseln. Jetzt suchte er Abwechslung im vorderen Sprechzimmer. Obwohl sein Verhör vorüber war, konnte er die Klinik noch nicht verlassen. Der Sekretär rechnete offensichtlich damit, dass er blieb, bis das Gebäude geschlossen werden konnte, und dann war es seine Aufgabe, Montag früh wieder aufzuschließen. So wie die Dinge liefen, konnte er hier noch stundenlang festsitzen. Noch am Vormittag hatte er vorgehabt, früh nach Hause zu gehen und an dem Bild zu arbeiten, doch das konnte er aufstecken. Es mochte dreiundzwanzig Uhr werden, bis die Sache erledigt war. Aber selbst wenn sie zusammen zur Wohnung in Pimlico gingen, würde Jenny heute Abend nicht für ihn sitzen – das stand ihr auf dem Gesicht geschrieben. Als er eintrat, kam sie nicht sofort auf ihn zu, und für dieses bisschen Beherrschung war er ihr schon dankbar. Aber sie warf ihm einen scheuen Blick von der Seite zu, halb verschwörerisch, halb flehend. Das war ihre Art, ihn um Verständnis und Verzeihung zu bitten. Na ja, ihm tat es auch Leid. Er hatte gehofft, heute Abend drei gute Stunden arbeiten zu können, dabei wurde die Zeit langsam knapp. Aber wenn sie ihm nur sagen wollte, dass sie heute nicht in der Stimmung fürs Bett war, na ja, das passte ihm ganz gut. Es hätte ihm an den meisten Abenden gepasst, damit sie's nur wusste! Wo sie nun schon mal lästigerweise darauf bestand, genommen zu werden, hätte er sie am liebsten einfach und schnell wie eine Mahlzeit konsumiert, als etwas, mit dem man einen Appetit stillt, dessen man sich nicht zu schämen braucht, um den man aber auch kein großes Aufhebens macht. Doch so war Jenny nicht gebaut. Er hatte es gar nicht so schlau angestellt, wie er angenommen hatte, und jetzt war Jenny verliebt. Sie liebte ihn mit einer hoffnungslosen, unsicheren Leidenschaft und verlangte ständige Beteuerungen, Zärtlichkeiten und zeitraubende Techniken, die ihn erschöpften und ihm kaum Befriedigung verschafften. Sie hatte große Angst davor, schwanger zu werden, sodass ihr Vorspiel unangenehm klinisch ausfiel und meistens damit endete, dass sie heftig schluchzend in seinen Armen lag. Als Maler war er von ihrem Körper besessen. Kein Gedanke daran, dass er jetzt das Modell wechselte, was er sich auch gar nicht leisten konnte. Doch auch Jenny wurde langsam zu teuer.

Miss Bolams Tod ging ihm nicht sonderlich nahe. Vermutlich hatte sie immer gewusst, wie wenig er eigentlich für sein Geld tat. Das übrige Personal ließ sich täuschen, indem es ihn mit dem armen Cully verglich, und hielt ihn für ein Muster an Fleiß und Intelligenz. Aber die Bolam war kein Dummkopf gewesen. Nicht dass er faul war. Man konnte in der Steen-Klinik ein ruhiges Leben genießen, ohne in diesen Verdacht zu geraten – und die meisten Leute, einschließlich etlicher Psychiater, hatten sich entsprechend eingerichtet. Seine Pflichten forderten ihn bei weitem nicht bis zur Grenze seiner Fähigkeiten, und er gab nicht mehr als nötig. Enid Bolam hatte das erkannt, doch keiner von beiden machte sich Sorgen darüber. Wenn er ging, konnte sie ihn bestenfalls durch einen Hausdiener ersetzen, der weniger arbeitete und weniger tüchtig war. Und er war gebildet, gepflegt und höflich. Das hatte Miss Bolam viel bedeutet. Er lächelte bei dem Gedanken, wie viel es ihr bedeutet hatte. Nein, die Bolam hatte ihn nie gestört. Doch bei ihrer Nachfolgerin war er sich seiner Sache weniger sicher.

Er blickte zu Mrs. Bostock hinüber, die abseits in einem der bequemen Besucherstühle saß, die er aus dem Wartezimmer herübergeholt hatte. Sie neigte sich eifrig über ein Buch, doch Nagle nahm an, dass sie mit den Gedanken ganz woanders war. Vermutlich berechnete sie das Datum ihrer Beförderung zur Verwaltungschefin. Der Mord war ein Glücksfall für sie, kein Zweifel. Der krankhafte Ehrgeiz einer Frau war nicht zu übersehen. Sie brannte förmlich von innen heraus. Unter der starren Maske war Mrs. Bostock so ruhelos und nervös wie eine streunende Katze. Er schlenderte quer durchs Zimmer und lehnte sich neben ihrem Stuhl an die Wand, wobei seine Hand ihre Schulter streifte.

«Hübsche Gelegenheit für Sie, was?», fragte er.

Sie nahm den Blick nicht von der Buchseite, doch er wusste, dass sie ihm antworten musste. Sie konnte der Versuchung nicht widerstehen, sich zu verteidigen, selbst wenn eine Verteidigung sie nur noch verwundbarer machte. Sie ist wie alle anderen, dachte er. Sie kann das verdammte Maul nicht halten.

«Ich weiß nicht, was Sie meinen, Nagle.»

«Ach, tun Sie doch nicht so. Ich bewundere Ihre Schau schon seit sechs Monaten. Jawohl, Herr Doktor. Nein, Herr Doktor. Wie Sie wollen, Herr Doktor. Ich würde Ihnen ja gern helfen, Herr Doktor, aber es gibt da gewisse Hindernisse … Na, und ob! Sie hat sich immer gewehrt. Und jetzt ist sie tot. Hübsch für Sie. Und nach der neuen Verwaltungschefin braucht man nicht lange zu suchen.»

«Sie sind unverschämt und absurd! Und warum helfen Sie Mrs. Shorthouse nicht mit dem Kaffee?»

«Weil ich dazu keine Lust habe! Noch sind Sie nicht Verwaltungschefin, vergessen Sie das nicht.»

«Sicher wird sich die Polizei dafür interessieren, wo Sie heute Abend waren. Immerhin war es Ihr Meißel.»

«Ich war mit der Post unterwegs und habe meine Abendzeitung geholt. Schade, nicht? Und da frage ich mich doch, wo Sie um achtzehn Uhr zweiundzwanzig gesteckt haben!»

«Woher wissen Sie, dass sie um achtzehn Uhr zweiundzwanzig gestorben ist?»

«Ich weiß es nicht. Aber Schwester Ambrose hat sie um achtzehn Uhr zwanzig die Kellertreppe hinabgehen sehen, und soweit ich weiß, gab es für sie keinen Grund, sich länger im Keller aufzuhalten. Es sei denn, Ihr lieber Dr. Etherege wäre unten gewesen. Aber der würde sich doch nicht dazu hergeben, Miss Bolam an sich zu drücken, oder? Sie ist nicht ganz sein Typ, würde ich sagen. Doch Sie kennen seinen Geschmack in dieser Hinsicht natürlich besser.»

Plötzlich fuhr sie von ihrem Stuhl hoch, holte mit dem rechten Arm aus und versetzte ihm eine so kräftige Ohrfeige, dass er im ersten Augenblick das Gleichgewicht verlor. Der Schlag hallte durch das Zimmer. Alle blickten auf. Nagle hörte, wie Jennifer Priddy den Atem anhielt, sah Dr. Steiners besorgtes Stirnrunzeln, während er fragend von einem zum anderen schaute, bemerkte Fredrica Saxons verächtlichen Blick, ehe sie sich wieder ihrem Buch zuwandte. Mrs. Shorthouse, die an einem Wandtisch Teller auf ein Tablett stapelte, drehte sich eine Sekunde zu spät um. Der wache Blick ihrer kleinen Augen zuckte hin und her; sie ärgerte sich, dass sie etwas Sehenswertes verpasst hatte. Mrs. Bostock sank mit gerötetem Gesicht wieder auf ihren Stuhl und nahm ihr Buch zur Hand. Nagle, der sich die Wange hielt, lachte laut auf.

«Ist etwas los?», fragte Steiner. «Was ist denn passiert?»

In diesem Augenblick öffnete sich die Tür, und ein uniformierter Polizeibeamter steckte den Kopf durch den Spalt und sagte: «Der Kriminalrat möchte jetzt mit Mrs. Shorthouse sprechen.»

Mrs. Amy Shorthouse hatte nicht eingesehen, warum sie inArbeitskleidung auf ihr Gespräch mit dem Kriminalrat warten sollte, sodass sie, als sie zu Dalgliesh gerufen wurde, zum Nachhausegehen umgezogen war. Die Verwandlung war auffällig. Die bequemen Arbeitssandalen waren durch modische, hochhackige Schuhe abgelöst worden, der weiße Kittel durch einen Pelzmantel und das Kopftuch durch einen blödsinnigen Hut nach neuester Mode. Der Gesamteindruck war seltsam altmodisch. Mrs. Shorthouse sah wie ein Überbleibsel aus den lustigen zwanziger Jahren aus, eine Wirkung, die durch die Kürze ihres Rocks und die an Stirn und Wangen sorgfältig arrangierten wasserstoffblonden Locken noch verstärkt wurde. Doch in ihrer Stimme lag nichts Gekünsteltes, und Dalgliesh vermutete, dass sie auch als Mensch kaum Falschheit kannte. Ihre kleinen grauen Augen blickten aufgeweckt und belustigt. Sie war weder erschrocken noch bekümmert. Er vermutete, dass sich Mrs. Shorthouse mehr Aufregung wünschte, als das Leben normalerweise bot, und dass sie Spaß an der Sache hatte. Sie wünschte sicher keinem Menschen ein gewaltsames Ende, aber da es nun einmal geschehen war, wollte sie das Beste daraus machen.

Als sie sich nach der Einleitung den Ereignissen des Abends zuwandten, rückte Mrs. Shorthouse mit ihrer wichtigsten Information heraus.

«Brauch gar nicht erst behaupten, ich könnte Ihnen den Täter verraten, denn ich kann's nicht. Oh, ich hätte so meine Vermutungen. Aber etwas kann ich Ihnen genau sagen. Ich war der letzte Mensch, der mit ihr gesprochen hat, kein Zweifel.

Nein, streichen Sie das! Ich war der letzte, der persönlich mit ihr gesprochen hat – bis auf den Mörder natürlich.»

«Sie meinen, dass sie hinterher noch telefonierte? Wollen Sie sich bitte ganz klar ausdrücken! Ich habe heute Abend schon genügend Rätsel zu knacken.»

«Ein kluger Bursche sind Sie, was?», erwiderte Mrs. Shorthouse ohne Groll. «Na ja, es war in dem Büro hier. So gegen zehn nach sechs kam ich rein, um mich zu erkundigen, wie viel Urlaub ich noch habe, weil ich nächste Woche einen Tag freinehmen will. Miss Bolam zog meine Akte heraus – aber die war eigentlich schon draußen, wenn ich's genau bedenke –, und wir klärten die Sache und plauderten dann noch ein wenig über die Arbeit. Ich war schon auf dem Weg nach draußen und stand noch einen Augenblick an der Tür – gewissermaßen auf ein letztes Wort –, als das Telefon klingelte.»

«Jetzt überlegen Sie bitte genau, Mrs. Shorthouse», sagte Dalgliesh. «Dieser Anruf kann wichtig sein. Erinnern Sie sich daran, was Miss Bolam gesagt hat?»

«Sie meinen, jemand hat sie in den Tod gelockt, ja?», fragte Mrs. Shorthouse voller Wohlbehagen. «Na ja, könnte schon sein, wenn man s genau bedenkt.»

Dalgliesh hielt seine Zeugin für alles andere als dumm. Er beobachtete, wie sie das Gesicht in simulierter Anstrengung verzog, und war sicher, dass sie sich genau erinnerte.

Nach einer hübsch bemessenen Spannungspause sagte Mrs. Shorthouse: «Na ja, wie ich schon sagte, das Telefon klingelte. Muss etwa gegen achtzehn Uhr fünfzehn gewesen sein. Miss Bolam nahm den Hörer ab und sagte: ‹Verwaltungschefin.› Sie meldete sich immer so. Machte viel von ihrem Posten her. Peter Nagle sagte dann immer: ‹Was glaubt sie wohl, wen wir am anderen Ende erwarten? Chruschtschow?› Nicht dass er ihr das ins Gesicht gesagt hätte. O nein! Jedenfalls hat sie sich so gemeldet. Dann gab's eine kleine Pause, und sie blickte zu mir auf und sagte: ‹Ja, bin ich!› Sollte wohl bedeuten, dass sie allein war, mich nicht mitgerechnet. Dann gab es eine längere Pause, während der Kerl am anderen Ende redete. Dann sagte sie: ‹Na gut. Ich komme runter.› Und dann hat sie mich noch gebeten, Mr. Lauder in ihr Büro zu führen, falls ich grade um den Weg wär, und ich hab gesagt: ‹Mach ich›, und bin rausgegangen.»

«Sie erinnern sich ganz genau an das Telefongespräch?»

«So wahr ich hier sitze. Das hat sie gesagt.»

«Sie haben von dem Kerl am anderen Ende gesprochen. Woher wussten Sie, dass es ein Mann war?»

«Wissen tu ich gar nichts. Hab's wohl nur vermutet. Also, wär ich näher am Tisch gewesen, hätt ich's hören können. Manchmal kann man am Rauschen im Hörer erkennen, wer dran ist. Aber ich stand ja an der Tür.»

«Und Sie haben die andere Stimme überhaupt nicht gehört?»

«Richtig. Das könnte heißen, dass er leise gesprochen hat.»

«Was geschah dann, Mrs. Shorthouse?»

«‹Tschüs› hab ich gesagt und bin rüber ins Hauptbüro, wo noch bisschen was zu tun war. Dort hat Peter Nagle auf die kleine Priddy eingeredet und sie wie üblich von der Arbeit abgehalten, und Cully saß in der Empfangsloge – die beiden waren's also nicht. Als ich kam, zog Peter mit der Post los. Das macht er immer gegen Viertel nach sechs.»

«Haben Sie gesehen, wie Miss Bolam ihr Büro verließ?»

«Nein. Ich sag Ihnen doch – ich war bei Nagle und Miss Priddy. Schwester Ambrose hat sie aber gesehen. Fragen Sie sie. Schwester Ambrose hat sie den Flur entlanggehen sehen.»

«Das weiß ich. Ich habe mit Schwester Ambrose schon gesprochen. Ich wollte nur wissen, ob Miss Bolam Ihnen aus dem Zimmer gefolgt ist.»

«Nein. Jedenfalls nicht sofort. Vielleicht hat sie gemeint, es geschieht dem Kerl Recht, wenn er auf sie warten muss.»

«Mag sein», sagte Dalgliesh. «Aber sie wäre doch sicher prompt nach unten gegangen, wenn ein Arzt angerufen hätte.»

Mrs. Shorthouse lachte schallend.

«Vielleicht. Vielleicht auch nicht. Sie haben Miss Bolam nicht gekannt.»

«Wie war sie denn, Mrs. Shorthouse?»

«Gar nicht so übel. Wir sind miteinander ausgekommen. Sie mochte Leute, die arbeiten können, und darauf versteh ich mich nun wirklich. Na ja – Sie sehen ja selber, wie der Laden hier in Schuss ist.»

«Allerdings.»

«Wenn sie was sagte, stand sie auch dazu, das halt ich ihr zugut. Nichts hinterm Rücken rum. Dafür hat sie schon mal den Mund aufgemacht, wenn man nicht aufpasste. Aber mir ist's lieber so. Wir beide haben uns verstanden. «

«Hatte sie Feinde – irgendjemand, der ihr etwas nachtrug?»

«Muß ja wohl so sein, nicht? Das war kein freundlicher Klaps auf den Kopf. Geht aber ein bisschen weit, wenn Sie mich fragen.» Sie stemmte die Füße gegen den Boden und beugte sich vertraulich zu Dalgliesh herüber.

«Hören Sie, Meister», sagte sie. «Miss Bolam hat die Leute auf die Barrikaden getrieben. Manche Typen sind eben so, Sie wissen schon – können nichts durchgehen lassen. Recht war Recht, und Unrecht war Unrecht, und dazwischen gab es gar nichts. Streng. Ja, das war sie – streng.» Mrs. Shorthouses Tonfall und zusammengepresste Lippen verrieten höchste tugendsame Unbeugsamkeit. «Zum Beispiel die lächerliche Geschichte mit dem Anwesenheitsbuch. Alle Ärzte sollten sich da eintragen, damit Miss Bolam ihren Monatsbericht an das Komitee geben konnte. Alles gut und schön. Nun, das Buch lag früher auf einem Tisch in der Ärztegarderobe und störte keinen. Dann fällt Miss Bolam auf, dass Dr. Steiner und Dr. McBain öfter zu spät kommen, und sie tut das Buch in ihr Büro. Jetzt müssen alle zu ihr hinein, um sich einzutragen. Na ja, Dr. Steiner hat es meistens nicht getan. ‹Sie weiß, dass ich da bin›, sagt er. ‹Und ich bin Arzt und kein Fabrikarbeiter. Wenn sie will, dass ich mich in ihr blödes Buch eintrage, kann sie es ja wieder in die Garderobe legen.› Seit über einem Jahr versuchen die Ärzte sie loszuwerden, das weiß ich.»

«Woher wissen Sie das, Mrs. Shorthouse?»

«Lassen wir's dabei, dass ich es weiß. Dr. Steiner konnte die Bolam nicht leiden. Er steht auf Psychotherapie. Intensive Psychotherapie. Schon mal davon gehört?»

Dalgliesh gab es zu. Mrs. Shorthouse warf ihm einen ungläubig-misstrauischen Blick zu. Dann beugte sie sich verschwörerisch vor, als wollte sie auf eine von Dr. Steiners weniger angenehme Eigenarten zu sprechen kommen.

«Er ist analytisch orientiert, jawohl, das ist er. Analytisch orientiert. Wissen Sie, was das heißt?»

«Ich kann's mir denken.»

«Dann wissen Sie auch, dass er nicht viele Patienten empfängt. Zwei pro Sprechstunde, wenn's hoch kommt drei, und nur alle acht Wochen ein neuer Patient. Das belebt nicht gerade die Statistik.»

«Die Statistik?»

«Na, die Besuchszahlen. Die werden dem Verwaltungsrat vierteljährlich gemeldet. Miss Bolam war scharf darauf, die Zahlen hochzutreiben.»

«Dann muss ja Dr. Baguley bei ihr einen Stein im Brett gehabt haben. Wie ich höre, ist seine EST-Sprechstunde ziemlich überlaufen.»

«O ja, das gefiel ihr. Was ihr weniger gefiel, war seine Scheidung.»

«Hatte die denn etwas mit der Statistik zu tun?», stellte sich Dalgliesh dumm. Mrs. Shorthouse sah ihn mitleidig an.

«Wer redet denn von der Statistik? Wir waren bei den Baguleys. Die beiden wollten sich scheiden lassen, weil Dr. Baguley eine Affäre mit Miss Saxon hatte. Es hat auch in allen Zeitungen gestanden. Frau eines Psychiaters gibt Psychologin als Scheidungsgrund an. Aber dann zog Mrs. Baguley die Klage plötzlich zurück. Ohne einen Grund zu nennen. Niemand wusste, warum. Aber das machte hier keinen Unterschied. Dr. Baguley und Miss Saxon haben ganz normal weiter zusammen gearbeitet. Und daran hat sich bis heute nichts geändert.»

«Und Dr. Baguley und seine Frau haben sich ausgesöhnt?»

«Wer redet denn davon? Sie sind noch verheiratet, mehr weiß ich nicht. Seitdem war Miss Bolam nicht mehr gut auf Miss Saxon zu sprechen. Aber sie hat auch nie darüber geredet; Klatsch mochte sie nicht, das muss man ihr lassen. Aber sie hat Miss Saxon spüren lassen, was sie dachte. Sie war gegen solche Sachen, jawohl. Bei Miss Bolam gab es keine Bettgeschichten, das kann ich Ihnen sagen!»

Dalgliesh erkundigte sich, ob es mal jemand bei Miss Bolam probiert habe. Fragen dieser Art stellte er normalerweise äußerst taktvoll, doch bei Mrs. Shorthouse hatte er das Gefühl, auf Feinheiten verzichten zu können. Sie lachte schrill.

«Was glauben Sie denn? Soweit ich weiß, hatte sie nichts mit Männern im Sinn. Aber was hier manchmal so behandelt wird, kann einem schon den Sex für immer vermiesen. Miss Bolam hat sich einmal beim Chefarzt über Berichte beschwert, die Miss Priddy abtippen musste. Das wäre ja nicht mehr anständig, sagte sie. Überhaupt war sie immer ein bisschen komisch mit der Priddy. Wenn Sie mich fragen, hat sie um das Kind zu viel Getue gemacht. Als junges Mädchen war die

Priddy wohl mal in Miss Bolams Pfadfindergruppe oder so, und wahrscheinlich wollte die Bolam ein Auge auf sie haben, damit sie ja nicht vergaß, was sie ihr beigebracht hatte. Das Kind war deswegen manchmal richtig verlegen. Aber sonst war nichts dran. Sie können ruhig weghören, wenn so was angedeutet wird. Hier hat so mancher eine schmutzige Phantasie, daran führt kein Weg vorbei.»

Dalgliesh fragte, ob Miss Bolam die Freundschaft Miss Priddys mit Nagle gebilligt habe.

«Oh, darauf wollen Sie hinaus, wie? Da gibt es nichts zu billigen, wenn Sie mich fragen. Nagle ist ein kalter Fisch und ein Geizkragen. Sie sollten mal versuchen, sein Teegeld aus ihm rauszubekommen! Er und Priddy turteln ein bisschen herum, und ich wette, dass Tigger ein paar hübsche Geschichten auf Lager hätte, wenn Katzen reden könnten. Ich glaube aber nicht, dass die Bolam was gemerkt hat. Sie war meistens in ihrem Büro. Außerdem hatte Nagle im Hauptbüro nichts zu suchen, und die Arztsekreträrinnen haben immer ziemlich viel zu tun, sodass nicht viel Zeit für Getummel war. Nagle hat sich große Mühe gegeben, bei Miss Bolam einen guten Eindruck zu machen. Und was für ein Musterknabe er ist! Niemals krank, immer pünktlich, der brave Peter. Bis auf einmal, da blieb er montags mal in der U-Bahn stecken – mein Gott, hat er sich drüber aufgeregt! Ein Minuspunkt für ihn, verstehen Sie. Er kam sogar am ersten Mai, obwohl er die Grippe hatte, nur weil wir den Herzog erwarteten und natürlich Peter Nagle hier sein musste, um zu sehen, ob alles richtig lief. 39,5 Fieber hatte er, Schwester Ambrose hat's gemessen. Miss Bolam hat ihn dann fix nach Hause geschickt, kann ich Ihnen sagen. Dr. Steiner hat ihn heimgefahren.»

«Ist allgemein bekannt, dass Mr. Nagle seine Werkzeuge im Hausdienerzimmer aufbewahrt?»

«Natürlich! Wo denn sonst. Dauernd muss er was ausbessern, und wo soll er seine Werkzeuge auch hintun? Er stellt sich ziemlich damit an. Cully darf sie nicht anfassen. Sie gehören ja auch nicht der Klinik, sondern Nagle. Vor sechs Wochen hat's vielleicht einen Aufstand gegeben, als sich Dr. Steiner einen Schraubenzieher auslieh, um etwas an seinem Wagen nachzustellen. Er ist ja so was von ungeschickt – prompt hat er das Ding verbogen. Da war was geboten! Nagle hielt Cully für den Übeltäter, und die beiden haben sich so verkracht, dass Cullys Magenschmerzen wiederkamen – der arme, alte Kerl. Dann kriegte Nagle heraus, dass Dr. Steiner gesehen worden war, wie er mit dem Werkzeug das Hausdienerzimmer verließ, und beschwerte sich bei Miss Bolam. Die sprach mit Dr. Steiner und veranlasste ihn, einen neuen Schraubenzieher zu kaufen. Hier kriegen Sie was vom Leben mit, das kann ich Ihnen sagen. Keine langweilige Minute. Bloß einen Mord haben wir noch nicht gehabt. Ist mal was anderes. Aber nicht grade lustig.»

«Ganz recht. Wenn Sie eine Vorstellung haben, wer der Mörder ist, Mrs. Shorthouse, müssen Sie's mir jetzt sagen.»

Mrs. Shorthouse verschob mit angefeuchtetem Finger ein Stirnlöckchen, rückte sich den Mantel zurecht und stand auf. Damit zeigte sie, dass das Gespräch ihrer Meinung nach beendet war.

«O nein! Das Mörderfangen ist Ihr Bier, Kumpel, und ich wünsche Ihnen viel Glück. Aber eins will ich doch sagen. Von den Ärzten war's keiner. Die haben nicht den Mumm dazu, Psychiater sind ein ängstlicher Haufen. Was man dem Mörder auch nachsagen kann, Mut hat er.»

Dalgliesh beschloss, sich als nächste die Ärzte vorzunehmen. Ihn überraschte und interessierte ihre Geduld, ihre bereitwillige Hinnahme seiner Rolle. Er hatte sie warten lassen, weil er es für wichtiger hielt, andere Leute vorzuziehen, sogar eine anscheinend weniger wichtige Zeugin wie die Hausgehilfin. Es sah fast so aus, als erkannten sie, dass er sie nicht zu ärgern oder unnötig auf die Folter zu spannen versuchte. Er hätte keine Skrupel gehabt, beides zu tun, wenn das einen Sinn gehabt hätte, doch nach seiner Erfahrung ließen sich nützliche Informationen meistens dann gewinnen, wenn ein Zeuge noch keine Zeit zum Nachdenken gehabt hatte und sich durch Schock oder Angst zu unbesonnener Geschwätzigkeit verleiten ließ. Die Ärzte hatten sich nicht abgesondert. Sie hatten ruhig und ohne Protest mit den anderen im vorderen Sprechzimmer gewartet. Sie billigten ihm zu, dass er sich auf seine Arbeit verstand, und ließen ihn nach eigenem Ermessen vorgehen. Er fragte sich, ob Chirurgen oder praktische Ärzte ebenso entgegenkommend gewesen wären, und musste dem Sekretär Recht geben, dass es Leute gab, die im Umgang schwieriger waren als Psychiater.

Auf Bitte des Chefarztes wurde Dr. Mary Ingram als erste vorgelassen. Sie hatte drei kleine Kinder und musste so schnell wie möglich nach Hause. Sie hatte beim Warten immer wieder krampfhaft geweint, zur Verwirrung ihrer Kollegen, die mit einem Kummer nichts anfangen konnten, der ihnen unvernünftig und unangebracht vorkam. Schließlich hielt sich Schwester Bolam sehr gut, und sie war eine Verwandte. Dr. Ingrams Tränen steigerten die Spannung und weckten ein irrationales Schuldgefühl in allen, deren Gefühle weniger unkompliziert waren. Es herrschte die Meinung vor, dass man sie unverzüglich zu ihren Kindern schicken sollte. Sie konnte Dalgliesh wenig sagen. Sie kam nur zweimal wöchentlich in die Klinik, um bei den EST-Behandlungen zu helfen, und hatte Miss Bolam kaum gekannt. Sie war in der entscheidenden Zeit zwischen achtzehn Uhr zwanzig und neunzehn Uhr ununterbrochen mit Schwester Ambrose im EST-Zimmer zusammen gewesen. Auf Dalglieshs Frage räumte sie ein, dass Dr. Baguley den Raum nach achtzehn Uhr fünfzehn vielleicht kurze

Zeit verlassen hatte, doch sie erinnerte sich nicht genau, wann oder wie lange. Schließlich sah sie Dalgliesh mit geröteten Augen an und sagte: «Sie werden den Täter doch finden, nicht wahr? Die arme Frau!»

«Wir finden ihn», erwiderte Dalgliesh.

Dr. Etherege war der nächste. Ohne gefragt zu werden, machte er die notwendigen Angaben zur Person und fuhr fort: «Was meine Handlungen heute Abend angeht, kann ich Ihnen leider nicht viel weiterhelfen. Ich traf kurz vor siebzehn Uhr in der Klinik ein und suchte Miss Bolam auf, ehe ich nach oben ging. Wir sprachen über ganz alltägliche Dinge. Sie kam mir nicht anders vor als sonst und sagte kein Wort darüber, dass sie den Sekretär um ein Gespräch gebeten hatte. Ich ließ um ungefähr siebzehn Uhr fünfzehn Mrs. Bostock aus dem Hauptbüro heraufkommen und diktierte ihr bis gegen zehn vor sechs. Dann ging sie mit der Post nach unten. Etwa zehn Minuten später kam sie zurück, und das Diktat ging weiter bis kurz vor halb sieben. Anschließend tippte sie im Nebenzimmer ein Tonband ab. Manche meiner Gespräche mit Patienten werden mitgeschnitten und später abgeschrieben – für Forschungszwecke oder für die Krankengeschichte. Ich habe in meinem Sprechzimmer allein weitergearbeitet und zwischendurch nur einmal etwas in der Bibliothek nachgeschlagen – an den Zeitpunkt erinnere ich mich nicht mehr, doch es muss kurz nach Mrs. Bostocks Fortgang gewesen sein. Sie kam schließlich herüber und fragte mich nach einem Detail. Das ist sicher kurz vor neunzehn Uhr gewesen, denn wir waren zusammen, als mich Schwester Ambrose anrief, um mir die Sache mit Miss Bolam mitzuteilen. Miss Saxon kam aus ihrem Zimmer in der zweiten Etage, um nach Hause zu gehen, und holte uns auf der Treppe ein – und sie und ich sind dann in den Keller gegangen. Sie wissen selbst, was wir dort gefunden haben und was ich anschließend tat, um zu gewährleisten, dass niemand die Klinik verließ.»

«Sie scheinen sehr geistesgegenwärtig gehandelt zu haben, Herr Doktor», sagte Dalgliesh. «Dank Ihrer Maßnahmen können wir unsere Ermittlungen sehr viel enger fassen. Es sieht doch so aus, nicht wahr, als wäre der Mörder noch im Haus?»

«Cully hat mir jedenfalls versichert, dass nach siebzehn Uhr niemand an ihm vorbeigekommen ist, ohne sich einzutragen. So ist nun mal unser System. Die Folgerung, die sich aus der verschlossenen Hintertür ergibt, ist beunruhigend, aber Sie sind sicher ein viel zu erfahrener Beamter, um voreilige Schlüsse zu ziehen. Kein Gebäude ist komplett verschließbar. Der ... die verantwortliche Person hätte jederzeit eindringen können, vielleicht sogar schon heute früh, um sich im Keller zu verstecken.»

«Können Sie mir sagen, wo sich diese Person hätte verstecken sollen oder wie sie später aus der Klinik gekommen ist?»

Der Chefarzt antwortete nicht.

«Haben Sie eine Vorstellung, wer die Person sein könnte?»

Dr. Etherege fuhr sich langsam mit dem Mittelfinger an der rechten Augenbraue entlang. Dalgliesh hatte diese Bewegung schon im Fernsehen bemerkt und sagte sich jetzt wie damals, dass sie dazu diente, die Aufmerksamkeit auf eine schlanke Hand und eine hübsch geschwungene Braue zu lenken, während sie als Indiz für ernsthaftes Nachdenken etwas gekünstelt wirkte.

«Ich habe keine Ahnung. Die Tragödie ist unfassbar. Ich will nicht behaupten, dass mit Miss Bolam immer leicht auszukommen war. Sie war manchmal befremdend.» Er lächelte abweisend. «Aber auch wir sind nicht immer leicht zu ertragen, und wer als Verwaltungschefin einer psychiatrischen Klinik Erfolg haben will, müsste wahrscheinlich weitaus toleranter sein als Miss Bolam und vielleicht weniger besessen. Aber hier geht es um einen Mord! Ich kann mir keinen Patienten oder Klinikangehörigen vorstellen, der sie umbringen wollte. Für mich als Chefarzt ist es ein schrecklicher Gedanke, dass in der Steen-Klinik womöglich ein dermaßen gestörter Mensch arbeitet, ohne dass ich eine Ahnung davon hatte.»

«Gestört oder böse», sagte Dalgliesh, der der Versuchung nicht widerstehen konnte.

Wieder lächelte Dr. Etherege, als habe er es mit einem unwissenden Gesprächspartner in einer Fernsehdiskussion zu tun, dem er einen schwierigen Umstand erklären musste. «Böse? Ich bin nicht kompetent, diese Frage in theologischen Begriffen zu erörtern.»

«Ich auch nicht, Doktor», erwiderte Dalgliesh. «Aber dieses Verbrechen sieht mir nicht nach der Arbeit eines Geistesgestörten aus. Hinter der Tat steckt Intelligenz.»

«Es gibt hochintelligente Psychopathen, Herr Kriminalrat. Nicht dass ich mich in der Psychopathie auskenne. Ein sehr interessantes Gebiet, aber nicht meine Fachrichtung. Die Steen-Klinik hat niemals Anspruch erhoben, diese Krankheit behandeln zu können.»

Da war die Steen-Klinik in guter Gesellschaft, überlegte Dalgliesh. Das Gesetz über Geisteskrankheiten von 1959 mochte die Psychopathie als eine Störung bezeichnen, die ärztliche Behandlung erforderte oder darauf reagierte, doch seitens der Ärzte bestand keine große Neigung, sie zu behandeln. Das Wort schien von den Psychiatern eher abwertend verwendet zu werden, und er machte eine entsprechende Bemerkung. Dr. Etherege lächelte nachsichtig, ohne sich provozieren zu lassen.

«Ich habe noch keinen klinischen Begriff nur deswegen akzeptiert, weil er in einem Gesetz definiert war. Doch es gibt die Psychopathie. Im Augenblick bin ich allerdings nicht der Meinung, dass sie sich medizinisch behandeln lässt. Ganz sicher bin ich aber, dass sie auch nicht durch eine Gefängnisstrafe beeinflusst werden kann. In unserem Fall steht noch gar nicht fest, dass wir nach einem Psychopathen suchen müssen.»

Dalgliesh fragte Dr. Etherege, ob er wisse, wo Nagle sein Werkzeug aufbewahre und welcher Schlüssel zum Archivraum gehöre.

«Den Schlüssel kenne ich. Wenn ich spät arbeite, brauche ich manchmal eine der alten Akten und hole sie mir selbst. Ich widme mich Forschungsarbeiten auf mehreren Gebieten, halte natürlich Vorträge und publiziere, und dazu brauche ich Zugang zu den Krankengeschichten. Zuletzt habe ich mir vor etwa zehn Tagen eine Akte geholt. Ich glaube nicht, dass ich den Werkzeugkasten im Hausdienerzimmer je bewusst wahrgenommen habe, aber ich weiß, dass Nagle sein privates Werkzeug hier hat und es damit sehr genau nimmt. Hätte ich einen Meißel gebraucht, wäre ich wahrscheinlich ins Hausdienerzimmer gegangen. Das Werkzeug hätte kaum anderswo sein können. Und ebenso selbstverständlich hätte ich Tippetts Fetisch in der Werktherapieabteilung gesucht. Eine seltsame Wahl der Waffen! Ich finde besonders interessant, wie sehr sich der Mörder zu bemühen scheint, das Klinikpersonal in Verdacht zu bringen.»

«Angesichts der verschlossenen Türen kann sich der Verdacht auch kaum in eine andere Richtung wenden.»

«Das wollte ich ja damit sagen, Herr Kriminalrat. Wenn jemand vom Personal Miss Bolam umgebracht hätte, müsste er doch den Verdacht von den relativ wenigen Leuten ablenken wollen, die heute Abend im Haus waren. Das wäre am einfachsten zu erreichen gewesen, indem er eine der Türen öffnete. Dazu musste er natürlich Handschuhe tragen, aber das hat er ja wohl sowieso getan.»

«An keinem der Mordwerkzeuge finden sich Fingerabdrücke. Sie wurden abgewischt, doch wahrscheinlich trug der Täter wirklich Handschuhe.»

«Und doch blieben die Türen verschlossen – der stärkste Beweis, dass der Mörder noch im Haus war. Warum? Es wäre riskant gewesen, die Seitentür im Erdgeschoß aufzuschließen. Wie Sie wissen, liegt sie zwischen dem EST-Raum und dem Personalzimmer und führt auf eine hell erleuchtete Straße. Es wäre schwierig, die Tür zu öffnen, ohne die Gefahr einzugehen, gesehen zu werden – und ein Mörder wäre kaum auf diesem Weg geflohen. Aber da haben wir noch die beiden Feuer-Notausgänge im ersten und zweiten Stock und die Tür im Keller. Warum hat der Täter nicht eine dieser Türen geöffnet? Die Antwort kann doch nur lauten, dass der Mörder zwischen der Tat und dem Auffinden der Leiche nicht die Zeit dazu hatte oder dass es in seiner Absicht lag, das Klinikpersonal ins Zwielicht zu bringen, selbst wenn sich damit die Gefahr für ihn zwangsläufig erhöhte.»

«Sie sprechen von einem ‹Er›, Doktor. Glauben Sie als Psychologe, dass wir nach einem Mann suchen müssten?»

«O ja! Ich würde sagen, dass es sich um die Tat eines Mannes handelt.»

«Obwohl dazu keine große Körperkraft erforderlich war?», fragte Dalgliesh.

«Ich denke dabei nicht in erster Linie an die Kraft, sondern an die Mordmethode und an die Wahl der Waffen. Ich kann hier natürlich nur meine Meinung äußern, und ich bin kein Kriminalist. Aber ich glaube, dass es die Tat eines Mannes ist. Natürlich könnte auch eine Frau die Täterin sein. Psychologisch ist das unwahrscheinlich, physisch aber durchaus möglich.»

Und das stimmte, überlegte Dalgliesh. Ausreichende Kenntnisse und Mut genügten. Er stellte sich ein hübsches, angespanntes Gesicht vor, das über Miss Bolams Körper geneigt war, eine schmale Mädchenhand, die die Pulloverknöpfe öffnete und die hübsche Kaschmirbluse hochrollte. Dann die nüchterne Bestimmung des genauen Einstichpunkts und das angestrengte Grunzen, als die Klinge eindrang. Und schließlich das Herunterziehen des Pullovers, damit der Meißelgriff bedeckt war, und der hässliche Fetisch, der mit einer letzten spöttischen und trotzigen Geste auf den noch zuckenden Körper gelegt wurde. Er berichtete dem Chefarzt von Mrs. Shorthouses Aussage über den Telefonanruf.

«Niemand hat zugegeben, bei ihr angerufen zu haben. Sieht sehr danach aus, als sei sie in den Keller gelockt worden.»

«Aber das sind bloße Vermutungen, Herr Kriminalrat.»

Dalgliesh wies milde darauf hin, dass diese Vermutung auch dem gesunden Menschenverstand entsprach, der die Grundlage aller Polizeiarbeit bildete.

«Neben dem Telefon am Archiv hängt eine Karte», sagte der Chefarzt. «Jeder – auch ein Fremder – hätte Miss Bolams Nummer feststellen können.»

«Aber wie würde sie auf den Hausanruf eines Fremden reagieren? Sie ist ohne Widerworte nach unten gegangen. Sie muss die Stimme gekannt haben.»

«Dann handelte es sich um jemanden, den sie nicht zu fürchten brauchte, Herr Kriminalrat. Das passt nicht zu der Vermutung, dass sie etwas Gefährliches wusste und umgebracht wurde, damit sie es nicht an Lauder weitergeben konnte. Sie ging ohne Angst oder Misstrauen in den Tod. Ich kann nur hoffen, dass sie schnell und schmerzlos gestorben ist.»

Dalgliesh sagte, der Tod sei wahrscheinlich sofort eingetreten, doch er werde mehr darüber wissen, wenn er den Autopsiebericht habe. Er fuhr fort: «Es muss ein schrecklicher Augenblick gewesen sein, als sie hochblickte und ihren Mörder mit erhobenem Fetisch sah – doch dann ging alles sehr schnell. Nachdem sie betäubt worden war, spürte sie nichts mehr. Sie hatte wahrscheinlich auch gar nicht mehr die Zeit, einen Schrei auszustoßen. Und wenn doch, wäre das Geräusch durch die Aktenreihen gedämpft worden. Außerdem soll Mrs. King während ihrer Behandlung auch nicht gerade leise gewesen sein.» Er schwieg einen Augenblick und fuhr tonlos fort: «Was brachte Sie auf den Gedanken, dem Personal zu erzählen, wie Miss Bolam gestorben war? Sie haben doch darüber berichtet?»

«Natürlich. Ich rief die anderen im vorderen Sprechzimmer zusammen – die Patienten saßen im Wartezimmer – und gab eine kurze Erklärung ab. Wollen Sie etwa sagen, ich hätte so etwas verheimlichen können?»

«Ich meine, das Personal hätte nicht die Einzelheiten erfahren müssen. Es wäre vorteilhaft für mich gewesen, wenn Sie von der Stichwunde nichts gesagt hätten. Vielleicht hätte sich der Mörder verraten, indem er größere Kenntnisse offenbarte, als sie ein Unschuldiger hätte besitzen dürfen.»

Der Chefarzt lächelte. «Ich bin Psychiater und kein Detektiv. Es mag sich für Sie seltsam anhören, aber in meiner ersten Reaktion auf das Verbrechen nahm ich an, das übrige Personal würde mein Entsetzen und meinen Kummer teilen – nichts lag mir ferner, als den Leuten Fallen zu stellen. Ich wollte ihnen die Neuigkeit selbst mitteilen, schonend, aber offen. Sie haben stets mein Vertrauen genossen, und ich sah keinen Grund, ihnen dieses Vertrauen jetzt zu entziehen.»

Das war ja schön und gut, überlegte Dalgliesh, aber ein intelligenter Mann musste doch wissen, wie wichtig es war, so wenig wie möglich zu sagen. Und der Chefarzt war ein sehr intelligenter Mann. Während er sich bei dem Zeugen bedankte und das Gespräch beendete, grübelte er über das Problem nach. Wie sorgfältig hatte Dr. Etherege die Situation abgeschätzt, ehe er mit dem Personal sprach? War der Bericht über die Stichwunde so gedankenlos gewesen, wie es aussah? Immerhin hätte man den größten Teil des Personals ohnehin nicht hinters Licht führen können. Dr. Steiner, Dr. Baguley, Nagle, Dr. Ingram und Schwester Ambrose hatten die Leiche gesehen. Miss Priddy hatte sie ebenfalls gesehen, war aber offenbar ausgerückt, ohne ein zweites Mal hinzuschauen. Damit blieben Schwester Bolam, Mrs. Bostock, Mrs. Shorthouse, Miss Saxon, Miss Kettle und Cully. Dr. Etherege mochte überzeugt sein, dass keiner der Mörder war. Cully und Mrs. Shorthouse hatten ein Alibi. Hatte es dem Chefarzt widerstrebt, Schwester Bolam, Mrs. Bostock oder Miss Saxon eine Falle zu stellen? Oder war er innerlich so überzeugt, der Mörder müsse ein Mann sein, dass ihm jeder Versuch, die Frauen in die Irre zu führen, als eine Zeitverschwendung vorkam, die nur böses Blut machen konnte? Der Chefarzt hatte jedenfalls recht auffällig darauf hingewiesen, dass jemand, der im ersten oder zweiten Stock gearbeitet hatte, für die Tat nicht in Frage kam, weil er ja Gelegenheit gehabt hätte, einen der Notausgänge zu öffnen. Aber schließlich war er selbst in der ersten Etage in seinem Sprechzimmer gewesen. Auf jeden Fall war es die Kellertür, die der Mörder logischerweise hätte öffnen müssen, und es war kaum anzunehmen, dass ihm dazu die Gelegenheit gefehlt hatte. Es konnte doch nur eine Sekunde dauern, den Riegel aufzuziehen und damit den Beweis zu liefern, dass der Mörder auf diesem Wege die Klinik hätte verlassen können. Aber die Kellertür war verriegelt gewesen. Warum?

Als nächster kam Dr. Steiner an die Reihe, klein, gepflegt, äußerlich gelassen. Im Licht von Miss Bolams Schreibtischlampe wirkte seine helle, glatte Haut leicht durchsichtig. Trotz seiner Ruhe hatte er ziemlich geschwitzt. Der schwere Geruch hing in seiner Kleidung, dem gut geschnittenen konventionellen dunklen Anzug des seriösen Arztes. Dalgliesh war überrascht, als er sein Alter mit zweiundvierzig angab. Er sah älter aus. Die glatte Haut, die scharfen schwarzen Augen, der federnde Gang ließen ihn auf den ersten Blick jugendlich erscheinen, doch er wurde bereits dick, und das geschickt zurückgekämmte Haar vermochte die tonsurähnliche Stelle am Hinterkopf nicht ganz zu überdecken.

Dr. Steiner war offenbar entschlossen, seine Begegnung mit einem Polizeibeamten als gesellschaftliches Ereignis zu nehmen. Er streckte dem Kriminalrat eine rundliche, gepflegte Hand hin, lächelte wohlwollend zur Begrüßung und erkundigte sich, ob er die Ehre mit dem Autor Adam Dalgliesh habe.

«Ich habe Ihre Gedichte gelesen», verkündete er selbstgefällig. «Meinen Glückwunsch. Welch täuschende Schlichtheit! Ich habe mit dem ersten Gedicht begonnen und alles in einem Rutsch gelesen. So geht's mir immer bei Lyrik. Auf der zehnten Seite hatte ich den Eindruck, dass wir in Ihnen vielleicht einen neuen Dichter entdeckt hätten.»

Dalgliesh musste innerlich zugeben, dass Dr. Steiner nicht nur das Buch gelesen hatte, sondern auch einen gewissen kritischen Scharfblick bewies. Auch er hatte auf der zehnten Seite manchmal das Gefühl, hier sei ein neuer Dichter zu entdecken. Dr. Steiner erkundigte sich, ob er Ernie Bales kenne, den neuen jungen Stückeschreiber aus Nottingham. Er sah dabei so hoffnungsvoll aus, dass sich Dalgliesh ganz unhöflich vorkam, als er eine Bekanntschaft mit Mr. Bales verneinen und die Sprache von der Literaturkritik auf den Anlass des Gesprächs bringen musste. Dr. Steiner setzte sofort einen Ausdruck erschütterten Ernstes auf.

«Die Sache ist schrecklich, ganz schrecklich. Wie Sie vielleicht wissen, gehöre ich zu den Ersten, die die Leiche gesehen haben, und der Anblick hat mich sehr mitgenommen. Ich habe seit jeher einen Abscheu vor Gewalt. Eine schreckliche Sache!

Dr. Etherege, unser Chefarzt, soll zum Ende des Jahres pensioniert werden. Wie unangenehm, dass in seinen letzten Monaten bei uns noch so etwas passieren musste.»

Er schüttelte traurig den Kopf, doch Dalgliesh vermeinte in den kleinen schwarzen Augen so etwas wie Befriedigung auszumachen.

Tippetts Fetisch hatte dem Fingerabdruckexperten seine Geheimnisse offenbart, und Dalgliesh hatte die Figur vor sich auf den Tisch gestellt. Dr. Steiner streckte nun die Hand aus, um sie zu berühren, zog sie dann aber wieder zurück.

«Ich sollte das Ding wohl lieber nicht anfassen, wegen der Fingerabdrücke.» Er warf Dalgliesh einen kurzen Blick zu. Als er keine Antwort erhielt, fuhr er fort: «Eine interessante Schnitzerei, nicht wahr? Bemerkenswert. Ist Ihnen je aufgefallen, was für hervorragende Kunstwerke Geisteskranke manchmal hervorbringen – sogar Patienten ohne vorherige Anleitung oder Erfahrung? Dabei ergeben sich interessante Fragen über die Natur künstlerischer Leistungen. In dem Maße, wie die Patienten genesen, werden ihre Arbeiten schwächer. Wirkung und Originalität lassen nach. Wenn es ihnen wieder gut geht, ist das Zeug, das sie produzieren, wertlos. In der Werktherapieabteilung haben wir verschiedene interessante Beispiele dafür – aber der Fetisch ist etwas ganz Besonderes. Tippett war sehr krank, als er ihn schnitzte, und kam kurz danach ins Krankenhaus. Er ist schizophren. Der Fetisch hat die typischen Merkmale der chronischen Krankheit – die froschähnlichen Augen und die weiten Nüstern. Es gab eine Zeit, da Tippett so ähnlich aussah.»

«Es wusste wohl jeder, wo das Ding aufbewahrt wurde?», fragte Dalgliesh.

«O ja. Es stand auf einem Regal im Werktherapieraum. Tippett war sehr stolz darauf, und Dr. Baguley zeigte die Figur oft den Mitgliedern des Verwaltungsrats, wenn sie Inspektionsbesuche machten. Mrs. Baumgarten, die Kunsttherapeutin, hebt einige der besten Stücke zum Vorzeigen auf. Dazu hat sie überhaupt die Regale anbringen lassen. Sie ist im Augenblick krank, aber man hat Ihnen die Abteilung sicher gezeigt, oder?»

Dalgliesh bejahte.

«Manche Kollegen sind der Meinung, die Werktherapie sei Geldverschwendung», sagte Dr. Steiner vertraulich. «Auch ich setze Mrs. Baumgarten nie ein. Aber man muss ja tolerant sein. Dr. Baguley teilt ihr dann und wann Patienten zu, und das Herumgefummel da unten schadet ihnen vermutlich weniger als die Tortur bei der EST-Behandlung. Aber es scheint mir doch etwas sehr weit hergeholt zu sein, die künstlerischen Bemühungen der Patienten mit zur Diagnose heranziehen zu wollen. Natürlich gehört dies alles zu dem Bestreben, Mrs. Baumgarten als Laienpsychotherapeutin einstufen zu lassen, was meines Erachtens nicht zu vertreten wäre. Sie hat keine analytische Ausbildung.»

«Und der Meißel? Wussten Sie, wo der aufbewahrt wurde, Herr Doktor?»

«Also, eigentlich nicht, Herr Kriminalrat. Ich meine, ich wusste, dass Nagle Werkzeuge besaß und sie vermutlich im Hausdienerzimmer aufbewahrte, aber ich wusste nicht genau, wo.»

«Der Werkzeugkasten ist groß und steht auf dem kleinen Tisch im Zimmer. Er ist kaum zu übersehen.»

«Oh, durchaus! Aber ich habe nicht die geringste Veranlassung, das Hausdienerzimmer zu betreten. Das trifft für alle Ärzte zu. Wir müssen sofort einen Schlüssel für den Kasten beschaffen und dafür sorgen, dass er sicher verwahrt wird. Es war ein Fehler von Miss Bolam, dass sie Nagle erlaubte, den Kasten offen zu lassen. Schließlich haben wir ab und zu geistesgestörte Patienten im Haus, und manche Werkzeuge können tödlich sein.»

«Wie wahr!»

«Natürlich ist diese Klinik nicht darauf eingerichtet, krasse Fälle von Geisteskrankheiten zu behandeln. Sie sollte ein Zentrum analytisch orientierter Psychotherapie sein, insbesondere für Fälle aus der Mittelschicht und für hochintelligente Patienten. Wir behandeln Menschen, denen es nicht im Traum einfallen würde, sich in eine ‹Anstalt› einweisen zu lassen, und die in der Psychiatrie-Ambulanz eines Krankenhauses ebenso fehl am Platze wären. Außerdem liegt ein gewisser Schwerpunkt unserer Arbeit natürlich auf der Forschung.»

«Was haben Sie heute Abend zwischen achtzehn und neunzehn Uhr gemacht, Doktor?», fragte Dalgliesh.

Dr. Steiner reagierte mit gezwungenem Lächeln auf diese unpassende Störung einer interessanten Erörterung, doch er antwortete brav, er habe seine freitägliche Psychotherapie-Sprechstunde abgehalten.

«Ich traf gegen halb sechs in der Klinik ein. Mein erster Patient ließ sich leider nicht blicken. Seine Behandlung ist in einem Stadium, da man mit unregelmäßigen Besuchen rechnen muss. Mr. Burge war für Viertel nach sechs bestellt und ist normalerweise sehr pünktlich. Ich erwartete ihn im zweiten Sprechzimmer des Erdgeschosses und ging dann gegen zehn nach sechs in mein Zimmer hinüber, wo er schon wartete. Mr. Burge hat etwas dagegen, mit Dr. Baguleys Patienten im Wartezimmer zu sitzen, was ich ihm auch gar nicht verdenken kann. Sicher kennen Sie Burge. Er hat den interessanten Roman *Die Seelen der Rechtschaffenen* geschrieben, eine brillante Studie über die sexuellen Konflikte hinter der konventionellen Fassade eines angesehenen englischen Vororts. Aber ich habe ja ganz vergessen, dass Sie schon mit Mr. Burge gesprochen haben! «

Und das stimmte. Das Erlebnis war anstrengend und nicht uninteressant gewesen. Er hatte tatsächlich schon von Mr. Burges Buch gehört, einem Opus von etwa tausend Druckseiten, in dem in so schöner Regelmäßigkeit anstößige Szenen vorkamen, dass man sich leicht ausrechnen konnte, auf welcher Seite die nächste fällig war. Dalgliesh glaubte nicht, dass Burge mit dem Mord zu tun hatte. Ein Autor, der einen solchen Mischmasch aus Sex und Sadismus hervorbringen konnte, war vermutlich impotent und bestimmt sehr furchtsam. Aber er war nicht unbedingt ein Lügner.

«Haben Sie sich Ihre Zeitangaben gut überlegt, Herr Doktor? Mr. Burge sagt, er sei um Viertel nach sechs eingetroffen, und Cully hat ihn um diese Zeit eingetragen. Burge sagt, er sei direkt in Ihr Sprechzimmer gegangen, nachdem er sich bei Cully vergewissert hatte, dass Sie nicht gerade mit einem Patienten beschäftigt seien, und es habe volle zehn Minuten gedauert, ehe Sie gekommen wären. Er war schon ungeduldig geworden und wollte sich erkundigen, wo Sie steckten.»

Über diese Tücke seines Patienten schien Dr. Steiner weder erschrocken noch ärgerlich zu sein. Allerdings sah er etwas verlegen aus.

«Interessant. Ich fürchte, Mr. Burge hat Recht. Ich hatte am Anfang unseres Gesprächs tatsächlich den Eindruck, dass er etwas verärgert war. Wenn er meint, dass ich um achtzehn Uhr fünfundzwanzig zu ihm ins Zimmer gekommen bin, sagt er sicher die Wahrheit. Der arme Teufel hat heute eine sehr kurze und gestörte Sitzung gehabt. Das ist im jetzigen Stadium seiner Behandlung sehr unschön.»

«Wenn Sie also nicht im vorderen Sprechzimmer waren, als Ihr Patient eintraf – wo waren Sie dann?», fasste Dalgliesh leise nach.

Auf Dr. Steiners Gesicht trat eine erstaunliche Veränderung ein. Plötzlich wirkte er beschämt wie ein kleiner Junge, der bei einem Streich ertappt worden ist. Er sah nicht ängstlich aus – nur äußerst schuldbewusst. Der Übergang vom erfahrenen Psychiater zum verlegenen Übeltäter hatte fast etwas Komisches. «Aber ich hab's Ihnen doch schon gesagt, Herr Kriminalrat. Ich war im zweiten Sprechzimmer, im Raum zwischen dem vorderen Sprechzimmer und dem Warteraum der Patienten.»

«Und was haben Sie dort gemacht, Doktor?»

Wirklich, es war lächerlich! Was konnte Steiner getan haben, das ihn so in Verlegenheit setzte? Dalgliesh ging im Geiste die verschiedensten bizarren Möglichkeiten durch. Hatte er Pornographie gelesen? Oder Haschisch geraucht? Oder etwa Mrs. Shorthouse verführt? Jedenfalls war es nichts so Gewöhnliches wie das Planen eines Mordes. Doch der Arzt war offenbar entschlossen, die Wahrheit ans Licht zu holen. In beschämender Offenheit platzte er heraus: «Es hört sich blöd an, ich weiß, aber ... na ja ... es war ziemlich warm, und ich hatte einen schweren Tag hinter mir, und da stand die Couch.» Er kicherte. «Also, Herr Kriminalrat, um ehrlich zu sein – zu der Zeit, da Miss Bolam gestorben sein soll, horchte ich, vulgär gesprochen, an der Matratze.»

Nachdem dieses peinliche Geständnis heraus war, wurde Dr. Steiner geradezu übersprudelnd gesprächig, und es war schwierig, ihn wieder loszuwerden. Aber endlich ließ er sich überzeugen, dass er im Augenblick nicht weiter aushelfen konnte, und sein Platz wurde von Dr. Baguley eingenommen.

Wie schon seine Kollegen beschwerte sich auch Dr. Baguley nicht über die lange Wartezeit, aber er war doch etwas mitgenommen. Er trug noch immer seinen weißen Kittel, den er wärmend um sich zog, als er sich den Stuhl zurechtrückte. Er schien Schwierigkeiten zu haben, eine bequeme Stellung zu finden – immer wieder zuckte er mit den dürren Schultern und schlug die Beine übereinander und stellte sie wieder hin. Die Falten zwischen Nase und Mund wirkten tiefer, sein Haar fettig, und die Augen waren im Licht der Tischlampe unergründlich. Er zündete sich eine Zigarette an, fummelte in der Kitteltasche herum, zog einen Zettel heraus und reichte ihn Martin.

«Ich habe meine Angaben zur Person aufgeschrieben, um Zeit zu sparen.»

«Vielen Dank, Sir», sagte Martin gelassen.

«Ich sollte vielleicht sofort sagen, dass ich für etwa zwanzig Minuten nach achtzehn Uhr fünfzehn kein Alibi habe. Sie wissen sicher, dass ich kurz bevor Schwester Ambrose Miss Bolam zum letzten Mal sah, die EST-Sitzung verlassen habe. Ich bin in die Ärztegarderobe am Ende des Flurs gegangen, um eine Zigarette zu rauchen. Das Zimmer war leer, und es kam auch niemand herein. Da ich es nicht eilig hatte, war es wohl zwanzig vor sieben, ehe ich zu Dr. Ingram und Schwester Ambrose zurückkehrte. Die beiden waren natürlich die ganze Zeit beisammen.»

«Das hat mir die Schwester schon gesagt.»

«Allein der Gedanke, dass eine der beiden mit der Sache zu tun haben könnte, wäre lächerlich, aber ich bin doch froh, dass sie zusammen waren. Je mehr Verdächtige Sie ausklammern können, desto besser ist es wohl für Sie. Tut mir Leid, dass ich Ihnen kein Alibi liefern kann. Auch sonst kann ich Ihnen leider nicht weiterhelfen. Ich habe nichts gehört oder gesehen.»

Dalgliesh fragte den Arzt, wie er den Abend verbracht hatte.

«Oh, es lief alles ganz normal – das heißt, bis sieben Uhr. Ich kam kurz vor vier und ging in Miss Bolams Büro, um mich ins Anwesenheitsbuch einzutragen. Das lag immer in der Ärztegarderobe, bis sie es kürzlich in ihr Büro nahm. Wir unterhielten uns eine Zeit lang – sie hatte Rückfragen wegen der Wartungsvereinbarung für meine neue EST-Maschine –, und dann fing meine Sprechstunde an. Bis kurz nach achtzehn Uhr hatten wir ziemlich viel zu tun, und ich musste ja auch ab und zu nach meiner LSD-Patientin sehen. Die wurde im Keller von

Schwester Bolam bewacht. Aber Sie haben ja schon mit Mrs. King gesprochen.»

Mrs. King und ihr Mann hatten bei Dalgliesh Ankunft im Wartezimmer gesessen, und der Kriminalrat hatte sich schnell überzeugt, dass die beiden mit dem Mord nichts zu tun haben konnten. Die Frau war noch immer sehr schwach und ein wenig durcheinander und hielt die Hand ihres Mannes fest umklammert. Er war erst wenige Minuten nach Sergeant Martin und seiner Abteilung in der Klinik eingetroffen, um sie nach Hause zu bringen. Dalgliesh hatte die Frau kurz und schonend verhört und sie dann gehen lassen. Auch ohne die Zusicherung des Chefarztes war er überzeugt, dass die Patientin ihr Bett nicht hatte verlassen können, um einen Mord zu begehen. Aber er war ebenso überzeugt, dass sie nicht in der Lage war, anderen ein Alibi zu geben. Er fragte Dr. Baguley, wann er seine Patientin zuletzt besucht hatte.

«Ich habe kurz nach meiner Ankunft zu ihr hineingeschaut – noch ehe ich mit der Schockbehandlung anfing. Die Droge war um fünfzehn Uhr dreißig eingegeben worden, und die Patientin zeigte die ersten Reaktionen. Ich sollte vielleicht anmerken, dass wir LSD geben, um die Patienten durch Befreiung von tief greifenden Hemmungen für die Psychotherapie empfänglicher zu machen. Das Mittel wird nur unter schärfster Kontrolle verabreicht, und der Patient bleibt keinen Augenblick allein. Schwester Bolam rief mich um fünf nach unten, und ich blieb etwa vierzig Minuten dort. Dann ging ich wieder nach oben und führte gegen zwanzig vor sechs meine letzte Schockbehandlung durch. Der letzte EST-Patient verließ die Klinik wenige Minuten nachdem Miss Bolam zum letzten Mal gesehen wurde. Ab halb sieben habe ich nur noch aufgeräumt und meine Aufzeichnungen vervollständigt.»

«War die Tür zum Archiv offen, als Sie um fünf Uhr daran vorbeikamen?»

Dr. Baguley überlegte einen Augenblick. «Ich glaube, sie war geschlossen», sagte er dann. «Ich kann das nicht sicher sagen, doch ich hätte es wahrscheinlich gemerkt, wenn sie offen oder angelehnt gewesen wäre.»

«Und als Sie zwanzig vor sechs Ihre Patientin verließen?»

«Dasselbe.»

Und wieder stellte Dalgliesh die üblichen, die unvermeidlichen, die selbstverständlichsten Fragen. Hatte Miss Bolam Feinde? War dem Doktor ein Grund bekannt, warum jemand sie beseitigen wollte? Hatte sie in letzter Zeit beunruhigt gewirkt? Hatte er eine Ahnung, warum sie den Sekretär verständigt hatte? Konnte er die Notizen auf ihrem Block deuten?

Aber Dr. Baguley vermochte ihm nicht zu helfen. Er sagte: «Sie war in mancher Hinsicht eine seltsame Frau, scheu, ein wenig aggressiv, eigentlich nicht glücklich bei uns. Aber sie war absolut harmlos, die letzte, die zur Gewalttätigkeit herausgefordert hätte, würde ich meinen. Ich kann nur immer wieder sagen, wie schrecklich ich das finde. Worte verlieren ihre Bedeutung, wenn man sie dauernd wiederholt. Aber wir alle empfinden wohl gleich. Der Vorfall ist phantastisch! Unglaublich!»

«Sie sagen, sie war hier nicht glücklich. Ist die Klinik schwer zu verwalten? Nach dem, was ich hier so höre, war Miss Bolam im Umgang mit schwierigen Menschen nicht besonders geschickt.»

«Oh, Sie dürfen nicht alles glauben, was man Ihnen erzählt», erwiderte Dr. Baguley leichthin. «Wir sind Individualisten, doch im Allgemeinen kommen wir ganz gut miteinander aus. Steiner und ich streiten uns ein bisschen, aber das ist alles ganz freundschaftlich. Er will den Laden zu einer Psychotherapie-Ausbildungsklinik machen, in der allerlei Archivare und Laienpersonal herumlaufen und nebenbei ein bisschen Forschung getrieben wird. Eine Klinik, in der Zeit und Geld für alles Mögliche da ist – nur nicht für die Behandlung von Patienten, schon gar nicht von Geisteskranken. Aber es besteht keine Gefahr, dass er damit durchkommt. Schon der Stadtrat würde nicht mitspielen.»

«Und wie stand Miss Bolam dazu, Herr Doktor?»

«Genau genommen war sie gar nicht kompetent, eine Meinung dazu zu haben, doch das hat sie nicht gestört. Sie war anti Freud und pro eklektisch. Anti Steiner und pro mich, wenn Sie so wollen. Aber das hatte nichts zu bedeuten. Dr. Steiner oder ich hätten ihr wegen unserer dogmatischen Differenzen wohl kaum eins über den Schädel gezogen. Wie Sie sehen, haben wir uns noch nicht mal gegenseitig mit Messern angefallen. Dieser Aspekt ist völlig belanglos.»

«Ich bin geneigt, Ihnen zuzustimmen», sagte Dalgliesh. «Miss Bolam wurde mit Umsicht und Sachverstand umgebracht. Ich glaube, das Motiv war weitaus wichtiger als eine bloße Meinungsverschiedenheit oder persönliche Auseinandersetzung. Wussten Sie übrigens, welcher Schlüssel zum Archiv passte?»

«Natürlich. Wenn ich mal eine der alten Akten brauche, hole ich sie mir gewöhnlich selbst. Falls es Ihnen weiterhilft – ich wusste auch, dass Nagle seinen Werkzeugkasten im Hausdienerzimmer aufbewahrte. Als ich heute Nachmittag eintraf, erzählte mir Miss Bolam außerdem von Tippett. Aber das ist wohl kaum von Belang, oder? Sie nehmen doch nicht ernsthaft an, dass der Mörder Tippett zu belasten hoffte. «

«Vielleicht nicht. Sagen Sie mir eins, Doktor. So weit Sie Miss Bolam kannten – wie hat sie reagiert, als sie die Akten am Boden verstreut liegen sah?»

Dr. Baguley wirkte im ersten Augenblick überrascht, dann lachte er kurz auf. «Die Bolam? Ganz einfach! Sie war von einer fanatischen Ordnungsliebe. Sie hätte sich bestimmt darangemacht, die Akten aufzuheben!»

«Sie hätte nicht etwa nach einem Hausdiener geklingelt, der die Arbeit für sie tun sollte, oder hätte die Unterlagen als Beweisstücke liegen lassen, bis der Übeltäter entdeckt worden wäre?»

Dr. Baguley überlegte einen Augenblick und schien seine erste kategorische Meinungsäußerung zu bereuen.

«Man kann wirklich nicht mit absoluter Gewissheit sagen, was sie getan hätte. Man kann nur vermuten. Mag sein, dass Sie Recht haben und dass sie nach Nagle geklingelt hätte. Sie scheute die Arbeit nicht, doch sie war sehr auf ihre Stelle als Verwaltungschefin bedacht. Eins weiß ich aber sicher. Sie hätte den Raum nicht unaufgeräumt zurückgelassen. Jeden Teppich, jedes Bild musste sie gerade rücken.»

«Und ihre Cousine. Ähneln sich die beiden? Wie man mir sagt, arbeitet Schwester Bolam meistens für Sie.»

Dalgliesh bemerkte das kurze widerwillige Stirnrunzeln, das seine Frage auslöste. So entgegenkommend und offen Dr. Baguley war, so weit es seine eigenen Beweggründe anging, so wenig war er bereit, über die Motive anderer zu sprechen. Oder hatte Schwester Bolams sanfte Hilflosigkeit seine Beschützerinstinkte geweckt? Dalgliesh wartete auf eine Antwort.

Nach kurzem Schweigen sagte der Arzt kurz angebunden: «Ich möchte nicht sagen, dass sich die beiden Cousinen ähnlich waren. Sie werden sich selbst eine Meinung über Schwester Bolam gebildet haben. Ich kann nur sagen, dass ich ihr voll vertraue – als Schwester wie auch als Mensch.»

«Sie ist die Erbin ihrer Cousine. Aber das wussten Sie vielleicht?»

Die Folgerung war zu klar, um übersehen zu werden, und Dr. Baguley war zu müde, um der Provokation auszuweichen.

«Nein. Aber ich hoffe für sie, dass es eine hübsche Summe ist und dass sie und ihre Mutter in Ruhe etwas davon haben.

Und ich hoffe, dass Sie nicht Ihre Zeit damit verschwenden, unschuldige Leute zu verdächtigen. Je eher dieser Mord aufgeklärt wird, desto besser. Ein ziemlich unerträglicher Zustand für uns alle.»

Dr. Baguley wusste also von Schwester Bolams Mutter. Aber das war sicher beim größten Teil des Klinikpersonals bekannt. Er stellte seine letzte Frage: «Herr Doktor, Sie haben gesagt, Sie wären von Viertel nach sechs bis etwa zwanzig vor sieben in der Ärztegarderobe allein gewesen. Was haben Sie da gemacht?»

«Ich war auf der Toilette, hab mir die Hände gewaschen und eine Zigarette geraucht. Und habe nachgedacht.»

«Und das ist wirklich alles, was Sie in den fünfundzwanzig Minuten getan haben?»

«Ja, Herr Kriminalrat.»

Dr. Baguley konnte nicht lügen. Er zögerte nur einen kurzen Augenblick, sein Gesicht wechselte die Farbe nicht, die Finger, die seine Zigarette hielten, waren ganz ruhig. Doch seine Stimme war ein wenig zu nonchalant, das Desinteresse ein wenig zu gut gespielt. Und er musste sich sichtlich anstrengen, in Dalglieshs Augen zu blicken. Er war zu intelligent, um seine Antwort noch auszuschmücken, doch er erwiderte Dalglieshs Blick, als wollte er ihn herausfordern, die Frage zu wiederholen, als wappne er sich bereits, ihr zu begegnen.

«Vielen Dank, Herr Doktor», sagte Dalgliesh ruhig. «Das ist im Augenblick alles.»

3. Kapitel

Und so ging es weiter: Die geduldige Fragerei, das sorgfältige Protokollieren, das Lauern auf ein verräterisches Zucken der Angst, auf die gespannte Reaktion von Händen und Augen nach einer unwillkommenen Akzentverschiebung. Nach Dr. Baguley kam Fredrica Saxon. Als sich die beiden auf der Schwelle begegneten, bemerkte Dalgliesh, dass sie es vermieden, sich anzusehen. Sie war eine dunkelhaarige, vitale, nachlässig gekleidete neunundzwanzigjährige Frau, die ihm auf seine Fragen kurze, aber direkte Antworten gab und ein seltsam perverses Vergnügen daran zu haben schien, dass sie zwischen achtzehn und neunzehn Uhr in ihrem Zimmer allein einen psychologischen Text ausgewertet hatte und also weder ein Alibi für sich selbst vorweisen, noch sonst jemand helfen konnte. Fredrica Saxon brachte ihn nicht viel weiter, was für ihn aber kein Grund zu der Annahme war, dass sie ihm nichts mitzuteilen hatte.

Ihr folgte eine Zeugin anderen Kalibers. Miss Ruth Kettle war offenbar zu dem Schluss gekommen, dass der Mord sie nichts angehe, und wenn sie Dalgliеshs Fragen auch bereitwillig beantwortete, geschah dies doch mit einer vagen Interesselosigkeit, die darauf schließen ließ, dass ihre Gedanken sich mit höheren Dingen befassten. Die Zahl der Worte, mit denen sich Entsetzen und Überraschung ausdrücken lassen, ist gering, und das Klinikpersonal hatte dieses Vokabular im Verlauf des Abends ziemlich aufgebraucht. Miss Kettles Reaktion war weniger stereotyp. Sie äußerte die Meinung, der Mord sei eigenartig ... eigentlich sehr seltsam, und blinzelte Dalgliesh durch ihre dicke Brille in sanfter Verwunderung an, als finde sie das Vorkommnis wirklich seltsam, doch wieder nicht seltsam genug, lang und breit darüber zu reden. Aber zwei Gesichtspunkte, die sie beisteuern konnte, waren interessant. Dalgliesh konnte nur hoffen, dass sie auch stimmten.

Was ihre Tätigkeit am Abend anging, drückte sie sich vage aus, doch Dalglieshs Beharrlichkeit förderte zutage, dass sie bis etwa zwanzig vor sechs mit der Frau eines EST-Patienten gesprochen hatte. Dann hatte Schwester Ambrose sie angerufen und ihr mitgeteilt, dass der Patient jetzt nach Hause gebracht werden könne. Miss Kettle war mit der Frau nach unten gegangen, hatte sich im Flur von ihr verabschiedet und war dann direkt ins Archiv gegangen, um sich eine Akte zu holen. Sie hatte den Raum in einwandfreiem Zustand vorgefunden und hinter sich wieder abgeschlossen. Obwohl ihr die meisten Vorgänge des Abends nur vage zu Bewusstsein gekommen waren, blieb sie fest, was den Zeitpunkt anging. Der ließ sich nach Dalglieshs Auffassung wahrscheinlich auch durch Schwester Ambrose bestätigen. Der zweite Hinweis war unbestimmter, und Miss Kettle schien sich über die Bedeutung ihrer Worte nicht im Klaren zu sein. Etwa eine halbe Stunde nach der Rückkehr in ihr Büro hatte sie das unverkennbare Geräusch des Lastenfahrstuhls gehört, der mit dumpfem Laut abgebremst wurde.

Dalgliesh war inzwischen ziemlich müde. Trotz der Zentralheizung überlief ihn ein Frösteln, und er erkannte den vertrauten Zustand, der einen Neuralgieanfall ankündigte. Die rechte Hälfte seines Gesichts fühlte sich schon starr und schwer an, und hinter dem Augapfel begann der stechende Schmerz. Doch vor ihm saß seine letzte Zeugin.

Mrs. Bostock, die dienstälteste Arztsekretärin, nahm die Wartezeit nicht so geduldig hin wie die Psychiater. Sie war zornig, und ihr Zorn wehte wie ein kühler Wind mit ihr ins Zimmer. Wortlos setzte sie sich, schlug zwei lange und bemerkenswert wohlgeformte Beine übereinander und musterte Dalgliesh mit offenem Widerwillen in den hellen Augen. Sie hatte einen ungewöhnlichen Kopf. Das lange Haar, golden wie eine Guineemünze, war in komplizierten Locken über ihrem bleichen, arroganten, spitznasigen Gesicht aufgetürmt. Der lange, gebogene Hals, der bunte Kopf und die leicht vortretenden Augen ließen sie wie einen exotischen Vogel erscheinen. Nur mit Mühe überspielte Dalgliesh seine Überraschung, als er ihre Hände sah. Sie waren riesig und rot und knochig wie die Hände eines Fleischers. Ein böses Geschick schien sie an ihre schlanken Arme verpflanzt zu haben. Die Hände waren fast eine Missbildung. Mrs. Bostock gab sich keine Mühe, sie zu verbergen, doch sie hielt die Nägel kurz und lackierte sie nicht. Sie hatte eine hübsche Figur und war gut und teuer gekleidet – eine wandelnde Lektion in der Kunst, Nachteile herunterzuspielen und Vorzüge zu betonen. Wahrscheinlich lebte sie auch sonst nach diesem Prinzip, überlegte Dalgliesh.

Mit knappen Worten und ohne erkennbares Widerstreben schilderte sie ihren Tagesablauf nach achtzehn Uhr. Sie hatte Miss Bolam um sechs Uhr noch gesehen, als sie der Verwaltungschefin wie üblich die Post zur Unterschrift vorgelegt hatte. Es waren nur fünf Briefe. Die meiste Korrespondenz kam von den Psychiatern – medizinische Berichte und Briefe an andere Ärzte –, und damit hatte Miss Bolam natürlich nichts zu tun. Die abgehende Post wurde entweder von Mrs. Bostock oder Miss Priddy in das Postbuch eingetragen und dann von Nagle über die Straße gebracht, um die Briefkastenleerung um achtzehn Uhr dreißig noch zu erreichen. Um sechs Uhr hatte sich Miss Bolam noch ganz normal verhalten. Sie hatte ihre Briefe unterschrieben, und Mrs. Bostock war ins Hauptbüro zurückgekehrt, hatte die Briefe zusammen mit der Post der Ärzte an Miss Priddy weitergegeben und war dann nach oben gegangen, um sich für die letzte Stunde des Tages bei Dr. Etherege zum Diktat einzufinden. Es hatte sich so eingespielt, dass sie Dr. Etherege jeden Freitagabend eine Stunde lang bei seinem Forschungsprojekt half. Sie und der Chefarzt waren bis auf einige kurze Unterbrechungen zusammen gewesen. Gegen neunzehn Uhr rief Schwester Ambrose an und meldete Miss Bolams Tod. Als sie und Dr. Etherege das Behandlungszimmer verließen, trafen sie Miss Saxon, die gerade gehen wollte und die dann den Chefarzt in den Keller begleitete. Mrs. Bostock war auf Dr. Ethereges Bitte zu Cully an die Pforte gegangen, um dafür zu sorgen, dass weisungsgemäß niemand das Gebäude verließ. Sie war bei Cully geblieben, bis die Gruppe aus dem Keller zurückkehrte. Dann waren alle im Wartezimmer zusammengekommen, um die Ankunft der Polizei zu erwarten – bis auf die beiden Hausdiener, die weiter im Flur Dienst taten.

«Sie sagten, Sie wären ab achtzehn Uhr bis auf kurze Unterbrechungen mit Dr. Etherege zusammen gewesen. Was haben Sie beide getan?»

«Natürlich haben wir gearbeitet.» Mrs. Bostock ließ durchklingen, dass sie die Frage für dumm und auch ein wenig unfein hielt. «Dr. Etherege schreibt eine Studie über die Behandlung schizophrener weiblicher Zwillinge durch Psychoanalyse. Wie ich schon sagte, sind wir übereingekommen, dass ich ihm jeden Freitagabend eine Stunde dabei helfe. Das genügt natürlich bei weitem nicht, aber Miss Bolam war der Ansicht, dass die Arbeit eigentlich nicht die Klinik betraf und dass Dr. Etherege sie in seiner Praxis mit seiner Privatsekretärin machen sollte. Natürlich ist das unmöglich. Das ganze Material, einschließlich einiger Tonbänder, befindet sich hier. Meine Aufgaben sind dabei ganz verschieden. Zum Teil bekomme ich Texte diktiert. Manchmal übertrage ich in dem kleinen Büro Material direkt vom Band. Manchmal schlage ich in der Bibliothek Verweise nach.»

«Und was haben Sie heute Abend getan?»

«Ich habe etwa dreißig Minuten lang Diktat aufgenommen. Dann ging ich ins benachbarte Büro und arbeitete vom Band. Dr. Etherege rief mich gegen zehn vor sieben telefonisch wieder zu sich. Wir arbeiteten zusammen, als das Telefon klingelte.»

«Das heißt also, dass sie bis gegen achtzehn Uhr fünfunddreißig bei Dr. Etherege zum Diktat waren.»

«Anzunehmen.»

«Und Sie waren die ganze Zeit zusammen.»

«Ich glaube, Dr. Etherege verließ einen Augenblick das Zimmer, um ein Zitat zu überprüfen.»

«Warum sind Sie in diesem Punkt unsicher, Mrs. Bostock? Entweder hat er's getan oder nicht.»

«Natürlich, Herr Kriminalrat. Wie Sie sagen, entweder hat er's getan oder nicht. Aber es besteht kein Grund, warum ich mich speziell daran erinnern sollte. Der Abend war in keinem Punkt anders als sonst. Ich habe den Eindruck, dass Dr. Etherege kurz draußen gewesen ist, aber ich kann mich wirklich nicht an die genaue Zeit erinnern. Er kann Ihnen da sicher weiterhelfen.»

Dalgliesh schwieg einen Augenblick lang und wechselte dann abrupt das Thema. «Mochten Sie Miss Bolam, Mrs. Bostock?»

Diese Frage behagte ihr gar nicht. Unter dem Make-up errötete sie vor Zorn oder Verlegenheit.

«Man wurde nur schwer mit ihr warm. Ich habe versucht, loyal zu sein.»

«Mit loyal meinen Sie doch sicher, dass Sie Miss Bolams Probleme mit dem medizinischen Personal eher zu glätten als zu verschlimmern suchten und dass Sie sich jeder offenen Kritik an ihrer Tätigkeit als Verwaltungschefin enthielten?»

Der sarkastische Tonfall weckte wie erwartet ihre latente

Feindseligkeit. Hinter der Maske des Hochmuts und der Gleichgültigkeit kam das unsichere Schulmädchen zum Vorschein. Er wusste, dass sie sich rechtfertigen musste, auch wenn die Kritik nur angedeutet war. Sie mochte ihn nicht, doch sie konnte es nicht ertragen, unterschätzt oder ignoriert zu werden.

«Miss Bolam war eigentlich keine geeignete Verwaltungschefin für eine psychiatrische Klinik. Sie hatte kein Gefühl für die Dinge, die wir hier zu tun versuchen.»

«In welcher Hinsicht fehlte ihr dieses Gefühl?»

«Nun, zunächst mochte sie Neurotiker nicht.»

Ich auch nicht. Gott steh mir bei, dachte Dalgliesh. Ich auch nicht. Aber er sagte nichts, und Mrs. Bostock fuhr fort: «Sie stellte sich zum Beispiel bei den Reisekosten einiger Patienten störrisch an. Die Leute haben nur Anspruch auf Ersatz, wenn sie in der Krankenkasse sind, aber in anderen Fällen springen wir mit dem Samariterkonto ein. Zum Beispiel ein Mädchen, ein sehr intelligentes Geschöpf, das zweimal die Woche aus Surrey kommt, um in der Werktherapieabteilung zu arbeiten. Miss Bolam war der Meinung, sie müsste sich näher bei sich zu Hause behandeln lassen – oder auf eine Behandlung verzichten. Sie ließ sogar keinen Zweifel daran, dass die Patientin ihrer Meinung nach entlassen werden müsste, um mal endlich zu arbeiten, wie sie sich ausdrückte.»

«Sie hat das doch nicht zu der Patientin gesagt?»

«O nein! Sie achtete schon darauf, was sie sagte. Aber ich spürte, dass die Sensiblen sich bei ihr nicht wohl fühlten. Außerdem stand sie der intensiven Psychotherapie sehr kritisch gegenüber. Diese Behandlung erfordert nämlich viel Zeit – anders geht es nicht. Miss Bolam neigte aber dazu, einen Psychiater nach der Anzahl der Patienten zu bewerten, die er pro Sprechstunde empfängt. Doch war das weniger wichtig als ihre Einstellung zu den Patienten, die natürlich eine Ursache hatte. Ihre Mutter war geisteskrank und wurde vor ihrem Tod jahrelang analysiert. Soweit ich weiß, hat sie sich dann das Leben genommen. Das muss für Miss Bolam schrecklich gewesen sein. Natürlich konnte sie ihre Mutter nicht hassen – also übertrug sie ihren Groll auf unsere Patienten. Im Unterbewusstsein hatte sie auch Angst vor ihrer eigenen Neurose. Das war ziemlich klar.»

Dalgliesh fühlte sich nicht qualifiziert, etwas zu diesen Theorien zu sagen. Er wollte gern glauben, dass ein wahrer Kern darin steckte, doch nicht, dass Mrs. Bostock sich das alles selbst ausgedacht hatte. Miss Bolam mochte die Psychiater durch ihren Mangel an Verständnis irritiert haben – in dieser Frau hatten sie nun eine überzeugte Anhängerin.

«Wissen Sie, wer Mrs. Bolam behandelt hat?», fragte er.

Mrs. Bostock stellte die eleganten Beine nebeneinander und setzte sich bequemer hin, ehe sie sich zu einer Antwort herabließ.

«Ja. Doch ich sehe nicht ein, was das mit Ihrer Ermittlung zu tun hat.»

«Dürfte ich das vielleicht selbst beurteilen? Ich kann es ohnehin schnell feststellen. Wenn Sie es nicht wissen oder sich Ihrer Sache nicht sicher sind, sagen Sie es lieber gleich, damit wir Zeit sparen.»

«Es war Dr. Etherege.»

«Und wer wird Ihrer Meinung nach Miss Bolams Posten bekommen?»

«Als Verwaltungschefin? Wirklich», sagte Mrs. Bostock kühl, «ich habe keine Ahnung.»

Für Dalgliesh und Martin war die Hauptarbeit des Abends endlich getan. Man hatte die Leiche fortgeschafft und das Archiv versiegelt. Das gesamte Personal war verhört worden, und die meisten waren nach Hause gegangen. Dr. Etherege hatte als letzter Arzt das Haus verlassen; er war noch eine Zeit lang nervös herumgestreift, nachdem Dalgliesh ihm gesagt hatte, er könne gehen. Mr. Lauder und Peter Nagle waren noch in der Klinik und warteten zusammen im Flur, wo zwei Polizisten Dienst taten. Der Sekretär hatte ruhig mitgeteilt, er wolle bleiben, solange die Polizei noch hier sei, und Nagle konnte erst gehen, wenn die Pforte verschlossen und ihm der Schlüssel übergeben worden war, da es seine Aufgabe war, Montag früh um acht Uhr die Klinik wieder aufzuschließen.

Dalgliesh und Martin unternahmen einen letzten gemeinsamen Rundgang durch das Haus. Ein neutraler Beobachter hätte leicht zu dem Schluss kommen können, Martin sei nur ein Abklatsch seines jüngeren, erfolgreicheren Vorgesetzten. Doch Yard-Angehörige, die die beiden kannten, wussten es besser. Äußerlich waren sie sich sehr unähnlich. Martin war hoch gewachsen, fast einsachtzig groß und breitschultrig und sah mit seinem ehrlichen rosigen Gesicht mehr wie ein tüchtiger Landwirt als wie ein Kriminalbeamter aus. Dalgliesh war sogar noch größer, dunkelhaarig und hager. Neben seiner agilen Gestalt wirkte Martin schwerfällig. Niemand, der Dalgliesh bei der Arbeit beobachtete, konnte seine Intelligenz übersehen. Bei Martin war das schon weniger offensichtlich. Er war zehn Jahre älter als sein Chef und konnte eigentlich nicht mehr mit einer weiteren Beförderung rechnen. Aber er hatte Fähigkeiten, die ihn zu einem ausgezeichneten Kriminalbeamten machten. Nie quälten ihn Zweifel über seine Beweggründe. Gut und Böse, Recht und Unrecht standen für ihn so unverrückbar fest wie die beiden Erdpole. Er hatte noch nie einen Fuß in jene Zwielichtzone gesetzt, in der die Nuancen des Bösen und Guten ihre verwirrenden Schatten werfen. Er war entschlossen und unendlich geduldig. Er war freundlich, ohne sentimental zu sein, und sorgfältig im Detail, ohne den Zusammenhang aus den Augen zu verlieren. Im Rückblick auf seine Karriere hätte ihn niemand als brillant bezeichnen können. Aber so wenig man ihm eine hohe Intelligenz bescheinigen konnte, so unfähig war er, sich dumm anzustellen. Die Polizeiarbeit besteht hauptsächlich aus der langweiligen und genauen Überprüfung von Einzelheiten. Die meisten Morde sind miese kleine Verbrechen, aus Unwissenheit und Verzweiflung geboren. Es war Martins Aufgabe, bei der Lösung dieser Fälle zu helfen, und genau das tat er – geduldig und wertfrei. Angesichts des Mordes in der Steen-Klinik mit den beunruhigenden Hinweisen auf die Tat einer geschulten Intelligenz blieb er unbeeindruckt. Methodische Hinwendung zum Detail hatte schon manchen anderen Mord aufgeklärt und würde auch diesen lösen. Und Mörder – ob intelligent oder abnormal, ob verschlagen oder impulsiv – mussten gefangen werden. Wie üblich ging er zwei Schritte hinter Dalgliesh und sagte wenig. Doch wenn er das Wort ergriff, traf er meistens den Kern der Sache.

An jenem Abend wanderten sie zum letzten Mal durch das Gebäude, wobei sie im zweiten Obergeschoss anfingen. Hier waren die aus dem achtzehnten Jahrhundert stammenden Zimmer geteilt worden, um Fürsorger, Psychologen und Laientherapeuten unterzubringen; außerdem gab es zwei größere Sprechzimmer für die Psychiater. Ein freundlicher unveränderter Raum lag im vorderen Teil des Gebäudes, mit bequemen Sesseln und einigen kleinen Tischen behaglich eingerichtet. Das war offensichtlich der Treffpunkt der Ehe-Diskussionsgruppe, die zwischen den Analysen häuslicher und sexueller Unverträglichkeiten einen hübschen Blick auf den Platz genießen konnte. Dalgliesh verstand den Kummer der abwesenden Mrs. Baumgarten. Das Zimmer war wirklich gut geeignet für die Werktherapieabteilung.

Die wichtigeren Räume befanden sich im Stockwerk darunter, und man hatte hier und dort nur kleine Änderungen oder

Anpassungen vorgenommen, sodass Decken, Türen und Fenster mit eigener Anmut zur eleganten und ruhigen Atmosphäre beitragen konnten. Der Modigliani im Konferenzzimmer war etwas fehl am Platz, doch er stach nicht zu schlimm hervor. Die benachbarte Bibliothek war kleiner, mit Namenschildern der Spender an den antiken Regalen; man hätte sie für die Bibliothek eines Gentleman des achtzehnten Jahrhunderts halten können, wenn die Buchtitel nicht gewesen wären. Flache Blumenschalen schmückten die Regale, und im Zimmer standen einige Lehnstühle, die zueinander zu passen schienen, obwohl sie ursprünglich sicher aus einem halben Dutzend verschiedener Häuser stammten.

In diesem Stockwerk hatte der Chefarzt sein Büro, das zu den elegantesten der Klinik gehörte. Die Behandlungscouch, die an der Längswand stand, war dasselbe Modell wie in den Zimmern der anderen Psychiater – ein niedriger, chintzbezogener Diwan mit einem Kissen und einer roten Decke, die zusammengefaltet am Fußende lag. Das übrige Mobiliar stammte nicht vom Verwaltungsrat. Auf dem Schreibtisch aus dem achtzehnten Jahrhundert lagen weder der übliche Pappkalender noch das schlichte Terminbuch, sondern eine lederne Schreibunterlage, ein silbernes Tintenfass und eine Briefwanne. Zwei Ledersessel und ein Eckschrank aus Mahagoni rundeten das Bild ab. Offenbar sammelte der Chefarzt alte Drucke, wobei er sich besonders für Mezzotintgravuren und Stiche aus dem achtzehnten Jahrhundert interessierte. Dalgliesh betrachtete einige Arbeiten von James McArdell und Valentine Green, die zu beiden Seiten des Kamins aufgehängt waren, und stellte fest, dass Dr. Ethereges Patienten ihr Unterbewusstsein unter einigen schönen Lithographien Hullmandels erleichterten. Er überlegte, dass der unbekannte Klinikeinbrecher, wenn man sich auf Cullys Urteil verlassen konnte, wohl ein Gentleman gewesen sein mochte, keinesfalls aber ein

Kunstkenner. Es schien eher die Arbeit eines kleinen Gauners zu sein, zwei Hullmandels hängen zu lassen und fünfzehn Pfund in bar mitzunehmen. Auf jeden Fall war es ein freundliches Zimmer, das seinen Inhaber als einen Mann mit Geschmack und mit dem nötigen Kleingeld auswies, um diesem Geschmack zu frönen, das Zimmer eines Mannes, der nicht einsieht, warum er sein Arbeitsleben in weniger freundlicher Umgebung verbringen soll als seine Freizeit. Und doch war der Gesamteindruck nicht ganz abgerundet. Irgendwo fehlte etwas. Die Eleganz war ein wenig zu konstruiert, der gute Geschmack ein wenig zu orthodox. Dalgliesh überlegte, dass sich ein Patient in der warmen, unordentlichen und zu langen Zelle, in der Fredrica Saxon inmitten von Papieren, Topfpflanzen und Teeutensilien arbeitete, wohler fühlen mochte. Trotz der Stiche fehlten dem Zimmer die Nuancen einer Persönlichkeit. Und darin war es irgendwie typisch für seinen Besitzer. Dalgliesh musste an eine Konferenz über die kriminellen Aspekte von Geisteskrankheiten denken, an der er kürzlich teilgenommen hatte. Damals hatte auch Dr. Etherege zu den Sprechern gehört. Der Vortrag war ihm zuerst wie der Weisheit letzter Schluss vorgekommen; doch hinterher konnte sich Dalgliesh nicht an ein einziges Wort erinnern.

Sie gingen ins Erdgeschoss hinunter, wo der Sekretär und Nagle, die leise mit den Polizisten plauderten, kurz herüberblickten, ohne sich jedoch von der Stelle zu rühren. Die vier standen in einer traurigen kleinen Gruppe zusammen, wie Leidtragende nach einem Begräbnis, unsicher und verstört in der ersten Besinnungspause, die dem Kummer folgt. In der Stille des Flurs klangen ihre Stimmen gedämpft.

Das Erdgeschoss hatte einen einfachen Grundriss. Unmittelbar hinter der Pforte befand sich links vom Eintretenden die verglaste Empfangsloge. Dalgliesh stellte noch einmal fest, dass man von dort den gesamten Flur gut überblicken konnte, einschließlich der großen geschwungenen Treppe am Ende. Und doch waren Cullys Beobachtungen seltsam selektiv gewesen. Er war sicher, dass jeder, der die Klinik nach siebzehn Uhr betreten oder verlassen hatte, von ihm gesehen und ins Buch eingetragen worden war, doch manches Hin und Her im Flur war ihm entgangen. Er hatte Mrs. Shorthouse aus Miss Bolams Büro kommen und in das vordere Hauptbüro gehen sehen, nicht jedoch die Verwaltungschefin, die durch den Flur zur Kellertreppe schritt. Er hatte Dr. Baguley aus der Ärztegarderobe kommen sehen, hatte aber nicht bemerkt, wie er hineinging. Die meisten Bewegungen der Patienten und ihrer Verwandten waren ihm nicht entgangen, und er vermochte auch das Kommen und Gehen von Mrs. Bostock zu bestätigen. Er war sicher, dass Dr. Etherege, Miss Saxon und Miss Kettle nach achtzehn Uhr nicht durch den Flur gekommen waren. Wenn doch, hatte er es nicht bemerkt. Dalgliesh hätte Cullys Aussage größeres Gewicht beigemessen, wenn der arme kleine Mann nicht so verängstigt gewesen wäre. Als sie in der Klinik eintrafen, war er nur deprimiert und ein wenig mürrisch gewesen. Doch als er schließlich nach Hause gehen durfte, hatte er geradezu vor Entsetzen geschlottert. Dalgliesh merkte vor, dass er dieser Sache im Laufe seiner Ermittlungen auf den Grund gehen musste.

Hinter der Empfangsloge lag mit Blick auf den Platz das Hauptbüro, von dem ein Stück zur Ablage der laufenden medizinischen Akten abgeteilt worden war. Daneben befand sich Miss Bolams Büro und dahinter die EST-Räume, die aus Behandlungszimmer, Schwesternzimmer und Ruhekabinen für männliche und weibliche Patienten bestanden. Diese Räume waren durch einen Flur von der Ärztegarderobe, den Toiletten für das Büropersonal und der Küche getrennt. Am Ende dieses Flurs befand sich die verschlossene Seitentür. Sie wurde nur ab und zu einmal von Klinikangehörigen benutzt, die lange gearbeitet hatten und die es Nagle nicht zumuten wollten, die komplizierten Schlösser, Riegel und Ketten der Haupttür für sie zu öffnen.

Auf der anderen Seite des Hauptflurs lagen zwei Sprechzimmer, das Wartezimmer und die Toiletten für die Patienten. Das Vorderzimmer war geteilt worden, um zwei ziemlich große Psychotherapiezimmer zu gewinnen, die durch einen Gang vom Wartezimmer getrennt waren. Dr. Steiner konnte deshalb von einem Zimmer in das andere gehen, ohne in Cullys Blickfeld zu geraten. Aber er konnte nicht durch den Flur zur Kellertreppe gelangen, ohne das Risiko einzugehen, gesehen zu werden. War er gesehen worden? Was verschwieg Cully – und warum?

Dalgliesh und Martin inspizierten noch einmal gemeinsam die Kellerräume. Hinten befand sich die Tür, die zur Dienstbotentreppe führte. Dr. Etherege hatte ausgesagt, diese Tür sei verriegelt gewesen, als er und Dr. Steiner sie nach Auffinden der Leiche untersucht hatten. Der Riegel war noch immer geschlossen. Man hatte die Tür auf Fingerabdrücke untersucht, doch die einzigen klaren Abdrücke stammten von Peter Nagle. Nagle hatte ausgesagt, er sei vermutlich der Letzte gewesen, der das Schloss berührt habe, da er die Tür jeden Abend gewohnheitsmäßig überprüfte, ehe er das Gebäude zumachte. Er oder andere Klinikmitarbeiter benutzten die Tür sehr selten, die gewöhnlich nur geöffnet wurde, wenn Kohlen oder andere große Versorgungsgüter geliefert wurden. Dalgliesh schob den Riegel zurück. Eisenstufen führten zum rückwärtigen Geländer hinauf. Auch oben war die schmiedeeiserne Tür verriegelt und mit Schloss und Kette gesichert. Doch ein Eindringling hätte keine Mühe gehabt, zum Keller hinabzusteigen, zumal die Gasse schlecht beleuchtet war. Die Klinik selbst war schon weniger leicht zugänglich. Alle Kellerfenster waren vergittert – bis auf das Toilettenfenster, durch das sich auch der Klinikdieb Zugang verschafft hatte.

Dalgliesh verriegelte die Tür wieder, und sie gingen ins Hausdienerzimmer, das den größten Teil des rückwärtigen Kellers einnahm. Seit der ersten Untersuchung war nichts verändert worden. Zwei Kleiderspinde standen an einer Wand. Die Mitte des Raums nahm ein schwerer viereckiger Tisch ein. In einer Ecke befanden sich ein kleiner altmodischer Gaskocher und daneben ein Schrank voller Tassen und Untertassen und Dosen mit Tee, Zucker und Keksen. Zwei schäbige Lederstühle standen links und rechts vom Gasfeuer. Zur Linken der Tür hing ein Schlüsselbrett, dessen Haken nummeriert waren. An diesem Brett hatte unter anderem der Schlüssel zum Kellerarchiv gehangen. Dieser Schlüssel war nun im Gewahrsam der Polizei.

Eine große gestreifte Katze hatte sich vor der kalten Gasheizung in einem Korb zusammengerollt. Als das Licht eingeschaltet wurde, regte sie sich, hob den schweren gestreiften Kopf und starrte die Eindringlinge mit großen gelben Augen ausdruckslos an. Dalgliesh kniete neben dem Korb nieder und streichelte dem Tier über den Kopf. Die Katze erschauderte unter seiner Berührung und blieb dann unbeweglich sitzen. Plötzlich ließ sie sich auf den Rücken rollen und streckte steif die Beine in die Luft, um Dalgliesh ihr weiches Bauchhaar zum Liebkosen hinzudrehen. Der Kriminalrat streichelte weiter und redete auf das Tier ein, während Martin, der Hunde lieber hatte, geduldig zuschaute. Er sagte: «Mrs. Shorthouse hat mir von dem Burschen erzählt. Das ist Tigger, Miss Bolams Kater.»

«Wir müssen daraus schließen, dass Miss Bolam früher A. A. Milne gelesen hat. Katzen sind Nachtwesen. Warum wird er nachts nicht hinausgelassen?»

«Auch das hat man mir erzählt. Miss Bolam dachte, er hält die Mäuse im Zaum, wenn er eingeschlossen ist. Mittags geht Nagle auf ein Bier und ein Sandwich aus dem Haus, aber Cully isst seine Stullen hier, und Miss Bolam war immer wegen der Krumen hinter ihm her. Der Kater wird hier jeden

Abend eingeschlossen und kann während des Tages herumstreunen. Er hat sein Fressen und eine Katzentoilette.»

«Aha. Mit Asche aus dem Boiler.»

«Schade, dass er nicht reden kann, Sir. Er war heute Abend die meiste Zeit hier und hat auf sein Fressen gewartet. Wahrscheinlich war er auch hier, als sich der Mörder den Schlüssel zum Archiv holte.»

«Und den Meißel. O ja, Tigger hat alles gesehen. Aber wie kommen Sie darauf, dass er Ihnen die Wahrheit sagen würde?»

Sergeant Martin antwortete nicht. Katzenfans waren nun mal so. Kindisch, könnte man sagen. Ungewöhnlich redselig fuhr er fort: «Miss Bolam hat ihn auf eigene Kosten sterilisieren lassen. Mrs. Shorthouse hat Wachtmeister Holliday erzählt, Dr. Steiner habe sich sehr darüber aufgeregt. Offenbar mag er Katzen. Die beiden haben sich deswegen gestritten. Dr. Steiner sagte zu Mrs. Bostock, dass Miss Bolam am liebsten alles Männliche in der Klinik kastrieren lassen würde. Angeblich hat er sich dabei sehr unfein ausgedrückt. Natürlich sollte das Miss Bolam nicht zu Ohren kommen, aber Mrs. Bostock hat prompt dafür gesorgt.»

«Ja», sagte Dalgliesh kurz angebunden. «Sieht ihr ähnlich.»

Sie setzten die Inspektion fort.

Der Raum war nicht ungemütlich. Es roch nach Nahrungsmitteln und Leder und ganz schwach auch nach Gas. An den Wänden hingen ein paar Bilder, die offenbar bei den Hausdienern eine Heimstatt gefunden hatten, nachdem sich die bisherigen Besitzer daran satt gesehen hatten. Ein Bild zeigte den Gründer der Steen-Klinik, passenderweise im Kreise seiner fünf Söhne – ein verblasstes goldgerahmtes Sepiafoto, das nach Dalglieshs Auffassung den Charakter des alten Hyman besser traf als das Ölgemälde, das oben im Flur hing.

Auf einem kleinen Tisch an der hinteren Wand stand Nagles Werkzeugkasten. Dalgliesh hob den Deckel hoch. Die Werkzeuge, die sorgsam gepflegt waren, lagen in ordentlichen Reihen vor ihm. Nur ein Stück fehlte, das wahrscheinlich nie wieder in Nagles Werkzeugkasten erscheinen würde.

«Er hätte durch die Hintertür hereinkommen können, wenn er sie unverschlossen gelassen hätte», sagte Martin und sprach damit Dalglieshs Gedanken aus.

«Natürlich. Ich muss die seltsame Neigung eingestehen, ausgerechnet die Person zu verdächtigen, die zum Zeitpunkt des Mordes anscheinend nicht im Haus war. Aber es ist ziemlich sicher, dass Nagle bei Miss Priddy im Hauptbüro war, als Mrs. Shorthouse von Miss Bolam wegging. Cully bestätigt das. Und Miss Priddy behauptet, sie hätte das Hauptbüro nur kurz verlassen, um eine Akte aus dem Nebenraum zu holen. Was halten Sie übrigens von der Shorthouse?»

«Ich meine, sie hat die Wahrheit gesagt, Sir. Sie ist bestimmt einer Lüge nicht abgeneigt, wenn es ihr in den Kram passt. Sie hat es gern, wenn etwas los ist, und greift auch mal ein, um die Sache richtig in Schwung zu bringen. Aber heute hatte sie uns auch ohne Ausschmückungen genug zu erzählen.»

«Kann man wohl sagen», meinte Dalgliesh. «Eigentlich spricht nichts dagegen, dass Miss Bolam durch den Anruf in den Keller gelockt wurde – was die ungefähre Tatzeit für uns hübsch festlegt. Stimmt auch mit der Ansicht des Polizeiarztes überein – aber darüber erfahren wir mehr, wenn wir das Ergebnis der Autopsie bekommen. Natürlich könnte der Anruf echt gewesen sein. Vielleicht hat sie jemand aus dem Keller angerufen, hat von hier unten irgendwo mit Miss Bolam gesprochen, ist dann in sein oder ihr Zimmer zurückgekehrt und hat jetzt Angst, den Anruf zuzugeben. Wie gesagt, möglich wär's, aber nicht wahrscheinlich.»

«Wenn der Anruf echt war, könnte jemand sie in den Archivraum gerufen haben, damit sie sich das Durcheinander ansieht. Die Akten sind bestimmt vor dem Mord herumgestreut worden. Einige Ordner lagen unter der Leiche. Ich hatte den Eindruck, dass sie niedergeschlagen wurde, als sie sich bückte, um sie aufzuheben.»

«Ich auch», sagte Dalgliesh. «Na ja, sehen wir weiter.»

Sie gingen kommentarlos an der Tür des Lastenfahrstuhls vorbei und betraten als nächstes den Behandlungsraum im vorderen Teil des Kellers. Hier hatte Schwester Bolam mit ihrer Patientin die frühen Abendstunden verbracht. Dalgliesh schaltete das Licht ein. Die schweren Vorhänge waren aufgezogen, doch vor dem Fenster hing eine Gazegardine, die vermutlich den Raum tagsüber vor neugierigen Blicken abschirmen sollte. Die Einrichtung war schlicht. In einer Ecke stand ein flaches Pritschenbett mit einer spanischen Wand am Fußende und einem kleinen Lehnstuhl neben dem Kopfende. An der Schmalwand standen Stuhl und Tisch, offenbar für die Dienst habende Schwester bestimmt. Auf dem Tisch befand sich ein Gestell mit Pflegeberichts-Formularen und leeren Blättern für Notizen. Die Wand zur Linken war durch Schränke verdeckt, in denen die saubere Wäsche der Klinik aufbewahrt wurde. Was die vierte Wand anging, so hatte man sich bemüht, sie schalldicht zu machen. Sie war mit dämpfenden Platten verkleidet, und vor der dicken, sauber gearbeiteten Tür hing ein schwerer Vorhang.

«Wenn die Patientin laut war», sagte Dalgliesh, «hat Schwester Bolam von den Ereignissen draußen nicht viel mitbekommen. Gehen Sie doch mal durch den Flur, Martin, und telefonieren Sie von dem Apparat vor dem Archivraum aus.»

Martin schloss die Tür hinter sich, und Dalgliesh war mit der bedrückenden Stille allein. Er hatte gute Ohren, und Martins schwere Schritte waren gerade noch zu hören. Er glaubte nicht, dass er die Schritte vernommen hätte, wenn eine unruhige Patientin bei ihm gewesen wäre. Das schwache Klingeln, als Martin den Hörer abnahm, hörte er ebenso wenig wie das Surren der Wählscheibe. Sekunden später klangen die Schritte wieder auf, und Martin war zurück.

«Neben dem Apparat hängt eine Karte mit den Hausnummern», sagte er. «Ich habe 004 gewählt. Das ist Miss Bolams Zimmer. Komisch, wie sich eine Telefonklingel anhört, wenn niemand da ist. Aber dann kam doch jemand an den Apparat. Ich bin ganz schön zusammengefahren, als das Klingeln plötzlich aufhörte. War natürlich Mr. Lauder, der auch etwas überrascht war. Ich habe ihm gesagt, es würde nicht mehr lange dauern.»

«Wird es auch nicht. Ich habe übrigens nichts mitbekommen. Und doch hat Schwester Bolam die kleine Priddy schreien hören. Behauptet sie jedenfalls.»

«Sie hat sich Zeit gelassen, darauf zu reagieren, nicht wahr, Sir? Außerdem hat sie angeblich die Ärzte und Schwester Ambrose die Treppe herabkommen hören.»

«Durchaus denkbar. Die sind da draußen zu viert herumgetrampelt. Sie ist natürlich die Verdächtige Nummer eins auf unserer Liste. Sie hätte von hier aus ihre Cousine anrufen und ihr sagen können, jemand habe im Archiv ein Chaos angerichtet. Ihre Patientin war viel zu durcheinander, um etwas zu hören oder zu begreifen. Ich habe sie bei Dr. Baguley gesehen, und es war klar, dass sie niemandem ein Alibi geben konnte. Schwester Bolam hätte mit einiger Sicherheit das Behandlungszimmer verlassen und im Archiv auf ihre Cousine warten können. Sie hatte die beste Gelegenheit zur Tat, sie besitzt die erforderlichen medizinischen Kenntnisse, sie hat ein eindeutiges Motiv. Wenn sie die Mörderin ist, hatte das Verbrechen wahrscheinlich nichts mit dem Anruf bei Lauder zu tun. Wir müssen natürlich feststellen, was die Bolam hier entdeckt hatte, aber das muss nicht unbedingt mit ihrem Tod zusammenhängen. Wenn Schwester Bolam wusste, dass der Sekretär herkam, hat sie die Tat vielleicht gerade jetzt begangen, um das wahre Motiv zu verschleiern.»

«Für so einen Plan kommt sie mir nicht raffiniert genug vor, Sir.»

«Sie kommt mir überhaupt nicht wie eine Mörderin vor, Martin, aber wir haben schon unwahrscheinlichere Täter erlebt. Wenn sie unschuldig ist, hat dem Mörder die Tatsache, dass sie hier unten allein war, sehr gut in den Kram gepasst. Und dann die Gummihandschuhe. Natürlich hatte sie eine Erklärung dafür. Hier gibt es viele Handschuhe dieser Art, und es ist durchaus verständlich, dass eine Krankenschwester ein gebrauchtes Paar in der Schürzentasche hat. Aber wir kommen nicht um die Tatsache herum, dass wir auf beiden Waffen und auf dem Türschlüssel keine Fingerabdrücke gefunden haben, nicht einmal alte. Jemand hat alles abgewischt und dann Handschuhe benutzt. Und was eignet sich dazu besser als dünne Operationshandschuhe? Der Stich mit dem Meißel war ja praktisch ein chirurgischer Eingriff.»

«Wenn sie so schlau war, die Handschuhe zu benutzen, wäre sie auch so schlau gewesen, sie hinterher zu vernichten. Der Boiler hat gebrannt. Und was ist mit der fehlenden Gummischürze aus der Werktherapieabteilung? Wenn der Mörder sie vorsichtshalber umgebunden und dann im Boiler vernichtet hat, wäre es geradezu blödsinnig, die Handschuhe zu behalten.»

«So blödsinnig, dass wir wahrscheinlich denken *sollen*, kein Vernünftiger würde so etwas tun. Wegen der Schürze bin ich mir ohnehin nicht so sicher. Anscheinend fehlt eine, und es wäre möglich, dass der Mörder sie getragen hat. Aber die Tat war sauber – und war auch so geplant. Na ja, morgen wissen wir mehr, wenn der Boiler kalt ist und ausgekratzt werden kann. Die Schürzen haben Metallknöpfe an den Schulterstreifen. Wenn wir Glück haben, finden wir sie.»

Sie schlossen die Tür des Behandlungszimmers hinter sich und gingen nach oben. Dalgliesh begann seine Müdigkeit zu spüren, und der stechende Schmerz hinter dem Auge hörte nicht mehr auf. Es war keine ruhige Woche gewesen, und die Sherry-Party, die ein freundlicher, entspannender Ausklang für einen anstrengenden Tag hatte sein sollen, war zum verwirrenden Auftakt für einen noch anstrengenderen Abend geworden. Er überlegte kurz, wo und mit wem Deborah Riscoe wohl zu Abend gegessen hatte. Ihre Begegnung schien ihm nun in eine andere Welt zu gehören. Vielleicht lag es an der Müdigkeit, dass ihm die Zuversicht abging, mit der er sonst einen neuen Fall anging. Er glaubte eigentlich nicht, dass er sich an diesem Mord die Zähne ausbeißen würde. Niederlagen hatte er in seinem Beruf bisher noch nicht kennen gelernt. Umso ärgerlicher war das vage Gefühl der Unzulänglichkeit und Unruhe, das ihn erfüllte. Zum ersten Mal war er unsicher, als stünde er einer Intelligenz gegenüber, die sich aktiv gegen ihn wandte und die sich mit ihm messen konnte. Und er nahm nicht an, dass Schwester Bolam eine solche Intelligenz besaß.

Der Sekretär und Nagle warteten noch im Flur. Dalgliesh übergab die Klinikschlüssel und erhielt das Versprechen, dass ein zusätzliches Bund, das bei der Hauptverwaltung deponiert war, morgen früh der Polizei übergeben würde. Er, Martin und die beiden Wachtmeister warteten, während sich Nagle vergewisserte, dass alle Lichter ausgeschaltet waren. Bald lag die Klinik still und dunkel da, und die sechs Männer traten in die neblige Kälte der Oktobernacht hinaus und gingen ihrer Wege.

4. Kapitel

Dr. Baguley wusste, dass er Miss Kettle anstandshalber einen Platz in seinem Wagen anbieten musste. Sie wohnte in Richmond, direkt an seinem Heimweg, der ihn in ein Dorf hinter Surrey führte. Normalerweise konnte er ihr ausweichen. Ihr Dienst in der Klinik war so unregelmäßig, dass sie selten zur gleichen Zeit gingen und er gewöhnlich ohne Gewissensbisse allein losfahren konnte. Er fuhr gern Auto. Selbst die Ärgernisse des abendlichen Berufsverkehrs waren ein geringer Preis für die wenigen Kilometer auf gerader Straße, ehe er sein Zuhause erreichte – eine Strecke, auf der er die Kraft des Wagens wie einen Druck im Rücken spüren konnte und die Spannungen des Tages von der singenden Luft fortgerissen wurden. Kurz vor Stalling hielt er gewöhnlich vor einem ruhigen Lokal und trank ein Bier – nicht mehr und nicht weniger. Dieses abendliche Ritual, die formelle Trennung des Tages vom Abend, war unerlässlich geworden, seit er Fredrica verloren hatte. Der Abend brachte keine Erleichterung von der Mühsal des Umgangs mit Neurosen. Er war dabei, sich an ein Leben zu gewöhnen, in dem seine Geduld und seine beruflichen Fähigkeiten zu Hause mehr gefordert wurden als in der Klinik. Doch es war ein angenehmes Gefühl, allein dazusitzen und die kurze Pause zwischen zwei verschiedenen, doch im Grunde ähnlichen Welten zu genießen.

Er fuhr zuerst langsam, da Miss Kettle etwas gegen hohe Geschwindigkeiten hatte. Sie saß neben ihm, den schweren Tweedmantel eng um sich geschlungen. Auf ihrem grauhaarigen Kopf saß eine rote Strickmütze, die nicht recht zu ihr passte. Wie viele Fürsorgerinnen hatte sie kein instinktives

Verständnis für andere Menschen, ein Mangel, der ihr zu Unrecht den Ruf der Härte eingetragen hatte. Die Dinge lagen ganz anders, sobald sie jemanden zu betreuen hatte – wie Baguley dieses Wort verabscheute! Kaum steckte ein Schützling im Käfig ihrer beruflichen Betreuung, widmete sie sich ihm mit einer Hingabe und Sorgfalt, die wenig Privates unberührt ließen. Probleme wurden verstanden, ob der «Fall» das wollte oder nicht, Schwächen wurden bloßgelegt und entschuldigt, Bemühungen gelobt und gefördert, Sünden vergeben. Außer ihren Schützlingen schien in der Steen-Klinik für Miss Kettle nichts zu existieren. Baguley hatte nichts gegen sie. Er war schon vor längerer Zeit zu dem melancholischen Schluss gekommen, dass die psychiatrische Sozialfürsorge jene Menschen anlockte, die am wenigsten dafür geeignet waren – und Miss Kettle war besser als die meisten. Die Berichte, die sie ihm zuleitete, waren viel zu lang und strotzten vor Fachjargon, aber wenigstens lieferte sie Berichte. Die Steen-Klinik kannte auch psychiatrische Fürsorger, die der unwiderstehliche Drang beflügelte, Patienten zu behandeln, und die keine Ruhe gaben, bis sie zu Laienpsychotherapeuten ausgebildet waren und so nebensächliche Dinge wie das Erstellen von Sozialberichten und das Arrangement von Erholungsaufenthalten abschütteln konnten. Nein, er hatte nichts gegen Ruth Kettle, aber heute Abend wäre er lieber allein gefahren.

Sie sprach erst, als sie Knightsbridge erreichten; dann meldete sich ihre hohe, atemlose Stimme: «Ein ausgesprochen komplizierter Mord, nicht? Und so eine seltsame Tatzeit. Was halten Sie von dem Kriminalrat?»

«Er ist tüchtig, würde ich sagen», erwiderte Dr. Baguley. «Meine Einstellung zu ihm ist ein bisschen zwiespältig, vielleicht weil ich kein Alibi habe. Als Miss Bolam gestorben sein soll, war ich allein in der Ärztegarderobe.»

Er wusste, dass er beruhigt werden wollte, und erwartete

ihren lebhaften Einwand, dass ihn selbstverständlich niemand verdächtigen könne. Voller Selbstverachtung fügte er hinzu: «Das ist natürlich lästig, aber nicht weiter wichtig. Ich nehme an, dass er die Sache bald aufklärt.»

«Oh, meinen Sie wirklich? Ich weiß nicht recht. Mir kam er ziemlich ratlos vor. Ich war die meiste Zeit des Abends allein in meinem Büro – und habe wahrscheinlich auch kein Alibi. Aber ich weiß auch gar nicht, wann der Mord passiert sein soll.»

«Wahrscheinlich gegen achtzehn Uhr zwanzig», sagte Baguley kurz.

«Oh, wirklich? Dann habe ich kein Alibi.» Aus Miss Kettles Worten klang tiefe Befriedigung. Nach kurzem Schweigen sagte sie: «Jetzt kann ich auch den Urlaub für die Worrikers aus dem Freien Konto arrangieren. Miss Bolam stellte sich immer so an, wenn etwas davon für die Patienten ausgegeben werden sollte. Dr. Steiner und ich sind der Meinung, wenn die Worrikers mal zwei ruhige Wochen in einem netten Landhotel verbringen, können sie die Sache vielleicht geradebiegen. Womöglich wird die Ehe dadurch gerettet.»

Dr. Baguley hätte am liebsten gesagt, dass die Ehe der Worrikers nun schon so viele Jahre auf der Kippe stand, dass die Aussöhnung oder endgültige Trennung wohl kaum in zwei Wochen entschieden werden konnte, wie nett das Hotel auch sein mochte. Am Rande der Trennung dahinzubalancieren, war das seelische Lieblingsspiel der Worrikers, etwas, das sie nicht so einfach aufgeben würden.

«Mr. Worriker hat also keine Arbeit?»

«O doch! Er hat eine Stellung!», erwiderte Miss Kettle, als habe diese Tatsache nichts mit seiner Fähigkeit zu tun, einen Urlaub zu bezahlen. «Aber seine Frau ist leider eine schlechte Wirtschafterin, obwohl sie sich große Mühe gibt. Die beiden können sich eine Reise nur leisten, wenn die Klinik dafür aufkommt. Ich muss leider sagen, dass Miss Bolam dafür kein Verständnis hatte. Und noch etwas. Sie machte für mich Termine mit Patienten, ohne mir Bescheid zu geben. Erst heute noch! Als ich mir meinen Kalender ansah, ehe ich ging, war da ein neuer Patient für Montag zehn Uhr eingetragen. Natürlich hatte Mrs. Bostock das hingeschrieben, aber sie hatte dazugesetzt: ‹auf Anweisung von Miss Bolam›. Mrs. Bostock hätte so etwas nie von sich aus getan. Sie ist eine nette, tüchtige Sekretärin.»

Dr. Baguley hielt Mrs. Bostock für eine ehrgeizige Unruhestifterin, fand es jedoch unangebracht, diese Ansicht zu äußern. Stattdessen fragte er, wie es Miss Kettle im Gespräch mit Dalgliesh ergangen sei.

«Ich konnte ihm leider nicht viel weiterhelfen, aber er interessierte sich für den Fahrstuhl.»

«Was ist mit dem Fahrstuhl, Miss Kettle?»

«Jemand hat ihn heute Abend benutzt. Sie wissen doch, wie das Ding quietscht und wie es dann kracht, wenn es den ersten Stock erreicht. Also, ich habe das Krachen gehört. Natürlich weiß ich nicht mehr genau, wann das war, weil es mir ganz unwichtig vorkam. Aber früh war es nicht – kann so gegen achtzehn Uhr dreißig gewesen sein.»

«Dalgliesh nimmt doch nicht ernsthaft an, dass jemand mit dem Fahrstuhl in den Keller gefahren ist! Groß genug ist er ja – aber dann wären zwei Leute erforderlich.»

«Ja, das stimmt, nicht wahr? Niemand könnte sich allein damit hochziehen. Man braucht einen Komplizen.» Sie sprach das Wort verschwörerisch aus, als wäre es Teil einer Verbrechersprache, ein ungehöriger Ausdruck, den sie sich abringen musste. Sie fuhr fort: «Ich kann mir nicht vorstellen, dass sich der gute Dr. Etherege wie ein dicker kleiner Buddha in den Fahrstuhl hockt, während Mrs. Bostock mit ihren kräftigen roten Händen die Seile bedient – oder Sie etwa?»

«Nein», sagte Dr. Baguley kurz angebunden. Die Beschreibung war überraschend bildhaft gewesen. Um sich die Vorstellung aus dem Kopf zu schlagen, sagte er. «Es wäre interessant zu wissen, wer als letzter im Archiv gewesen ist. Vor dem Mord, meine ich. Ich kann mich gar nicht erinnern, wann ich den Raum zum letzten Mal benutzt habe.»

«O nein? Wie seltsam! Der Keller ist so staubig und beklemmend eng, dass ich mich immer erinnere, wenn ich ihn aufsuchen muss. Ich war heute Abend Viertel vor sechs noch unten.»

Dr. Baguley hätte vor Überraschung fast angehalten.

«Heute Abend um siebzehn Uhr fünfundvierzig? Aber das sind ja nur fünfunddreißig Minuten vor der Mordzeit!»

«Ja, stimmt, wenn sie gegen sechs Uhr zwanzig gestorben ist. Das hat mir der Kriminalrat allerdings nicht gesagt. Aber er interessierte sich schon dafür, dass ich im Keller gewesen bin. Ich habe mir eine der alten Worriker-Akten geholt. Muss so gegen siebzehn Uhr fünfundvierzig gewesen sein – aber ich habe mich nicht lange aufgehalten; ich wusste, wo der Ordner ist.»

«Und der Raum war wie immer? Die Akten lagen nicht auf dem Boden?»

«O nein, es war alles bestens aufgeräumt. Das Archiv war natürlich abgeschlossen, und ich holte mir den Schlüssel aus dem Hausdienerzimmer und schloss hinter mir ab, als ich fertig war. Dann tat ich den Schlüssel wieder ans Brett.»

«Und Sie haben niemanden gesehen?»

«Nein, ich glaube nicht. Allerdings konnte ich Ihre LSD-Patientin hören. Sie schien mir einen ziemlichen Krach zu machen. Fast als wäre sie allein.»

«Sie war nicht allein. Es ist immer jemand bei ihr. Überhaupt war ich bis gegen siebzehn Uhr vierzig bei ihr. Wenn Sie ein wenig früher gekommen wären, hätten wir uns sehen müssen.»

«Nur wenn wir uns zufällig auf der Kellertreppe begegnet oder Sie ins Archiv gekommen wären. Aber ich glaube, ich habe wirklich niemanden gesehen. Der Kriminalrat hat sich mehrmals danach erkundigt, und ich frage mich, ob er wirklich etwas von seinem Geschäft versteht. Er schien ziemlich ratlos zu sein.»

Sie sprachen nicht weiter über den Mord, obwohl Dr. Baguley das Gefühl hatte, dass noch viele Fragen unausgesprochen im Raum standen. Zwanzig Minuten später bremste er vor Miss Kettles Wohnung am Richmond Green und beugte sich mit einem Gefühl der Erleichterung zur Seite, um ihr die Wagentür zu öffnen. Als sie verschwunden war, stieg er aus und ließ trotz der kühlen Feuchtigkeit das Wagendach herunter. Die nächsten Kilometer waren ein Goldfaden aus blitzenden Katzenaugen auf der Straßenmitte, waren still bis auf das Brausen kalter Herbstluft. Kurz vor Stalling bog er von der Hauptstraße ab, wo das düstere, wenig einladende kleine Lokal abseits zwischen den Ulmen stand. Die Lokalmatadore von Stalling Coombe hatten es noch nicht entdeckt oder zogen die schicken Pubs am Park vor; ihre Jaguare parkten niemals vor den schwarzen Ziegelmauern. Die Saloonbar war leer wie immer, doch hinter der hölzernen Trennwand zur Public Bar war Stimmengemurmel zu hören. Er nahm seinen Platz am Kaminfeuer ein, das sommers wie winters brannte und vom Wirt offenbar mit übel riechenden Bruchstücken alter Möbel gespeist wurde. Der Raum war nicht besonders einladend. Bei Ostwind qualmte der Kamin, der Steinfußboden war nackt, und die Holzbänke an den Wänden waren unbequem hart und schmal. Aber das Bier war kalt und gut, die Gläser sauber, und die Schlichtheit und Abgelegenheit des Lokals schufen eine friedvolle Atmosphäre.

George brachte ihm sein Glas.

«Sie sind spät dran heute Abend, Doktor.»

George redete ihn seit seinem zweiten Besuch mit dem Titel an. Dr. Baguley wusste nicht, wie George seinen Beruf herausgefunden hatte; es war ihm auch egal.

«Ja», erwiderte er. «Ich bin in der Klinik aufgehalten worden.»

Mehr sagte er nicht, und der Mann ging zur Bar zurück. Dann überlegte er, ob er klug gehandelt hatte. Die Sache würde morgen in allen Zeitungen stehen, und man würde auch in der Public Bar darüber reden. Und natürlich würde George sagen: «Der Doktor war Freitag hier wie üblich. Hat nichts über den Mord gesagt ... aber er sah mitgenommen aus.»

War es verdächtig, nichts zu sagen? Wäre es für einen Unschuldigen nicht natürlicher, über einen Mordfall sprechen zu wollen, in den er verwickelt war? Plötzlich wurde es unerträglich stickig in dem kleinen Raum, die friedliche Stimmung verflog in einem Ansturm von Angst und Kummer. Er musste es irgendwie Helen sagen, und je eher sie Bescheid wusste, desto besser.

Aber obwohl er schnell fuhr, war es nach zehn Uhr, ehe er sein Zuhause erreichte und durch die große Buchenhecke das Licht in Helens Schlafzimmer sah. Sie war also nach oben gegangen, ohne auf ihn zu warten; das war immer ein schlechtes Zeichen. Während er den Wagen in die Garage fuhr, wappnete er sich gegen das Kommende. Stalling Coombe war sehr ruhig. Es war eine geschlossene kleine Siedlung individuell entworfener Häuser, die auf die traditionelle Weise gebaut waren und auf großen Gartengrundstücken standen. Die Siedlung hatte wenig Kontakt zum benachbarten Stalling und war eine reiche Vorortoase, deren Einwohner, durch gemeinsame Vorurteile und snobistische Ansichten geeint, wie Ausländer lebten, die inmitten einer fremden Kultur die Zivilisation bewahrten. Baguley hatte das Haus vor fünfzehn Jahren kurz nach seiner

Heirat gekauft. Schon damals hatte er es nicht gemocht, und die vergangenen Jahre hatten ihm gezeigt, wie dumm es gewesen war, sich über den ersten Eindruck hinwegzusetzen. Aber Helen hatte es hier gefallen, und Helen war damals schwanger gewesen – ein zusätzlicher Grund für den Versuch, sie glücklich zu machen. Für Helen war das Haus, eine geräumige Tudorimitation, viel versprechend gewesen. Da war die riesige Eiche auf dem vorderen Rasen («Der richtige Platz für den Kinderwagen an heißen Tagen»), die große Vorhalle («Die Kinder werden dort einmal ihre Partys feiern»), die Abgeschiedenheit der Siedlung («So erholsam für dich, Liebling, nach London und all den schrecklichen Patienten»).

Aber die Schwangerschaft hatte mit einer Fehlgeburt geendet, und seither hatte es keine Hoffnung auf Kinder mehr gegeben. Wäre es mit Kindern anders gekommen? Wäre das Haus weniger zum teuren Hort für verlorene Hoffnungen geworden? Dr. Baguley saß ruhig im Wagen, beobachtete das unheilvolle Viereck des erleuchteten Fensters und dachte daran, dass sich alle unglücklichen Ehen im Grunde ähnelten. Er und Helen unterschieden sich nicht von den Worrikers. Sie blieben zusammen, weil sie gemeinsam weniger unglücklich zu sein hofften als allein. Wenn die Mühsal und Pein der Ehe größer wurden als Kosten, Unbequemlichkeit und Trauma einer gesetzlichen Trennung, würden sie sich trennen. Kein vernünftiger Mensch setzte sich dem Unerträglichen ewig aus. Für ihn hatte es nur einen gültigen Scheidungsgrund gegeben – seine Hoffnung, Fredrica Saxon zu heiraten. Nachdem sich diese Hoffnung nun für immer zerschlagen hatte, konnte er ebenso gut weiter eine Ehe erdulden, die trotz aller Qual wenigstens die angenehme Illusion des Gebrauchtwerdens vermittelte. Er verachtete sich innerlich, steckte er doch in der sprichwörtlichen Klemme des Psychiaters, der nicht in der Lage ist, seine persönlichen Beziehungen zu bewältigen. Aber wenigstens etwas hatte sich in dieser Ehe bewahrt – ein leichter Anflug von Zärtlichkeit und Mitleid, der es ihm die meiste Zeit ermöglichte, freundlich zu sein.

Er verschloss das Garagentor und ging über den großen Rasen zur Vordertür. Der Garten wirkte ungepflegt. Er war teuer im Unterhalt, und Helen interessierte sich kaum dafür. Es wäre auf jeden Fall besser gewesen, das Haus zu verkaufen und sich ein kleineres Anwesen zuzulegen. Aber Helen wollte von einem Verkauf nichts wissen. Sie war in Stalling Coombe denkbar glücklich. Das anspruchslose gesellschaftliche Leben gab ihr wenigstens den Anschein von Sicherheit. Dieses Cocktail-und-Kanapee-Dasein – das muntere Geplauder der raffinierten, hageren, gierigen Frauen, das Geklatsche über die Schlechtigkeit ausländischer Hausgehilfinnen und Au-pair-Mädchen, die Klagen über Schulgebühren und Zeugnisse und die Undankbarkeit der Jugend – all dies waren Dinge, die sie mit empfinden, an denen sie Anteil haben konnte. Baguley hatte schon vor langer Zeit schmerzlich erkennen müssen, dass die Beziehung zu ihm der Bereich war, in dem sie sich am wenigsten zu Hause fühlte.

Er überlegte, wie er ihr die Nachricht über den Mord an Miss Bolam am besten mitteilen konnte. Helen war ihr nur einmal begegnet, an jenem Mittwoch in der Klinik, und er hatte nie erfahren, was die beiden Frauen miteinander gesprochen hatten. Doch diese kurze, umwälzende Zusammenkunft hatte eine Art Intimität zwischen ihnen begründet. Oder war es etwa eine offensive Allianz, die sich gegen ihn richtete? Aber doch gewiss nicht seitens der Bolam! Ihre Haltung ihm gegenüber hatte sich nicht verändert. Er durfte sogar annehmen, dass sie ihn mehr billigte als die anderen Psychiater im Haus. Sie war stets entgegenkommend, hilfsbereit und korrekt gewesen. Es steckte keine Boshaftigkeit, keine Rachsucht und auch keine besondere Abneigung ihm gegenüber dahinter, dass sie Helen an jenem Mittwochnachmittag zu sich ins Büro gebeten und in einem halbstündigen Gespräch das größte Glück vernichtet hatte, das ihm je widerfahren war. In diesem Augenblick erschien Helen oben an der Treppe.

«Bist du das, James?», rief sie.

Seit fünfzehn Jahren begrüßte sie ihn jeden Abend mit dieser überflüssigen Frage.

«Ja. Tut mir Leid, dass ich zu spät komme. Auch dass ich dir am Telefon nicht mehr sagen konnte. Aber in der Klinik ist etwas Furchtbares passiert, und Etherege hielt es für das Beste, so wenig wie möglich zu sagen. Enid Bolam ist umgebracht worden.»

Aber ihr Geist hakte beim Namen des Chefarztes ein.

«Henry Etherege! Das sieht ihm ähnlich! Er residiert in der Harley Street, hat ausreichend Personal und verdient etwa doppelt so viel wie du. Er könnte ruhig ein bisschen an mich denken, ehe er dich so lange in der Klinik zurückhält. Seine Frau sitzt nicht allein auf dem Land und wartet, dass er endlich mal nach Hause kommt!»

«Henry hat keine Schuld, dass es so lange gedauert hat. Wie ich schon sagte, ist Enid Bolam umgebracht worden. Wir haben den ganzen Abend die Polizei in der Klinik gehabt.»

Diesmal hatte sie es mitbekommen. Er spürte, wie sie den Atem anhielt, sah, wie sich ihre Augen verengten, als sie die Treppe herabkam und dabei ihren Hausmantel enger um sich zog.

«Miss Bolam ist umgebracht worden?»

«Ja, ermordet.»

Reglos stand sie da und schien nachzudenken. Dann fragte sie ruhig: «Wie?»

Sie schwieg, während er berichtete. Hinterher standen sie sich gegenüber. Er überlegte nervös, ob er jetzt zu ihr gehen und eine Geste des Trostes oder Mitgefühls machen müsse.

Aber warum Mitgefühl? Was hatte denn Helen verloren? Ihre Stimme klang kalt wie Metall.

«Niemand von euch hat sie gemocht, nicht wahr? Kein Einziger!»

«Das ist lächerlich, Helen! Die meisten von uns kamen kaum mit ihr in Berührung – und dann nur in ihrer Eigenschaft als Verwaltungschefin.»

«Sieht aber doch nach interner Arbeit aus, oder?»

Innerlich entsetzt über ihren Polizeijargon, sagte er knapp: «Auf den ersten Blick schon. Ich weiß aber nicht, was die Polizei annimmt.»

Sie lachte bitter: «Oh, ich kann mir vorstellen, was die Polizei annimmt!» Wieder schwieg sie einen Augenblick. Dann fragte sie plötzlich: «Wo warst du?»

«Ich hab's dir doch schon gesagt! In der Ärztegarderobe.»

«Und Fredrica Saxon?»

Es war sinnlos, auf das Aufwallen von Mitleid oder Zärtlichkeit zu hoffen. Es war ebenso sinnlos, sich noch beherrschen zu wollen. Er sagte mit absoluter Ruhe: «Sie war in ihrem Zimmer und wertete einen Rorschach-Test aus. Und falls es dich zufrieden stellt – keiner von uns beiden hat ein Alibi. Aber wenn du mir oder Fredrica diesen Mord anhängen willst, musst du schon intelligenter sein, als ich annehme. Der Kriminalrat wird kaum auf eine gekränkte neurotische Frau hören. Von dem Typ hat er schon zu viele erlebt. Aber versuch's ruhig! Vielleicht hast du Glück. Warum kommst du nicht gleich mit nach oben und untersuchst meine Sachen auf Blutflecken!»

Vor Zorn am ganzen Körper zitternd, warf er die Arme hoch. Sie betrachtete ihn mit entsetztem Blick, machte kehrt und stolperte, wie ein Kind schluchzend, die Treppe hinauf, wobei sie über den Saum ihres Hausmantels stolperte. Er blickte ihr nach, kalt vor Müdigkeit, Hunger und Ekel vor sich selbst. Er musste ihr nachgehen. Irgendwie musste er das ausbügeln. Aber nicht jetzt, nicht sofort. Zuerst brauchte er etwas zu trinken. Er stützte sich einen Augenblick auf das Geländer und sagte unendlich erschöpft: «Oh, Fredrica! Liebste Fredrica! Warum hast du das getan? Warum? Warum?»

Schwester Ambrose lebte mit einer älteren Freundin zusammen, die sich mit ihr vor fünfunddreißig Jahren zur Krankenschwester hatte ausbilden lassen und kürzlich pensioniert worden war. Die beiden hatten gemeinsam ein Haus in Gidea Park gekauft, in dem sie nun schon seit zwanzig Jahren bequem und in glücklicher Harmonie von ihrem gemeinsamen Einkommen lebten. Keine von beiden hatte geheiratet, keine von beiden bereute es. Manchmal hatten sie sich Kinder gewünscht, doch das Familienleben ihrer Verwandten hatte sie zu der Überzeugung gebracht, dass die Ehe trotz einer weit verbreiteten gegenteiligen Ansicht den Männern auf Kosten der Frauen nützte und dass sogar das Muttersein keine ungetrübte Freude war. Gewiss, diese Ansicht war niemals auf die Probe gestellt worden, da keine von beiden je einen Heiratsantrag erhalten hatte. Wie jeder Mitarbeiter an einer psychiatrischen Klinik kannte Schwester Ambrose die Gefahren der sexuellen Verdrängung, doch es war ihr nie in den Sinn gekommen, dass so etwas auf sie selbst zutreffen könnte, und man konnte sich auch kaum einen Menschen vorstellen, der weniger verklemmt gewesen wäre. Vermutlich wäre sie der Meinung gewesen, die meisten Theorien der Psychiater seien gefährlicher Unsinn, wenn sie je kritisch darüber nachgedacht hätte. Aber Schwester Ambrose war in einem Geiste ausgebildet worden, der Ärzte nur eine Stufe unter Gott stellte. Wie Gott taten sie auf geheimnisvolle Weise ihre Wunder, und wie Gott entzogen sie sich offener Kritik. Zugegeben, einige waren in ihrer Art geheimnisvoller als andere – doch es war das Privileg einer Krankenschwester, diesen Halbgöttern zu dienen, die Patienten anzuhalten, Vertrauen in ihre Behandlung zu haben, besonders wenn der Erfolg sehr zweifelhaft war, und die oberste berufliche Tugend der absoluten Loyalität zu üben.

«Ich bin immer loyal zu den Ärzten gewesen», war denn auch eine Bemerkung, die in der Acacia Road in Gidea Park oft ausgesprochen wurde, Schwester Ambrose musste leider feststellen, dass die jungen Krankenschwestern, die von Zeit zu Zeit in der Steen-Klinik Urlaubsvertretung machten, in einer weniger strengen Tradition erzogen waren, aber sie hatte ohnehin eine schlechte Meinung von den meisten jungen Schwestern und eine noch schlechtere Meinung von der modernen Ausbildung.

Wie üblich nahm sie die Central Line der U-Bahn bis zum Liverpool-Street-Bahnhof, stieg in einen Vorortzug um und öffnete zwanzig Minuten später die Tür des sauberen Reihenhauses, dessen eine Hälfte sie mit Miss Beatrice Sharpe teilte. Heute jedoch steckte sie den Schlüssel ohne die gewohnte Inspektion des Vorgartens ins Schloss, ohne kritischen Blick auf den Anstrich der Tür und auch ohne den üblichen Gedanken an das rundum befriedigende Äußere des Hauses und an die günstige Geldanlage, die der Besitz gewesen war.

«Bist du das, Dot?», rief Miss Sharpe aus der Küche. «Du kommst spät.»

«Ein Wunder, dass es nicht noch später ist. Wir haben einen Mord in der Klinik gehabt, und die Polizei ist den ganzen Abend da gewesen. Soweit ich weiß, sind die Beamten noch immer im Haus. Man hat mir die Fingerabdrücke abgenommen – und auch dem übrigen Personal.»

Schwester Ambrose sprach absichtlich ganz gelassen – doch die Wirkung ihrer Worte war erfreulich. Sie hatte nichts anderes erwartet. Es passiert nicht jeden Tag, dass man so viel Aufregendes zu berichten hat, und sie hatte schon im Zug überlegt, wie sie die Neuigkeit am wirkungsvollsten anbrachte. Der nun geäußerte Satz enthielt die wichtigsten Einzelheiten. Das Abendessen war zunächst vergessen. Miss Sharpe murmelte, ein Schmorbraten könne immer warten, schenkte ihrer Freundin und sich ein Glas Sherry ein, der bei Schock helfen sollte, und setzte sich damit ins Wohnzimmer, um die ganze Geschichte zu hören. Schwester Ambrose, die in der Klinik als diskret und verschwiegen galt, war zu Hause weitaus gesprächiger, und es dauerte nicht lange, bis Miss Sharpe über den Mord alles wusste, was ihre Freundin berichten konnte.

«Aber was meinst du, Dot, wer war es?» Miss Sharpe füllte die Gläser nach – eine unerhörte Extravaganz – und wandte sich der Analyse zu.

«Wie ich die Sache sehe, muss der Mord passiert sein zwischen achtzehn Uhr zwanzig, als du Miss Bolam auf die Kellertreppe zugehen sahst, und neunzehn Uhr, als die Leiche entdeckt wurde.»

«Na ja, das ist doch klar! Deshalb hat mich der Kriminalrat doch immer wieder gefragt, ob ich mir ganz sicher sei, was die Zeiten anging. Ich war der letzte Mensch, der sie lebend gesehen hat, kein Zweifel. Mrs. Belling war gegen achtzehn Uhr fünfzehn mit der Behandlung fertig und konnte nach Hause gehen, und ich wollte zum Wartezimmer hinüber, um ihrem Mann Bescheid zu sagen. Er ist immer ganz nervös, weil er Nachtschicht hat und um acht anfängt – vorher muss er noch essen. Ich schaute also auf die Uhr – es war gerade zwanzig nach sechs. Als ich aus der Tür des EST-Raums kam, ging Miss Bolam an mir vorbei auf die Kellertreppe zu. Der Kriminalrat wollte wissen, wie sie aussah und ob wir miteinander gesprochen hätten. Also, das haben wir nicht, und soweit ich sehen konnte, war sie wie immer.»

«Wie ist er denn so?», fragte Miss Sharpe, vor deren innerem Auge Maigret und Barlow erschienen.

«Der Kriminalrat? Sehr höflich, das muss ich sagen. Ein hageres, knochiges Gesicht. Ziemlich dunkles Haar. Ich habe nicht viel gesagt. Es war zu spüren, dass er geübt ist, den Leuten die Würmer aus der Nase zu ziehen. Mrs. Shorthouse war ja auch stundenlang bei ihm drin, und ich wette, aus der hat er 'ne Menge herausbekommen. Na ja, das Spiel habe ich nicht mitgemacht. Ich bin der Klinik gegenüber immer loyal gewesen.»

«Trotzdem, Dot – es geht um einen Mord!»

«Das ist alles gut und schön, Bea, aber du weißt ja, wie die Steen-Klinik ist. Es gibt auch so schon genug Gerede. Von den Ärzten hat sie keiner gemocht und auch sonst niemand, soviel ich weiß. Aber das ist kein Grund, sie umzubringen. Also, ich hab den Mund gehalten, und wenn die anderen vernünftig sind, tun sie's auch.»

«Na ja, du brauchst dir wenigstens keine Sorgen zu machen. Du hast ein Alibi, wenn du die ganze Zeit mit Dr. Ingram im EST-Raum gewesen bist.»

«O ja, bei uns ist alles in Ordnung. Ebenso bei der Shorthouse und Cully und Nagle und Miss Priddy. Nagle war ab achtzehn Uhr fünfzehn mit der Post unterwegs, und die anderen waren zusammen. Bei den Ärzten weiß ich allerdings nicht so recht. Schade, dass Dr. Baguley den EST-Raum nach der Belling-Behandlung verlassen hat. Wohlgemerkt, kein vernünftiger Mensch könnte ihn verdächtigen – trotzdem ist es bedauerlich. Während wir auf die Polizei warteten, schlug Dr. Ingram vor, wir sollten nichts darüber sagen. Aber mit so einem Gemauschel würden wir Dr. Baguley ganz schön in die Klemme bringen! Ich hab getan, als ob ich gar nicht begreife, was sie will. Ich hab sie nur angesehen und gesagt: ‹Ich bin sicher, dass die Unschuldigen nichts zu befürchten haben, Frau Doktor, wenn wir nur alle die Wahrheit sagen.› Das hat ihr den Mund gestopft. Und so habe ich mich dann auch verhalten. Ich habe die Wahrheit gesagt. Aber mehr nicht. Wenn sich die Polizei für Klatsch interessiert, kann sie zu Mrs. Shorthouse gehen.»

«Was ist mit Schwester Bolam?», erkundigte sich Miss Sharpe.

«Ja, wegen der mache ich mir Sorgen. Sie war nah beim Tatort, und eine LSD-Patientin ist gar kein gutes Alibi. Der Kriminalrat hatte es auch gleich auf sie abgesehen. Er hat versucht, mich auszuhorchen. Standen sie und ihre Cousine gut miteinander? Die beiden arbeiteten doch sicher in der Steen-Klinik, um zusammen zu sein? Da lachen ja die Hühner, dachte ich, hielt aber den Mund. Aus mir hat er nicht viel herausgeholt. Eigentlich kein Wunder. Wir alle wissen, dass Miss Bolam Geld hatte, und wenn sie es nicht einem Katzenheim vermacht hat, geht es an ihre Cousine. Schließlich hat sie sonst niemanden, dem sie's vererben könnte.»

«Ich kann mir nicht vorstellen, dass sie es einem Katzenheim hinterläßt», sagte Miss Sharpe, die alles ziemlich wörtlich nahm.

«So hab ich das auch nicht gemeint. Genau genommen hat sie sich gar nicht viel um Tigger gekümmert, obwohl er angeblich ihre Katze ist. Typisch Miss Bolam. Sie hat Tigger halb verhungert auf dem Platz gefunden und ihn in die Klinik mitgebracht. Von da an hat sie ihm jede Woche drei Dosen Katzenfutter gekauft. Doch sie hat ihn nie gestreichelt oder gefüttert oder ihn in einen der oberen Räume gelassen. Andererseits steckt die dumme Priddy immer mit Nagle unten im Hausdienerzimmer und verhätschelt Tigger, doch ich habe nie gesehen, dass einer der beiden was zu fressen für das Tier mitgebracht hätte. Ich glaube, Miss Bolam hat das Futter aus einer Art Pflichtgefühl gekauft. Ihr waren Tiere eigentlich egal. Doch sie könnte das Geld ihrer Kirche hinterlassen, an der ihr so liegt, oder vielleicht auch den Pfadfinderinnen.»

«Man sollte doch annehmen, dass sie es ihrem eigenen Fleisch und Blut vermacht», sagte Miss Sharpe. Sie selbst hatte eine schlechte Meinung von ihrem eigenen Fleisch und Blut und hatte am Verhalten ihrer Neffen und Nichten manches auszusetzen, doch ihr kleines und langsam vermehrtes Kapital war testamentarisch sorgfältig in der Familie aufgeteilt. Es ging über ihren Verstand, dass man Geld an Fremde vermachen könnte.

Schweigend tranken sie von ihrem Sherry. Die beiden Spiralen des elektrischen Heizofens glühten, und die synthetischen Kohlen leuchteten und flackerten, während sich das kleine Licht dahinter drehte. Schwester Ambrose sah sich im Wohnzimmer um und genoss den Anblick. Die Stehlampe warf ein weiches Licht auf den Teppichboden und das bequeme Sofa und die Stühle. In der Ecke stand ein Fernsehapparat, dessen kleine Doppelantennen als langstielige Blumen verkleidet waren. Das Telefon befand sich unter dem Reifrock einer Plastikpuppe. An der gegenüberliegenden Wand hing über dem Piano ein Weidenkorb, aus dem eine grüne Zimmerpflanze herabwucherte und das Hochzeitsfoto von Miss Sharpes ältester Nichte fast ganz verdeckte, das den Ehrenplatz auf dem Piano innehatte. Schwester Ambrose gewann Trost und Stärke aus der unveränderten Gemütlichkeit dieser vertrauten Gegenstände. Sie zumindest waren dieselben geblieben. Nachdem die Aufregung des Erzählens vorbei war, fühlte sie sich erschöpft. Sie stemmte die kräftigen Beine gegen den Boden und beugte sich ächzend vor, um die Schnürsenkel der schwarzen Dienstschuhe zu lösen. Normalerweise zog sie die Tracht sofort nach der Rückkehr aus. Heute hatte sie sich nicht damit aufgehalten.

«Man weiß wirklich nicht, wie man es richtig machen soll. Der Kriminalrat hat gesagt, jede Kleinigkeit könnte wichtig sein, so unbedeutend sie auch erscheinen mag. Das ist ja alles schön und gut. Wenn es nun aber im falschen Sinne wichtig wäre? Wenn nun die Polizei dadurch auf eine falsche Spur käme?»

Miss Sharpe war weder phantasiebegabt noch feinfühlig, doch nach zwanzig Jahren mit ihrer Freundin unter einem Dach war sie nicht taub für einen Hilferuf.

«Erzähl mir, was dich bedrückt, Dot.»

«Na ja, es war am Mittwoch. Du weißt, wie die Damentoilette in der Klinik aussieht? Ein großer Vorraum mit Waschbecken und Spinden, dazu zwei Toilettenzellen. Die Sprechstunden dauerten länger als normal. Ich glaube, es war sieben Uhr abends durch, als ich mich waschen ging. Also, ich war in der Toilette, als Miss Bolam in den Vorraum kam. Schwester Bolam war bei ihr. Ich hatte angenommen, beide wären schon nach Hause gegangen, aber vermutlich wollte Miss Bolam noch etwas aus ihrem Spind holen, und die Schwester ging nur mit. Die beiden müssen aus Miss Bolams Büro gekommen sein, denn sie waren mitten im Gespräch und stritten sich jetzt weiter. Ich konnte nicht anders – ich bekam alles mit. Du weißt ja, wie das ist. Ich hätte husten oder die Spülung ziehen können, um mich bemerkbar zu machen, aber als ich daran dachte, war es schon zu spät.»

«Worüber stritten sie sich denn?», fragte ihre Freundin. «Um Geld?» Ihrer Erfahrung nach war dies die häufigste Ursache für Familienstreitigkeiten.

«Na ja, so hörte sich's wenigstens an. Sie sprachen nicht laut, und ich habe jedenfalls nicht die Ohren gespitzt. Ich glaube, es ging um Schwester Bolams Mutter – sie ist ein Sklerosefall, weißt du, mehr oder weniger ans Bett gefesselt –, denn Miss Bolam sagte, es täte ihr Leid, doch sie könne nicht mehr tun, und es wäre klüger, wenn Marion die Situation hinnähme und ihre Mutter auf die Warteliste für ein Pflegeheim setzen ließe.»

«Das ist ganz vernünftig. Man kann solche Fälle nicht endlos selbst pflegen. Nicht ohne seinen Beruf aufzugeben und ständig zu Hause zu bleiben.»

«Ich glaube nicht, dass sich Marion Bolam das leisten könnte. Jedenfalls widersprach sie. Ihre Mutter würde dann mit lauter senilen alten Frauen auf eine gerontologische Station gesteckt, und Enid sei verpflichtet, ihnen zu helfen, denn das hätte bestimmt auch ihre Mutter gewollt. Dann machte sie eine Bemerkung, das Geld falle ihr nach Enids Tod ja sowieso zu, und da sei es doch viel besser, wenn sie ihr einen Teil davon jetzt schon gebe, denn sie könnten es doch wirklich brauchen.»

«Was hat Miss Bolam darauf erwidert?»

«Das macht mir ja gerade solchen Kummer», sagte Schwester Ambrose. «Ich kann mich nicht genau an jedes Wort erinnern, doch es lief darauf hinaus, dass sich Marion nicht darauf verlassen sollte, überhaupt etwas von dem Geld zu sehen, weil sie vorhabe, ihr Testament zu ändern. Sie meinte, sie wolle es ihrer Cousine ganz offen sagen, sobald sie sich dazu entschlossen habe. Sie sprach davon, was für eine große Verantwortung das Geld wäre und dass sie um Erleuchtung gebetet hätte, dass sie auch das Richtige tue.»

Miss Sharpe schnaubte durch die Nase. Sie konnte sich nicht vorstellen, dass der Allmächtige je dazu raten würde, Bargeld außerhalb der Familie zu vererben. Miss Bolam war entweder eine untaugliche Bittstellerin oder hatte die göttlichen Anweisungen absichtlich falsch ausgelegt. Miss Sharpe war nicht einmal sicher, ob sie das Beten billigen sollte. Schließlich musste es Dinge geben, die man allein entscheiden konnte. Doch sie erkannte das Dilemma ihrer Freundin.

«Sähe schlimm aus, wenn das herauskäme», räumte sie ein. «Kein Zweifel.»

«Ich kenne die junge Bolam ziemlich gut, glaube ich, Bea.

Das Kind kann keiner Fliege was zuleide tun. Dass sie jemanden umgebracht haben sollte, ist einfach lächerlich. Du weißt, was ich sonst von jungen Krankenschwestern halte. Also, ich hätte nichts dagegen, dass die Bolam meinen Platz einnimmt, wenn ich in Pension gehe, und das will schon etwas heißen. Ich vertraue ihr blindlings.»

«Mag sein – aber die Polizei nicht. Warum auch? Sie steht wahrscheinlich schon ganz oben auf der Liste der Verdächtigen. Sie war in der Nähe des Tatorts, sie hat kein Alibi, sie hat medizinische Kenntnisse und weiß auch, wo der Schädel am empfindlichsten ist und wo sie den Meißel ansetzen müsste. Außerdem hatte man ihr gesagt, dass Tippett nicht in der Klinik sein würde. Und jetzt das!»

«Und es geht ja um keine kleine Summe.» Schwester Ambrose beugte sich vor und senkte die Stimme. «Wenn ich richtig gehört habe, hat Miss Bolam von dreißigtausend Pfund gesprochen. Dreißigtausend, Bea! Das ist ja wie im Lotto!»

Gegen ihren Willen war Miss Sharpe beeindruckt, doch sie äußerte nur, dass jemand, der dreißigtausend Pfund besaß und noch arbeiten ging, im Kopf nicht ganz richtig sein konnte.

«Was würdest du tun, Bea? Glaubst du, ich müsste etwas sagen?»

Schwester Ambrose, eine selbstständige Frau, die es gewohnt war, ihre Angelegenheiten allein zu regeln, erkannte, dass die Entscheidung in diesem Fall über ihre Kräfte ging, und wälzte die Last zur Hälfte auf ihre Freundin ab. Beide wussten, dass dieser Augenblick einmalig war, denn so wenig wie die beiden fielen sich Freundinnen sonst nicht zur Last. Miss Sharpe schwieg einen Augenblick und sagte dann: «Nein, jedenfalls jetzt nicht. Schließlich ist sie deine Kollegin, und du vertraust ihr. Es war nicht deine Schuld, dass du das Gespräch mitgehört hast, aber du hast die beiden belauscht. Du warst zufällig auf der Toilette. Ich würde versuchen, die

Sache zu vergessen. Die Polizei wird sowieso feststellen, wem die Bolam ihr Geld hinterlassen hat und ob das Testament geändert wurde. Wie auch immer – Schwester Bolam steht auf jeden Fall unter Verdacht. Und falls es zu einer Verhandlung kommt – ich sage ‹falls›, na ja, dann solltest du dich nicht unnötig in die Geschichte verwickeln lassen. Denk an die Krankenschwestern beim Eastbourne-Fall, die mussten stundenlang im Zeugenstand stehen. Diese Art von Publicity willst du dir sicher ersparen.»

O ja, überlegte Schwester Ambrose. In ihrer Phantasie gewann die Szene deutliche Konturen. Sir Sowieso war der Ankläger, groß und mit Hakennase, und sein schrecklicher Blick richtete sich auf sie, während er die Daumen in seinen Talar hakte.

«Und jetzt, Schwester Ambrose, sagen Sie bitte Seiner Lordschaft und den Geschworenen, was Sie gerade taten, als Sie das Gespräch zwischen der Angeklagten und ihrer Cousine belauschten.»

Gelächter bei den Zuschauern. Der Richter, eine furchteinflößende Erscheinung mit rotem Talar und weißer Perücke, beugte sich vor.

«Wenn noch einmal gelacht wird, lasse ich den Saal räumen.»

Schweigen. Sir Sowieso wieder am Ball. «Also, Schwester Ambrose …?»

Nein, diese Art von Publicity wollte sie ganz bestimmt nicht.

«Ich glaube, du hast Recht, Bea», sagte sie. «Schließlich hat mich ja der Kriminalrat nicht direkt gefragt, ob ich einen Streit zwischen den beiden mitbekommen hätte.» Nein, das hatte er nicht getan, und wenn sie Glück hatte, kam es auch nie dazu.

Miss Sharpe hielt es für angebracht, das Thema zu wechseln. «Wie hat Dr. Steiner die Sache aufgenommen?», fragte sie. «Du hast doch immer gesagt, dass er die Bolam in ein anderes Krankenhaus versetzen lassen wollte.»

«Das ist auch so sonderbar! Er war ganz außer sich. Du weißt doch, er war dabei, als wir die Leiche anschauten. Ob du's glaubst oder nicht, er konnte sich kaum beherrschen! Er musste sich abwenden, und ich habe gesehen, wie seine Schultern zuckten. Ich glaube, er hat wirklich geweint. Ich habe ihn noch nie so erschüttert gesehen. Sind die Menschen nicht manchmal seltsam, Bea?»

Es war ein Aufschrei des Unwillens und Protests. Die Menschen waren wirklich seltsam! Man glaubte sie zu kennen. Man arbeitete mit ihnen zusammen, manchmal jahrelang. Man verbrachte mehr Zeit mit ihnen als bei der eigenen Familie oder bei guten Freunden. Man kannte jede Falte ihres Gesichts. Und trotzdem waren sie verschlossen. So verschlossen wie Dr. Steiner, der eine Frau beweinte, die er nicht einmal gemocht hatte. So verschlossen wie Dr. Baguley, der jahrelang eine heimliche Liebesaffäre mit Fredrica Saxon gehabt hatte, bis Miss Bolam dahinter kam und seine Frau informierte. So verschlossen wie Miss Bolam, die wer weiß was für Geheimnisse mit ins Grab genommen hatte. Miss Bolam, die langweilige, schlichte, unauffällige Enid Bolam, die in einem anderen Menschen so viel Hass geweckt hatte, dass sie mit einem Meißel im Herzen gestorben war. So verschlossen wie jener unbekannte Klinikkollege, der Montag früh wieder zur Arbeit kommen würde, normal gekleidet, ganz normal aussehend und normal sprechend und lächelnd – ein Mensch, der ein Mörder war.

«Verdammter lächelnder Schurke!», sagte Schwester Ambrose plötzlich. Sie hielt den Satz für ein Zitat aus einem Theaterstück. Wahrscheinlich Shakespeare. Die meisten Zitate waren doch von ihm. Die markige Düsternis der Worte entsprach ihrer Stimmung.

«Du musst etwas essen», sagte Miss Sharpe entschieden. «Etwas Leichtes und Nahrhaftes. Was meinst du dazu, wenn wir uns den Schmorbraten bis morgen Abend aufheben und heute nur Eier im Glas essen?»

Wie abgemacht, wartete sie am Eingang zum St. James Park. Als er die Mall überquerte und das Häufchen Elend am Kriegerdenkmal stehen sah, hätte Nagle um ein Haar Mitleid mit ihr gehabt. Eine verdammt kalte Nacht, um im Freien herumzustehen. Doch ihre ersten Worte würgten jeden Impuls des Mitgefühls ab.

«Wir hätten uns woanders treffen sollen. Dir passt das natürlich – es liegt ja auf deinem Heimweg!»

Sie nörgelte wie eine vernachlässigte Ehefrau.

«Dann komm doch mit in die Wohnung», stichelte er leise, «Wir können den Bus nehmen.»

«Nein. Nicht in die Wohnung. Heute Abend nicht.»

Er lächelte in die Dunkelheit, und sie traten in den schwarzen Schatten der Bäume. Sie gingen ein Stück voneinander entfernt, und sie machte keinen Annäherungsversuch. Er blickte auf das ruhige, hochgereckte Profil, auf dem alle Tränenspuren getilgt waren. Sie wirkte sehr müde.

«Der Kriminalrat sieht sehr gut aus, nicht?», fragte sie plötzlich. «Glaubst du, dass er uns verdächtigt?»

Da ging es also schon los, das Suchen nach Beruhigung, das kindische Bedürfnis, beschützt zu werden. Und doch war ihr Ton nicht allzu besorgt.

«Gott im Himmel, warum sollte er?», fragte er grob. «Ich war nicht in der Klinik, als sie starb, Das weißt du so gut wie ich.»

«Aber ich. Ich war dort.»

«Niemand wird dich lange verdächtigen. Dafür werden die Ärzte schon sorgen. Wir haben das alles doch schon durchgekaut. Es kann nichts schief gehen, wenn du die Nerven behältst und tust, was ich dir sage. Und jetzt hör zu, was du machen sollst.»

Unterwürfig wie ein Kind hörte sie zu, doch wenn er in das müde, ausdruckslose Gesicht blickte, hatte er das Gefühl, eine Fremde neben sich zu haben. Er fragte sich beiläufig, ob sie jemals wieder voneinander freikommen würden. Und plötzlich hatte er das Gefühl, dass nicht sie das Opfer war.

Als sie den See erreichten, blieb sie stehen und blickte auf das Wasser hinaus. Aus der Dunkelheit tönte das leise Quaken und Plätschern der Enten. Die Abendbrise war salzig wie ein Meerwind, und er erschauderte. Er machte kehrt, um ihr ins Gesicht zu blicken, das nun von Müdigkeit gezeichnet war, und vor seinem inneren Auge erschien ein anderes Bild – eine breite Stirn unter einer weißen Schwesternhaube, eine gelbe Haarlocke, riesige graue Augen, die ausdruckslos blieben. Vorsichtig beschäftigte er sich mit einem neuen Gedanken. Vielleicht würde gar nichts daraus, das war durchaus möglich. Aber das Gemälde war bald fertig, und er konnte Jenny loswerden. In einem Monat würde er in Paris sein – aber Paris war nur eine Flugstunde entfernt, und er würde oft zurückkommen. Und wenn Jenny aus dem Weg war und er ein neues Leben begonnen hatte, lohnte sich der Versuch. Es gab Schlimmeres, als die Erbin von dreißigtausend Pfund zu heiraten.

Schwester Bolam betrat das schmale Reihenhaus Rettinger Street 17, N. W. 1, und wurde von dem vertrauten Erdgeschossgeruch aus Bratfett, Möbelpolitur und altem Urin empfangen. Der Kinderwagen der Zwillinge stand hinter der Tür, die fleckige Matratze war über den Griff gelegt. Der Küchendunst war weniger ausgeprägt als sonst. Es war ja auch schon sehr spät, und die Leute im Erdgeschoss mussten mit dem Abendessen längst fertig sein. Hinten im Haus weinte eines der Babys; es war über dem Lärm des Fernsehers kaum zu hören. Sie erkannte die Nationalhymne. Das Programm der BBC war für heute zu Ende.

Sie stieg in den ersten Stock hinauf. Hier war der Essensgestank schwächer und wurde vom scharfen Geruch nach Reinigungsmitteln verdrängt. Die Mieterin der ersten Etage war so putzsüchtig, wie die Erdgeschossmieter trunksüchtig waren. Auf dem Fensterbrett am Treppenabsatz lag der übliche Zettel, auf dem heute zu lesen war: «Stellen Sie Ihre schmutzigen Milchflaschen nicht hier ab. Dieses Fensterbrett ist Privatbesitz. Sie sind gemeint.» Hinter der polierten braunen Tür lärmte trotz der späten Stunde der Staubsauger auf Hochtouren.

Jetzt ins zweite Stockwerk, zu ihrer Wohnung. Sie hielt auf der untersten Stufe inne und sah wie mit den Augen einer Fremden ihren rührenden Versuch, das Aussehen des Korridors zu verbessern. Die Wände waren mit weißer Binderfarbe gestrichen. Auf der Treppe lag ein grauer Läufer. Die Tür war zitronengelb angemalt und besaß einen Messingklopfer in der Form eines Froschkopfes. An der Wand waren drei Blumendrucke sorgfältig untereinander arrangiert, die sie auf dem Markt in der Berwick Street erstanden hatte. Bis heute war sie mit dem Ergebnis ganz zufrieden gewesen. Der Aufgang zur Wohnung hatte wirklich eine gewisse Atmosphäre gehabt. Sie war der Meinung gewesen, sie könne sich Kaffeebesuch einladen, etwa Mrs. Bostock aus der Klinik oder vielleicht sogar Schwester Ambrose, ohne Entschuldigungen oder Erklärungen anbieten zu müssen. Aber heute Abend, da sie von dem Selbstbetrug der Armut befreit war, ein für alle Mal befreit, sah sie die Wohnung, wie sie wirklich war – mies, feucht, ungelüftet, übel riechend und jammerwürdig. Heute Abend konnte sie sich zum ersten Mal eingestehen, wie sehr sie jeden Stein des Hauses Rettinger Street Nr. 17 hasste.

Sie stieg die Treppe hinauf, sehr leise, denn sie war noch nicht bereit einzutreten. Sie hatte so wenig Zeit zum Nachdenken, zum Planen. Sie wusste genau, was sie sehen würde, wenn sie die Tür zum Zimmer ihrer Mutter öffnete. Das Bett stand vor dem Fenster. An Sommerabenden konnte Mrs. Bolam im Liegen die Sonne hinter den Zinnen zahlreicher schräger Dächer und schiefer Schornsteine untergehen sehen, während in der Ferne die Türmchen des St.-Pancras-Bahnhofs vor dem grellen Himmel dunkler wurden. Heute Abend war der Vorhang sicher vorgezogen. Die Bezirksschwester hatte ihre Mutter zu Bett gebracht, hatte Telefon und Transistorradio auf dem Nachttisch zurückgelassen – und die Klingel, mit der sie im Notfall die Mieterin aus der Wohnung darunter herbeirufen konnte. Bestimmt brannte die Nachttischlampe, ein kleiner Lichtkegel im Halbdämmer, und am anderen Ende des Zimmers schimmerte eine Spirale des Elektroofens, nur eine Spirale, genau berechnetes Maß der Behaglichkeit für einen Oktoberabend. Sobald sie die Tür öffnete, würde die Mutter ihr entgegenblicken, und in ihren Augen würde Freude und Interesse aufleuchten. Die altgewohnte, unerträglich muntere Begrüßung, die ewig gleichen eingehenden Fragen nach den Ereignissen des Tages.

«Hast du in der Klinik einen guten Tag gehabt, mein Schatz? Warum kommst du so spät? Was war denn?»

Und was sollte sie darauf antworten?

«Nichts Wichtiges, Mami, nur hat jemand Cousine Enid erstochen, und wir werden nun doch reich.»

Und was bedeutete das schon? Mein Gott, was es bedeutete! Keine Politur- oder Windelgerüche mehr. Kein Schöntun mehr mit der Hexe aus dem ersten Stock, die im Notfall für die Klingel gebraucht wurde. Kein Blick mehr auf den Stromzähler mit der Sorge, ob es denn wirklich kalt genug war für die zusätzliche Heizspirale. Keine Danksagung mehr an Cousine Enid für ihre großzügigen Schecks – für den Scheck im Dezember, der das Weihnachtsfest rettete, und den anderen Ende Juli, der für den Mietwagen und das teure Hotel aufkam, das Spezialhotel für Invaliden, die dafür bezahlen konnten, dass sie anderen zur Last fielen. Sie brauchte nicht mehr die Tage zu zählen, sich nicht mehr bei jedem Blick auf den Kalender zu fragen, ob Enid auch in diesem Jahr so gnädig sein würde. Sie brauchte nicht mehr Dankbarkeit zu heucheln, wenn sie die Schecks entgegennahm, während sie hinter gesenkten Lidern Hass und Groll verbarg und das Papier am liebsten zerrissen und in das selbstgefällige, herablassende Gesicht geschleudert hätte. Sie brauchte nicht mehr diese elende Treppe zu erklimmen. Jetzt konnten sie sich das Haus in der Vorstadt kaufen, von dem ihre Mutter so oft gesprochen hatte. Natürlich in einem der besseren Vororte, so nahe bei London, dass sie eine gute Verbindung zur Klinik hatte – es wäre unklug, die Stellung aufzugeben, ehe es wirklich nötig war –, aber so weit draußen, dass ein kleiner Garten dabei abfiel, vielleicht sogar eine ländliche Umgebung. Vielleicht konnten sie sich sogar einen kleinen Wagen leisten. Sie konnte den Führerschein machen. Und wenn sie dann ihre Mutter nicht mehr allein lassen durfte, konnten sie zusammen sein. Schluss mit der nagenden Sorge um die Zukunft. Sie brauchte sich ihre Mutter nicht mehr auf einer Station für chronische Fälle vorzustellen, versorgt von überarbeiteten Fremden, umgeben von senilen und sich beschmutzenden Greisinnen, hoffnungslos auf das Ende wartend. Außerdem konnte ihr das Geld Freuden bieten, die zwar nicht so wichtig, aber auch nicht unwichtig waren. Sie würde sich Kleider kaufen. Sie brauchte nicht mehr auf den Ausverkauf zu warten, um etwas halbwegs Anständiges zu ergattern. Sie konnte sich endlich gut, richtig gut anziehen – und brauchte dafür nur die Hälfte der Summe, die Enid für ihre reizlosen, schlichten Röcke und Kostüme ausgegeben hatte. In der Wohnung in Kensington mussten die Schränke davon überquellen. Jemand würde das Zeug aussortieren müssen. Und wer wollte die Sachen haben? Wer wollte etwas besitzen, das Cousine Enid gehört hatte? Bis auf ihr Geld. Bis auf ihr Geld. Bis auf ihr Geld. Und wenn sie nun schon wegen der Testamentsänderung an ihren Anwalt geschrieben hatte? Das war doch aber nicht möglich! Schwester Bolam kämpfte die aufsteigende Panik nieder und zwang sich, diese Möglichkeit noch einmal logisch zu überdenken. Sie hatte schon so oft darüber nachgedacht. Einmal angenommen, Enid hatte Mittwochabend noch geschrieben. Also gut, einmal angenommen. Die Abendleerung hätte sie nicht mehr erwischt, sodass der Brief erst heute früh hätte eintreffen können. Alle wussten, wie langsam Rechtsanwälte arbeiteten. Selbst wenn Enid zur Eile gedrängt und die Mittwochleerung noch erwischt hätte, konnte das neue Testament noch nicht zur Unterschrift bereit sein. Und selbst wenn es bereitlag, wenn es in einem festen und amtlich wirkenden Umschlag auf den Versand wartete – na und? Cousine Enid würde es nicht mehr unterzeichnen – mit ihrer runden, aufrechten Schulmädchenschrift, die so typisch für sie gewesen war. Cousine Enid würde nie wieder etwas unterschreiben.

Wieder dachte sie an das Geld. Nicht an ihren eigenen Anteil. Der würde ihr keine echte Freude mehr machen. Aber selbst wenn man sie wegen Mordes verhaftete, konnte man nicht verhindern, dass Mami ihren Anteil erbte. Daran konnte niemand mehr drehen. Trotzdem brauchte sie dringend etwas Bargeld. Man wusste doch, wie lange sich so eine Testamentssache hinzog. Das konnte Monate dauern. Wirkte es sehr verdächtig oder herzlos, wenn sie Enids Rechtsanwalt aufsuchte und ihm erklärte, wie arm sie waren, und sich erkundigte, ob sich etwas arrangieren ließ? Oder war es klüger, sich an die Bank zu wenden? Vielleicht würde der Anwalt sie kommen lassen. Ja, natürlich! Sie und ihre Mutter waren die nächsten Verwandten. Und sobald das Testament verlesen war, konnte sie taktvoll die Sprache auf einen Vorschuss bringen. Das war doch sicher ganz natürlich! Eine Anzahlung von hundert Pfund war nicht zu viel verlangt, wenn man bald dreißigtausend erben würde.

Plötzlich hielt sie es nicht mehr aus. Die aufgestaute Spannung brach sich Bahn. Sie wusste nicht mehr, wie sie die letzten Stufen hinter sich brachte, wie sie den Schlüssel ins Schloss steckte. Im Nu war sie in der Wohnung und im Zimmer ihrer Mutter. Sie schluchzte laut auf, weinte, wie sie seit ihrer Kindheit nicht mehr geweint hatte, warf sich über ihre Mutter und spürte die Geborgenheit und die unerwartete Kraft der zerbrechlichen, zitternden Arme. Die Arme wiegten sie wie einen Säugling. Die geliebte Stimme girrte beruhigend. Unter dem billigen Nachthemd roch sie das weiche, vertraute Fleisch.

«Ruhig, mein Schatz. Mein Baby. Ruhig. Was ist denn? Was ist geschehen? Erzähl mir alles, mein Schatz.»

Und Schwester Bolam erzählte es ihr.

Seit seiner Scheidung vor zwei Jahren bewohnte Dr. Steiner mit seiner verwitweten Schwester ein Haus in Hampstead. Er hatte ein eigenes Wohnzimmer und eine eigene Küche, ein Arrangement, das es Rosa und ihm ermöglichte, sich so gut wie nie über den Weg zu laufen und damit die Illusion aufrechtzuerhalten, dass sie sich gut verstanden. Rosa war ein Kultursnob. Ihr Haus war Treffpunkt einer Sammlung pausierender Schauspieler, Eintagsdichter, Ästheten, die sich am Rand der Ballettwelt bewegten, und Schriftsteller, die es vorzogen, in einer Atmosphäre mitfühlenden Verständnisses über ihre Kunst zu sprechen, als sie zu praktizieren. Dr. Steiner hatte nichts gegen diese Leute. Er sorgte nur dafür, dass sie ausschließlich auf Rosas Kosten aßen und tranken. Er wusste, dass sein Beruf für seine Schwester einen gewissen Nimbus hatte und dass die Möglichkeit, ‹meinen Bruder Paul – den berühmten Psychoanalytiker› vorzustellen, in gewisser Weise ein Ausgleich für die geringe Miete war, die er ab und zu zahlte, und für die kleinen Ärgernisse des engen Zusammenlebens. Als Bankdirektor wäre er wohl kaum so günstig und bequem untergekommen.

Heute Abend war Rosa ausgegangen. Es war rücksichtslos von ihr, ausgerechnet an dem Abend fort zu sein, da er ihre Gesellschaft brauchte, aber das war typisch für Rosa. Das deutsche Hausmädchen war ebenfalls aus, wahrscheinlich unerlaubt, da es freitags eigentlich keinen Ausgang hatte. In seiner Küche stand Suppe und etwas Salat bereit, doch schon das Wärmen der Suppe schien über seine Kräfte zu gehen. Die Sandwiches, die er ohne Begeisterung in der Klinik gegessen hatte, hatten seinen Appetit gestillt, ohne ihm aber den Hunger auf Protein zu rauben, vorzugsweise warm und lecker zubereitet. Aber allein wollte er nicht essen. Er schenkte sich ein Glas Sherry ein und erkannte sein Bedürfnis, über den Mord zu sprechen – mit irgendjemand. Das Bedürfnis war übermächtig. Er dachte an Valda.

Seine Ehe mit Valda war von Anfang an zum Scheitern verurteilt gewesen – wie jede Ehe, in der Mann und Frau im Grunde die Bedürfnisse des anderen nicht kennen und sich dennoch in dem Glauben wiegen, sich ausgezeichnet zu verstehen. Dr. Steiner war nach seiner Scheidung nicht am Boden zerstört gewesen – die Sache war ihm nur lästig und beunruhigend vorgekommen und hatte ein irrationales Gefühl des Versagens und der Schuld geweckt. Valda dagegen schien in der Freiheit förmlich aufzublühen. Wenn sie sich trafen, fiel ihm stets ihre Aura körperlichen Wohlbefindens auf. Sie gingen einander nicht aus dem Weg, denn mit ihrem Ex-Ehemann und ihren abgelegten Liebhabern freundlich und gut gelaunt umzugehen, war für Valda gleichbedeutend mit guten Manieren. Dr. Steiner mochte sie nicht und bewunderte sie auch nicht. Ihm gefielen Frauen, die gebildet, gut erzogen, intelligent und dem Wesen nach ernst waren. Doch diese Art Frau war nicht der Typ, mit dem er gern ins Bett ging. Er hatte diese unbequeme Dichotomie durchaus erkannt. Ihre Ursachen hatten viele teure Stunden bei seinem Analytiker gefüllt. Leider ist Erkenntnis nicht gleichbedeutend mit Änderung, wie ihm mancher seiner Patienten hätte sagen können. Und es hatte mit Valda (die eigentlich Millicent hieß) Augenblicke gegeben, da hatte er eigentlich gar nicht anders sein wollen.

Das Telefon klingelte lange, ehe sie abhob, und er berichtete ihr von Miss Bolam, während im Hintergrund Musik spielte und Gläser klirrten. Die Wohnung war offenbar voller Gäste. Er war nicht mal sicher, dass sie ihn überhaupt verstanden hatte.

«Was ist los?», fragte er gereizt. «Gibst du eine Party?»

«Nur ein paar Freunde. Warte – ich drehe den Plattenspieler leiser. Also, was hast du gesagt?»

Dr. Steiner wiederholte seinen Bericht. Diesmal war Valdas Reaktion absolut zufrieden stellend.

«Ermordet? Nein! Liebling, wie schrecklich für dich! Miss Bolam. Ist das nicht die langweilige alte Verwaltungschefin, die du so gehasst hast? Die Frau, die dich wegen deiner Reisekosten rankriegen wollte?»

«Ich habe sie nicht gehasst, Valda. In gewisser Hinsicht habe ich sie respektiert. Sie war integer. Natürlich war sie ziemlich engstirnig, hatte Angst vor ihren unterbewussten Aggressionen, war sexuell wahrscheinlich frigide ...»

«Das habe ich doch gesagt, Liebling. Ich wusste, dass du sie nicht ausstehen konntest. Oh, Paulie, man wird doch nicht annehmen, dass du's getan hast, oder?»

«Natürlich nicht», sagte Steiner, der seinen impulsiven Anruf schon zu bereuen begann.

«Aber du hast doch immer gesagt, dass man sie loswerden sollte.»

Das Gespräch hatte plötzlich etwas Albtraumhaftes. Das aufdringliche Schlagzeug aus dem Plattenspieler dröhnte durch den vielstimmigen Missklang der Party, und der Puls in Dr. Steiners Schläfe schlug den Takt dazu. Er bekam einen seiner Kopfschmerzanfälle.

«Ich meinte damit, dass man sie in eine andere Klinik versetzen sollte – an einen Schlag mit einem stumpfen Gegenstand über den Kopf hatte ich nicht gedacht.»

Die abgedroschene Formulierung weckte ihre Neugier. Gewalttätigkeit hatte sie schon immer fasziniert. Er wusste, dass sie sich jetzt verspritztes Blut im Gehirn vorstellte.

«Liebling, du musst mir alles erzählen. Warum kommst du nicht herüber?»

«Na ja, ich habe auch schon daran gedacht», sagte Dr. Steiner und fügte raffiniert hinzu: «Es gibt da ein paar Einzelheiten, die ich dir am Telefon nicht beschreiben kann. Aber wenn du eine Party gibst, ist das schwierig. Offen gesagt, bin ich jetzt nicht in geselliger Stimmung. Ich bekomme einen dicken Kopf. Die ganze Sache ist ein schlimmer Schock gewesen. Schließlich habe eigentlich ich die Leiche entdeckt.»

«Armer Schatz! Hör zu, gib mir eine halbe Stunde Zeit, dann bin ich die Leute los.»

Die Leute schienen sich aber schon ganz schön eingenistet zu haben, was Dr. Steiner auch zum Ausdruck brachte.

«Oh, gar nicht. Wir wollten eigentlich zu Toni gehen. Aber das schaffen die auch ohne mich. Ich schiebe sie ab, und du fährst in etwa einer halben Stunde los. Einverstanden?»

Und ob er einverstanden war! Dr. Steiner legte den Hörer auf und überlegte, dass er noch bequem Zeit zum Baden und Umziehen hatte. Er fragte sich, welche Krawatte er umbinden sollte. Der Kopfschmerz war seltsamerweise verflogen. Kurz bevor er das Haus verließ, klingelte das Telefon. Eine seltsame Angst befiel ihn. Vielleicht hatte es sich Valda anders überlegt und wollte doch nicht mit ihm allein sein. Schließlich war das in ihrer Ehe oft genug vorgekommen. Ärgerlich stellte er fest, dass er die Hand, die nach dem Hörer griff, nicht mehr ruhig halten konnte. Aber es war nur Dr. Etherege, der ihm mitteilen wollte, dass er für morgen um zwanzig Uhr eine Sondersitzung des Ärzteausschusses einberufen hatte. In seiner Erleichterung hatte Dr. Steiner Miss Bolam ganz vergessen und verkniff sich erst im letzten Augenblick die dumme Frage nach dem Grund für die Sitzung.

In Clapham hätte Ralfe und Sonia Bostocks Wohnung als Souterrain gegolten. Da sie jedoch in Hampstead residierten, knapp achthundert Meter von Dr. Steiners Haus entfernt, wies ein kleines, vornehmes Holzschild die Besucher zur ‹Gartenwohnung›. Hier zahlten sie fast zwölf Pfund in der Woche für eine gesellschaftlich akzeptable Adresse und das Privileg, vom Wohnzimmerfenster aus einen schrägen Grashang zu sehen. Sie hatten diesen Rasen mit Krokussen und Narzissen bepflanzt, die fast völlig ohne Sonne auskamen, und im Frühling weckten die Blumen die Illusion, dass die Wohnung Zugang zu einem Garten hatte. Im Herbst jedoch war der Ausblick weniger angenehm, und die Feuchtigkeit des Hangs sickerte ins Zimmer. Außerdem war die Wohnung ziemlich laut. Zwei Häuser entfernt gab es einen Kindergarten, und im Erdgeschoss wohnte eine junge Familie. Während Ralfe Bostock den sorgsam ausgesuchten Freunden Drinks servierte, pflegte er die Stimme über das Badezimmergejohle der Kinder zu erheben und zu sagen: «Entschuldigt den Krach. Ich fürchte, das Kinderkriegen macht jetzt Schule bei der Intelligenz – bloß hapert's leider mit der Erziehung.» Er machte gern boshafte Bemerkungen, von denen einige durchaus intelligent waren –

doch er ritt ein wenig zu sehr darauf herum. Seine Frau lebte in der ständigen Angst, dass er denselben Leuten einen Scherz zweimal vorsetzen könnte. Es gab wenige Dinge, die den Chancen eines Mannes abträglicher waren als der Ruf, dass er seine Witze mehrmals auftischte.

Heute Abend war er bei einer politischen Versammlung. Sie billigte die Veranstaltung, die wichtig für ihn sein konnte, und hatte nichts dagegen, allein zu sein. Sie brauchte Zeit zum Nachdenken. Sie ging ins Schlafzimmer, schlüpfte aus dem Kleid, schüttelte es sorgsam aus und hängte es in den Schrank. Dann zog sie einen Hausmantel aus braunem Samt an und setzte sich an den Schminktisch. Sie band sich eine Kreppbinde um die Stirn und begann sich abzuschminken. Sie war müder, als sie gedacht hatte, und brauchte einen Drink – doch nichts sollte sie von ihrem Abendritual abbringen. Es gab so viel zu bedenken, zu planen. Die graugrünen Augen, von Salbe umgeben, blickten ihr ruhig aus dem Spiegel entgegen. Sie beugte sich vor, musterte die empfindlichen Hautzonen unter den Augen und suchte nach den ersten Altersfältchen. Immerhin war sie erst achtundzwanzig. Sie brauchte sich noch keine Sorgen zu machen. Aber Ralfe war dieses Jahr dreißig geworden. Die Zeit verging. Wenn sie etwas erreichen wollten, durften sie keine Zeit verlieren.

Sie wandte sich der Taktik zu. Die Situation erforderte ein umsichtiges Vorgehen. Sie durfte sich keine Fehler erlauben. Einen hatte sie schon begangen. Die Versuchung, Nagle zu ohrfeigen, war zu groß gewesen – trotzdem war es ein Fehler, wahrscheinlich ein schlimmer Fehler, eine Handlungsweise, die zu sehr nach vulgärem Exhibitionismus schmeckte. Aufstrebende Verwaltungsangestellte ohrfeigten keinen Hausdiener, auch nicht im Stress, und schon gar nicht, wenn sie einen tüchtigen und umsichtigen Eindruck machen wollten. Sie erinnerte sich an den Ausdruck auf Miss Saxons Gesicht. Na ja,

Fredrica Saxon saß im Glashaus. Schade, dass Dr. Steiner dabei gewesen war, doch es war so schnell geschehen, dass sie gar nicht mal sicher war, ob er wirklich etwas gesehen hatte. Die kleine Priddy war unwichtig.

Nagle musste natürlich verschwinden, sobald man sie zur Verwaltungschefin ernannt hatte. Aber auch dabei musste sie vorsichtig sein. Er war ein unverschämter Kerl, doch die Klinik hätte schlechter mit ihm fahren können – was er und die Ärzte sehr wohl wussten. Ein tüchtiger Hausdiener hatte so manche Vorzüge, besonders wenn er willens und fähig war, die vielen kleinen Reparaturen durchzuführen, die laufend anfielen. Man würde es ihr nicht danken, wenn man auf einen Handwerker warten musste, sobald mal eine Gardinenschnur riss oder eine Sicherung durchbrannte. Nagle war unnahbar geworden, doch sie wollte sich nach einem guten Ersatz umsehen, ehe sie etwas unternahm.

Im Augenblick musste sie vor allem erreichen, dass die Ärzte ihre Ernennung befürworteten. Bei Dr. Etherege war sie sich ihrer Sache sicher, und seine Stimme fiel am schwersten ins Gewicht. Aber den Ausschlag gab nicht er allein. Er ließ sich in sechs Monaten pensionieren, und sein Einfluss würde langsam schwinden. Wenn man ihr die Stelle für die Übergangszeit anbot und alles gut ging, hatte es der Verwaltungsrat vielleicht nicht besonders eilig, die Position neu auszuschreiben. Es war mit ziemlicher Sicherheit anzunehmen, dass man warten würde, bis der Mord aufgeklärt war oder die Polizei den Fall als ungelöst ablegte. Es lag an ihr, in den Monaten bis dahin ihre Position zu festigen. Sie durfte nichts für selbstverständlich halten. Wenn es in einem Krankenhaus Ärger gegeben hatte, berief der Verwaltungsrat gern jemanden von außerhalb. Es war beruhigend, wenn jemand neu hereinkam, den die alten Geschichten nichts angingen. In diesem Punkt hatte der Sekretär großen Einfluss. Sie hatte gut daran getan, ihn letzten Monat aufzusuchen und seinen Rat über das Diplom des Instituts für Krankenhausverwaltung zu erbitten. Er mochte es, wenn sich sein Personal weiterbildete, und als Mann war er sicher geschmeichelt, wenn er um Rat gefragt wurde. Aber er war kein Dummkopf. Doch er sollte ja auch keine Dummheit begehen. Sie war für den Posten so gut geeignet wie jede andere Kandidatin, die der Verwaltungsrat finden mochte, und das wusste er.

Entspannt legte sie sich auf ihr Einzelbett, die Füße auf einem Kissen, im Geiste mit ihrer Karriere beschäftigt. «Meine Frau ist Verwaltungschefin der Steen-Klinik.» Weitaus angenehmer als: «Ja, meine Frau arbeitet im Augenblick als Sekretärin. Oh, in der Steen-Klinik.»

Und nur drei Kilometer entfernt lag Miss Bolam, langsam erstarrend, in einem Leichenschauhaus Nordlondons, in Eis verpackt wie ein Hering.

5. Kapitel

Wenn in der Steen-Klinik schon ein Mord geschehen musste, dann war Freitag der beste Tag. Die Klinik war samstags nicht geöffnet, sodass die Polizei im Gebäude arbeiten konnte, ohne durch Patienten und Personal gestört zu werden. Die Klinikmitarbeiter waren vermutlich dankbar für die zwei Tage Ruhe, in denen sie sich von dem Schock erholen, ihr weiteres Verhalten planen und den Zuspruch ihrer Freunde suchen konnten.

Dalgliesh war schon früh auf den Beinen. Er hatte von der zuständigen Kriminalabteilung den Bericht über den Einbruch in der Klinik erbeten, der nun zusammen mit den Abschriften der gestrigen Verhöre auf seinem Schreibtisch wartete. Der Einbruch stellte die Beamten vor ein Rätsel. Es stand fest, dass jemand in die Klinik eingedrungen war und dass die fünfzehn Pfund fehlten. Nicht so überzeugt war man, dass diese beiden Tatbestände zusammenhingen. Der Kommissar vom Revier hielt es für seltsam, dass ein Zufallsdieb ausgerechnet die Schublade mit dem Bargeld aufgebrochen hatte, während er den Safe und das silberne Tintenfass im Büro des Chefarztes links liegen ließ. Andererseits hatte Cully eindeutig einen Mann aus der Klinik kommen sehen – und er und Nagle hatten ein Alibi für die Zeit des Einbruchs. Die Revierbeamten neigten zu der Ansicht, dass Nagle das Geld an sich genommen hatte, während er allein im Haus war – doch man hatte nichts bei ihm gefunden, und Beweise gab es nicht. Außerdem hätte der Hausdiener in der Klinik so manche Gelegenheit zur Dieberei gehabt, wenn es ihm wirklich darum gegangen wäre – und doch war nie etwas bekannt geworden. Die Sache war sehr rätselhaft. Man hatte den Fall noch nicht abgeschlossen, doch die Aussichten wurden schlecht beurteilt.

Dalgliesh ließ ausrichten, man möge ihm jede neue Entwicklung sofort mitteilen, und machte sich mit Martin auf den Weg in Miss Bolams Wohnung.

Miss Bolam hatte im fünften Stockwerk eines soliden Backsteinhauses in der Nähe der Kensington High Street gewohnt. Mit dem Schlüssel gab es keine Probleme. Die Hausmeisterin, die im Haus wohnte, überreichte ihn mit einigen dürren, förmlichen Worten, wie Leid ihr der Tod von Miss Bolam tue. Sie schien zu meinen, man dürfe den Mord nicht stillschweigend übergehen, ließ aber zugleich durchklingen, dass die Mieter der Firma normalerweise so rücksichtsvoll waren, dem Leben auf herkömmliche Weise zu entsagen.

«Hoffentlich tritt die Presse das nicht breit», murmelte sie, während sie Dalgliesh und Martin zum Fahrstuhl führte. «Die Wohnungen hier sind sehr exklusiv, und die Firma nimmt es mit den Mietern sehr genau. Solchen Ärger haben wir noch nie gehabt.»

«Die Presse wird wohl kaum den Wert der Wohnungen mindern», sagte Dalgliesh. «Schließlich hat der Mord ja nicht hier stattgefunden.» Die Hausmeisterin murmelte vor sich hin, das wäre ja noch schöner!

Mit dem altmodischen holzgetäfelten Lift fuhren sie langsam in die fünfte Etage. Die Hausmeisterin war die Missbilligung in Person.

«Haben Sie Miss Bolam gekannt?», erkundigte sich Dalgliesh. «Wie man mir sagt, hat sie doch jahrelang hier gewohnt.»

«Wir grüßten uns, mehr nicht. Sie war eine sehr ruhige Mieterin. Aber das trifft für alle unsere Mieter zu. Ich glaube, sie wohnte fünfzehn Jahre hier. Davor war ihre Mutter in der Wohnung, und sie wohnten zusammen. Als Mrs. Bolam starb, übernahm ihre Tochter den Mietvertrag. Das war vor meiner Zeit.»

«Ist ihre Mutter hier gestorben?»

Die Hausmeisterin presste abweisend die Lippen zusammen. «Mrs. Bolam ist in einem Pflegeheim auf dem Land gestorben. Soviel ich weiß, hat es damals Ärger gegeben.»

«Sie wollen damit sagen, sie hat Selbstmord begangen?»

«So hat man mir's erzählt. Wie gesagt, das war, bevor ich die Stelle hier übernahm. Natürlich habe ich zu Miss Bolam oder einem anderen Mieter nie eine Andeutung darüber gemacht. Ist ja auch keine Sache, über die man gern redet. Die Familie scheint wirklich vom Pech verfolgt zu sein.»

«Wie hoch war Miss Bolams Miete?»

Die Hausmeisterin zögerte. Die Frage berührte offenbar ein Thema, das man ihrer Meinung nach eigentlich nicht anschneiden durfte. Dann schien sie sich aber der Autorität der Polizei zu beugen und sagte: ‹Unsere Wohnungen im vierten und fünften Stock kosten ab vierhundertneunzig Pfund im Jahr, ohne die Umlagen.«

Das war etwa die Hälfte von Miss Bolams Gehalt, überlegte Dalgliesh. Ein zu hoher Betrag für einen Normalverdiener ohne Nebeneinkünfte. Er hatte den Anwalt der Toten noch nicht gesprochen, aber es sah so aus, als wäre Schwester Bolams Einkommensschätzung gar nicht mal übertrieben.

Er schickte die Hausmeisterin vor der Wohnungstür fort, und er und Martin traten zusammen ein.

Das Herumstöbern im persönlichen Nachlass eines beendeten Lebens gehörte zu den Dingen, die Dalgliesh bei seiner Arbeit stets ein wenig widerlich gefunden hatte, ein Vorgang, bei dem er den Verstorbenen in die Defensive zu drängen schien. Im Laufe seiner Karriere hatte er zahllose armselige Hinterlassenschaften untersucht – mit Interesse und Mitleid. Schmutzige Unterwäsche, hastig in eine Schublade gestopft, persönliche Briefe, die besser vernichtet worden wären, Essensreste, unbezahlte Rechnungen, alte Fotografien, Bilder und Bücher, die den Verstorbenen als Beispiel für ihren Geschmack gegenüber einer neugierigen oder vulgären Welt nicht gerade lieb gewesen wären, Familiengeheimnisse, altes Make-up in fettigen Tiegeln, das Durcheinander verschlampter oder unglücklicher Existenzen. Man hatte heute keine Angst mehr, ohne letzte Beichte zu sterben, doch wer sich überhaupt mit dem Tod beschäftigte, hoffte wohl, dass er wenigstens noch den Müll wegräumen konnte. Er erinnerte sich aus seiner Kindheit an die Stimme einer alten Tante, die ihn drängte, sich umzuziehen. «Wenn du nun überfahren wirst, Adam – was würden die Leute denken?» Die Frage war weniger absurd, als sie dem Zehnjährigen damals vorgekommen war. Die Zeit hatte ihn gelehrt, dass sie für eine der größten Sorgen der Menschheit stand, für die Furcht, das Gesicht zu verlieren.

Aber Enid Bolam hatte gelebt, als wäre sie jeden Tag auf einen plötzlichen Tod gefasst gewesen. Nie zuvor hatte er eine so saubere, so peinlich ordentliche Wohnung untersucht. Sogar die wenigen Kosmetika und Bürste und Kamm auf ihrem Frisiertisch waren in erkennbarer Sorgfalt angeordnet. Das breite Doppelbett war gemacht. Freitag war offenbar der Tag des Wäschewechsels. Die schmutzigen Laken und Bezüge lagen zusammengefaltet in einem Deckelkorb, der aufgeklappt auf einem Stuhl stand. Auf dem Nachttisch befanden sich nur ein kleiner Reisewecker, eine Wasserkaraffe und eine Bibel mit einem Traktätchen, in dem die Textstelle bezeichnet und ausgelegt war, die jeden Tag gelesen werden musste. Der Schubladeninhalt beschränkte sich auf ein Röhrchen Aspirin und ein zusammengefaltetes Taschentuch. Ein Hotelzimmer hätte ebenso viel Persönlichkeit gehabt.

Die Möbel waren alt und massiv. Die verzierte Mahagonitür des Kleiderschranks öffnete sich lautlos und gab den Blick auf dicht gedrängt hängende Kleidungsstücke frei. Die Sachen waren teuer, aber langweilig. Miss Bolam hatte in einem Laden gekauft, der auf ältere Damen vom Lande spezialisiert war. Gut geschnittene Röcke von unbestimmbarer Farbe, schwere Mäntel, die ein Dutzend englische Winter überstehen konnten, Wollkleider, die bei niemandem Anstoß erregten. Sobald der Schrank geschlossen war, konnte man sich an kein einziges Kleidungsstück mehr erinnern. Ganz hinten, vor dem Licht geschützt, standen einige Pappschalen, offenbar mit Blumenzwiebeln bepflanzt, deren Weihnachtsblüten Miss Bolam nicht mehr sehen würde.

Dalgliesh und Martin arbeiteten schon zu viele Jahre zusammen, um sich noch groß unterhalten zu müssen, und bewegten sich fast wortlos durch die Wohnung. Überall die gleichen schweren, altmodischen Möbel, dieselbe strenge Ordnung. Es war kaum zu glauben, dass kürzlich noch jemand in diesen Zimmern gewohnt hatte, dass in dieser unpersönlichen Küche jemals eine Mahlzeit zubereitet worden war. Es war sehr ruhig. In dieser Höhe und von den soliden viktorianischen Mauern gedämpft, war der Verkehr auf der Kensington High Street ein leises, fernes Brummen. Nur das beharrliche Ticken der Standuhr im Flur durchbrach die Stille. Die Luft war kalt und bis auf den Duft der Blumen fast geruchlos. Und Blumen gab es überall. Auf dem Flurtisch stand eine Schale mit Chrysanthemen, eine zweite im Wohnzimmer. Den Kaminsims im Schlafzimmer schmückte eine Vase mit Anemonen. Auf der Anrichte in der Küche stand ein großer Messingkrug voller Herbstlaub – vielleicht von einem Spaziergang auf dem Land mitgebracht. Dalgliesh mochte Herbstblumen nicht – Chrysanthemen, die sich beharrlich weigerten zu verwelken und die ihre zottigen Blüten noch auf verrotteten Stielen zur Schau stellten, duftlose Dahlien, die nur dazu geeignet waren, in städtischen Parkanlagen zu sauberen Reihen angepflanzt zu werden. Seine Frau war im Oktober gestorben, und er hatte seit ihrem Tod die vielen kleinen Verluste kennen gelernt, die ein großer Schmerz mit sich bringt. So war der Herbst keine schöne Jahreszeit mehr. Die Blumen in Miss Bolams Wohnung unterstrichen für ihn nur die allgemeine düstere Stimmung – wie Kränze bei einer Beerdigung.

Das Wohnzimmer war der größte Raum in der Wohnung, und hier stand Miss Bolams Schreibtisch. Martin betastete ihn anerkennend.

«Gute, solide Möbel, Sir, nicht wahr? Wir haben zu Hause so ein ähnliches Stück. Die Mutter meiner Frau hat's uns hinterlassen. Solche Stücke werden heute nicht mehr gemacht. Man bekommt auch nichts mehr dafür. Vermutlich zu groß für die modernen Zimmer. Aber so etwas hat Qualität.»

«Man kann sich jedenfalls dagegenlehnen, ohne damit umzufallen», sagte Dalgliesh.

«Das meine ich ja, Sir. Gute, solide Arbeit. Kein Wunder, dass sie die Sachen behalten hat. Im Großen und Ganzen eine vernünftige junge Frau, würde ich sagen, und sie hat's verstanden, es sich gemütlich zu machen.» Er zog sich einen zweiten Stuhl an den Schreibtisch, wo sich Dalgliesh bereits niedergelassen hatte, pflanzte seine schweren Schenkel darauf und schien sich tatsächlich wie zu Hause zu fühlen.

Der Schreibtisch war nicht verschlossen. Der Rolldeckel ging mühelos auf. Drinnen standen eine Reiseschreibmaschine und ein Metallkasten mit Aktendeckeln, die säuberlich beschriftet waren. Die Schubladen und Fächer des Tisches enthielten Schreibpapier, Umschläge und Korrespondenz. Wie erwartet, war alles in bester Ordnung. Dalgliesh und Martin gingen gemeinsam die Aktendeckel durch. Miss Bolam bezahlte ihre Rechnungen sofort bei Fälligkeit und notierte sich laufend ihre Haushaltsausgaben.

Es gab viel durchzusehen. Einzelheiten über ihre Geldanlagen fanden sich unter dem entsprechenden Etikett. Beim Tod ihrer Mutter waren die Treuhänderpapiere verkauft und das Kapital in Aktien neu angelegt worden. Das Paket war geschickt aufgeteilt, und ganz offensichtlich war Miss Bolam gut beraten worden und hatte in den letzten fünf Jahren ihr Vermögen erheblich vergrößert. Dalgliesh merkte sich die Namen ihres Vermögensberaters und ihres Rechtsanwalts. Mit beiden musste im Verlauf der Ermittlungen gesprochen werden.

Die Tote hatte nur wenige persönliche Briefe aufbewahrt; wahrscheinlich gab es nicht viele, die das Aufheben lohnten. Aber da war ein interessanter Brief, abgelegt unter P. Er kam aus Balham. Die Schrift auf dem billigen, linierten Papier war sauber und deutlich.

Liebe Miss Bolam!

Nur ein paar Zeilen, um Ihnen für alles zu danken, was Sie für Jenny getan haben. Es hat sich nicht alles so ergeben, wie wir gehofft und erfleht hatten, aber Er wird uns schon wissen lassen, welches Ziel Er verfolgt. Ich meine immer noch, dass es richtig war, sie heiraten zu lassen. Wie Sie sicher wissen, ging es uns nicht nur darum, gegen das Gerede anzugehen. Er ist für immer fort, schreibt er. Ihr Vater und ich wussten nicht, dass die Dinge zwischen den beiden so schlimm standen. Sie erzählt uns nicht mehr viel, aber wir wollen geduldig warten, und vielleicht ist sie eines Tages wieder unser Mädchen. Sie ist irgendwie sehr still und will nicht darüber reden, und so wissen wir auch nicht, ob es ihr Kummer macht. Ich versuche, nicht verbittert gegen ihn zu sein. Vater und ich meinen, dass es eine gute Idee wäre, wenn Sie Jenny einen Posten im Gesundheitsdienst verschaffen könnten. Es ist wirklich nett von Ihnen, dass Sie das anbieten und sich überhaupt noch für sie interessieren, nach allem, was passiert ist. Sie wissen, was wir von einer Scheidung halten, also muss sie ihr Glück nun in der

Arbeit suchen. Vater und ich beten jeden Abend, dass sie es findet.

Danke Ihnen nochmals für Ihr Interesse und Ihre Hilfe. Wenn Sie Jenny die Stelle verschaffen, wird sie Sie bestimmt nicht enttäuschen. Sie hat ihre Lektion gelernt, eine bittere Lektion für uns alle. Aber Sein Wille geschehe.

Ihre sehr ergebene
Emily Priddy (Mrs.)

Es war erstaunlich, überlegte Dalgliesh, dass es noch Menschen gab, die einen solchen Brief schreiben konnten – mit dieser archaischen Mischung aus Unterwürfigkeit und Selbstbewusstsein, und dieser unerschrockenen und doch seltsam heftigen Gefühlsseligkeit. Die Geschichte, die hier berichtet wurde, war durchaus gewöhnlich, kam ihm aber irgendwie unwirklich vor. Der Brief hätte vor fünfzig Jahren geschrieben sein können; fast erwartete er, dass sich das Papier vor Alter zusammenrollen würde, fast glaubte er den leichten Duft der Potpourrivase wahrzunehmen. Dieser Brief konnte sich doch unmöglich auf das hübsche, hilflose Kind in der Klinik beziehen.

«Der Brief hat sicher keine Bedeutung», sagte er zu Martin. «Aber ich möchte trotzdem, dass Sie mal nach Balham hinüberfahren und sich mit den Leuten unterhalten. Wir müssen wissen, wer der Ehemann ist. Allerdings glaube ich nicht recht, dass es sich um Dr. Ethereges geheimnisvollen Eindringling handelt. Die Person – Mann oder Frau –, die Miss Bolam umgebracht hat, war noch im Gebäude, als wir ankamen. Und wir haben mit dem Täter gesprochen.»

In diesem Augenblick klingelte das Telefon. Es hallte seltsam schrill durch die Wohnung, als rufe es nach der Toten.

«Ich gehe ran», sagte Dalgliesh. «Das ist bestimmt Dr. Keating mit dem Autopsiebericht. Ich habe ihn gebeten, mich hier anzurufen, sobald er damit fertig ist.»

Nach kaum zwei Minuten kehrte er zu Martin zurück. Der Bericht war nur kurz gewesen.

«Nichts Überraschendes», meldete Dalgliesh. «Sie war gesund. Tod durch Stich ins Herz, nachdem sie betäubt worden war, was wir selbst sehen konnten, und *virgo intacta*, woran wir nicht zu zweifeln wagten. Was haben Sie da?»

«Ihr Fotoalbum, Sir. Hauptsächlich Bilder von Pfadfinderausflügen. Sieht so aus, als wäre sie jedes Jahr mit den Mädchen unterwegs gewesen.»

Wahrscheinlich ihr Jahresurlaub, überlegte Dalgliesh. Vor Menschen, die ihre Freizeit für die Kinder anderer Leute opferten, hatte er einen Respekt, der an Staunen grenzte. Er selbst mochte Kinder nicht; die meisten fand er nach kurzem Zusammensein unerträglich. Er nahm Martin das Album aus der Hand. Die Aufnahmen waren klein und technisch nichts Besonderes, offenbar mit einer einfachen Kamera geknipst. Aber sie waren sorgfältig eingeklebt und mit sauberer weißer Schrift kommentiert. Pfadfinderinnen beim Radfahren, Pfadfinderinnen beim Kochen auf Primuskochern, beim Aufstellen von Zelten, in Decken am Lagerfeuer, aufgereiht zur Inspektion der Ausrüstung. Und auf vielen Bildern die Leiterin der Gruppe, eine rundliche, mütterlich, lächelnde Frau. Es war schwierig, diese dralle, fröhliche, gelöste Enid Bolam mit dem kläglichen Leichnam im Archiv in Verbindung zu bringen – oder mit der besessenen, herrschsüchtigen Verwaltungschefin, als die das Klinikpersonal sie hingestellt hatte. Die Anmerkungen unter einigen Fotos waren rührend in ihrer Heraufbeschwörung vergangenen Glücks:

«Die Schwalben beim Servieren. Shirley behält den Nachtisch im Auge.»

«Valerie von den Brownies ‹fliegt herauf›.»

«Die Eisvögel machen sich an den Abwasch. Schnappschuss von Susan.»

«Captain schiebt die Flut heran. Aufnahme von Jean.»

Das letzte Bild zeigte Miss Bolam, deren rundliche Schultern aus der Brandung ragten und die von einem halben Dutzend Mädchen umgeben war. Sie hatte das Haar herabgelassen, das links und rechts von ihrem lachenden Gesicht in flachen, nassen Strähnen wie Algen herabhing. Die beiden Kriminalbeamten sahen sich das Foto schweigend an. Dann sagte Dalgliesh: «Bisher sind noch nicht viele Tränen über ihren Tod vergossen worden, nicht? Nur die ihrer Cousine, und das war mehr Schock als Kummer. Ich wüsste gern, ob die Schwalben und die Eisvögel um sie weinen.»

Sie schlossen das Album und setzten ihre Suche fort, die nur noch einen weiteren interessanten Fund erbrachte, allerdings einen sehr interessanten Fund. Es handelte sich um den Durchschlag eines Briefes von Miss Bolam an ihren Anwalt. Das Schreiben war am Tag vor ihrem Tod datiert und bestätigte einen Besuchstermin «in Verbindung mit den vorgesehenen Änderungen meines Testaments, die wir gestern Abend am Telefon kurz besprachen».

Nach dem Besuch in Miss Bolams Wohnung trat in den Ermittlungen eine Pause ein – eine jener unvermeidlichen Verzögerungen, mit denen sich Dalgliesh nie so recht abgefunden hatte. Sein Ruf basierte auf der Schnelligkeit wie auch auf dem Erfolg seiner Arbeit. Mit der tieferen Bedeutung seines zwanghaften Bedürfnisses, die Dinge voranzutreiben, beschäftigte er sich vorsichtshalber nicht so sehr. Es genügte ihm zu wissen, dass eine Verzögerung ihn mehr irritierte als seine Mitmenschen.

Die Unterbrechung war in diesem Fall eigentlich gar nicht zu vermeiden. Kaum anzunehmen, dass ein Londoner Anwalt noch Samstagmittag in seinem Büro sein würde. Umso entmutigender war es, am Telefon zu erfahren, dass Mr. Babcock von Babcock & Honeywell mit seiner Frau am Freitagnachmittag nach Genf geflogen war, um an der Beerdigung eines Freundes teilzunehmen, und erst am folgenden Dienstag in seinem Büro in der City zurückerwartet wurde. Einen Mr. Honeywell gab es in der Firma nicht mehr, aber Mr. Babcocks Bürovorsteher würde Montag früh im Büro sein, falls der dem Kriminalrat helfen könne. Die Auskunft kam vom Hausmeister. Dalgliesh wusste nicht, inwieweit ihm der Bürovorsteher helfen konnte. Er hätte lieber Mr. Babcock gesprochen. Der Anwalt konnte ihm sicher viele nützliche Informationen über Miss Bolams Familie und ihre finanzielle Situation liefern, vermutlich aber nicht ohne ein Geplänkel der Form halber, sodass wahrscheinlich viel Takt erforderlich war, ihn zum Sprechen zu bringen. Es wäre sinnlos gewesen, dies durch ein vorheriges Gespräch mit dem Bürovorsteher aufs Spiel zu setzen.

Bis die Einzelheiten des Testaments bekannt waren, hatte es wenig Sinn, sich Schwester Bolam noch einmal vorzunehmen. Von seinen unmittelbaren Plänen abgebracht, fuhr Dalgliesh ohne Martin los, um Peter Nagle zu besuchen. Er hatte kein klares Ziel, aber das machte ihm keine Sorgen. Die Zeit war sicher sinnvoll investiert. Oft hatte er die besten Erfolge bei solchen ungeplanten, fast zufälligen Begegnungen, wenn er redete und zuhörte und einen Verdächtigen bei sich zu Hause beobachtete oder Brocken unwissentlich gegebener Informationen über jene Persönlichkeit zusammentrug, die im Mittelpunkt jeder Mordermittlung steht – über die des Opfers.

Nagle wohnte in Pimlico im vierten Stockwerk eines großen weißen, stuckverzierten viktorianischen Hauses nahe dem Eccleston Square. Dalgliesh war zum letzten Mal vor drei Jahren in dieser Straße gewesen, die damals einen unwiderruflich verkommenen Eindruck gemacht hatte. Aber die Zeiten hatten sich geändert. Die Woge des Modischen und der Popularität, die in London ganz unerklärlichen Gesetzen unterliegt und zuweilen einen Bezirk völlig auslässt, während sie den benachbarten überschwemmt, war durch die breite Straße gerollt und hatte Ordnung und Wohlstand mitgebracht. Nach der Anzahl der Maklerschilder an den Gebäuden zu urteilen, sahnten die Grundstückspekulanten, die die Wetterwende wie immer als Erste erahnten, ihre üblichen Profite ab. Das Haus an der Ecke schien neu gestrichen zu sein. Die schwere Tür stand offen. Drinnen standen die Namen der Mieter an einem Schild, doch es gab keine Klingeln. Dalgliesh schloss daraus, dass die Wohnungen geschlossen waren und dass es irgendwo einen Hausmeister gab, der an die Tür kam, wenn das Gebäude abends abgeschlossen war. Er sah keinen Fahrstuhl und nahm die vier Treppen zu Nagles Wohnung in Angriff.

Es war ein helles, freundliches Haus und sehr still. Das erste Lebenszeichen vernahm er im dritten Stockwerk, wo jemand Klavier spielte – sehr gut sogar, vielleicht ein Berufsmusiker. Die hohen Töne überfielen Dalgliesh und blieben zurück, als er den vierten Stock erreichte. Hier fand er eine einfache Holztür mit schwerem Messingklopfer und einer Karte darüber, auf der nur ein Wort stand: Nagle. Er klopfte an und hörte Nagle sofort «Herein» rufen.

Die Wohnung war eine Überraschung. Er wusste nicht recht, was er erwartet hatte, aber jedenfalls nicht dieses riesige, luftige, eindrucksvolle Studio. Es nahm die gesamte Rückseite des Hauses ein, und das große Nordfenster, das keine Vorhänge hatte, bot einen Panoramablick auf schiefe Schornsteine und verwinkelte Dächer. Nagle war nicht allein. Er saß mit gespreizten Beinen auf einem schmalen Bett, das auf dem Podium an der Ostseite des Zimmers stand. Jennifer Priddy, nur mit einem Morgenmantel bekleidet, kuschelte sich an ihn. Die beiden tranken Tee aus blauen Bechern; ein Tablett mit einer Teekanne und einer Flasche Milch stand auf einem kleinen Tisch neben ihnen. Das Bild, an dem Nagle gerade arbeitete, ruhte auf einer Staffelei in der Mitte des Raums.

Das Mädchen schien bei Dalglieshs Anblick nicht verlegen zu sein; sie schwang die Beine vom Bett und schenkte ihm ein Lächeln, das sichtlich glücklich, fast herzlich und jedenfalls ohne Koketterie war.

«Möchten Sie Tee?», fragte sie.

«Die Polizei trinkt im Dienst nie», sagte Nagle, «und das gilt auch für Tee. Zieh dich lieber an, Kleines. Wir wollen den Kriminalrat doch nicht schockieren.»

Wieder lächelte das Mädchen, ergriff mit einer Hand ihre Kleidung und mit der anderen das Teetablett und verschwand durch eine Tür am entgegengesetzten Ende des Studios. Es war schwierig, in dieser selbstbewussten, sinnlichen Gestalt das tränenüberströmte, schüchterne Kind wieder zu erkennen, das Dalgliesh in der Klinik kennen gelernt hatte. Er beobachtete sie, als sie an ihm vorbeiging. Bis auf Nagles Morgenmantel war sie offenbar nackt; ihre harten Brustwarzen stießen gegen die dünne Wolle. Es kam Dalgliesh zu Bewusstsein, dass die beiden miteinander geschlafen hatten. Als sie aus seinem Blickfeld verschwand, drehte er sich um und sah das amüsiert-abschätzende Blitzen in Nagles Augen. Doch keiner sagte ein Wort.

Dalgliesh wanderte im Studio herum, während Nagle ihn vom Bett aus beobachtete. Der Raum war aufgeräumt. In seiner fast strengen Ordnung erinnerte er ihn an Enid Bolams Wohnung, mit der er ansonsten nichts gemein hatte. Das Podium mit dem einfachen Holzbett, dem Stuhl und dem kleinen Tisch diente offenbar als Schlafzimmer. Das übrige Studio war voller Malutensilien, allerdings ohne das undisziplinierte Durcheinander, das Uneingeweihte mit dem Künstlerleben gleichsetzen. Etwa ein Dutzend großer Ölgemälde lehnte an der Südwand, und Dalgliesh war von ihrer Wirkung überrascht. Hier war kein Amateur am Werk, der sein läppisches Talent austobte. Miss Priddy war anscheinend Nagles einziges Modell. Ihr jugendlicher Körper mit den schweren Brüsten schimmerte ihm in den verschiedensten Posen entgegen, hier perspektivisch verkürzt, dort seltsam verlängert, als sei der Maler stolz auf sein technisches Können. Das neueste Bild auf der Staffelei zeigte das Mädchen auf einem Schemel sitzend, die kindlichen Hände entspannt zwischen den Schenkeln herabhängend, die Brüste nach vorn gedrückt. Die Zurschaustellung technischen Geschicks, die kühne Verwendung von Grün und Gelbviolett und die sorgsam abgestimmten Farbwerte – all diese Dinge erinnerten Dalgliesh an etwas.

«Wer unterrichtet Sie?», fragte er. «Sugg?»

«Genau.» Nagle schien nicht überrascht zu sein. «Kennen Sie seine Arbeiten?»

«Ich besitze eines seiner frühen Ölgemälde. Einen Akt.»

«Da haben Sie gut investiert. Nicht verkaufen.»

«Die Absicht habe ich auch nicht», sagte Dalgliesh freundlich. «Ich mag das Bild nämlich. Sind Sie schon lange bei ihm?»

«Zwei Jahre. Natürlich nur zeitweise. Noch drei Jahre – dann bringe ich *ihm* was bei. Wenn er dann noch etwas lernen kann. Er wird langsam alt und ist schon ein bisschen zu stolz auf seine Tricks.»

«Sie scheinen ihm aber ein paar davon abgeguckt zu haben», sagte Dalgliesh.

«Meinen Sie? Interessant.» Nagle schien nicht gekränkt zu sein. «Umso besser, dass ich mich von ihm löse. Spätestens Ende dieses Monats ziehe ich nach Paris. Ich habe mich um das Bollinger-Stipendium beworben. Der alte Knabe hat ein gutes Wort für mich eingelegt, und letzte Woche kam ein Brief mit der Mitteilung, dass ich es haben kann.»

Sosehr er sich auch bemühte, er konnte seinen Triumph nicht ganz verbergen. Unter der äußerlichen Nonchalance loderte die Freude. Und er hatte guten Grund, stolz auf sich zu sein. Das Bollinger-Stipendium war nichts Alltägliches. Dalgliesh wusste, dass das Stipendium einen zweijährigen Aufenthalt in irgendeiner europäischen Stadt umfasste – mit einem großzügigen Taschengeld und absoluter Freiheit für den Studenten, sein Leben und seine Arbeit nach Belieben einzuteilen. Der Bollinger-Fonds war von einem Hersteller für Patentmedizin gegründet worden, der reich und erfolgreich, doch unzufrieden gestorben war. Sein Geld war mit Magenpülverchen verdient worden, doch sein Herz galt der Malerei. Er selbst hatte kaum Talent, und sein Geschmack war nicht viel besser gewesen – nach der Gemäldesammlung zu urteilen, die er den verlegenen Museumsverwaltern seiner Heimatstadt vermacht hatte. Aber das Bollinger-Stipendium hatte dafür gesorgt, dass sich Künstler seiner voller Dankbarkeit erinnerten. Bollinger war nicht der Meinung, dass die Armut der Kunst besonders zuträglich war oder dass Künstler durch kalte Dachstübchen und leere Mägen besonders angespornt würden. Er war in seiner Jugend arm gewesen und hatte keinen Spaß daran gehabt. Im Alter war er viel gereist und hatte sich im Ausland wohl gefühlt. Das Bollinger-Stipendium ermöglichte es vielversprechenden jungen Künstlern, das Reisen zu genießen, ohne die Armut durchmachen zu müssen, und die Dotierung lohnte sich. Wenn Nagle mit dem Bollinger-Preis ausgezeichnet worden war, interessierte er sich bestimmt nicht mehr für die Sorgen der Steen-Klinik.

«Wann müssen Sie denn los?», fragte Dalgliesh.

«Kann ich mir selbst einrichten. Jedenfalls zum Ende des Monats. Aber ich verschwinde vielleicht auch früher und ohne Ankündigung. Hat keinen Sinn, die Leute aufzuregen.» Er deutete mit einer Kopfbewegung auf die Tür und fügte hinzu:

«Deshalb ist der Mord ja auch so ärgerlich. Ich hatte Angst, dass sich dadurch alles verzögert. Schließlich war es mein Meißel. Und das war nicht der einzige Versuch, mich zu belasten. Während ich im Hauptbüro auf die Post wartete, hat jemand angerufen und mich aufgefordert, wegen der Wäsche in den Keller zu kommen. Hörte sich an wie eine Frau. Da ich schon den Mantel anhatte und mehr oder weniger auf dem Weg nach draußen war, habe ich gesagt, ich würde die Wäsche holen, sobald ich zurück wäre.»

«Deshalb gingen Sie also anschließend zu Schwester Bolam und erkundigten sich, ob die Wäsche fertig sei.»

«Genau.»

«Warum haben Sie ihr damals nichts von dem Anruf gesagt?»

«Ich weiß nicht recht. Kam mir irgendwie sinnlos vor. Ich hatte sowieso keine Lust, mich im LSD-Zimmer aufzuhalten. Diese stöhnenden und jammernden Patienten gehen mir auf die Nerven. Als die Bolam sagte, das Zeug sei noch nicht fertig, nahm ich an, Miss Bolam hätte mich angerufen – und das zu sagen hätte zu nichts geführt. Sie mischte sich ohnehin schon zu viel in die Arbeit der Krankenschwestern ein, meinten die jedenfalls. Na ja, ich habe nichts von dem Anruf gesagt. Ich hätt's tun können, hab's aber nicht getan.»

«Und Sie haben mir auch bei unserem ersten Gespräch nichts gesagt.»

«Wieder richtig. Um ehrlich zu sein, die ganze Sache kam mir ein bisschen komisch vor, und ich brauchte Zeit zum Nachdenken. Na ja, jetzt habe ich darüber nachgedacht, und Sie haben die Geschichte gehört. Sie können sie glauben oder nicht, tun Sie, was Sie wollen. Mir ist's egal.»

«Sie scheinen ziemlich gelassen zu sein, wenn Sie wirklich annehmen, dass jemand Sie in den Mordfall hineinziehen wollte.»

«Ich mache mir keine Sorgen. Erstens ist die Sache fehlgeschlagen, und zweitens halte ich die Chancen für minimal, dass in diesem Land ein Unschuldiger des Mordes überführt wird. Eigentlich müssten Sie das schmeichelhaft finden. Andererseits stehen beim Geschworenensystem die Chancen gut, dass ein Schuldiger davonkommt. Deshalb glaube ich auch nicht, dass Sie diesen Mord aufklären werden. Zu viele Verdächtige. Zu viele Möglichkeiten.»

«Wir werden sehen. Erzählen Sie mir mehr über den Anruf. Wann haben Sie ihn entgegengenommen?»

«Weiß ich nicht mehr genau. Ich glaube, etwa fünf Minuten bevor die Shorthouse ins Hauptbüro kam. Könnte auch früher gewesen sein. Vielleicht erinnert sich Jenny daran.»

«Ich frage sie, wenn sie zurückkommt. Was hat die Stimme im Einzelnen gesagt?»

«Nur: ‹Die Wäsche ist fertig, wenn Sie sie bitte jetzt holen würden.› Ich dachte zunächst, Schwester Bolam wäre am Apparat. Ich sagte, dass ich gerade mit der Post losginge und mich darum kümmern würde, wenn ich zurück wäre. Dann legte ich auf, ehe sie Einwände erheben konnte.»

«Sie waren sicher, dass Schwester Bolam dran war?»

«Ich bin mir gar nicht sicher. Natürlich nahm ich das zuerst an, weil Schwester Bolam sonst immer wegen der Wäsche anruft. Aber die Frau sprach sehr leise, sodass es eigentlich jede gewesen sein konnte.»

«Aber es war eine Frauenstimme?

«O ja. Es war eine Frau.»

«Und es war auf jeden Fall eine Falschmeldung, weil wir ja wissen, dass die Wäsche in Wirklichkeit noch gar nicht sortiert war.»

«Ja. Aber was sollte das Ganze? Es ergibt keinen Sinn. Wenn ich in den Keller gelockt werden sollte, um in Tatverdacht zu kommen, ging der Mörder das Risiko ein, dass ich im falschen Augenblick zur Stelle war. Schwester Bolam zum Beispiel hätte bestimmt kein Interesse daran gehabt, dass ich mich da unten herumtrieb und nach der Wäsche fragte, wenn sie eigentlich vorhatte, ihrer Cousine im Archiv eins über den Schädel zu hauen. Selbst wenn Miss Bolam schon tot war, als der Anruf kam, ergibt das keinen Sinn. Wenn ich mich nun da unten herumgetrieben und die Leiche gefunden hätte? Der Mörder hat bestimmt nicht gewollt, dass sie so früh entdeckt wurde! Jedenfalls ging ich erst nach unten, als ich vom Briefkasten zurückkam. Was für ein Glück für mich, dass ich mit den Briefen unterwegs war! Der Kasten ist ja nur über die Straße, aber ich gehe gewöhnlich noch zur Beefsteak Street hinunter, um einen *Standard* zu kaufen. Der Verkäufer erinnert sich wahrscheinlich an mich.»

Während der letzten Worte war Jennifer Priddy zurückgekehrt. Sie hatte ein einfaches Wollkleid angezogen. Sie legte ihren Gürtel an und sagte: «Und der Streit um deine Zeitung hat den armen Cully ganz fertig gemacht. Du hättest sie ihm ruhig geben können, Liebling, als er dich darum bat. Er wollte doch nur nach dem Pferdetoto sehen.»

«Geiziger alter Knabe», sagte Nagle ohne Groll. «Der tut alles, um drei Pence zu sparen. Warum kann er nicht mal ab und zu eine Zeitung kaufen? Kaum bin ich durch die Tür, da streckt er schon die Hand danach aus.»

«Trotzdem – du warst ziemlich unfreundlich zu ihm, Liebling. Dabei wolltest du sie gar nicht mehr lesen. Wir haben unten nur einen kurzen Blick hineingeworfen und dann Tiggers Fressen darin eingewickelt. Du weißt doch, wie Cully ist. Die kleinste Aufregung schlägt ihm auf den Magen.»

Nagle äußerte recht drastisch und phantasievoll, was er von Cullys Magen hielt. Miss Priddy sah Dalgliesh an, als erwartete sie schockierte Bewunderung für die Launen eines Genies.

«Peter!», murmelte sie. «Wirklich, Schatz, du bist schrecklich!»

Sie sprach mit scheuer Nachsicht, das kleine Frauchen, das einen milden Tadel äußert. Dalgliesh blickte zu Nagle hinüber, um zu sehen, wie er darauf reagierte, doch der Maler schien nichts gehört zu haben. Reglos saß er auf dem Bett und blickte auf sie hinab. Er trug eine braune Leinenhose, einen dicken blauen Pullover und Sandalen und sah trotzdem so ordentlich und sauber gekleidet aus wie in seiner Hausdieneruniform. Seine sanften Augen blickten sorgenfrei, die kräftigen langen Arme waren entspannt.

Von seinen Blicken verfolgt, wanderte das Mädchen unruhig im Studio herum, berührte den Rahmen eines Gemäldes, fuhr mit den Fingern über ein Fensterbrett und versetzte eine Vase mit Dahlien von einem Fenster in das nächste. Es war, als versuchte sie der aufgeräumten männlichen Werkstatt den weichen Stempel der Weiblichkeit aufzudrücken, als wollte sie demonstrieren, dass dies ihr Zuhause, ihre naturgegebene Heimstatt war. Die Bilder ihres nackten Körpers schienen sie nicht im Geringsten zu stören. Durchaus möglich, dass diese indirekte Zurschaustellung sie befriedigte.

«Miss Priddy», sagte Dalgliesh übergangslos. «Erinnern Sie sich, ob Mr. Nagle angerufen wurde, während er mit Ihnen im Büro war?»

Das Mädchen sah ihn überrascht an und wandte sich gelassen an Nagle: «Schwester Bolam hat dich doch wegen der Wäsche angerufen, nicht? Ich kam gerade aus dem kleinen Ablageraum – ich war nur eine Sekunde fort gewesen – und hörte dich sagen, dass du gerade auf dem Weg nach draußen wärst und nach unten kommen würdest, wenn du zurück wärst.» Sie lachte. «Nach dem Gespräch hast du etwas viel weniger Höfliches gesagt – über die Art und Weise, wie die Schwestern dich herumkommandieren. Erinnerst du dich?»

«Ja», sagte Nagle kurz und wandte sich an Dalgliesh. «Sonst noch Fragen, Kriminalrat? Jenny muss bald nach Hause, und ich begleite sie meistens ein Stück. Ihre Eltern wissen nicht, dass sie bei mir ist.»

«Ich bin gleich fertig. Hat einer von Ihnen eine Vorstellung, warum Miss Bolam den Sekretär hat kommen lassen?»

Miss Priddy schüttelte den Kopf.

«Mit uns hatte es jedenfalls nichts zu tun», sagte Nagle. «Sie wusste nicht, dass Jenny mir Modell sitzt. Selbst wenn sie es herausgefunden hätte, wäre sie nicht zu Lauder gegangen. Sie war ja kein Dummkopf. Sie wusste, dass er sich nicht in Dinge mischen konnte, die das Personal in der Freizeit macht. Immerhin hat sie auch Dr. Baguleys Affäre mit Miss Saxon herausgefunden und war nicht so blöd, Lauder davon zu erzählen.»

Dalgliesh fragte nicht, wen Miss Bolam informiert hatte. Er sagte: «Die Sache hatte offensichtlich mit der Verwaltung der Klinik zu tun. Ist in letzter Zeit etwas Ungewöhnliches passiert?»

«Bis auf unseren berühmten Einbruch und die fehlenden fünfzehn Pfund – nein. Aber darüber wissen Sie ja Bescheid.»

«Das hat nichts mit Peter zu tun», eilte das Mädchen ihrem Freund zu Hilfe. «Er war nicht mal in der Klinik, als die fünfzehn Pfund eintrafen.» Sie wandte sich an Nagle. «Weißt du noch, Liebling? Das war an dem Morgen, als du mit der U-Bahn Verspätung hattest. Du wusstest gar nichts von dem Geld!»

Und damit hatte sie etwas Falsches gesagt. Das ärgerliche Aufblitzen in den großen braunen Augen war schnell vorüber, doch es entging Dalgliesh nicht. Ein kurzes Schweigen trat ein, ehe Nagle antwortete, doch er hatte seine Stimme völlig in der Gewalt. «Oh, aber ich erfuhr sehr schnell davon. Wir alle erfuhren davon. Das Durcheinander, wer das Geld wohl geschickt hatte, und die Auseinandersetzung, wer den Betrag nun ausgeben durfte – also, halb London muss davon gewusst haben.» Er sah Dalgliesh an. «Ist das alles?»

«Nein. Wissen Sie, wer Miss Bolam umgebracht hat?»

«Zum Glück nein. Ich glaube aber nicht, dass es einer der Psychiater war. Diese Jungs sind die beste Abschreckung gegen das Überschnappen. Aber ich kann mir nicht vorstellen, dass einer von ihnen zum Mörder wird. Dazu haben sie nicht den Mumm.»

Ein ganz anders gearteter Zeuge hatte so ziemlich das Gleiche gesagt.

An der Tür blieb Dalgliesh stehen und schaute zurück. Nagle und das Mädchen saßen wie zu Anfang auf dem Bett, und keiner machte Anstalten, ihn hinauszubegleiten, nur Jenny schenkte ihm ihr glückliches Abschiedslächeln.

Dalgliesh stellte seine letzte Frage: «Warum sind Sie damals am Abend des Einbruchs mit Cully einen trinken gegangen?»

«Weil Cully mich eingeladen hat.»

«War das nicht ungewöhnlich?»

«So ungewöhnlich, dass ich schon aus Neugier mitging, um zu sehen, was los war.»

«Und was war los?»

«Eigentlich nichts. Cully bat mich, ihm ein Pfund zu leihen, was ich ablehnte – und während die Klinik unbeobachtet war, brach jemand ein. Ich wüsste nicht, wie Cully das hätte vorhersehen können. Oder vielleicht hat er's doch getan. Jedenfalls sehe ich keine Verbindung zu dem Mord.»

Dalgliesh musste ihm innerlich beipflichten, dass die beiden Dinge auf den ersten Blick nichts miteinander zu tun hatten. Als er die Treppe hinabging, ärgerte ihn wieder der Gedanke an die Zeit, die ungenutzt verstrich, an die sich dehnenden Stunden bis Montag früh, wenn die Klinik wieder geöffnet wurde und seine Verdächtigen an den Ort zurückkehrten, an dem sie wahrscheinlich am verwundbarsten waren. Aber die letzten vierzig Minuten waren nicht vergeudet gewesen. In dem wirren Knäuel begann sich der erste rote Faden abzuzeichnen. Als er an der Wohnung im dritten Stockwerk vorbeikam, spielte der Pianist Bach. Dalgliesh blieb einen Augenblick stehen und hörte zu. Kontrapunktische Musik war die einzige, an der er wirklich Freude hatte. Aber der Spieler hörte plötzlich mit einer schrillen Disharmonie auf. Dann kam nichts mehr. Dalgliesh ging stumm die Treppe hinab und verließ das ruhige Haus.

Als Dr. Baguley zur Sitzung des Ärzteausschusses an der Klinik eintraf, war der Parkplatz der Ärzte bereits gefüllt. Dr. Ethereges Bentley parkte neben Steiners Rolls. Auf der anderen Seite stand der verbeulte Vauxhall, der anzeigte, dass sich Dr. Albertine Maddox zur Teilnahme entschlossen hatte.

Im Sitzungszimmer des ersten Stockwerks verdeckten die Vorhänge den blauschwarzen Oktoberhimmel. In der Mitte des schweren Mahagonitisches stand eine Schale mit Rosen. Baguley dachte daran, dass Miss Bolam bei den Sitzungen des Ärzteausschusses stets Blumen auf den Tisch gestellt hatte. Jemand hatte beschlossen, diese Tradition fortzusetzen. Die Rosen waren kleine Gewächshauszüchtungen, wie sie im Herbst verkauft werden, starre Blüten ohne Duft auf dornenlosen Stängeln. In einigen Tagen würden sie eine kurze, unfruchtbare Blütezeit durchmachen und in knapp einer Woche tot sein. Baguley überlegte, dass eine so extravagante und erinnerungsträchtige Blume eigentlich nicht recht zur Stimmung der Sitzung passte. Aber eine leere Schale hätte erst recht peinlich und unerträglich demonstrativ gewirkt.

«Wer hat die Rosen hergestellt?», fragte er.

«Mrs. Bostock, glaube ich», sagte Dr. Ingram. «Als ich ankam, war sie hier oben und bereitete das Zimmer vor.»

«Bemerkenswert», sagte Dr. Etherege. Er streckte einen Finger aus und streichelte eine der Blüten so sanft, dass nicht einmal der Stängel zitterte. Baguley fragte sich, ob sich der Kommentar auf die Qualität der Rosen oder auf Mrs. Bostocks Umsicht bezog.

«Miss Bolam mochte Blumen sehr», sagte der Chefarzt und blickte in die Runde, als fordere er seine Kollegen zum Widerspruch heraus. «Na ja, wollen wir anfangen?»

Dr. Baguley, der als Schriftführer fungierte, nahm rechts von Dr. Etherege Platz. Dr. Steiner setzte sich auf den Stuhl neben ihm. Dr. Maddox saß rechts von Steiner. Von den Klinikärzten war sonst niemand anwesend. Dr. McBain und Dr. Mason-Giles nahmen in den Vereinigten Staaten an einem Kongress teil. Der Rest des medizinischen Personals, hin- und hergerissen zwischen Neugier und der Abneigung, das Wochenende zu unterbrechen, hatte offenbar beschlossen, geduldig bis Montag auszuharren. Dr. Etherege hatte es für richtig gehalten, jeden Einzelnen anzurufen und über die Sitzung zu informieren. Er brachte nun förmlich die Entschuldigung der Abwesenden vor, die feierlich angenommen wurde.

Albertine Maddox war eine sehr erfolgreiche Chirurgin, ehe sie sich als Psychiaterin qualifizierte. Es war vielleicht typisch für die Unsicherheit ihrer Kollegen gegenüber dem eigenen Fachgebiet, dass Dr. Maddox' doppelte Qualifikation ihr Ansehen in ihren Augen steigerte. Sie vertrat das Haus im Beratenden Komitee des Verwaltungsrats, wo sie die Steen-Klinik gegen die gelegentlichen Seitenhiebe von Internisten und Chirurgen so schlagfertig und vehement verteidigte, dass sie respektiert und gefürchtet wurde. In der Klinik nahm sie an der Auseinandersetzung zwischen Freudianern und Eklektikern nicht teil, indem sie, wie Baguley aufgefallen war, beide Seiten gleich garstig behandelte. Ihre Patienten vergötterten sie, was aber ihre Kollegen nicht beeindruckte. Sie waren es gewohnt, von ihren Patienten vergöttert zu werden, und stellten nur fest, dass Albertine Maddox besonders geschickt mit komplizierten Fällen fertig wurde. Sie war eine rundliche, grauhaarige, unauffällige Frau, die im Aussehen dem entsprach, was sie war – eine glückliche Mutter. Sie hatte fünf Kinder, die Söhne waren intelligent und wohlhabend, die Mädchen gut verheiratet. Ihr unbedeutend wirkender Mann und die Kinder behandelten sie mit nachsichtiger, leicht amüsierter Sorge, die ihre Klinikkollegen immer wieder in Erstaunen versetzte, denn für sie war sie eine einschüchternde Persönlichkeit. Sie hatte ihren alten Pekinesen Hector mitgebracht, der mürrisch auf ihrem Schoß saß, und wirkte so erwartungsvoll wie eine einfache Hausfrau vor der Matineevorstellung.

«Also wirklich, Albertine!», sagte Dr. Steiner ärgerlich. «Mussten Sie unbedingt Hector mitbringen? Ich will ja nicht unfreundlich sein, aber das Tier fängt an zu riechen. Sie sollten ihn einschläfern lassen.»

«Vielen Dank, Paul», erwiderte Dr. Maddox mit ihrer tiefen, wohlklingenden Stimme. «Hector wird eingeschläfert, wie Sie es so euphemistisch ausdrücken, wenn er am Leben keine Freude mehr hat. Ich meine, dass er dieses Stadium noch nicht erreicht hat. Es zählt nicht zu meinen Angewohnheiten, Lebewesen zu töten, nur weil ich gewisse ihrer physischen Eigenarten unangenehm finde; auch nicht, wenn ich hinzufügen darf, weil sie vielleicht irgendwie lästig geworden sind.»

Dr. Etherege schaltete sich hastig ein. «Es war nett von Ihnen, dass Sie sich heute Abend die Zeit für uns genommen haben, Albertine. Tut mir Leid, dass es so kurzfristig sein musste.»

Er sprach ohne Ironie, obwohl er ebenso wie seine Kollegen wusste, dass Dr. Maddox von vier Sitzungen höchstens eine besuchte – mit der offen ausgesprochenen Begründung, ihr Vertrag mit dem Bezirksrat zwinge sie nicht, einmal im Monat einen Haufen Langweilerei und Phrasendrescherei über sich ergehen zu lassen; außerdem werde Hector übel, wenn er mehr als einen Psychiater um sich habe. Die Richtigkeit dieser letzten Behauptung hatte sich schon zu oft bestätigt, als dass sich etwas hätte dagegen sagen lassen.

«Ich gehöre zum Ausschuss, Henry», erwiderte Dr. Maddox freundlich. «Gibt es einen Grund, warum ich mir nicht die Mühe machen sollte, herzukommen?»

Ihr Blick auf Dr. Ingram deutete an, dass von den Anwesenden nicht alle die gleichen Rechte in Anspruch nehmen konnten. Mary Ingram war die Frau eines praktischen Arztes und kam zweimal wöchentlich in die Klinik, um bei den EST-Behandlungen als Anästhesistin zu arbeiten. Da sie weder Psychiaterin noch beratende Ärztin war, nahm sie an den Ausschusssitzungen normalerweise nicht teil.

Dr. Etherege interpretierte ihren Blick richtig und sagte entschlossen: «Frau Dr. Ingram war so freundlich, auf meine Bitte hin zu kommen. Das Hauptthema der Sitzung ist natürlich der Mord an Miss Bolam, und Frau Dr. Ingram war Freitagabend in der Klinik.»

«Zählt aber nicht zu den Verdächtigen, wie ich höre», erwiderte Dr. Maddox. «Meinen Glückwunsch. Es ist angenehm, dass wenigstens ein Mitglied des medizinischen Personals in der Lage war, ein zufrieden stellendes Alibi zu liefern.»

Sie musterte Dr. Ingram mit strengem Blick, und ihr Tonfall deutete an, dass so ein Alibi eigentlich schon verdächtig war und der jüngsten Kollegin kaum anstand, nachdem die drei älteren Ärzte keine Alibis vorweisen konnten. Niemand wusste, woher Dr. Maddox von dem Alibi wusste. Wahrscheinlich hatte sie mit Schwester Ambrose gesprochen.

«Es ist lächerlich, von Alibis zu sprechen!», sagte Dr. Steiner verdrießlich. «Als könnte die Polizei einen von uns verdächtigen! Für mich ist die Sache klar. Der Mörder hat ihr im

Keller aufgelauert. Das wissen wir. Er mag sich dort stundenlang versteckt haben, vielleicht sogar seit dem Tag davor. Er könnte sich mit einem der Patienten an Cully vorbeigemogelt oder sich als Verwandter oder Krankenfahrer ausgegeben haben. Vielleicht ist er sogar während der Nacht eingebrochen. So etwas ist schließlich schon vorgekommen. Sobald er im Keller war, hatte er genug Zeit, um festzustellen, welcher Schlüssel zum Archiv passte, und auch genug Zeit, um sich die Waffen auszusuchen. Weder der Fetisch noch der Meißel waren irgendwie versteckt.»

«Und wie hat der unbekannte Mörder Ihrer Meinung nach das Gebäude verlassen?», fragte Dr. Baguley. «Wir haben das Haus ziemlich gründlich durchsucht, ehe die Polizei eintraf, und die Beamten sind noch einmal losgezogen. Die Türen im Keller und im Erdgeschoss waren von innen verriegelt, vergessen Sie das nicht.»

«Er ist an den Seilen im Liftschacht hochgeklettert und durch einen der oberen Notausgänge entwischt», erwiderte Dr. Steiner und spielte seinen Trumpf mit einem gewissen Schwung aus. «Ich habe mir den Fahrstuhl angesehen, und es könnte hinhauen. Ein kleiner Mann – oder auch eine Frau – könnte sich über die Oberkante des Liftkorbs in den Schacht zwängen. Die Seile halten ein ziemliches Gewicht aus, und die Kletterei wäre nicht zu schwierig für jemanden, der einigermaßen beweglich ist. Der Betreffende müsste natürlich sehr schlank sein.» Selbstgefällig blickte er auf seine runde Mitte.

«Eine hübsche Theorie», sagte Baguley. «Leider waren auch alle Notausgänge von innen verriegelt.»

«Es gibt kein Gebäude, in das ein verzweifelter und geübter Mann nicht einbrechen oder aus dem er nicht fliehen könnte», erklärte Dr. Steiner, als habe er in solchen Dingen reiche Erfahrungen. «Vielleicht ist er aus einem Fenster im ersten Stock geklettert und hat sich auf einem Mauervorsprung entlanggeschoben, bis er die Feuertreppe erreichte. Ich sage ja nur, dass der Mörder nicht unbedingt zum Personal gehören muss, das gestern Abend Dienst hatte.»

«Zum Beispiel könnte ich es gewesen sein», sagte Dr. Maddox.

Dr. Steiner ließ sich nicht einschüchtern. «Das ist natürlich Unsinn, Albertine. Ich beschuldige niemanden. Ich weise nur darauf hin, dass der Kreis der Verdächtigen weniger eingeengt ist, als die Polizei anzunehmen scheint. Die Beamten sollten ihre Ermittlungen auf das Privatleben von Miss Bolam ausdehnen. Offensichtlich hatte sie einen Feind.»

Aber Dr. Maddox ließ sich nicht vom Thema abbringen. «Zum Glück», rief sie, «war ich gestern Abend mit meinem Mann im Bach-Konzert in der Royal Festival Hall – und vorher haben wir dort auch gegessen. Und wenn Alasdairs Aussage zu meinen Gunsten vielleicht nicht ausreicht, so war auch mein Schwager bei uns, der zufällig Bischof ist. Bischof der Hochkirche», fügte sie selbstgefällig hinzu, als wären Weihrauch und Messgewand eine zusätzliche Garantie für die bischöfliche Tugend und Wahrheitsliebe.

Dr. Etherege lächelte beruhigend und sagte: «Ich wäre froh, wenn ich nur einen evangelischen Kuraten hätte, der gestern Abend zwischen achtzehn Uhr fünfzehn und neunzehn Uhr bei mir war. Aber sind diese theoretischen Erörterungen nicht Zeitverschwendung? Die Untersuchung liegt in den Händen der Polizei, und dort müssen wir sie belassen. Unser Hauptanliegen ist es, die Auswirkungen der Tat auf die Arbeit der Klinik zu besprechen, und insbesondere den Vorschlag des Vorsitzenden und des Sekretärs, dass Mrs. Bostock zunächst als Verwaltungschefin einspringt. Aber wir gehen am besten Zug um Zug vor. Sind Sie einverstanden, dass ich das Protokoll der letzten Sitzung abzeichne?»

Die Frage löste das übliche wenig begeisterte, aber zustimmende Gemurmel aus, und der Chefarzt zog das Protokollbuch heran und unterzeichnete.

«Wie ist er?», fragte Dr. Maddox plötzlich. «Der Kriminalrat, meine ich.»

Dr. Ingram, die bisher noch nichts gesagt hatte, ergriff überraschenderweise das Wort. «Mir hat seine Stimme gefallen, und er hat hübsche Hände.» Sie errötete heftig bei dem Gedanken, dass auch die unschuldigste Bemerkung einem Psychiater unangenehme Aufschlüsse geben konnte. Ihr Kommentar über die hübschen Hände mochte ein Fehler gewesen sein. Dr. Steiner überging Dalglieshs physische Merkmale und stürzte sich in eine psychologische Beurteilung des Kriminalrats, der die anderen Psychiater die höfliche Aufmerksamkeit von Fachleuten widmeten, die sich für die Theorien eines Kollegen interessierten. Dalgliesh wäre überrascht und verwirrt gewesen über die Genauigkeit und Klarheit der Diagnose.

«Ich stimme Ihnen zu, dass er beharrlich und auch intelligent ist», sagte der Chefarzt. «Das heißt, dass seine Fehler die Fehler eines intelligenten Mannes sein werden – und das sind stets die gefährlichsten. Wir wollen um unseretwillen hoffen, dass er keine Fehler macht. Der Mord und die unvermeidliche Publicity werden leider nicht ohne Auswirkungen auf die Patienten und die Arbeit der Klinik bleiben. Und das bringt uns zu dem Vorschlag wegen Mrs. Bostock.»

«Ich habe die Bolam immer höher eingeschätzt als die Bostock», sagte Dr. Maddox. «Es wäre schade, wenn wir eine ungeeignete Verwaltungschefin verlören – so bedauerlich und zufällig die Umstände auch sein mögen –, nur um dann gleich vom Regen in die Traufe zu kommen.»

«Richtig», sagte Dr. Baguley. «Auch mir war von den beiden die Bolam lieber. Aber es ist ja wohl nur eine vorläufige Regelung vorgesehen. Die Position muss ausgeschrieben werden. Doch bis dahin muss jemand auf dem Platz sitzen, und Mrs. Bostock kennt zumindest die Arbeit.»

Dr. Etherege sagte: «Lauder hat deutlich zum Ausdruck gebracht, dass der Verwaltungsrat nicht dafür ist, einen Fremden einzustellen, bevor die Polizei mit ihren Ermittlungen fertig ist, selbst wenn man jemanden finden würde. Wir wollen keine weiteren Aufregungen. Es wird auch so genug Unruhe geben. Das bringt mich auf das Problem mit der Presse. Lauder hat vorgeschlagen – und ich habe dem zugestimmt –, dass alle Anfragen an die Hauptverwaltung weitergeleitet werden und dass hier bei uns niemand eine Erklärung abgibt. Das scheint mir wirklich der beste Plan zu sein. Im Interesse der Patienten ist es wichtig, dass es hier in der Klinik nicht von Reportern wimmelt. Die Behandlung wird auch so schon genügend beeinträchtigt. Habe ich die offizielle Zustimmung zu dieser Entscheidung?»

Er hatte sie. Niemand zeigte Lust, sich mit der Presse abzugeben. Nur Dr. Steiner fiel nicht in das allgemeine zustimmende Gemurmel ein. Er war noch immer mit dem Problem der Nachfolge für Miss Bolam beschäftigt.

«Ich begreife nicht, warum Dr. Maddox und Dr. Baguley gegenüber Mrs. Bostock so negativ eingestellt sind», sagte er verdrossen. «Das ist mir schon früher aufgefallen. Es ist lächerlich, sie mit Miss Bolam zu vergleichen. Ganz klar, wer die geeignetere Verwaltungschefin ist – war – ist. Mrs. Bostock ist eine hochintelligente Frau, psychisch gefestigt und tüchtig. Sie weiß die Bedeutung unserer Arbeit wirklich zu würdigen. Das hätte von Miss Bolam niemand behaupten können. Ihre Einstellung gegenüber den Patienten war zuweilen sehr unangebracht.»

«Ich wusste gar nicht, dass sie viel mit Patienten in Berührung kam», sagte Dr. Baguley. «Von meinen hat sich jedenfalls keiner beschwert.»

«Sie hat gelegentlich Besuchstermine vereinbart und Reisekosten erstattet. Ich kann mir schon vorstellen, dass Ihre Patienten über Miss Bolams Verhalten nichts gesagt haben. Aber meine Leute kommen aus einer etwas anderen Schicht. Sie reagieren feinfühliger auf solche Dinge. Zum Beispiel hat mich Mr. Burge in dieser Angelegenheit angesprochen.»

Dr. Maddox lachte unfreundlich. «Oh, Burge! Kommt der immer noch? Sein neuestes Opus soll ja im Dezember herauskommen. Wird interessant sein festzustellen, Paul, ob Ihre Bemühungen seinen Stil verbessert haben. Wenn ja, sind die Steuergelder in seinem Fall wahrscheinlich gut angelegt.»

Schmerzlich berührt, begann Dr. Steiner zu protestieren. Er behandelte eine Anzahl von Autoren und Künstlern, darunter auch Protegés von Rosa, die ein wenig kostenlose Psychotherapie suchten. Obwohl er Urteilsvermögen in künstlerischen Fragen hatte, versagte sein kritischer Verstand bei Patienten völlig. Er konnte es nicht ertragen, wenn sie kritisiert wurden, lebte in der ständigen Hoffnung, dass ihre großartigen Talente eines Tages entdeckt würden, und ließ sich ihretwegen zu mancher zornigen Verteidigungsrede hinreißen. Dr. Baguley hielt das für eine der angenehmeren Eigenschaften Steiners; in mancher Hinsicht war dieser Mann rührend naiv. Er stürzte sich nun in ein wirres Plädoyer zugunsten des Charakters und Schreibstils seines Patienten und schloss mit den Worten: «Mr. Burge ist ein sehr talentierter und feinfühliger Mann und höchst beunruhigt durch seine Unfähigkeit, eine befriedigende geschlechtliche Beziehung zu unterhalten, besonders zu seinen Frauen.» Dieses sprachliche Missgeschick schien geeignet, Dr. Maddox zu weiteren unfreundlichen Bemerkungen zu provozieren. Sie hatte zweifellos heute ihren pro-eklektischen Tag, überlegte Baguley.

Dr. Etherege sagte leise: «Könnten wir im Augenblick nicht mal unsere beruflichen Differenzen vergessen und uns auf das anstehende Problem konzentrieren? Dr. Steiner, haben Sie was dagegen, dass wir Mrs. Bostock vorläufig als Verwaltungschefin akzeptieren?»

«Die Frage ist doch rhetorisch», sagte Dr. Steiner mürrisch. «Wenn der Sekretär wünscht, dass sie ernannt wird, wird sie ernannt. Dieses Getue, als frage er uns um Rat, ist doch nur lächerlich. Wir haben keine Vollmacht zur Zustimmung oder Ablehnung. Das hat mir Lauder auch sehr deutlich gesagt, als ich mich letzten Monat an ihn wandte, um die Bolam versetzen zu lassen.»

«Ich wusste gar nicht, dass Sie sich an ihn gewandt hatten», sagte Dr. Etherege.

«Ich habe nach der Septembersitzung des Hauspersonalrats mit ihm gesprochen. Es war auch nur eine Anregung.»

«Die sicher in aller Form zurückgewiesen wurde», sagte Baguley. «Es wäre klüger gewesen, wenn Sie den Mund gehalten hätten.»

«Oder die Angelegenheit vor unseren Ausschuss gebracht hätten», sagte Etherege.

«Und mit welchem Ergebnis!», rief Steiner. «Was ist das letzte Mal geschehen, als ich mich über die Bolam beschwerte? Nichts! Sie alle haben zugegeben, dass sie für den Posten der Verwaltungschefin ungeeignet war. Sie alle waren der Meinung – na ja, jedenfalls die Mehrzahl –, dass die Bostock – oder jemand Neues – vorzuziehen wäre. Aber als es ums Handeln ging, war niemand von Ihnen bereit, seine Unterschrift unter einen Brief an den Verwaltungsrat zu setzen. Und den Grund kennen Sie! Sie alle hatten Angst vor der Frau. Ja, Angst!»

In das aufgebrachte Gemurmel sagte Dr. Maddox: «Ja, sie hatte etwas Einschüchterndes. Vielleicht lag es an ihrer schrecklichen, selbstgerechten Redlichkeit. Aber es ging Ihnen doch genau wie uns allen, Paul.»

«Mag sein. Aber ich habe etwas dagegen getan. Ich habe mit Lauder gesprochen.»

«Ich habe auch mit ihm gesprochen», sagte Etherege leise, «und vielleicht mit mehr Erfolg. Ich habe ihm gesagt, wir wüssten durchaus, dass unser Ausschuss keine Weisungsbefugnis über das Verwaltungspersonal hat, brachte aber als Psychiater und als Vorsitzender des Ärzteausschusses zum Ausdruck, dass mir Miss Bolam für ihren Posten vom Temperament her ungeeignet erscheine. Ich deutete an, dass eine Versetzung in ihrem Interesse sein könnte. Ihre Tüchtigkeit stand natürlich außer Zweifel, und ich habe dazu auch nichts gesagt. Lauder hat sich natürlich nicht festgelegt, aber er wusste, dass ich das Recht hatte, das Thema anzuschneiden, und ich glaube, er hat mein Anliegen verstanden.»

Dr. Maddox sagte: «Bei seiner natürlichen Vorsicht, seinem Misstrauen vor Psychiatern und der Geschwindigkeit seiner Verwaltungsentscheidungen wären wir Miss Bolam so etwa in zwei Jahren losgeworden. Da hat jemand die Sache wirklich beschleunigt.»

Plötzlich ergriff Dr. Ingram das Wort. Ihr ziemlich nichtssagendes Gesicht rötete sich unvorteilhaft. Sie saß starr da, und die Hände, die sie auf dem Tisch verschränkt hatte, zitterten.

«Ich bin nicht der Meinung, dass Sie solche Sachen sagen sollten. Das … ist nicht recht. Miss Bolam ist tot, sie wurde brutal ermordet. Und Sie sitzen hier, Sie alle, und reden darüber, als wäre es Ihnen egal! Ich weiß, dass man nicht leicht mit ihr auskam, aber sie ist tot, und ich glaube nicht, dass jetzt der richtige Augenblick ist, um schlecht von ihr zu reden.»

Dr. Maddox musterte Dr. Ingram voller Interesse und irgendwie auch erstaunt, als habe sie ein außergewöhnlich dummes Kind vor sich, das plötzlich eine intelligente Bemerkung zustande gebracht hatte.

«Wie ich sehe, hängen Sie dem Aberglauben an, dass man

über einen Toten niemals die Wahrheit sagen sollte», bemerkte sie. «Die Ursprünge dieser atavistischen Ansicht haben mich schon immer interessiert. Ich würde gern Ihre Meinung dazu hören.»

Dr. Ingram, die vor Verlegenheit tiefrot angelaufen und den Tränen nahe war, sah aus, als wäre die vorgeschlagene Diskussion ein Privileg, auf das sie gern verzichten würde.

«Schlecht von ihr reden?», fragte Dr. Etherege. «Es täte mir Leid, wenn ich annehmen müsste, dass in unserem Kreise jemandem daran gelegen wäre. Es muss doch einige Dinge geben, die nicht erst gesagt zu werden brauchen. Es gibt sicher kein Ausschussmitglied, das nicht entsetzt ist über die sinnlose Brutalität dieser Tat und das sich nicht wünscht, dass sie noch bei uns wäre, welche Mängel sie als Verwaltungschefin auch gehabt haben mag.»

Das Pathos war etwas zu dick aufgetragen. Als spürte er die Überraschung und das Unbehagen in der Runde, hob er den Kopf und sagte herausfordernd: «Oder? Oder?»

«Natürlich nicht», sagte Dr. Steiner beruhigend, doch seine wachsamen kleinen Augen glitten zur Seite und sahen Baguley an. Verlegenheit lag in diesem Blick, aber auch boshafte Belustigung. Der Chefarzt verhielt sich nicht gerade geschickt. Er hatte zugelassen, dass Albertine Maddox Oberwasser bekam, und die Leitung der Diskussion war ihm entglitten. Das Rührende war, dass es Etherege ernst meinte, überlegte Baguley. Jedes Wort war aufrichtig gemeint. Etherege hatte einen echten Abscheu vor Gewalt – aber das hatten sie eigentlich alle. Er war ein mitfühlender Mann, den der Gedanke an die brutale Ermordung einer wehrlosen Frau schockierte und traurig stimmte. Aber seine Worte klangen unecht. Er suchte Zuflucht bei Förmlichkeiten, versuchte den emotionalen Gehalt der Sitzung absichtlich auf eine Ebene harmloser Konvention zu senken. Doch dabei hörte er sich nur unaufrichtig an.

Nach Dr. Ingrams Ausbruch schien die Sitzung den Schwung zu verlieren. Dr. Etherege machte nur dann und wann den Versuch, die Diskussion wieder in den Griff zu bekommen, die sich seltsam lustlos von einem Thema zum nächsten schleppte, doch immer wieder zu dem Mord zurückkehrte. Man war der Ansicht, der Ausschuss müsse eine einhellige Meinung äußern. Die Anwesenden verwarfen verschiedene Theorien und akzeptierten schließlich Dr. Steiners Vorschlag. Der Mörder war offensichtlich im Laufe des Tages in die Klinik eingedrungen, als die genaue Erfassung der Besucher noch nicht begonnen hatte. Er hatte sich im Keller versteckt, in aller Ruhe seine Waffen gewählt und Miss Bolam in den Keller gelockt, indem er die Nummer ihres Anschlusses von dem Zettel neben dem Telefon ablas. Er hatte sich schließlich ungesehen in die oberen Stockwerke begeben und das Haus durch eines der Fenster verlassen, das er hinter sich zu schließen vermochte, ehe er sich zur Feuertreppe schob. Dass dieser Gang der Dinge großes Glück und ungewöhnliche Körpergewandtheit voraussetzte, klang nur am Rande an. Unter Dr. Steiners Führung wurde die Theorie ausgeschmückt. Miss Bolams Anruf beim Sekretär wurde als unerheblich abgetan. Sie hatte sich zweifellos nur über ein wirkliches oder eingebildetes kleines Vergehen beschweren wollen, das mit ihrem nachfolgenden Tod absolut nichts zu tun hatte. Die Vermutung, dass der Mörder sich vielleicht an den Seilen im Liftschacht hochgezogen hatte, wurde als etwas weit hergeholt abgetan, obwohl Dr. Maddox darauf hinwies, dass der Fahrstuhlschacht für einen Mann, der ein schweres Fenster zu schließen vermochte, während er draußen auf dem Sims balancierte, und der sich dann anderthalb Meter weit durch die Luft zur Feuertreppe schwingen konnte, kaum ein unüberwindliches Hindernis sein dürfte.

Dr. Baguley, der die Lust an der Erschaffung des geheimnisvollen Mörders verloren hatte, schloss halb die Augen und blickte unter gesenkten Lidern auf die Schale mit Rosen. Die Blüten hatten sich in der Wärme des Zimmers sichtlich geöffnet. Vor Baguley flossen Rot, Grün und Rosa zu einem amorphen Farbmuster zusammen, das sich, als er den Kopf senkte, in der schimmernden Tischplatte spiegelte. Plötzlich öffnete er voll die Augen und sah, dass Dr. Etherege ihn anstarrte. Besorgnis stand in diesem scharfen, analytischen Blick. Dr. Baguley glaubte auch Mitleid darin zu sehen.

«Einige von uns haben allmählich genug», sagte der Chefarzt. «Und ich auch. Wenn sonst niemand etwas Dringendes vorzutragen hat, erkläre ich die Sitzung für beendet.»

Dr. Baguley wusste sofort, dass er und der Chefarzt nicht zufällig als Letzte im Raum zurückblieben. Während er nachsah, ob die Fenster geschlossen waren, sagte Dr. Etherege: «Na, James, haben Sie schon eine Entscheidung getroffen, ob Sie mein Nachfolger werden wollen?»

«Dabei geht es ja wohl mehr darum, ob ich mich um die Stelle bewerben will, sobald sie ausgeschrieben wird», sagte Baguley und fragte dann: «Was ist mit Mason-Giles oder McBain?»

«MG hat kein Interesse. Natürlich wegen seiner vielen Vorlesungen, und er will seine Verbindung zur Universitätsklinik nicht aufgeben. McBain hat mit der neuen Bezirksklinik für Jugendliche zu tun.»

Es war typisch für Ethereges zeitweiligen Mangel an Feingefühl, dass er die Tatsache nicht zu verbergen trachtete, dass er es zuerst bei anderen versucht hatte. Er kratzt bereits den Boden des Fasses aus, dachte Baguley.

«Und Steiner?», fragte er. «Der wird sich doch sicher bewerben.»

Der Chefarzt lächelte. «Oh, ich glaube nicht, dass der Bezirksrat Dr. Steiner ernennt. Wir führen hier eine Klinik, die verschiedenen Lehren folgt. Wir brauchen jemanden, der den Laden zusammenhält. Und es kann zu großen Veränderungen kommen. Sie kennen ja meine Ansichten. Wenn es tatsächlich zu einer engeren Integration der Psychiatrie mit der Allgemeinmedizin kommen soll, muss ein Institut wie das unsere zum allgemeinen Wohl vielleicht untergehen. Wir brauchten eigene Betten. Die Steen-Klinik wird eines Tages vielleicht in der ambulanten Station eines allgemeinen Krankenhauses aufgehen. Ich behaupte nicht, dass so etwas wahrscheinlich ist. Aber denkbar wär's.»

In diese Richtung liefen also die Überlegungen des Bezirksrates! Dr. Etherege war gut informiert. Eine kleine Klinik für ambulante Behandlung ohne Pflegestellen, ohne Ausbildungsfunktion und ohne Verbindung zu einem allgemeinen Krankenhaus mochte in den Augen der Planer schnell zum Anachronismus werden.

«Mir ist es gleichgültig, wo ich meine Patienten empfange», sagte Dr. Baguley. «Solange ich nur meine Ruhe habe, eine gewisse Toleranz genießen kann und nicht zu viel hierarchische Phrasendrescherei und Papierkram über mich ergehen lassen muss. Die vorgesehenen psychiatrischen Stationen in den Allgemeinkrankenhäusern sind ganz schön und gut, solange das Krankenhaus weiß, was wir an Personal und Platz brauchen. Zum Kämpfen bin ich zu müde.» Er blickte den Chefarzt an. «Eigentlich hatte ich schon mehr oder weniger beschlossen, mich nicht zu bewerben. Ich habe gestern Abend aus der Ärztegarderobe in Ihrem Büro angerufen, um zu fragen, ob wir uns nach Dienstschluss darüber unterhalten könnten.»

«O wirklich? Um welche Zeit?»

«Gegen achtzehn Uhr zwanzig oder fünfundzwanzig. Aber es kam niemand an den Apparat. Später hatten wir dann natürlich anderes im Kopf.»

«Bin wohl gerade in der Bibliothek gewesen», sagte der

Chefarzt. «Und das freut mich, wenn Sie dadurch Zeit gehabt haben, Ihre Entscheidung zu überdenken. Und ich hoffe wirklich, dass Sie es sich anders überlegen, James.»

Er schaltete das Licht aus, und sie gingen zusammen nach unten. Am Fuß der Treppe blieb der Chefarzt stehen, wandte sich an Baguley und sagte: «Sie haben tatsächlich gegen achtzehn Uhr zwanzig angerufen? Ich finde das sehr interessant, wirklich sehr interessant.»

«Na ja, etwa um die Zeit, würde ich sagen.»

Verärgert und überrascht erkannte Dr. Baguley, dass er und nicht der Chefarzt schuldbewusst und verlegen gesprochen hatte. Er verspürte den dringenden Wunsch, die Klinik zu verlassen, dem abschätzenden Blick der blauen Augen zu entfliehen, der ihn so schnell in die Defensive drängte. Aber da war noch etwas nicht gesagt. An der Tür zwang er sich stehen zu bleiben und Dr. Etherege anzublicken. Aber obwohl er sich um Gelassenheit bemühte, klang seine Stimme gezwungen, sogar kriegerisch: «Ich überlege, ob wir nicht wegen Schwester Bolam etwas unternehmen sollten.»

«In welcher Beziehung?», fragte der Chefarzt leise. Als er keine Antwort erhielt, fuhr er fort: «Das Personal weiß, dass es jederzeit zu mir kommen kann. Doch ich ermuntere niemanden zu Vertraulichkeiten. Hier handelt es sich um einen Mordfall, James, mit dem ich nichts mehr zu tun habe. Absolut nichts mehr. Ich glaube, es wäre ratsam, wenn Sie sich die gleiche Auffassung zu Eigen machten. Gute Nacht.»

6. Kapitel

Montag früh, am Todestag seiner Frau, suchte Dalgliesh in einer Nebenstraße des Strands eine kleine katholische Kirche auf, um eine Kerze anzuzünden. Seine Frau war Katholikin gewesen. Er hatte ihren Glauben nicht geteilt, und sie war gestorben, ehe er auch nur annähernd ermessen konnte, was ihr die Religion bedeutete oder welchen Einfluss dieser grundlegende Unterschied zwischen ihnen auf ihre Ehe haben mochte. Unmittelbar nach ihrem Tod hatte er die erste Kerze angezündet, aus dem Bedürfnis heraus, eine unerträgliche Trauer auszudrücken, und vielleicht mit der kindischen Hoffnung, irgendwie ihre Seele zu trösten. Dies war die vierzehnte Kerze. Er sah diese persönlichste Handlung in seinem einsamen und verschlossenen Leben nicht als Aberglaube oder Pietät an, sondern als eine Gewohnheit, die er jetzt nicht mehr aufgeben konnte, selbst wenn er gewollt hätte. Er träumte nur selten von seiner Frau, doch dann mit absoluter Klarheit; im Wachen vermochte er sich an ihr Gesicht nicht mehr genau zu erinnern. Er schob die Münze in den Schlitz des Opferkastens und hielt den Docht der Kerze an die ersterbende Flamme eines feuchten Stumpfes. Sie zündete sofort, und die Flamme wuchs hell und klar empor. Es war ihm schon immer wichtig gewesen, dass der Docht sofort brannte. Er starrte einen Augenblick durch die Flamme, ohne etwas zu empfinden, nicht einmal Zorn. Dann wandte er sich ab.

Die Kirche war fast leer, schien jedoch von einer intensiven, stummen Aktivität erfüllt zu sein, die er spürte, aber an der er nicht teilhaben konnte. Als er zur Tür ging, erkannte er eine Frau im roten Mantel und mit einem dunkelgrünen Kopftuch, die gerade die Finger in das Weihwasser tauchte. Es war Fredrica Saxon, die dienstälteste Psychologin der Steen-Klinik. Sie erreichten gleichzeitig den Ausgang, und er hielt ihr die Tür gegen den starken Herbstwind auf. Sie lächelte ihn freundlich und ohne Verlegenheit an.

«Hallo, Sie habe ich hier noch nie gesehen.»

«Ich komme auch nur einmal im Jahr», erwiderte Dalgliesh. Er gab keine Erklärung ab, und sie stellte auch keine Frage.

«Ich wollte mit Ihnen sprechen», sagte sie stattdessen. «Es gibt da etwas, das Sie wissen sollten. Haben Sie gerade dienstfrei? Oder könnten Sie im Dienst mal so frei sein, sich mit einer Verdächtigen in einem Café zu unterhalten? Ich möchte lieber nicht in Ihr Büro kommen, und es fiele mir schwer, in der Klinik darüber zu sprechen. Ich brauche ohnehin einen Kaffee. Mir ist kalt.»

«Früher war hier um die Ecke ein Lokal», sagte Dalgliesh. «Der Kaffee ist annehmbar, und der Laden ist ziemlich ruhig.»

Das Café hatte sich seit dem letzten Jahr verändert. Dalgliesh hatte es als sauber, aber langweilig in Erinnerung – eine Reihe Tische mit Plastikdecken und ein langer Tresen mit einem Teekrug und dicken Sandwiches unter Glashauben. Doch das Lokal hatte Fortschritte gemacht. Die Wände waren mit imitierter alter Eiche ausgekleidet worden, auf der eine Furcht einflößende Sammlung von Rapieren, alten Pistolen und Stutzsäbeln von fragwürdiger Echtheit hing. Die Kellnerinnen sahen wie avantgardistische Debütantinnen aus, die hier ihr Taschengeld verdienten, und die Beleuchtung war so diskret, dass sie schon unheimlich wirkte. Miss Saxon suchte einen Tisch in der hintersten Ecke aus.

«Nur Kaffee?», fragte Dalgliesh.

«Nur Kaffee, bitte.»

Sie wartete, bis die Bestellung aufgegeben war, und sagte dann: «Es geht um Dr. Baguley.»

«Das habe ich mir schon gedacht.»

«Über kurz oder lang hätten Sie wohl doch davon gehört. Ich ziehe es vor, Ihnen alles zu erzählen, als auf Ihre Fragen zu warten – und Sie sollen es lieber von mir erfahren als etwa von Amy Shorthouse.» Sie sprach ohne Groll oder Verlegenheit.

«Ich habe Sie nicht danach gefragt, weil es mir nicht wichtig vorkam», erwiderte Dalgliesh. «Aber wenn Sie mir davon erzählen wollen, hilft es uns vielleicht weiter.»

«Ich möchte nur nicht, dass Sie einen falschen Eindruck haben, das ist alles. Sie könnten daraus leicht den Schluss ziehen, dass wir Miss Bolam etwas nachtragen. Das stimmt nämlich nicht. Es gab eine Zeit, da waren wir ihr sogar dankbar.»

Dalgliesh brauchte nicht zu fragen, wer mit «wir» gemeint war.

Die gelangweilte Kellnerin kam mit dem Kaffee, einem hell schäumenden Getränk in kleinen durchsichtigen Tassen. Miss Saxon ließ den Mantel von ihren Schultern gleiten und löste ihr Kopftuch. Beide legten die Finger um die heißen Tassen. Sie schaufelte Zucker in ihren Kaffee und schob die Plastikschale über den Tisch zu Dalgliesh hinüber. Sie war völlig entspannt, ganz ruhig. Sie hatte die Direktheit eines Schulmädchens, das mit einer Freundin Kaffee trinkt. Er fand ihre Gegenwart seltsam beruhigend, vielleicht weil sie ihn körperlich nicht anzog. Aber sie gefiel ihm. Kaum vorstellbar, dass dies erst ihre zweite Begegnung war und dass sie sich wegen eines Mordes kennen gelernt hatten. Sie pustete den Schaum von ihrem Kaffee und sagte, ohne aufzublicken: «James Baguley und ich haben uns vor fast drei Jahren ineinander verliebt. Wir hatten dabei keine großen moralischen Skrupel. Wir waren nicht auf Liebe aus, aber wir wehrten uns auch nicht dagegen. Schließlich gibt man ein Stückchen Glück nicht freiwillig auf, wenn man nicht Masochist oder Heiliger ist – und wir sind keins von beiden. Ich wusste, dass James zu Hause eine neurotische Frau hatte, so wie man eben von solchen Dingen erfährt; er hat nicht viel über sie gesprochen. Wir beide nahmen hin, dass sie ihn brauchte und dass eine Scheidung nicht in Frage kam. Wir redeten uns ein, dass wir ihr ja nichts wegnahmen und dass sie nichts davon zu erfahren brauchte. James sagte immer, dass seine Liebe zu mir die Ehe für beide glücklicher machte. Natürlich ist es einfacher, freundlich und geduldig zu sein, wenn man selbst glücklich ist – da hat er vielleicht Recht gehabt. Ich weiß es nicht. Es ist ein Vernunftgrund, den sich bestimmt Tausende von Liebenden herbeten.

Wir konnten uns nicht sehr oft sehen, aber ich hatte eine eigene Wohnung, und wir verbrachten gewöhnlich zwei Abende in der Woche zusammen. Einmal fuhr Helen – das ist seine Frau – zu ihrer Schwester, und wir konnten eine ganze Nacht zusammen sein. In der Klinik mussten wir uns natürlich vorsehen, aber dort sind wir uns sowieso nicht oft begegnet.»

«Wie hat Miss Bolam davon erfahren?», fragte Dalgliesh.

«Das war wirklich ein dummer Zufall. Wir waren im Theater und sahen einen Anouilh, und sie saß allein in der Reihe hinter uns. Wer konnte schon ahnen, dass die Bolam einen Anouilh sehen wollte? Vermutlich hatte sie eine Freikarte. Es war unser zweiter Jahrestag, und wir hielten uns das ganze Stück hindurch an den Händen. Mag sein, dass wir ein bisschen zu viel getrunken hatten. Wir verließen auch Hand in Hand das Theater. Wäre jemand aus der Klinik dort gewesen, irgendjemand, der uns kannte – er hätte uns sehen können. Wir waren unvorsichtig geworden, und früher oder später hätte uns bestimmt jemand entdeckt. Es war der reine Zufall, dass es die Bolam war. Andere Leute hätten sich wahrscheinlich um ihre eigenen Angelegenheiten gekümmert.»

«Während sie es Mrs. Baguley erzählte. Das scheint mir

eine ungewöhnlich anmaßende und grausame Handlungsweise zu sein.»

«Eigentlich gar nicht. Die Bolam sah das anders. Sie gehörte zu den seltenen und glücklichen Menschen, die keine Sekunde ihres Lebens daran zweifeln, dass sie den Unterschied zwischen Gut und Böse kennen. Sie war nicht phantasiebegabt und vermochte sich daher nicht in die Gefühle anderer Menschen zu versetzen. Als Frau, deren Mann ihr untreu geworden war, hätte sie bestimmt davon erfahren wollen. Nichts wäre schlimmer gewesen, als es nicht zu wissen. Sie besaß die Art von Kraft, die gern kämpft. Vermutlich hielt sie es für ihre Pflicht, Mrs. Baguley zu informieren. Jedenfalls kam Helen an einem Mittwochnachmittag überraschend in die Klinik, um ihren Mann zu besuchen, und Miss Bolam führte sie in ihr Büro und sagte ihr die Wahrheit. Ich habe mich oft gefragt, wie sie sich dabei wohl ausgedrückt hat. Vermutlich hat sie gesagt, wir hätten etwas miteinander! Aus ihrem Munde konnte alles vulgär klingen.»

«Damit ging sie doch aber ein Risiko ein, nicht wahr?», fragte Dalgliesh. «Sie hatte kaum Beweise.»

Miss Saxon lachte. «Sie reden wie ein Polizist. O doch – sie hatte Beweise. Sogar die Bolam konnte erkennen, wenn jemand verliebt war. Außerdem vergnügten wir uns ohne Ehevertrag miteinander, und das genügte ihr als Beweis der Untreue.»

Die Worte waren bitter, doch sie wurden nicht ärgerlich oder sarkastisch ausgesprochen. Sie trank mit sichtlicher Befriedigung ihren Kaffee. Dalgliesh überlegte, dass sie ebenso gut über einen der Klinikpatienten hätte sprechen können oder mit mildem beruflichem Interesse über die Launen der menschlichen Natur. Und doch glaubte er nicht, dass sie sich leicht verliebte oder dass ihre Gefühle oberflächlich waren. Er erkundigte sich nach Mrs. Baguleys Reaktion.

«Das ist ja das Ungewöhnliche – oder wenigstens kam es uns damals so vor. Sie nahm es ganz ruhig auf. Im Rückblick frage ich mich, ob wir nicht alle drei verrückt waren, ob wir nicht in einer Art Phantasiewelt lebten, die eigentlich gar nicht existieren konnte, wie wir nach kurzem ernsthaftem Nachdenken hätten erkennen müssen. Helen sieht ihr Leben als eine Folge von Posen, und sie beschloss, die Rolle der mutigen, verständnisvollen Ehefrau zu spielen. Sie bestand auf einer Scheidung – es sollte eine ganz freundschaftliche Trennung werden. Aber so etwas ist wohl nur möglich, wenn sich zwei Menschen absolut gleichgültig geworden sind oder nie etwas füreinander empfunden haben oder eines Gefühls überhaupt nicht fähig sind. Trotzdem sollte es unbedingt so eine Scheidung werden. Es gab große Diskussionen. Jeder sollte glücklich aus der Sache hervorgehen. Helen wollte eine Boutique eröffnen – davon hat sie schon seit Jahren geredet. Wir drei begannen uns dafür zu interessieren und suchten nach geeigneten Räumen. Eigentlich sehr rührend. Wir bildeten uns tatsächlich ein, dass alles gut ausgehen würde. Deshalb sagte ich vorhin, dass James und ich Enid Bolam sogar dankbar waren. Die Leute in der Klinik bekamen Wind davon, dass es zur Scheidung kommen würde und dass Helen mich als Scheidungsgrund angeben wollte – das gehörte alles zu unserem Grundsatz der Offenheit und Ehrlichkeit –, aber man ließ uns ziemlich in Ruhe. Die Bolam hat mit niemandem über die Scheidung gesprochen. Sie war keine Klatschtante und war auch nicht boshaft veranlagt. Wie das so ist, ihre Rolle bei der Geschichte sprach sich trotzdem herum. Vielleicht hat Helen jemandem davon erzählt – aber Miss Bolam und ich haben nie ein Wort darüber gewechselt.

Dann passierte das Unvermeidliche. Helens Fassung bröckelte ab. James hatte ihr das Haus in Surrey überlassen und wohnte bei mir. Er musste sie ziemlich oft besuchen. Zuerst erzählte er mir nicht viel, aber ich wusste, was da draußen vorging. Sie war natürlich krank, und das wussten wir beide. Sie hatte ihre Rolle der geduldigen, klaglosen Ehefrau zu Ende gespielt, und wie in den Romanen und Filmen hätte der Ehemann nun zu ihr zurückkehren müssen. Aber James tat nichts dergleichen. Er verschwieg mir das meiste, aber ich ahnte, wie ihn das mitnahm – die Szenen, die Tränen, die flehenden Bitten, die Selbstmorddrohungen. Eben noch wollte sie die Scheidung durchstehen, in der nächsten Sekunde verweigerte sie ihm die Freiheit auf ewig. Aber sie konnte nicht anders. Das weiß ich jetzt. Sie konnte ihn gar nicht freigeben. Es ist entwürdigend, wenn man über einen Ehemann spricht, als sei er ein Hofhund an der Kette. Während das alles noch im Gange war, wurde mir immer deutlicher bewusst, dass ich nicht weitermachen konnte. Etwas, das sich über mehrere Jahre hin allmählich entwickelt hatte, drängte zur Entscheidung. Es ist sinnlos, darüber zu reden oder es erklären zu wollen. Es ist doch bestimmt nicht wichtig für Ihre Ermittlungen, oder? Vor neun Monaten begann ich Unterricht zu nehmen mit dem Ziel, in die katholische Kirche aufgenommen zu werden. Als das geschah, zog Helen ihre Scheidungsklage zurück, und James zog wieder zu ihr. Wahrscheinlich war ihm gleichgültig geworden, was aus ihm wurde oder wo er war. Aber Sie begreifen doch, nicht wahr, dass er gar keinen Grund hatte, die Bolam zu hassen. *Ich* war sein Feind.»

Dalgliesh überlegte, dass es wahrscheinlich keinen großen Kampf gegeben hatte. Ihr blühendes Gesicht mit der breiten und leicht emporgereckten Nase und dem breiten fröhlichen Mund war ungeeignet für eine Tragödie. Er rief sich in Erinnerung, wie Dr. Baguley im Licht von Miss Bolams Schreibtischlampe ausgesehen hatte. Es war dumm und vermessen, den Kummer eines Menschen an den Falten auf seinem Gesicht oder an seinem Blick messen zu wollen. Miss Saxons

Geist war wahrscheinlich so hart und widerstandsfähig wie ihr Körper. Dass sie mehr ertragen konnte, war nicht gleichzusetzen mit weniger Gefühl. Doch er empfand aufrichtiges Mitleid für Baguley, der im Augenblick größter Sorge von seiner Geliebten im Stich gelassen worden war – zugunsten eines privaten Glücks, an dem er nicht teilhaben konnte und das er auch nicht verstand. Wahrscheinlich vermochte diesen Verrat niemand wirklich zu ermessen. Dalgliesh machte keinen Versuch, Miss Saxon zu verstehen. Ganz klar, was einige Leute in der Klinik aus der Sache machen würden. Die Erklärungen drängten sich ja förmlich auf, aber er konnte sich nicht vorstellen, dass Fredrica Saxon vor ihrer eigenen Sexualität in die Religion geflüchtet war oder sich je geweigert hätte, der Wirklichkeit ins Auge zu sehen.

Er dachte an einige Bemerkungen, die sie über Enid Bolam gemacht hatte.

«Wer konnte ahnen, dass die Bolam einen Anouilh sehen wollte? Vermutlich hatte sie eine Freikarte ... Sogar die Bolam konnte erkennen, wenn jemand verliebt war ... Aus ihrem Munde konnte alles vulgär klingen.» Die Menschen sprachen nicht freundlicher von ihren Mitmenschen, nur weil sie religiös geworden waren. Und doch hatte in ihren Worten kein Groll gelegen. Sie sprach aus, was sie dachte, und hätte sich über ihre eigenen Beweggründe ebenso nüchtern geäußert. Sie war vermutlich der beste Menschenkenner in der Klinik. Gegen jede Regel verstoßend, fragte Dalgliesh abrupt: «Wer hat sie Ihrer Meinung nach umgebracht, Miss Saxon?»

«Nur nach Charakter und Tatmerkmalen geurteilt – ohne geheimnisvolle Anrufe aus dem Keller, quietschende Fahrstühle und erkennbare Alibis?»

«Ja, nur nach Charakter und Tat.»

Ohne Zögern und ohne erkennbares Widerstreben meinte sie: «Ich würde sagen, es war Peter Nagle.»

Dalgliesh war im ersten Augenblick enttäuscht. Es war unvernünftig gewesen, anzunehmen, dass sie vielleicht die Lösung wusste.

«Warum Nagle?», fragte er.

«Teils, weil ich annehme, dass es die Tat eines Mannes war. Der Meißelstich ist wichtig. Ich kann mir nicht vorstellen, dass eine Frau diese Mordmethode wählt. Über eine Bewusstlose gebeugt, würde eine Frau ihr Opfer wahrscheinlich erdrosseln. Dann ist da der Meißel. Dass er fachmännisch benutzt wurde, deutet auf eine Identifizierung der Waffe mit dem Mörder hin. Warum hätte er sie sonst nehmen sollen? Er hätte Miss Bolam auch immer wieder mit dem Fetisch schlagen können.»

«Das wäre unsauber, laut und weniger sicher gewesen», sagte Dalgliesh.

«Aber eine sichere Waffe war der Meißel nur in den Händen eines Mannes, der zuversichtlich wusste, dass er ihn auch benutzen konnte, jemand, der seine Hände zu gebrauchen weiß. Ich könnte mir zum Beispiel nicht vorstellen, dass Dr. Steiner auf diese Weise einen Mord begeht. Der bekäme nicht mal einen Nagel in die Wand, ohne den Hammer zu zerbrechen.»

Dalgliesh war geneigt zuzugeben, dass Dr. Steiner unschuldig war. Seine Ungeschicklichkeit war von mehr als einem Klinikmitarbeiter erwähnt worden. Gewiss, er hatte gelogen, als er nicht zu wissen behauptete, wo der Meißel aufbewahrt wurde, aber Dalgliesh vermutete, dass das eher aus Angst als aus Schuldbewusstsein geschehen war. Und sein beschämtes Geständnis, dass er eingeschlafen sei, während er auf Mr. Burge wartete, klang echt.

«Die Identifikation des Meißels mit Nagle ist so offenkundig, dass wir ihn wohl verdächtigen *sollten*», sagte Dalgliesh. «Und Sie verdächtigen ihn tatsächlich?»

«O nein! Ich weiß ja, dass er die Tat nicht begehen konnte. Ich habe Ihre Frage nur so beantwortet, wie Sie sie mir gestellt hatten. Nach Charakterzügen und Tatmerkmalen.» Sie hatten ihren Kaffee ausgetrunken, und Dalgliesh nahm an, dass sie nun gehen wollte. Aber sie schien es nicht eilig zu haben.

«Ich muss Ihnen ein Geständnis machen», sagte sie nach kurzem Schweigen. «Eigentlich für eine andere Person. Es geht um Cully. Die Sache ist nicht wichtig, aber Sie sollten sie wissen – und ich habe versprochen, Ihnen davon zu erzählen. Der arme Cully kommt vor Angst fast um sein letztes bisschen Verstand.»

«Ich wusste, dass er mich wegen irgendetwas angelogen hat», sagte Dalgliesh. «Wahrscheinlich hat er jemanden durch den Flur gehen sehen.»

«O nein! So etwas Nützliches ist es nicht. Es geht um die fehlende Gummischürze aus der Werktherapieabteilung. Wie ich höre, nehmen Sie an, dass der Mörder sie getragen hat. Nun, Cully hat sie sich letzten Montag ausgeliehen, weil er seine Küche neu streichen wollte. Sie wissen ja, was für eine Schweinerei man mit Farbe anrichten kann. Er hat Miss Bolam nicht um Erlaubnis gefragt, weil er ihre Antwort schon im Voraus kannte, und konnte Mrs. Baumgarten nicht fragen, weil sie krank ist. Er wollte die Schürze am Freitag zurückbringen, aber als Schwester Ambrose mit Ihrem Beamten das Inventar durchging und ihn fragte, ob er die Schürze gesehen habe, verlor er den Kopf und verneinte. Er ist nicht sehr helle und hatte schreckliche Angst, dass Sie ihn als Mörder verdächtigen würden, wenn er doch noch die Wahrheit sagte.»

Dalgliesh fragte, wann ihr Cully von der Sache erzählt hatte.

«Ich wusste, dass er die Schürze hatte, weil ich zufällig gesehen habe, wie er sie an sich nahm. Ich ahnte schon, dass er sich darüber aufregen würde, und habe ihn gestern früh zu

Hause besucht. Wenn er sich Sorgen macht, schlägt ihm das sofort auf den Magen, und ich dachte mir, dass jemand nach ihm sehen sollte.»

«Wo ist die Schürze jetzt?», fragte Dalgliesh.

Miss Saxon lachte. «In einem halben Dutzend Papierkörben überall in London – wenn sie nicht schon geleert worden sind. Der arme Cully hat nicht gewagt, das Ding in seinen Mülleimer zu tun, falls die Polizei eine Haussuchung machte, und er konnte sie auch nicht verbrennen, weil er in einer Sozialwohnung mit elektrischer Kochgelegenheit lebt. Er wartete also ab, bis seine Frau im Bett war, und saß dann bis elf Uhr in der Küche und schnitt das Ding mit der Schere auseinander. Er tat die Stücke in verschiedene Papiertüten, stopfte die Tüten in einen Beutel und nahm einen 36er Bus an der Harrow Road, bis er ziemlich weit von zu Hause entfernt war. Dann ließ er in jedem Papierkorb, der ihm in den Weg kam, eine Tüte zurück und warf die Metallknöpfe schließlich in einen Gully. Ein gewaltiges Unternehmen, und der arme Bursche hat es vor Angst, Müdigkeit und Magenschmerzen kaum bis nach Hause geschafft – er hatte den letzten Bus verpasst. Als ich am nächsten Morgen vorbeikam, war er nicht in der besten Verfassung, aber ich konnte ihn überzeugen, dass es nicht um Leben und Tod ging – wenigstens nicht um den Tod. Ich sagte ihm, ich würde Ihnen Bescheid geben.»

«Vielen Dank», sagte Dalgliesh ernst. «Sie haben nicht zufällig noch andere Geständnisse weiterzugeben? Oder hätten Sie Gewissensprobleme, einen armen Psychopathen der Gerechtigkeit zu überantworten?»

Sie lachte, zog ihren Mantel an und band das Kopftuch über das dunkle, elastische Haar.

«O nein! Wenn ich wüsste, wer's getan hat, würde ich es Ihnen sofort sagen. Ich habe etwas gegen Mord und bin eigentlich ziemlich gesetzestreu. Aber ich wusste gar nicht, dass wir hier über die Gerechtigkeit sprachen. Das ist Ihr Wort. Wie Portia meine ich, dass niemand von uns das Heil im Lauf der Gerechtigkeit sehen würde. Bitte, ich möchte meinen Kaffee lieber selbst bezahlen.»

Sie will nicht das Gefühl haben, ich hätte ihr Informationen abgekauft, dachte Dalgliesh, nicht einmal für einen Shilling. Er widerstand der Versuchung zu sagen, dass er den Kaffee auf das Spesenkonto setzen konnte, und wunderte sich ein wenig über diesen sarkastischen Impuls, den sie in ihm auslöste. Er mochte sie, aber ihre Sicherheit und ihre Selbstgenügsamkeit hatten etwas, das ihn ärgerte. Vielleicht war es nur der Neid.

Als sie das Café verließen, fragte er, ob sie auf dem Weg in die Klinik war.

«Heute nicht. Ich habe Montag früh keine Sprechstunde. Aber ich bin morgen dort.»

Sie bedankte sich förmlich für den Kaffee, und sie trennten sich. Er wandte sich nach Osten zur Steen-Klinik, und sie ging in Richtung Strand. Als er ihre schmale, dunkelhaarige Gestalt um eine Ecke verschwinden sah, stellte er sich Cully vor, der mit seinem lächerlichen Bündel durch die Nacht schlich und vor Entsetzen halb gelähmt war. Es überraschte ihn nicht, dass sich der alte Hausdiener Fredrica Saxon so vorbehaltlos anvertraut hatte; an Cullys Stelle hätte er vermutlich dasselbe getan. Sie hatte ihm zahlreiche nützliche Informationen gegeben. Doch was sie ihm nicht hatte geben können, war ein Alibi für Dr. Baguley oder sich selbst.

Mit aufgeschlagenem Stenoblock saß Mrs. Bostock neben Dr. Ethereges Stuhl, die eleganten Beine an den Knien übereinandergeschlagen und den Flamingokopf gehoben, um mit geziemendem Ernst die Anweisungen des Chefarztes entgegenzunehmen.

«Kriminalrat Dalgliesh hat telefonisch angekündigt, dass er

in Kürze hier ist. Er möchte bestimmte Angehörige des Personals noch einmal sprechen und hat mich noch vor dem Mittagessen um eine Zusammenkunft gebeten.»

«Ich glaube nicht, dass Sie ihn vormittags noch einschieben können, Doktor», sagte Mrs. Bostock abweisend. «Um halb drei Uhr beginnt die Sitzung des Personalrats, und Sie haben sich die Tagesordnung noch nicht ansehen können. Dr. Talmage aus Amerika ist für zwölf Uhr dreißig vorgesehen, und ich hatte gehofft, dass Sie mir ab elf Uhr noch eine Stunde diktieren können.»

«Das muss leider warten. Ich fürchte, der Kriminalrat wird auch einen Großteil Ihrer Zeit in Anspruch nehmen. Er hat einige Fragen über die Arbeitsabläufe in der Klinik.»

«Das verstehe ich nicht ganz, Doktor. Meinen Sie, er interessiert sich für die verwaltungstechnischen Details?» Mrs. Bostocks Tonfall war eine wohl abgestimmte Mischung aus Überraschung und Missbilligung.

«Anscheinend», erwiderte Dr. Etherege. «Er sprach von dem Terminbuch, dem diagnostischen Index, den Aufzeichnungen über eintreffende und abgehende Post und von dem Ablagesystem für Krankengeschichten. Sie kümmern sich am besten persönlich um ihn. Wenn ich diktieren will, lasse ich Miss Priddy kommen.»

«Ich tue natürlich, was ich kann», sagte Mrs. Bostock. «Es ist nur schade, dass er sich einen unserer lebhaftesten Vormittage ausgesucht hat. Ich könnte ihm leichter ein Programm vorbereiten, wenn ich wüsste, was er im Sinn hat.»

«Das wüssten wir wohl alle gern», erwiderte der Chefarzt. «An Ihrer Stelle würde ich einfach seine Fragen beantworten – so komplett wie möglich. Und bitte sagen Sie Cully, er soll mich anrufen, sobald er zu mir heraufkommen will.»

«Jawohl, Doktor», sagte Mrs. Bostock, die einsehen musste, dass sie geschlagen war. Und sie empfahl sich.

Unten im EST-Raum wand sich Dr. Baguley mit Hilfe Schwester Bolams in seinen weißen Kittel.

«Mrs. King kommt Mittwoch wie üblich zu ihrer LSD-Behandlung. Ich glaube, es ist das Beste, wenn wir sie diesmal in eins der Sozialfürsorgezimmer im zweiten Stockwerk legen. Mittwochabends ist Miss Kettle doch nicht im Haus? Sprechen Sie mit ihr. Sonst nehmen wir Mrs. Kallinskis Raum oder eines der kleinen hinteren Sprechzimmer.»

«Das ist aber nicht sehr bequem für Sie, Doktor», sagte Schwester Bolam. «Sie müssen dann zwei Etagen heraufkommen, wenn ich Sie anrufe.»

«Ich werd schon nicht dran sterben. Ich mag ja vergreist aussehen, aber die Beine kann ich noch bewegen.»

«Wir dürfen das Bett nicht vergessen, Doktor. Ich schlage vor, dass wir eine der Ruheliegen aus den EST-Räumen hinaufstellen.»

«Sagen Sie Nagle, er soll sich darum kümmern. Ich will nicht, dass Sie im Keller allein sind.»

«Ich habe aber gar keine Angst, Dr. Baguley.»

Dr. Baguley verlor die Beherrschung. «Um Himmels willen, wo haben Sie Ihren Verstand! Natürlich haben Sie Angst! Irgendwo in dieser Klinik läuft ein Mörder frei herum, und abgesehen von *einer* Person wird niemand gern im Keller allein sein! Wenn Sie wirklich keine Angst haben, sollten Sie so schlau sein, diese Tatsache zu verheimlichen, besonders vor der Polizei! Wo steckt Schwester Ambrose? Im Hauptbüro?»

Er nahm den Hörer ab und bediente mit zuckenden Fingern die Wählscheibe.

«Schwester? Hier Baguley. Ich habe gerade Schwester Bolam gesagt, dass ich nicht dafür bin, diese Woche den Kellerraum für LSD zu benutzen.»

Schwester Ambroses Stimme war klar und deutlich zu verstehen. «Wie Sie wollen, Doktor. Aber wenn der Kellerraum angenehmer ist und wir für die EST-Sprechstunde eine Vertretung von einem der allgemeinen Krankenhäuser bekommen könnten, würde ich mit Schwester Bolam unten bleiben. Wir könnten zusammen bei Mrs. King wachen.»

«Ich brauche Sie bei der EST-Behandlung, Schwester», sagte Baguley knapp. «Die LSD-Patientin marschiert nach oben. Ich hoffe, das ist endlich klar.»

Zwei Stunden später stellte Dalgliesh drei schwarze Metallkästen auf Dr. Ethereges Schreibtisch. Die Kästen, die auf den Schmalseiten kleine runde Löcher aufwiesen, waren voller brauner Karteikarten. Es handelte sich um den diagnostischen Index der Klinik.

«Mrs. Bostock hat mir das System erklärt», sagte Dalgliesh. «Wenn ich sie richtig verstanden habe, vertritt jede dieser Karten einen Patienten. Die Informationen aus seiner Krankenakte sind kodiert worden, und der Kode des Patienten ist in die Karte gestanzt. Die Karten sind mit gleichmäßigen Reihen kleiner Löcher versehen, und die Zwischenräume zwischen zwei Löchern sind nummeriert. Wenn ich mit der Handmaschine irgendeine Nummer eingebe, schneide ich die Karte zwischen den beiden benachbarten Löchern auf und bilde so einen länglichen Schlitz. Wird dann die Metallstange etwa durch Loch 20 auf der Außenseite des Kastens und durch die ganzen Karten geschoben und wird der Kasten dann gedreht, dann ragt jede Karte heraus, die an dieser Nummer gelocht ist. Es handelt sich dabei um eines der einfachsten Lochkartensysteme, die auf dem Markt sind.»

«Ja. Wir verwenden die Kartei hauptsächlich als diagnostischen Index und für die Forschung.» Wenn den Chefarzt Dalgliehs Interesse überraschte, ließ er es sich nicht anmerken.

«Mrs. Bostock sagt mir», fuhr der Kriminalrat fort, «dass die Kodierung einer Krankenakte erst erfolgt, wenn die Behandlung abgeschlossen ist, und dass das System 1952 eingeführt wurde. Das bedeutet, dass für die zurzeit versorgten Patienten noch keine Karten angelegt sind – es sei denn, sie waren früher schon einmal hier – und dass Patienten, deren Behandlung vor 1952 abgeschlossen wurde, nicht erfasst sind.»

«Ja. Wir würden die früheren Fälle gern mit aufnehmen, aber das ist eine Frage des Personalaufwands. Das Kodieren und Stanzen nimmt viel Zeit in Anspruch und gehört zu den Arbeiten, die man immer wieder aufschiebt. Im Augenblick kodieren wir die Entlassungen vom Februar 1962. Wir hinken also ein wenig hinter der Zeit her.»

«Aber sobald die Karte des Patienten gelocht ist, können Sie jede Diagnose oder Patientenkategorie nach Belieben auswählen?»

«Allerdings.» Der Chefarzt setzte sein langsames, verbindliches Lächeln auf. «Ich will damit nicht sagen, dass wir sofort alle einheimischen Depressiven mit ehelich geborenen blauäugigen Großmüttern herausfiltern können, weil wir nämlich keine Informationen über Großeltern aufgenommen haben. Aber was kodiert worden ist, kann mühelos entnommen werden.»

Dalgliesh legte einen dünnen Aktendeckel auf den Tisch.

«Mrs. Bostock hat mir die Kodieranweisungen ausgeliehen. Wie ich daraus ersehe, geben Sie Geschlecht, Alter, Ehestand, Adresse, Diagnose, den behandelnden Arzt, die Daten der ersten und folgenden Besuche und umfangreiche Angaben über Symptome, Behandlungen und Fortschritte ein. Sie kodieren auch die Gesellschaftsschicht des Patienten. Ich finde das interessant.»

«Es ist auf jeden Fall ungewöhnlich», erwiderte Dr. Etherege. «In erster Linie, weil das eine rein subjektive Einstufung sein kann. Aber wir wollten die Angabe haben, weil sie uns manchmal bei der Forschung nützt. Wie Sie sehen, verwenden wir die Kategorien des Einwohnermeldeamtes. Die reichen für unsere Zwecke völlig aus.»

Dalgliesh ließ den dünnen Stab durch die Finger gleiten. «Ich könnte mir also die Karten aller Patienten der Klasse 1 heraussuchen, die vor acht bis zehn Jahren behandelt wurden, verheiratet waren, eine Familie hatten und, na, an Sexualverirrung, Kleptomanie oder irgendeiner anderen gesellschaftlich unmöglichen Störung litten.»

«Ja», sagte der Chefarzt leise. «Aber ich wüsste nicht, warum Sie das tun sollten.»

«Erpressung, Doktor. Mir will scheinen, dass wir hier einen sehr praktischen Apparat für die Suche nach einem Erpressungsopfer vor uns haben. Sie schieben den Stab hindurch, und schon haben Sie die Karte. Jede Karte trägt oben rechts eine Nummer. Und unten im Archiv ist die Krankengeschichte abgelegt und wartet auf einen Besuch.»

«Das sind doch nur Vermutungen», sagte der Chefarzt. «Sie haben nicht den geringsten Beweis.»

«Nein, einen Beweis haben wir nicht – doch die Möglichkeit ist gegeben. Überdenken wir einmal die Tatsachen. Mittwochnachmittag sprach Miss Bolam nach der Sitzung des Personalrats mit dem Sekretär und teilte mit, alles sei in Ordnung. Freitag um Viertel nach zwölf rief sie ihn an und bat dringend um seinen Besuch, weil hier etwas vorgehe, das er erfahren müsse. Es war eine ernste und langwierige Sache, etwas, das vor Miss Bolams Zeit begonnen hatte, also vor mehr als drei Jahren.»

«Was immer es sein mag, wir haben keinen Beweis, dass es ihren Tod ausgelöst hat.»

«Nein.»

«Und wenn der Mörder tatsächlich verhindern wollte, dass Miss Bolam mit Lauder sprach, hat er sich ziemlich viel Zeit gelassen. Der Sekretär hätte auch jederzeit nach dreizehn Uhr hier aufkreuzen können.»

«Sie erfuhr am Telefon, dass er erst nach der Sitzung des Beraterausschusses, also am Abend, kommen könne», sagte Dalgliesh. «Das bringt uns auf die Frage, wer den Anruf hätte mithören können. Offiziell saß Cully an der Vermittlung, aber an dem Tag fühlte er sich die meiste Zeit nicht wohl, und von Zeit zu Zeit mussten andere für ihn einspringen, manchmal nur minutenweise. Nagle, Mrs. Bostock, Miss Priddy und sogar Mrs. Shorthouse – sie alle sagen, sie hätten in der Vermittlung ausgeholfen. Nagle glaubt, er habe mittags kurze Zeit am Empfang gesessen, ehe er sein tägliches Bier trinken ging, aber er sagt, er erinnere sich nicht genau. Ebenso wenig wie Cully. Niemand gibt zu, diesen speziellen Anruf durchgestellt zu haben.»

«Vielleicht weiß es der Betreffende gar nicht, auch wenn er's getan hat», erwiderte Dr. Etherege. «Wir haben die Vorschrift, dass an der Vermittlung nicht mitgehört wird. Schließlich ist das ein wichtiger Aspekt unserer Arbeit. Miss Bolam hat vielleicht nur die Hauptverwaltung verlangt. Sie muss oft in der Finanz- und Versorgungsabteilung wie auch beim Sekretär anrufen. Der Mann oder die Frau an der Vermittlung hätte nicht wissen können, dass es mit diesem Anruf eine besondere Bewandtnis hatte. Miss Bolam hat vielleicht auch nur um ein Amt gebeten und selbst gewählt. Das ist bei unserem Telefonsystem möglich.»

«Aber die Person an der Vermittlung hätte trotzdem mithören können?»

«Wenn sie eingestöpselt hätte, vermutlich ja.»

Dalgliesh sagte: «Miss Bolam sagte Cully am Spätnachmittag, sie erwarte Mr. Lauder, und er hat den Besuch vielleicht anderen Leuten gegenüber erwähnt. Wir wissen es nicht. Nur Cully gibt zu, dass man ihm davon erzählt hat. Unter den gegebenen Umständen ist das vielleicht nicht verwunderlich. Damit kommen wir im Augenblick auch nicht viel weiter. Ich muss zunächst herausfinden, was sie Mr. Lauder mitteilen wollte. Und da muss man als eine der ersten Möglichkeiten in einem solchen Haus an Erpressung denken. Erpressung ist wahrlich eine langwierige Sache, die auch ziemlich ernst sein kann.»

Der Chefarzt antwortete nicht sofort. Er schien sich weitere Einwände zurechtzulegen und passende Worte zu suchen, um seine Sorge oder seinen Unglauben auszudrücken. Aber dann sagte er leise: «Natürlich ist das eine ernste Sache. Es ist sinnlos, lange darüber zu diskutieren und damit weitere Zeit zu verschwenden. Nachdem Sie sich diese Theorie zurechtgelegt haben, müssen Sie Ihre Ermittlungen durchführen. Jede andere Handlungsweise wäre höchst unfair gegenüber meinem Personal. Was soll ich tun?»

«Sie sollen mir helfen, ein Opfer auszusuchen – und später vielleicht einige Anrufe erledigen.»

«Sie wissen natürlich, Herr Kriminalrat, dass die Krankengeschichten vertraulich sind.»

«Ich verlange nicht, dass ich Einsicht in die Krankengeschichten erhalte, auf keinen Fall. Aber selbst wenn ich es täte, bräuchten Sie sich keine Sorgen zu machen und der Patient auch nicht. Können wir anfangen? Wir wollen die Patienten der Klasse 1 herausnehmen. Vielleicht sagen Sie mir die Kodenummern an.»

Eine ziemlich große Anzahl Steen-Patienten gehörte der Klasse 1 an. Nur für Neurosen der Oberschicht, dachte Dalgliesh. Er betrachtete einen Augenblick das Ergebnis und fuhr fort: «Wenn ich der Erpresser wäre, würde ich mir einen Mann oder eine Frau aussuchen? Hinge wahrscheinlich von meinem Geschlecht ab. Eine Frau würde sich vielleicht an eine Frau wenden. Aber wenn es um ein regelmäßiges Einkommen geht, liege ich bei einem Mann vermutlich richtiger. Nehmen wir als nächstes die Männer heraus. Ich stelle mir auch vor, dass unser Opfer außerhalb Londons wohnt. Es wäre zu riskant, einen ehemaligen Patienten zu wählen, der zu leicht der Versuchung erliegen könnte, in der Klinik vorbeizukommen und Sie über die Sache zu informieren. Ich glaube, ich würde mir mein Opfer in einer kleinen Stadt oder auf dem Land suchen.»

«Wo es sich um eine Adresse außerhalb von London handelt, haben wir nur die Grafschaft eingegeben», sagte der Chefarzt. «Die Londoner Patienten sind nach den Stadtteilen unterteilt. Am besten nehmen wir alle Londoner Anschriften heraus und sehen, was dann übrig bleibt.»

Dies geschah. Nun waren nur noch ein paar Dutzend Karten im Rennen. Die meisten Steen-Patienten kamen, wie erwartet, aus London.

«Verheiratet oder ledig?», fragte Dalgliesh. «Schwer zu entscheiden, wer verwundbarer wäre. Lassen wir das im Augenblick offen und beginnen wir mit der Diagnose. Und in diesem Punkt brauche ich Ihre besondere Hilfe, Doktor. Ich weiß, dass die Informationen vertraulich sind, und schlage vor, dass Sie mir nur die Kodezahlen für jene Diagnosen oder Symptome nennen, die für einen Erpresser besonders interessant wären. Einzelheiten will ich gar nicht wissen.»

Wieder zögerte der Chefarzt. Dalgliesh wartete geduldig, die Metallstange in der Hand, während der Arzt schweigend dasaß, das Kodebuch aufgeschlagen vor sich. Er schien es nicht zu sehen. Dann nahm er sich zusammen und richtete den Blick auf die Seiten. Leise sagte er: «Versuchen Sie es mit den Ziffern 23, 68, 69, und 71.»

Nun waren noch elf Karten übrig. Jede Karte trug oben rechts eine Patientensnummer. Dalgliesh notierte die Nummern und sagte: «Weiter kommen wir mit dem diagnostischen Index nicht. Wir müssen jetzt das tun, was wir unserem Erpresser unterstellen – uns nämlich die Krankengeschichten ansehen und mehr über unsere möglichen Opfer erfahren. Gehen wir in den Keller?»

Wortlos stand der Chefarzt auf. Als sie die Treppe hinabgingen, kamen sie an Miss Kettle vorbei, die auf dem Weg nach oben war. Sie nickte dem Chefarzt zu und bedachte Dalgliesh mit einem kurzen, verwirrten Blick, als fragte sie sich, ob er jemand sei, den sie wieder erkennen müsse. Im Flur des Erdgeschosses unterhielt sich Dr. Baguley mit Schwester Ambrose. Die beiden unterbrachen ihr Gespräch und sahen mit ernsten Gesichtern zu, wie Dr. Etherege und Dalgliesh auf die Kellertreppe zugingen. Am anderen Ende des Flurs war durch das Glas der Empfangsloge der graue Umriss von Cullys Kopf zu sehen. Der Kopf drehte sich nicht, und Dalgliesh vermutete, dass Cully in die Betrachtung der Pforte vertieft war und sie gar nicht gehört hatte.

Das Archiv war verschlossen, aber nicht mehr versiegelt. Im Hausdienerzimmer zog Nagle gerade seinen Mantel an; offenbar wollte er früh Mittagspause machen. Er ließ keine Reaktion erkennen, als der Chefarzt den Schlüssel zum Archiv vom Haken nahm, doch das interessierte Aufblitzen in seinen sanften braunen Augen entging Dalgliesh nicht. Der kleine Ausflug hatte ziemlich viel Aufmerksamkeit erregt. Am frühen Nachmittag wusste jeder in der Klinik, dass er zusammen mit dem Chefarzt den diagnostischen Index befragt und dann das Archiv aufgesucht hatte. Für *eine* Person war diese Information von entscheidendem Interesse. Dalgliesh hoffte dem Mörder Angst zu machen und ihn in die Enge zu treiben; er fürchtete allerdings, dass der Täter dann auch gefährlich wurde.

Im Archiv schaltete Dr. Etherege das Licht ein. Die Neonröhren flackerten, wurden gelb und flammten grell auf. Der Raum lag vor ihnen. Wieder nahm Dalgliesh den typischen Geruch nach Staub, altem Papier und heißem Metall wahr.

Äußerlich unbewegt sah er zu, wie der Chefarzt die Tür von innen verschloss und den Schlüssel in die Tasche gleiten ließ.

Nichts deutete darauf hin, dass der Ort der Schauplatz eines Mordes gewesen war. Die zerrissenen Akten waren ausgebessert und wieder in die Regale gestellt worden, Stuhl und Tisch hatte man wieder zurechtgerückt.

Die Akten waren zu zehnt gebündelt. Einige Dokumente lagen schon so lange hier, dass sie aneinander zu kleben schienen. Die Schnüre schnitten tief in die prallen Pappdeckel; auf der Oberseite befand sich eine dünne Staubschicht.

«Man müsste eigentlich feststellen können», sagte Dalgliesh, «welche Bündel aufgeschnürt worden sind, seit die Akten aussortiert und hier unten eingelagert wurden. Einige sehen aus, als hätte man sie seit Jahren nicht mehr angefasst. Natürlich kann ein Bündel auch aus legitimen Gründen geöffnet worden sein, um eine Akte zu entnehmen, aber am besten fangen wir mit den Bündeln an, die offensichtlich im letzten Jahr aufgemacht worden sind. Die beiden ersten Zahlen liegen in den Achttausendern. Die scheinen auf dem obersten Regal zu liegen. Haben wir eine Leiter?»

Der Chefarzt verschwand hinter der ersten Regalreihe und kehrte mit einer kleinen Trittleiter zurück, die er mühsam in den schmalen Gang schob.

Als der Kriminalbeamte hinaufstieg, blickte Dr. Etherege zu ihm auf. «Sagen Sie mir eins, Herr Kriminalrat», meinte er. «Deutet Ihr rührendes Vertrauen darauf hin, dass Sie mich von Ihrer Liste der Verdächtigen gestrichen haben? Wenn ja, würde mich interessieren, mit welcher Kombination Sie auf diese Schlussfolgerung gekommen sind. Ich darf mir sicher nicht einbilden, dass Sie mir einen Mord nicht zutrauen. Das gibt's bei einem Kriminalbeamten gar nicht.»

«Und wahrscheinlich auch bei keinem Psychiater», sagte Dalgliesh. «Ich frage mich nicht, ob jemandem ein Mord zu-

zutrauen wäre, sondern ob man ihm diesen speziellen Mord zutrauen könnte. Ich halte Sie nicht für einen simplen Erpresser. Ich wüsste auch nicht, wie Sie von Lauders bevorstehendem Besuch hätten erfahren sollen. Außerdem bezweifle ich, ob Sie die Kraft oder Geschicklichkeit hätten, den Mord auf diese Weise zu begehen. Und schließlich sind Sie hier im Haus wahrscheinlich die einzige Person, die Miss Bolam nicht hätte warten lassen. Aber selbst wenn ich mich irre, können Sie sich doch kaum weigern, mir zu helfen, oder?»

Er fasste sich absichtlich kurz. Die hellblauen Augen blickten ihn noch immer unverwandt an, forderten ihn auf, Dinge preiszugeben, die er für sich behalten wollte – ein Einfluss, dem er schwer widerstehen konnte.

«Ich habe bisher nur drei Mörder kennen gelernt», fuhr der Chefarzt fort. «Zwei davon liegen in ungelöschtem Kalk begraben. Einer der beiden wusste kaum, was er tat, und der andere hätte sich nicht bremsen können. Sind Sie mit dieser Lösung zufrieden, Herr Kriminalrat?»

«Kein vernünftiger Mensch wäre damit zufrieden», erwiderte Dalgliesh. «Aber ich wüsste nicht, was das mit den Dingen zu tun hat, die ich hier zu erreichen versuche – den Mörder zu fangen, ehe er – oder sie – noch einmal zuschlägt.»

Der Chefarzt verfolgte das Thema nicht weiter. Gemeinsam suchten sie die gewünschten Krankengeschichten heraus und brachten sie in Dr. Ethereges Zimmer. Wenn Dalgliesh erwartet hatte, dass der Chefarzt sich dem nächsten Schritt der Ermittlung widersetzen würde, sah er sich angenehm enttäuscht. Der Hinweis, dass sich der Mörder mit einem Opfer vielleicht nicht zufrieden gab, hatte ins Schwarze getroffen. Als Dalgliesh seine Wünsche erläuterte, erhob der Chefarzt keine Einwände.

«Ich will nicht die Namen der Patienten wissen», sagte Dalgliesh. «Mich interessiert auch nicht, was mit ihnen los war. Ich bitte Sie nur, jeden der Betreffenden anzurufen und sich taktvoll zu erkundigen, ob er kürzlich, vielleicht Freitag früh, in der Klinik angerufen hat. Sie könnten ja sagen, dass es um einen Anruf ginge, den Sie unbedingt zurückverfolgen müssten. Wenn einer der Patienten angerufen hat, brauche ich den Namen und die Anschrift. Nicht die Diagnose. Nur Namen und Anschrift.»

«Ich muss den Patienten um Erlaubnis fragen, ehe ich Ihnen diese Information gebe.»

«Wenn es unbedingt sein muß», sagte Dalgliesh. «Ich überlasse das ganz Ihnen. Ich bitte Sie nur, mir die Information zu beschaffen.»

Der Einwand des Chefarztes war eine reine Formsache, was beide wussten. Die elf Krankengeschichten lagen auf dem Tisch, und nur nackte Gewalt hätte die Anschriften vor Dalgliesh Zugriff bewahren können, wenn er sie hätte haben wollen. Er saß ein Stück von Dr. Etherege entfernt auf einem der großen ledergepolsterten Stühle und wappnete sich, seinen ungewöhnlichen Mitarbeiter mit professionellem Interesse bei der Arbeit zu beobachten. Der Chefarzt griff nach dem Telefon und verlangte ein Amt. Die Telefonnummern der Patienten standen auf den Aktendeckeln, und die beiden ersten Anrufe reduzierten die elf Möglichkeiten sofort auf neun. In beiden Fällen war der Patient seit seiner Behandlung umgezogen. Dr. Etherege entschuldigte sich bei den Inhabern der Nummern und wählte zum dritten Mal. Jemand meldete sich, und der Chefarzt fragte, ob er Mr. Caldecote sprechen könnte. Ein längeres Knistern tönte aus der Muschel, und Dr. Etherege fand die passenden Antworten.

Nein, er habe nichts gewusst. Wie traurig! Wirklich? Nein, nichts Wichtiges. Nur ein alter Bekannter, der bald durch Wiltshire komme und Mr. Caldecote gern wieder gesehen hätte. Nein, er wollte nicht mit Mrs. Caldecote sprechen. Er wollte sie nicht aufregen.

«Tot?», fragte Dalgliesh, als der Hörer aufgelegt wurde.

«Ja. Anscheinend vor drei Jahren. Krebs, der arme Kerl. Ich muss das auf der Akte vermerken.»

Er machte die Notiz, während Dalgliesh wartete.

Die nächste Nummer war schwer zu erreichen, und es gab einiges Hin und Her mit dem Fernamt. Als es schließlich klingelte, kam niemand an den Apparat.

«Wir scheinen keinen Erfolg zu haben. Herr Kriminalrat. Eine schlaue Theorie, aber offenbar mehr raffiniert als wahr.»

«Wir haben immerhin noch sieben Patienten», sagte Dalgliesh leise. Der Chefarzt brummte, dass er einen Dr. Talmage erwarte, wandte sich aber der nächsten Akte zu und wählte erneut. Diesmal war der Patient zu Hause und anscheinend nicht im Geringsten überrascht, vom Chefarzt der Steen-Klinik angerufen zu werden. Er stürzte sich in eine längere Schilderung seines derzeitigen psychologischen Zustandes, die sich Dr. Etherege geduldig-mitfühlend anhörte und auf die er angemessen antwortete. Dalgliesh registrierte interessiert und ein wenig amüsiert die Geschicklichkeit, mit der das Gespräch geführt wurde. Aber der Patient hatte in letzter Zeit nicht in der Klinik angerufen. Der Chefarzt legte den Hörer auf und notierte geduldig in der Akte, was der Patient ihm mitgeteilt hatte.

«Anscheinend einer unserer Erfolgsfälle. Er war gar nicht überrascht, dass ich ihn anrief. Es ist manchmal rührend, wie selbstverständlich es für die Patienten ist, dass sich die Ärzte ungeheuer um ihr Wohlergehen sorgen und ständig nur an sie denken, Tag und Nacht. Aber er hat nicht angerufen. Und gelogen hat er auch nicht, das versichere ich Ihnen. Die Anruferei kostet viel Zeit, Herr Kriminalrat, aber wir müssen ja wohl weitermachen.»

«Ja, bitte. Es tut mir Leid, aber wir müssen weitermachen.»

Doch der nächste Anruf brachte den Erfolg. Zuerst hörte es

sich wie ein neuer Schlag ins Wasser an. Dem Gespräch entnahm Dalgliesh, dass der Patient kürzlich ins Krankenhaus gebracht worden war und dass seine Frau am Apparat war. Dann sah er, wie sich das Gesicht des Chefarztes veränderte.

«O wirklich?», sagte er. «Wir wussten, dass uns jemand angerufen hatte, und wollten dem Anruf nachgehen. Vermutlich haben Sie von der Tragödie gehört, die wir hier kürzlich erleben mussten. Ja, es hat damit zu tun.» Er wartete, während die Stimme am anderen Ende der Leitung einen längeren Vortrag hielt. Dann legte er den Hörer auf und schrieb etwas auf seinen Notizblock. Dalgliesh schwieg. Der Chefarzt sah ihn halb verwirrt, halb überrascht an.

«Das war die Frau eines Colonel Fenton aus Sprigg's Green in Kent. Sie hat Miss Bolam gegen Freitagmittag in einer sehr ernsten Angelegenheit angerufen. Sie wollte nicht am Telefon mit Ihnen darüber sprechen, und ich hielt es für das Beste, sie nicht zu drängen. Aber sie möchte Sie so schnell wie möglich sehen. Ich habe Ihnen die Anschrift aufgeschrieben.»

«Vielen Dank, Herr Doktor», sagte Dalgliesh und nahm den Zettel. Er zeigte weder Überraschung noch Erleichterung, doch innerlich jubilierte er. Der Chefarzt schüttelte den Kopf, als ginge die Sache über seinen Horizont.

«Scheint eine ziemlich eindrucksvolle alte Dame zu sein, mit sehr korrekten Umgangsformen», bemerkte er. «Sie sagte, sie würde sich freuen, wenn Sie zum Tee kämen.»

Kurz nach sechzehn Uhr erreichte Dalgliesh in langsamer Fahrt Sprigg's Green, ein unauffälliges Dorf zwischen den Hauptstraßen nach Maidstone und Canterbury. Er erinnerte sich nicht, je zuvor durch diesen Ort gekommen zu sein. Nur wenige Menschen waren zu sehen. Das Dorf lag vermutlich zu weit von London entfernt, als dass es Pendler angezogen hätte, und hatte auch keinen geschichtlichen Reiz für pensionierte

Ehepaare oder Künstler und Schriftsteller, die den Frieden des Landlebens suchten, gekoppelt mit ländlichen Lebenshaltungskosten. Die meisten Häuschen waren offensichtlich von Feldarbeitern bewohnt; die Vorgärten voller Kohl und Rosenkohl, die halb abgeernteten Beete ziemlich zerzaust, die Fenster vor der Tücke des englischen Herbstes verschlossen. Dalgliesh kam an der Kirche vorbei, deren gedrungener grauer Steinturm und klare Glasfenster hinter zahlreichen Kastanienbäumen kaum zu sehen waren. Der Friedhof war ungepflegt, was aber nicht weiter störte. Das Gras zwischen den Gräbern war gemäht worden, und man hatte auch den Versuch gemacht, die Kieswege vom Unkraut zu befreien. Das Pfarrhaus war vom Friedhof durch eine hohe Lorbeerhecke getrennt, ein düsteres viktorianisches Gebäude, das für eine Familie viktorianischen Zuschnitts nebst Anhang gedacht war. Dahinter lag der Dorfplatz, eine kleine offene Grasfläche, gesäumt von einer Reihe wettergeprüfter Häuschen, die sich einem ungewöhnlich hässlichen modernen Lokal mit Tankstelle gegenübersahen. Vor dem *King's Head* gab es eine Bushaltestelle mit Betondach, unter dem niedergeschlagen eine Gruppe Frauen wartete. Sie warfen Dalgliesh einen kurzen, desinteressierten Blick zu.

Im Frühling mochten die ausgedehnten Kirschplantagen sogar Sprigg's Green einen gewissen Reiz verleihen. Doch jetzt lag kühle Feuchtigkeit in der Luft, die Felder sahen aufgeweicht aus, und eine traurige Kuhherde, die zum Abendmelken getrieben wurde, zerstampfte den Straßenrand zu Schlamm. Dalgliesh fuhr im Schritttempo, um die Tiere vorbeizulassen, während er nach Sprigg's Acre suchte. Er wollte sich nicht nach dem Weg erkundigen.

Und er fand sein Ziel schnell. Das Haus lag ein wenig zurückgesetzt von der Straße und war durch eine fast zwei Meter hohe Buchenhecke geschützt, die im schwindenden Licht golden schimmerte. Es schien keine Auffahrt zu geben, und Dalgliesh parkte seinen Cooper Bristol vorsichtig auf der Grasnarbe, ehe er das weiße Gartentor öffnete. Das Haus lag vor ihm – niedrig gebaut, geräumig und strohgedeckt. Es verströmte eine Atmosphäre der Gemütlichkeit und Schlichtheit. Als er sich umdrehte, nachdem er das Tor hinter sich zugehakt hatte, bog eine Frau um die Hausecke und kam über den Weg auf ihn zu. Sie war sehr klein, was Dalgliesh irgendwie überraschte. Er hatte sich im Geiste eine stämmige, stramm geschnürte Soldatenfrau vorgestellt, die sich dazu herabließ, ihn zu empfangen – doch wann und wo es ihr beliebte. Die Wirklichkeit war weniger abschreckend, dafür aber interessanter. Es lag etwas Tapferes und ein wenig Rührendes in der Art, wie sie sich näherte. Sie trug einen dicken Rock, eine Tweedjacke und keinen Hut; das dichte weiße Haar wurde von der Abendbrise angehoben. Sie trug Gärtnerhandschuhe, viel zu groß und mit riesigen Stulpen, die den Spaten in ihrer Hand wie ein Kinderspielzeug aussehen ließ. Als sie ihren Besucher erreicht hatte, zog sie den rechten Handschuh aus und hielt ihm die Hand hin, während sie ihn mit besorgten Augen ansah, in denen fast unmerklich Erleichterung aufblitzte.

Als sie schließlich das Wort ergriff, war ihre Stimme unerwartet fest. «Guten Tag. Sie müssen Kriminalrat Dalgliesh sein. Ich bin Louise Fenton. Sind Sie mit dem Wagen da? Ich dachte, ich hätte einen gehört.»

Dalgliesh beschrieb ihr, wo er geparkt hatte, und sagte, dass er dort hoffentlich niemanden störe.

«O nein! Ganz und gar nicht. Was für ein unangenehmes Reisemittel! Sie hätten leicht auch bis Marden mit dem Zug fahren können, dann hätte ich Sie mit dem Pferdewagen abholen lassen. Wir besitzen nämlich kein Auto. Wir sind beide dagegen. Es tut mir Leid, dass Sie den ganzen Weg von London in einem Wagen sitzen mussten.»

«So ging es am schnellsten», sagte Dalgliesh und überlegte, ob er sich dafür entschuldigen sollte, dass er im zwanzigsten Jahrhundert lebte. «Und ich wollte Sie so schnell wie möglich aufsuchen.»

Er sprach bewusst ruhig und ohne Drängen, spürte aber, wie sich ihre Schultern strafften.

«Ja. Ja, natürlich. Möchten Sie noch den Garten sehen, ehe wir ins Haus gehen? Es ist fast schon dunkel, aber vielleicht haben wir gerade noch Zeit.»

Das Interesse am Garten wurde offenbar vorausgesetzt, und Dalgliesh stimmte zu. Ein leichter Ostwind, der mit dem Abend aufkam, wehte ihm unangenehm um Hals und Knöchel. Dalgliesh pflegte bei solchen Gesprächen nie zu drängen. Die Unterhaltung versprach für Mrs. Fenton einigermaßen unangenehm zu werden, und sie hatte das Recht, sich Zeit zu lassen. Er wunderte sich über seine Ungeduld, die er zu verbergen suchte. In den letzten beiden Tagen hatten ihn schlimme Vorahnungen geplagt, die umso beunruhigender waren, als sie jeder vernünftigen Grundlage entbehrten. Der Fall war noch gar nicht alt. Sein Intellekt sagte ihm, dass er Fortschritte machte. Schon in diesem Augenblick war das Motiv zum Greifen nahe – und das Motiv, das wusste er, war in dieser Sache entscheidend. Seine Karriere beim Yard hatte ihm bisher noch keinen Fehlschlag eingetragen, und dieser Fall mit der begrenzten Anzahl von Verdächtigen und der raffinierten Planung war ein unwahrscheinlicher Anwärter für den ersten Versager. Und doch war er beunruhigt, wurde er von der widersinnigen Furcht geplagt, dass ihm die Zeit durch die Finger rann. Vielleicht lag es am Herbst. Vielleicht war er müde. Er schlug den Mantelkragen hoch und bereitete sich darauf vor, Interesse und Anerkennung zu heucheln.

Sie gingen durch ein schmiedeeisernes Tor an der Seite des Hauses und betraten den Hauptgarten.

«Mir liegt der Garten sehr am Herzen», sagte Mrs. Fenton, «aber ich habe kein Talent dafür. Bei mir wachsen die Pflanzen einfach nicht so. Mein Mann aber hat die richtigen Hände. Er liegt im Augenblick im Maidstone-Krankenhaus und hat eine Bruchoperation hinter sich. Zum Glück eine erfolgreiche Operation. Haben Sie auch einen Garten, Herr Kriminalrat?»

Dalgliesh erklärte ihr, dass er in der City hoch über der Themse in einer Wohnung lebte und sein Häuschen in Essex kürzlich verkauft hatte. «Ich habe wirklich kaum Ahnung von der Gärtnerei», sagte er.

«Dann haben Sie sicher Freude an unserem Garten», erwiderte Miss Fenton mit sanfter, wenn auch unlogischer Beharrlichkeit.

Und da gab es trotz der beginnenden Herbstdämmerung viel zu sehen. Der Colonel hatte seiner Phantasie die Zügel schießen lassen, vielleicht zum Ausgleich für die sonstige strenge Reglementierung seines Lebens, indem er eine malerische und undisziplinierte Gartenpracht schuf. Da zog sich ein kleiner Rasen um einen Fischteich, gesäumt von Steinplatten. Etliche Spalierbögen führten von einem sorgfältig gepflegten Beet zum nächsten. In einem Rosengarten mit Sonnenuhr schimmerten noch die letzten Blüten hell auf blattlosen Stielen. Ringsum gab es Buchen-, Tannen- und Weißdornhecken – goldener und grüner Hintergrund für die Reihen der Chrysanthemen. Am unteren Ende des Gartens verlief ein kleiner Fluss, der alle zehn Meter von Holzbrücken überspannt war, Symbole für den Fleiß des Colonels, wenn schon nicht für sein Stilempfinden. Beim Bauen war er auf den Geschmack gekommen; als der Bach zum ersten Mal erfolgreich überbrückt war, hatte der Colonel weiteren Mühen nicht widerstehen können. Dalgliesh und die Frau standen einen Augenblick auf einer der Brücken. Der Kriminalrat entdeckte die Initialen des Colonels in einem Geländerpfosten. Unter ihren Füßen spielte der kleine Bach, der durch die gefallenen Blätter fast verstopft war, seine traurige Melodie.

«Jemand hat sie also umgebracht», sagte Mrs. Fenton plötzlich. «Ich müsste eigentlich Mitleid mit ihr haben, was immer sie auch getan hat. Aber das kann ich nicht. Noch nicht. Ich hätte wissen müssen, dass Matthew nicht das einzige Opfer war. Solche Leute geben sich doch nie mit einem Opfer zufrieden, oder? Wahrscheinlich hat es jemand nicht mehr ausgehalten und diesen Ausweg gesucht. Eine schreckliche Sache, aber verständlich. Ich habe in der Zeitung darüber gelesen, wissen Sie, ehe der Chefarzt anrief. Können Sie sich vorstellen, Herr Kriminalrat, dass ich im ersten Augenblick froh war? Es ist schrecklich, wenn man so etwas sagt, aber es stimmt. Ich war froh, dass sie tot war. Ich nahm an, dass sich Matthew nun keine Sorgen mehr zu machen brauchte.»

«Wir glauben nicht, dass Miss Bolam Ihren Mann erpresst hat», sagte Dalgliesh leise. «Es wäre möglich, aber nicht wahrscheinlich. Wir vermuten, dass sie umgebracht wurde, weil sie die Wahrheit herausgefunden hatte und die Sache unterbinden wollte. Deshalb ist es so wichtig, dass ich mit Ihnen spreche.»

Mrs. Fentons Handknöchel traten weiß hervor. Die Hände, die das Geländer umspannt hielten, begannen zu zittern.

«Ich fürchte, ich habe mich sehr dumm benommen», sagte sie. «Ich darf Sie nicht länger aufhalten. Es wird kalt, nicht wahr? Gehen wir doch hinein.»

Sie wandten sich dem Haus zu und beide schwiegen. Dalgliesh machte kürzere Schritte, um sich dem langsamen Tempo der hageren, aufrechten Gestalt an seiner Seite anzupassen. Er sah sie besorgt an. Sie war sehr bleich, und er glaubte zu sehen, dass sich ihre Lippen lautlos bewegten.

Doch sie schritt entschlossen aus. Sie würde es überstehen. Er ermahnte sich, dass er sie nicht drängen dürfe. In einer halben Stunde, vielleicht schon eher, würde er das Motiv in der Hand halten, wie eine Bombe, die den ganzen Fall aufreißen würde. Aber er musste Geduld haben. Wieder erfüllte ihn eine undefinierbare Unruhe, als ahne irgendetwas in ihm trotz des bevorstehenden Triumphes das sichere Misslingen. Ringsum senkte sich die Dämmerung herab. Irgendwo glimmte ein Herbstfeuer und füllte seine Nase mit trockenem Rauch. Der Rasen war ein feuchter Schwamm unter seinen Füßen.

Das Haus hieß sie willkommen; es war angenehm warm und roch nach selbst gebackenem Brot. Mrs. Fenton entfernte sich, um am Ende des Flurs den Kopf durch einen Türspalt zu stecken. Er vermutete, dass der Tee bestellt wurde. Dann führte sie ihn ins Wohnzimmer und in die gemütliche Wärme eines Holzfeuers, das riesige Schatten über die chintzbespannten Stühle und das Sofa und den verblassten Teppich warf. Sie schaltete eine große Stehlampe neben dem Kamin ein, zog die Gardinen zu und verbannte damit Trostlosigkeit und Verfall aus dem Zimmer. Der Tee kam – das Tablett wurde von einem schwerfälligen, beschürzten Hausmädchen auf einen niedrigen Tisch gestellt; die Dienstbotin war fast so alt wie ihre Herrin, die es sorgsam vermied, Dalgliesh anzusehen. Es war ein reich gefülltes Tablett. Mit einem Gefühl, das unangenehm an Mitleid grenzte, erkannte Dalgliesh, dass man sich seinetwegen Mühe gegeben hatte. Es gab frisch gebackenen Weizenmehlkuchen, zwei Arten belegte Brote, selbst gebackene Törtchen und Eiskuchen. Von allem war zu viel auf den Tellern, die Teemahlzeit für einen Schuljungen. Es war, als hätten die beiden Frauen angesichts ihres unbekannten und höchst unwillkommenen Besuchers durch die Vorbereitung dieses beschämend großzügigen Schlemmermahls ihrer Unsicherheit entfliehen wollen. Sogar Mrs. Fenton schien von der gebotenen Vielfalt überrascht zu sein. Sie hantierte wie eine nervöse, unerfahrene Gastgeberin auf dem Tablett herum. Erst als Dalgliesh mit Tee und Sandwich versorgt war, kam sie auf den Mord zurück.

«Mein Mann wurde vier Monate lang in der Steen-Klinik behandelt – das war vor etwa zehn Jahren, kurz nachdem er die Armee verlassen hatte. Er wohnte damals in London, und ich war in Nairobi bei meiner Schwiegertochter, die ihr erstes Kind erwartete. Ich habe erst vor einer Woche von diesen Dingen erfahren.»

Als sie innehielt, warf Dalgliesh ein: «Ich möchte lieber gleich sagen, dass wir uns natürlich nicht dafür interessieren, was damals mit Colonel Fenton nicht stimmte. Das unterliegt der ärztlichen Schweigepflicht und geht die Polizei nichts an. Ich habe Dr. Etherege nicht um entsprechende Informationen gebeten, die er mir auch gar nicht gegeben hätte. Die Tatsache, dass Ihr Mann erpresst wurde, wird wahrscheinlich publik werden – ich glaube nicht, dass sich das vermeiden lässt –, aber der Grund für seine Besuche in der Klinik und die Einzelheiten seiner Behandlung gehen nur ihn und Sie etwas an.»

Mrs. Fenton stellte vorsichtig ihre Tasse wieder auf das Tablett. Sie blickte ins Feuer und sagte: «Eigentlich geht es wohl auch mich nichts an. Ich war nicht ärgerlich, weil er es mir nicht erzählt hatte. Es lässt sich so einfach dahersagen, ich hätte ihn verstanden und versucht, ihm zu helfen – aber ich weiß nicht recht, wie ich wirklich reagiert hätte. Ich glaube, es war klug von ihm, dass er nichts gesagt hat. Man macht immer so viel Aufhebens von der absoluten Ehrlichkeit in der Ehe, aber es ist wenig sinnvoll, schmerzliche Dinge einzugestehen, wenn man dem anderen nicht wirklich wehtun will. Ich wünschte allerdings, Matthew hätte mir von der Erpressung erzählt. Da brauchte er wirklich Hilfe. Ich bin sicher, dass wir gemeinsam einen Ausweg gefunden hätten.»

Dalgliesh erkundigte sich, wie die Sache begonnen hatte.

«Vor etwa zwei Jahren, sagte Matthew. Er wurde angerufen. Die Stimme erinnerte ihn an seine Behandlung in der Steen-Klinik und zitierte sogar einige sehr intime Einzelheiten, die Matthew dem Psychiater anvertraut hatte. Dann deutete die Stimme an, er wolle doch sicher anderen Patienten helfen, die ähnliche Probleme zu überwinden versuchten. Es war ausführlich die Rede von den schrecklichen sozialen Konsequenzen, wenn man keine Heilung fände. Die Sache war ganz raffiniert eingefädelt, aber es gab keinen Zweifel, was die Stimme wollte. Matthew fragte, was denn von ihm erwartet werde, und erfuhr, dass er fünfzehn Pfund in Scheinen abschicken sollte, sodass der Betrag jeweils mit der Morgenpost am ersten Tag jedes Monats eintraf. Wenn der Erste ein Sonnabend oder Sonntag war, musste der Brief am Montag kommen. Der Umschlag war in grüner Tinte an die Verwaltungschefin zu richten und sollte außer dem Geld einen Zettel enthalten, auf dem stand, dass es sich um die Spende eines dankbaren Patienten handelte. Die Stimme sagte, er könne sicher sein, das Geld würde dorthin gelangen, wo es am sinnvollsten angelegt wäre.»

«Ein ziemlich schlauer Plan», sagte Dalgliesh. «Die Erpressung war schwer zu beweisen, und der Betrag ist gut berechnet. Vermutlich hätte Ihr Mann anders reagiert, wenn die Forderung zu hoch gewesen wäre.»

«O ja! Matthew hätte nie unseren Ruin zugelassen. Aber Sie verstehen, der Betrag war eigentlich sehr klein. Ich will damit nicht sagen, dass wir fünfzehn Pfund im Monat wirklich übrig hatten, doch es war eine Summe, die Matthew durch persönliche Einsparungen aufbringen konnte, ohne mich misstrauisch zu machen. Und die Forderung wurde nie erhöht, das war das Erstaunliche. Matthew sagte, soweit er gehört hatte, wären Erpresser niemals zufrieden und erhöhten stets die geforderten Summen, bis das Opfer keinen Penny mehr zahlen kann. Aber so war das gar nicht. Matthew schickte das Geld los, das am ersten Tag des nächsten Monats eintraf, und er wurde wieder angerufen. Die Stimme dankte ihm für seine freundliche Spende und ließ keinen Zweifel daran, dass auf keinen Fall mit mehr als fünfzehn Pfund gerechnet wurde. Und so kam es auch. Die Stimme sprach davon, die Last müsse gleichmäßig verteilt werden. Matthew meinte, er habe sich sogar vorstellen können, dass die Spendenaktion echt wäre. Vor etwa sechs Monaten beschloss er, einen Monat auszusetzen, um zu sehen, was passieren würde. Die Reaktion war nicht sehr angenehm. Wieder wurde angerufen, und die Drohung war nicht misszuverstehen. Die Stimme sprach von dem Bedürfnis, Patienten vor der gesellschaftlichen Ächtung zu bewahren, und führte aus, wie peinlich berührt die Leute in Sprigg's Green doch sein würden, wenn sie von seinem Mangel an Großzügigkeit erfuhren. Mein Mann beschloss weiter zu zahlen. Wenn die Sache im Dorf wirklich bekannt würde, müssten wir fortziehen. Meine Familie wohnt seit zweihundert Jahren hier, und wir beide lieben das Haus. Es würde Matthew das Herz brechen, wenn er den Garten verlassen müsste. Und dann das Dorf. Sie haben es noch nicht von der besten Seite gesehen, aber es gefällt uns hier. Mein Mann ist im Kirchengemeinderat. Unser jüngster Sohn, der bei einem Verkehrsunfall ums Leben kam, ist hier begraben. Es ist nicht leicht, mit siebzig noch verpflanzt zu werden.»

Nein, das war bestimmt nicht leicht. Dalgliesh stellte ihre Annahme, dass eine Aufdeckung auch ihr Verlassen des Ortes bedeutete, nicht in Frage. Wären sie jünger, widerstandsfähiger und welterfahrener gewesen, hätten sie den Wirbel über sich ergehen lassen, die Andeutungen ignoriert und den verlegenen Zuspruch ihrer Freunde entgegengenommen – in dem sicheren Bewusstsein, dass nichts ewig dauert und dass im

Dorfleben wenige Dinge so tot sind wie der Skandal vom letzten Jahr. Mitleid war schon weniger leicht zu ertragen. Wahrscheinlich war es die Angst vor dem Mitleid, die die meisten Opfer weich machte. Er erkundigte sich, was die Angelegenheit zur Entscheidung getrieben hatte.

«Eigentlich waren es zwei Dinge», erwiderte Mrs. Fenton. «Erstens brauchten wir mehr Geld. Der jüngere Bruder meines Mannes ist vor einem Monat überraschend gestorben und hat seine Frau ziemlich schlecht versorgt zurückgelassen. Sie ist Invalidin und wird ihn höchstens um zwei Jahre überleben, doch sie ist sehr günstig in einem Pflegeheim bei Norwich untergebracht und möchte dort bleiben. Es ging darum, ihr bei den Kosten auszuhelfen. Sie brauchte etwa noch fünf Pfund die Woche, und ich begriff nicht, warum sich Matthew so große Sorgen darüber machte. Wir hätten uns ein wenig einschränken müssen, aber ich stellte mir vor, dass wir es schaffen konnten. Er wusste natürlich, dass die Rechnung nicht aufging, wenn er weiter fünfzehn Pfund an die Steen-Klinik zahlen musste. Dann kam seine Operation. Es war kein ernsthafter Eingriff, ich weiß, aber mit siebzig ist jede Operation ein Risiko, und er hatte Angst, dass er sterben und die ganze Geschichte herauskommen würde, ohne dass er sich rechtfertigen könnte. Er erzählte mir also die Wahrheit. Ich war sehr froh darüber. Er ist danach ganz zufrieden und entspannt ins Krankenhaus gegangen, und die Operation ist sehr gut verlaufen. Wirklich sehr gut. Darf ich Ihnen noch etwas Tee einschenken, Herr Kriminalrat?»

Dalgliesh reichte ihr die Tasse und fragte, welche Maßnahmen sie beschlossen hatte. Sie kamen nun zum Höhepunkt der Geschichte, doch er drängte sie nicht und gab sich auch alle Mühe, nicht zu nervös zu erscheinen. Seine Bemerkungen und Fragen hätten die eines normalen Nachmittagsgastes sein können, der pflichtgemäß und höflich auf die Konversation seiner

Gastgeberin eingeht. Sie war eine alte Dame, die Schlimmes durchgemacht hatte und sich noch schlimmeren Problemen gegenüber sah. Er ahnte, wie schwer ihr diese Enthüllungen vor einem Fremden fielen. Jeder förmliche Ausdruck von Mitgefühl wäre anmaßend gewesen, aber er konnte ihr wenigstens mit Geduld und Verständnis helfen.

«Was ich beschloss? Nun, das war natürlich das Problem. Irgendwie musste ich die Erpressung unterbinden, aber ich wollte uns beide nach Möglichkeit von den Folgen verschonen. Ich bin keine sehr intelligente Frau – Sie brauchen gar nicht den Kopf zu schütteln, denn wenn ich's wäre, hätte es den Mord nicht gegeben –, aber ich überlegte mir die Sache genau. Der beste Ausweg schien mir zu sein, die Steen-Klinik aufzusuchen und dort mit einem der Verantwortlichen zu sprechen. Ich wollte erklären, was mit uns geschah, vielleicht ohne meinen Namen zu nennen, und die Leute bitten, Ermittlungen anzustellen und die Erpressung zu beenden. Schließlich wusste die Klinik über meinen Mann Bescheid, sodass ich sein Geheimnis an keinen Unbefugten verriet, und man war dort bestimmt genauso wenig an einem Skandal interessiert wie ich. Es würde der Klinik doch kaum nützen, wenn die Sache ans Licht käme, oder? Im Institut konnte man vermutlich ziemlich leicht feststellen, wer für die Sache verantwortlich war. Von Psychiatern erwartet man schließlich, dass sie den Charakter anderer Menschen verstehen, und es musste sich um jemanden handeln, der in der Klinik war, während mein Mann dort behandelt wurde. Und da es sich um eine Frau handelte, ließ sich das Feld sofort einengen.»

«Sie meinen, der Erpresser war eine Frau?», fragte Dalgliesh überrascht.

«O ja! Wenigstens war es eine Frauenstimme am Telefon, sagte mein Mann.»

«Ist er ganz sicher?»

«Er hat mir gegenüber keine Zweifel geäußert. Es ging ja nicht nur um die Stimme. Auch einige Dinge, die gesagt wurden – etwa, dass nicht nur Geschlechtsgenossen meines Mannes solche Krankheiten hatten, und ob er je darüber nachgedacht hätte, welches Leid sie über Frauen bringen konnten, und so weiter. Unmittelbare Hinweise darauf, dass es sich bei dem Anrufer um eine Frau handelte. Mein Mann erinnert sich deutlich an die Telefongespräche und kann Ihnen die Bemerkungen sicher genau wiedergeben. Sie wollen ihn doch so bald wie möglich sprechen, nicht wahr?»

Von der spürbaren Angst in ihrer Stimme gerührt, erwiderte er: «Wenn sein Arzt meint, dass es Colonel Fenton so gut geht, dass er mich kurz empfangen kann, möchte ich ihn noch heute Abend auf meinem Rückweg nach London aufsuchen. Es gibt da ein paar Fragen – zum Beispiel nach dem Geschlecht des Erpressers –, die nur er uns beantworten kann. Ich werde ihn ganz bestimmt nicht unnötig belästigen.»

«Ich bin sicher, dass er Sie empfangen kann. Er hat ein Einzelzimmer – ein Vorzugsbett, nennen wir das –, und es geht ihm sehr gut. Ich habe ihm schon gesagt, dass Sie heute kommen, und er wird nicht überrascht sein. Ich komme aber nicht mit, wenn es Ihnen recht ist. Ich glaube, er möchte Sie lieber allein sprechen. Ich werde Ihnen einen Zettel mitgeben.»

Dalgliesh dankte ihr und sagte: «Es ist sehr interessant, dass Ihr Mann den Erpresser für eine Frau hält. Er könnte natürlich Recht haben, aber es kann sich auch um einen raffinierten Trick des Erpressers handeln, der sich kaum widerlegen ließe. Manche Männer können Frauenstimmen überzeugend nachmachen, und die zufälligen Bemerkungen, die auf das Geschlecht des Anrufers hindeuten, sind bestimmt noch wirkungsvoller als eine verstellte Stimme. Wenn der Colonel sich zu einer Anzeige durchgerungen hätte und die Angelegenheit vor Gericht gekommen wäre, hätte man einen Mann dieses Verbrechens nur mit sehr starken Beweisen überführen können. Und soweit ich die Sache überschaue, gäbe es fast keine Beweise. Ich glaube, wir werden die Frage, ob der Erpresser Mann oder Frau ist, im Augenblick noch offen lassen. Aber ich habe Sie unterbrochen, bitte entschuldigen Sie.»

«Diese Sache war doch ziemlich wichtig, nicht wahr? Ich hoffe, mein Mann kann Ihnen da weiterhelfen. Also, wie ich schon sagte, ich hielt es für das Beste, die Klinik aufzusuchen. Am letzten Freitag fuhr ich mit einem Frühzug nach London. Ich musste zu meinem Orthopäden, und Matthew brauchte ein paar Sachen für das Krankenhaus. Ich beschloss, zuerst einkaufen zu gehen. Natürlich hätte ich sofort die Klinik aufsuchen sollen. Wieder ein Fehler. Eigentlich war es Feigheit. Ich hatte natürlich Angst vor dem Gespräch und versuchte so zu tun, als wäre die Sache gar nichts Besonderes, nur ein schneller Besuch, den ich nach dem Einkaufen und vor dem Orthopäden erledigen könnte. Aber dann bin ich überhaupt nicht hingegangen. Ich habe vielmehr angerufen. Ich hab's Ihnen ja gesagt, dass ich nicht besonders intelligent bin.»

Dalgliesh erkundigte sich, was zur Änderung des Plans geführt hatte.

«Ich war auf der Oxford Street. Ich weiß, das klingt dumm, doch es ist so. Ich war seit langer Zeit zum ersten Mal allein in London und hatte ganz vergessen, wie fürchterlich die Stadt heute ist. Als junges Mädchen fand ich London ganz großartig. Damals hatte es noch Atmosphäre. Jetzt hat sich die Skyline verändert, und die Straßen scheinen voller Verrückter und Ausländer zu sein. Eigentlich sollte man ja nichts gegen sie haben, ich weiß – die Ausländer, meine ich. Nur kam ich mir so fremd vor. Und dann die Autos. Ich versuchte die Oxford Street zu überqueren und saß schließlich auf einer Verkehrsinsel fest. Natürlich wurde niemand getötet oder angefahren. Das ging auch gar nicht, denn die Autos kamen nicht voran. Aber sie stanken so schrecklich, dass ich das Taschentuch vor die Nase nehmen musste und mir ganz schwach und übel wurde. Als ich schließlich den Bürgersteig erreichte, ging ich in ein Warenhaus, um dort die Toilette zu benutzen. Die befand sich in der fünften Etage, und es dauerte seine Zeit, bis ich den richtigen Fahrstuhl gefunden hatte, überall herrschte ein fürchterliches Gedränge, und wir pressten uns alle in den Lift. Als ich in den Erfrischungsraum kam, waren alle Sitzplätze besetzt. Ich lehnte mich an die Wand und fragte mich gerade, ob ich die Kraft aufbringen würde, mich zum Essen anzustellen, als ich die Telefonzellen sah. Plötzlich kam mir zu Bewusstsein, dass ich ja in der Klinik anrufen und mir die Fahrt ersparen konnte – und die Qual, meine Geschichte von Angesicht zu Angesicht zu erzählen.

Das war dumm von mir, wie ich jetzt erkenne, aber damals hielt ich den Einfall für sehr gut. Am Telefon war es einfacher, meine Identität zu verschweigen, und ich glaubte auch die Umstände ausführlicher erklären zu können. Außerdem tröstete mich der Gedanke, dass ich jederzeit auflegen konnte, wenn das Gespräch zu kompliziert wurde. Wie Sie sehen, war ich sehr feige, und als einzige Entschuldigung kann ich anführen, dass ich sehr müde war, weitaus müder, als ich je für möglich gehalten hatte. Sie werden wahrscheinlich sagen, ich hätte sofort zur Polizei gehen oder Scotland Yard aufsuchen sollen. Aber Scotland Yard ist etwas, das ich mit Detektivgeschichten und Morden gleichsetze. Kaum vorstellbar, dass es wirklich existiert und man dort anrufen und seine Sorgen loswerden kann. Außerdem wollte ich noch immer jedes Aufsehen vermeiden. Ich nahm nicht an, dass es die Polizei gern hat, wenn jemand Hilfe erbittet, aber nicht zur Mitarbeit bereit ist, indem er die ganze Geschichte erzählt oder gar Anzeige erstattet. Ich wollte eigentlich nur dem Erpresser das Handwerk legen, verstehen Sie. Das war nicht sehr im Sinne des Gemeinwohls, nicht wahr?«

«Es war jedenfalls sehr verständlich», erwiderte Dalgliesh. «Ich hielt es gleich für möglich, dass Miss Bolam die Warnung telefonisch erhalten hatte. Erinnern Sie sich daran, was Sie ihr sagten?»

«Nicht besonders deutlich. Als ich die vier Pennys gefunden und im Telefonbuch die Nummer nachgeschlagen hatte, überlegte ich mir ein paar Minuten lang, was ich sagen wollte. Es meldete sich eine Männerstimme, und ich verlangte den Verwaltungssekretär zu sprechen. Dann sagte eine Frauenstimme: ‹Hier Verwaltungschefin.› Ich hatte nicht mit einer Frau gerechnet und stellte mir plötzlich vor, mit der Erpresserin zu reden. Warum auch nicht? Also sagte ich, dass ein Mitarbeiter der Klinik, wahrscheinlich sie selbst, meinen Mann erpresst habe und dass ich nur sagen wollte, sie würde keinen Penny mehr von uns bekommen und wir würden sofort zur Polizei gehen, wenn sie uns noch einmal anriefe. Die Worte sprudelten mir nur so heraus. Ich zitterte am ganzen Leib und musste mich an die Wand der Telefonzelle lehnen. Ich habe mich sicher ein bisschen hysterisch angehört. Als sie endlich ein Wort einschieben konnte, fragte sie, ob ich Patientin bei ihnen sei und wer mich behandelte. Sie sagte, sie wolle einen der Ärzte bitten, mit mir zu sprechen. Wahrscheinlich hielt sie mich für verrückt. Ich erwiderte, dass ich nie in der Klinik gewesen sei und dass ich mich, wenn ich je behandelt werden müsste, was Gott verhüten möge, auf keinen Fall an ein Institut wenden würde, in dem die Unbesonnenheiten und das Unglück eines Patienten zum Anlass einer Erpressung würden. Ich glaube, ich sagte zum Schluss, dass es um eine Frau ginge, dass sie schon fast zehn Jahre lang in der Klinik sein müsste und dass ich hoffte, die Verwaltungschefin würde es übernehmen, die Schuldige zu finden – falls sie es nicht selbst sei. Sie versuchte mich dazu zu bringen, meinen Namen zu nennen oder sie zu besuchen, doch ich habe aufgelegt.»

«Haben Sie ihr Einzelheiten über die Abwicklung der Erpressung genannt?»

«Ich sagte ihr, mein Mann habe in einem grün beschrifteten Umschlag monatlich fünfzehn Pfund geschickt. An der Stelle war sie plötzlich sehr darauf aus, dass ich in die Klinik kam oder wenigstens meinen Namen nannte. Es war unhöflich von mir, einfach aufzulegen, ohne das Gespräch zu beenden, doch ich hatte plötzlich Angst. Ich weiß nicht, warum. Und es war alles gesagt, was ich hatte loswerden wollen. Inzwischen war einer der Stühle im Erfrischungsraum frei geworden, und ich setzte mich eine halbe Stunde lang hin, bis ich mich wieder besser fühlte. Dann kehrte ich direkt zum Charing-Cross-Bahnhof zurück, trank dort an einem Stand einen Kaffee und aß ein paar Sandwiches und wartete auf meinen Zug. Ich habe Sonnabend in der Zeitung von dem Mord gelesen und leider sofort angenommen, dass eines der anderen Erpressungsopfer – es muss mehrere gegeben haben – diesen Ausweg gewählt hatte. Ich habe die Tat nicht mit meinem Anruf in Verbindung gebracht, jedenfalls nicht sofort. Dann begann ich mich zu fragen, ob es nicht meine Pflicht ist, die Polizei darüber zu informieren, was in dem schrecklichen Institut vorgegangen war. Gestern sprach ich mit meinem Mann darüber, und wir beschlossen, nichts zu überstürzen. Vielleicht war es das Beste abzuwarten, ob wir weitere Anrufe vom Erpresser erhielten. Ich war nicht sehr froh über unser Schweigen. Es standen nicht viele Einzelheiten über den Mord in der Zeitung, und so weiß ich nicht genau, was geschehen ist. Aber mir wurde klar, dass die Erpressung irgendwie mit dem Verbrechen zu tun haben konnte und dass die Polizei sicher Bescheid wissen wollte. Während ich mir noch überlegte, was ich tun sollte, rief Dr. Etherege an. Wie haben Sie mich denn aufgespürt?»

«Wir fanden Sie auf dem gleichen Wege, wie der Erpresser Colonel Fenton aufspürte – mit dem diagnostischen Index und der Krankengeschichte in der Klinik. Sie dürfen nicht glauben, dass man in der Steen-Klinik nicht auf die vertraulichen Unterlagen aufpasst. Man geht sogar sehr vorsichtig damit um. Dr. Etherege hat sich über die Erpressung sehr aufgeregt. Aber kein System ist absolut sicher vor verbrecherischer Raffinesse.»

«Sie werden ihn finden, nicht wahr?», fragte sie. «Sie werden ihn doch finden?»

«Dank Ihrer Hilfe nehme ich das fest an», erwiderte Dalgliesh.

Als er ihr zum Abschied die Hand hinstreckte, fragte sie plötzlich: «Wie war sie, Herr Kriminalrat? Ich meine die Ermordete? Erzählen Sie mir von Miss Bolam.»

«Sie war einundvierzig», sagte Dalgliesh. «Unverheiratet. Ich habe sie vor ihrem Tod nicht gekannt, aber sie hatte hellbraunes Haar und blaugraue Augen. Sie war ziemlich stämmig gebaut, mit einer breiten Stirn und schmalen Lippen. Sie war ein Einzelkind, und beide Eltern waren tot. Sie lebte allein, doch die Kirche bedeutete ihr ziemlich viel, und sie leitete eine Pfadfinderinnengruppe. Sie mochte Kinder und Blumen. Sie war gewissenhaft und tüchtig, verstand aber ihre Mitmenschen nicht besonders gut. Sie war nett, wenn sie Sorgen hatte, doch die anderen hielten sie für streng, humorlos und anmaßend. Vielleicht hatten sie Recht damit. Sie hatte ein starkes Pflichtgefühl.»

«Ich bin für ihren Tod verantwortlich. Damit muss ich fertig werden.»

«Das ist Unsinn», sagte Dalgliesh leise. «Nur eine Person ist dafür verantwortlich – und dank Ihrer Hilfe werden wir sie fassen.«

Sie schüttelte den Kopf. «Wenn ich sofort zu Ihnen gekommen wäre oder den Mut aufgebracht hätte, in die Klinik zu fahren, anstatt anzurufen, wäre sie heute noch am Leben.»

Nach Dalglieshs Auffassung hatte es Louise Fenton nicht verdient, mit seichten Lügen abgespeist zu werden, die ihr keinen Trost gebracht hätten. «Das mag richtig sein», sagte er. «Es gibt so viele Wenns. Sie wäre heute noch am Leben, wenn der Sekretär des Verwaltungsrats eine Sitzung abgesagt hätte und sofort zu ihr in die Klinik gekommen wäre. Wenn sie ihn sofort selbst aufgesucht hätte, wenn ein alter Hausdiener keine Magenschmerzen gehabt hätte. Sie haben das getan, was Sie für richtig hielten, und mehr kann man nicht tun.»

«Dasselbe gilt für sie, die arme Frau», erwiderte Mrs. Fenton. «Und wohin hat es sie gebracht!»

Sie tätschelte Dalgliesh kurz die Schulter, als wäre er es, der Trost und Zuspruch brauchte.

«Ich wollte Sie nicht langweilen. Bitte verzeihen Sie mir. Sie sind sehr geduldig und nett gewesen. Sie haben gesagt, dank meiner Hilfe würden Sie den Mörder fassen. Wissen Sie denn, wer es ist?»

«Ja», sagte Dalgliesh. «Ich glaube, ich weiß jetzt, wer es ist.»

7. Kapitel

Gut zwei Stunden später saß Dalgliesh wieder in seinem Büro und sprach den Fall mit Martin durch. Die Akte lag aufgeschlagen vor ihm auf dem Tisch.

«Mrs. Fentons Aussage ist Ihnen bestätigt worden, Sir?»

«O ja. Der Colonel war ziemlich gesprächig. Nachdem er sich von der doppelten Last – von seiner Operation und dem Geständnis bei seiner Frau – erholt hat, neigt er dazu, beide Erlebnisse auf die leichte Schulter zu nehmen. Er deutete sogar an, dass die Spendenaufforderung vielleicht sogar echt gewesen sei und dass man das vernünftigerweise gar nicht anders sehen könne. Ich musste ihn darauf hinweisen, dass eine Frau ermordet worden ist, ehe er sich mit der Realität der Lage abfand. Dann erzählte er mir die ganze Geschichte. Bis auf einen interessanten Zusatz stimmte alles mit Mrs. Fentons Bericht überein. Dreimal dürfen Sie raten.»

«Geht es vielleicht um den Einbruch? Der Dieb war Fenton, nicht wahr?»

«Verflixt, Martin! Sie könnten wenigstens manchmal Überraschung zeigen! Ja, es war unser Colonel. Aber er hat die fünfzehn Pfund nicht gestohlen. Ich hätt's ihm nicht verdenken können, wenn er das Geld genommen hätte; es gehörte schließlich ihm. Er räumt ein, dass er es mitgenommen hätte, wenn er's gesehen hätte, aber natürlich hat er das nicht. Er war mit einem ganz anderen Ziel dort; er wollte seine Krankengeschichte verschwinden lassen. In den meisten Dingen hatte er etwas den Boden unter den Füßen verloren, aber er erkannte, dass diese Akte der einzige wirkliche Beweis für die Dinge war, die damals geschahen, als er in der Steen-Klinik behandelt wurde. Natürlich versaute er den Einbruch, obwohl er in seinem Treibhaus das Glasschneiden geübt hatte, und trat hastig den Rückzug an, als er Nagle und Cully zurückkommen hörte. Er ist gar nicht in die Nähe der Akte gekommen. Er nahm an, sie müsse sich in einem der Aktenschränke im Hauptbüro befinden, die er zu öffnen vermochte. Als er sah, dass die Akten nach Zahlen geordnet waren, erkannte er, dass er geschlagen war. Er hatte seine Patienten-Nummer längst vergessen. Vermutlich hat er sich die schleunigst aus dem Kopf geschlagen, als er sich geheilt glaubte.»

«Na ja, so viel hat die Klinik jedenfalls bei ihm bewirkt.»

«Er gibt es nicht zu, das kann ich Ihnen sagen. Und das ist bei psychiatrischen Fällen wohl nicht ungewöhnlich. Muss ziemlich entmutigend sein für die Psychiater. Schließlich kommt es doch vor, dass der Patient eines Chirurgen behauptet, er hätte sich auch selbst operieren können, wenn man ihn nur gelassen hätte! Nein, der Colonel ist der Steen-Klinik nicht sonderlich dankbar und wird ihr auch kaum die Tatsache anrechnen, dass er bisher vor Ärger bewahrt worden ist. Und damit könnte er sogar Recht haben. Auch Dr. Etherege würde sicher nicht behaupten, dass man in vier Monaten viel für einen psychiatrischen Patienten tun kann – und so lange war Fenton in Behandlung. Seine Heilung – wenn man sie so nennen kann – hatte vermutlich mit der Tatsache zu tun, dass er die Armee verließ. Es ist schwer zu sagen, ob er das begrüßte oder Angst davor hatte. Jedenfalls sollten wir der Versuchung widerstehen, uns als Amateurpsychologen aufzuspielen.»

«Was für ein Typ ist der Colonel, Sir?»

«Klein. Sieht wegen seiner Krankheit vermutlich kleiner aus. Sandfarbenes Haar, buschige Augenbrauen. Wirkt wie ein wütendes kleines Tier, das grimmig aus seinem Loch starrt. Ein viel weicherer Mensch als seine Frau, würde ich sagen, obwohl Mrs. Fenton so zerbrechlich wirkt. Zugegeben, es ist nicht leicht, einen guten Eindruck zu machen, wenn man mit einem gestreiften Schlafanzug im Bett liegt und die grimmige Krankenschwester einen auffordert, ein braver Junge zu sein und nicht zu viel zu reden. Mit der Stimme am Telefon hat er mir nicht viel weitergeholfen. Er sagt, es hätte sich wie eine Frau angehört, und ihm wäre nie der Gedanke gekommen, dass es ein Mann sein könnte. Andererseits war er ehrlich, und mehr kann man von ihm nicht verlangen. Er weiß es einfach nicht. Aber immerhin haben wir das Motiv. Dies ist einer der seltenen Fälle, da man mit dem *Warum* zugleich auch den Täter entlarvt.»

«Wollen Sie einen Haftbefehl beantragen?»

«Noch nicht. So weit sind wir noch nicht. Wenn wir jetzt nicht umsichtig vorgehen, bricht uns der ganze Fall vielleicht auseinander.»

Wieder befiel ihn die schreckliche Vorahnung einer Katastrophe. Wo hatte er sich geirrt? Er hatte dem Mörder seine Trumpfkarte gezeigt, als er den diagnostischen Index der Klinik ganz offen in das Büro des Chefarztes brachte. Diese Tatsache hatte sich bestimmt schnell in der Klinik verbreitet. Und das hatte er auch beabsichtigt. Manchmal war es eben nützlich, einen Verdächtigen aufzuschrecken. Aber ließ sich dieser Mörder so erschrecken, dass er sich verriet? War es ein Irrtum gewesen, so offen vorzugehen? Plötzlich wirkte Martins einfaches, ehrliches Gesicht aufreizend träge, während er unnütz vor ihm stand und auf Anweisungen wartete.

«Sie waren bei den Priddys», sagte Dalgliesh. «Na, erzählen Sie mal. Das Mädchen ist doch verheiratet, oder?»

«Kein Zweifel, Sir. Ich war vorhin dort und habe mit den Eltern geplaudert. Miss Priddy war zum Glück unterwegs, holte gerade Fisch und Pommes frites zum Abendessen. Die Leute sind ziemlich arm dran.»

«Das versteht sich aus den Umständen von selbst. Aber reden Sie weiter.»

«Da ist nicht viel zu berichten. Sie leben in einem der Reihenhäuser, die zur südlichen Bahnlinie in Clapham hinabführen. Alles sehr gemütlich und sauber, aber ohne Fernsehen oder so. Ist wohl vom Glauben her verboten. Die Priddys würde ich über sechzig schätzen. Jennifer ist das einzige Kind, und die Mutter muss über vierzig gewesen sein, als sie kam. Mit der Heirat ist es das Übliche. Der Mann ist Lagerarbeiter – war Kollege des Mädchens bei ihrer letzten Stellung. Dann war das Baby unterwegs, und sie mussten heiraten.«

«Geradezu erbärmlich gewöhnlich. Man sollte doch annehmen, dass sich diese Generation, die angeblich alles über Sex weiß, mit ein paar grundlegenden Tatsachen vertraut macht. Aber wie es heißt, macht sich heutzutage keiner mehr Sorgen über solche kleinen Pannen.»

Dalgliesh war entsetzt über die Bitterkeit in seiner Stimme. War es wirklich notwendig, sich über eine ganz gewöhnliche kleine Tragödie dermaßen aufzuregen? Was war nur mit ihm los?

«Leute wie die Priddys machen sich Sorgen», sagte Martin ruhig. «Die Kinder bringen sich in die Klemme, aber dann ist es oft die verachtete ältere Generation, die damit fertig werden muss. Die Priddys haben sich wirklich bemüht. Sie haben natürlich darauf gedrungen, dass die Kinder heirateten. Im Haus ist nicht viel Platz, aber sie haben das Obergeschoß geräumt und zu einer kleinen Wohnung für das junge Paar ausgebaut. Wirklich sehr schön gemacht. Sie haben's mir gezeigt.»

Dalgliesh überlegte, wie sehr ihm der Ausdruck «junges Paar» missfiel, mit dem schnuckeligen Beigeschmack glanzäugiger Häuslichkeit und dem Echo der Desillusionierung.

«Sie scheinen bei Ihrem kurzen Besuch aber ziemlich gut gelandet zu sein», sagte er.

«Die Leute haben mir gefallen, Sir. Anständige Leute. Die Ehe hat natürlich nicht gehalten, und sie fragen sich jetzt wohl, ob sie richtig gehandelt haben, als sie darauf bestanden. Der junge Bursche ist vor über zwei Jahren aus Clapham verschwunden, und sie wissen nicht, wo er jetzt steckt. Sie haben mir seinen Namen genannt, und ich habe ein Foto gesehen. Mit der Steen-Klinik hat der nichts zu tun, Sir.»

«Das hatte ich auch nicht angenommen. Wir hatten ja auch kaum damit gerechnet, dass sich Jennifer Priddy als Mrs. Henry Etherege entpuppen würde. Weder ihre Eltern noch ihr Mann sind in unseren Fall verwickelt.»

Und das stimmte, nur war ihr Leben kurz in den Bannkreis des Todes geraten. Jeder Mordfall brachte solche Menschen hervor. Unzählige Male hatte Dalgliesh in Wohnzimmern, Schlafzimmern, Lokalen und Polizeirevieren gesessen und sich mit Menschen unterhalten, die – oft nur kurz – mit einem Mord in Berührung gekommen waren. Der gewaltsame Tod war ein großer Löser von Hemmungen, der heftige Tritt, der so manchen Arneisenhaufen freilegte. Seine Arbeit, bei der er sich der Selbsttäuschung hingeben konnte, dass Abstandhalten eine Pflicht war, hatte ihn so manchen Blick in das heimliche Leben von Männern und Frauen tun lassen, die er vielleicht nie wieder zu Gesicht bekam, außer als unbestimmt vertraute Gesichter in einer Menschenmenge. Manchmal verachtete er sein inneres Bild von sich selbst, das Bild des geduldigen, unberührten, neutralen Ermittlers von Schuld und Elend anderer Leute. Wie lange konnte man sich von allem fern halten, fragte er sich, bis man die eigene Seele verlor?

«Was ist aus dem Kind geworden?», fragte er plötzlich.

«Eine Fehlgeburt, Sir», antwortete Martin.

Natürlich, dachte Dalgliesh. Kein Wunder. Bei Leuten wie den Priddys konnte auch nichts gut gehen. Heute Abend hatte er das Gefühl, dass ihr Pech auch ihn angesteckt hatte. Er fragte, was Martin über Miss Bolam erfahren habe.

«Nicht viel Neues. Sie sind in dieselbe Kirche gegangen, und Jennifer Priddy war Pfadfinderin in der Gruppe der Bolam. Die alten Leute haben voller Respekt von ihr gesprochen. Sie hat ihnen sehr geholfen, als das Kind unterwegs war – ich hatte den Eindruck, dass sie für den Umbau des Hauses aufgekommen ist –, und als die Ehe zerbrach, schlug sie vor, dass die kleine Priddy in der Steen-Klinik arbeiten sollte. Ich glaube, die alten Leute waren beruhigt bei dem Gedanken, dass jemand auf Jenny aufpasste. Über Miss Bolams Privatleben konnten sie mir nicht viel sagen, wenigstens nichts, was wir nicht schon wussten. Nur eine Sache war komisch, als das Mädchen mit dem Abendessen zurückkam. Mrs. Priddy fragte mich, ob ich zum Essen bleiben wollte, aber ich sagte, ich müsste zurück. Sie wissen ja, wie das mit Fisch und Pommes frites ist. Man kauft genau die richtige Menge, und es ist nicht leicht, einen zusätzlichen Esser unterzubringen. Jedenfalls riefen sie das Mädchen herein, um sich von mir zu verabschieden, und als sie aus der Küche herüberkam, war sie bleich wie der Tod. Sie blieb nur einen kurzen Augenblick, und den alten Leuten schien nichts aufzufallen. Aber ich hab's bemerkt. Irgendetwas hatte dem Mädchen einen tüchtigen Schrecken eingejagt.»

«Vielleicht der Umstand, dass Sie da waren. Sie hat vielleicht angenommen, dass Sie die Verbindung zu Nagle erwähnt hätten.»

«Das war es wohl nicht, Sir. Als sie zurückkam, schaute sie sofort ins Wohnzimmer und sagte ganz gelassen guten Abend. Ich erklärte ihr, dass ich nur kurz mit ihren Eltern spräche, weil sie doch mit Miss Bolam befreundet gewesen seien und uns vielleicht etwas Nützliches über ihr Privatleben verraten könnten. Das schien ihr überhaupt nichts auszumachen. Erst fünf Minuten später kam sie zurück und sah dabei so seltsam aus.»

«In dieser Zeit ist niemand ins Haus gekommen oder hat angerufen?»

«Nein. Jedenfalls habe ich nichts gehört. Die Leute haben kein Telefon. Muss passiert sein, während sie allein in der Küche war. Ich konnte sie nicht gut danach fragen. Ich war gerade beim Verabschieden, und wie hätte ich da ansetzen sollen? Ich sagte den dreien nur, dass sie uns verständigen sollten, wenn ihnen noch etwas Nützliches einfiele.»

«Wir müssen noch einmal mit der Kleinen sprechen, und je eher, desto besser. Das Alibi muss durchlöchert werden, und sie ist die Einzige, die das kann. Ich glaube nicht, dass das Mädchen bewusst gelogen oder auch nur absichtlich Beweise zurückgehalten hat. Ihr ist einfach die Wahrheit nicht aufgegangen.»

«Mir ja auch nicht, Sir, bis wir das Motiv entdeckten. Was wollen Sie jetzt unternehmen? Lassen wir ihn ein bisschen zappeln?»

«Das wäre mir zu gefährlich, Martin. Wir müssen weitermachen. Ich glaube, wir plaudern mal ein bisschen mit Nagle.»

Aber als sie zwanzig Minuten später das Haus in Pimlico erreichten, war die Wohnung abgeschlossen, und ein zusammengefalteter Zettel hing unter dem Klopfer. Dalgliesh glättete das Papier und las vor: «Liebling. Tut mir Leid, dass ich dich verpasst habe. Ich muss unbedingt mit dir reden. Wenn ich dich heute nicht mehr sehe, bin ich morgen ganz früh in der Klinik. In Liebe, Jenny.»

«Ob es Zweck hat, auf ihn zu warten, Sir?»

«Ich glaube nicht. Ich kann mir denken, wo er steckt. Als wir heute früh herumtelefonierten, war Cully an der Vermittlung, aber ich habe dafür gesorgt, dass Nagle und so gut wie jeder in der Klinik von meinem Interesse für die Krankengeschichten wusste. Ich habe Dr. Etherege gebeten, die Akten wieder an ihren Platz zu tun, sobald ich fort war. Nagle geht ein- oder zweimal wöchentlich abends in die Klinik, um nach dem Boiler zu sehen und den Brennofen im Werktherapieraum abzuschalten. Ich denke mir, dass er jetzt dort ist und bei der Gelegenheit nachschaut, welche Akten entnommen worden sind. Wir schauen mal vorbei.»

Als sich der Wagen nordwärts dem Fluss näherte, sagte Martin: «Klare Sache, wozu er das Geld brauchte. Mit dem Gehalt eines Hausdieners kann man sich eine solche Wohnung nicht leisten. Und dazu sein Malzeug.»

«Ja. Das Studio ist sehr eindrucksvoll. Schade, dass Sie's nicht gesehen haben. Und dann der Unterricht bei Sugg. Nagle hat vielleicht einen Vorzugspreis bekommen, aber umsonst arbeitet Sugg nicht. Ich glaube nicht, dass die Erpresserei viel gebracht hat. In diesem Punkt war er sehr raffiniert. Wahrscheinlich hat er mehr als ein Opfer gehabt, und die Beträge waren klug bemessen. Aber selbst wenn er im Monat nur fünfzehn bis dreißig Pfund steuerfrei dazuverdient hat, wäre das genug, ihn durchzubringen, bis er den Bollinger-Preis gewann oder berühmt wurde.»

«Taugt er denn was als Maler?», fragte Martin. Es gab Themen, zu denen er niemals eine Meinung äußerte, bei denen er es aber für selbstverständlich hielt, dass der Kriminalrat Fachmann war.

«Die Treuhänder des Bollinger-Fonds sind offenbar der Meinung.»

«Dann gibt's doch keinen Zweifel mehr, oder?» Und Martin meinte bestimmt nicht Nagles Maltalent.

«Natürlich gibt es immer Zweifel», erwiderte Dalgliesh gereizt. «Besonders in diesem Stadium einer Ermittlung. Aber überdenken wir doch einmal, was wir wissen. Der Erpresser hat Anweisung gegeben, das Geld in einem auffällig adressierten Umschlag zu schicken – damit er in der Lage war, ihn an sich zu nehmen, ehe die Post geöffnet wurde. Nagle kommt als Erster in die Klinik und ist für das Sortieren und die Verteilung der Post zuständig. Colonel Fenton musste das Geld so abschicken, dass es am Ersten jedes Monats eintraf. Nagle kam am 1. Mai in die Klinik, obwohl er krank war und später nach Hause gebracht werden musste. Ich glaube nicht, dass ihn die Sorge um den Besuch des Herzogs aus dem Bett getrieben hat. Das einzige Mal, da er es nicht schaffte, als Erster zur Arbeit zu kommen, war der Tag, als er in der U-Bahn festsaß, und das war der Tag, an dem Miss Bolam von einem unbekannten dankbaren Patienten fünfzehn Pfund erhielt.

Und jetzt kommen wir zu dem Mord und wechseln von den Tatsachen zur Theorie. An dem betreffenden Vormittag half Nagle wegen Cullys Magenschmerzen in der Telefonvermittlung aus. Er hört Mrs. Fentons Anruf mit. Er weiß, wie Miss Bolam reagieren wird, und tatsächlich muss er gleich darauf einen Anruf zur Hauptverwaltung durchstellen. Wieder hört er mit und erfährt, dass Mr. Lauder nach der Sitzung des Beraterausschusses in die Steen-Klinik kommen wird. Bis zu diesem Zeitpunkt muss Miss Bolam sterben. Aber wie? Er kann sie unmöglich aus der Klinik fortlocken. Unter welchem Vorwand könnte das geschehen, und wie soll er sich ein Alibi beschaffen? Nein, es muss in der Klinik geschehen. Und vielleicht ist das gar kein so übler Plan. Die Verwaltungschefin ist nicht beliebt. Wenn er Glück hat, gibt es viele Verdächtige, die die Polizei auf Trab halten – und so mancher hat einen guten Grund, sich Miss Bolams Tod zu wünschen.

Er schmiedet also seinen Plan. Es lag natürlich auf der Hand, dass der Anruf bei Miss Bolam nicht unbedingt aus dem Keller kommen musste. Fast alle Räume haben Telefonanschluss. Aber wenn der Mörder nicht im Archiv auf sie wartete, wie konnte er sicher gehen, dass sie dort blieb, bis er es nach unten schaffte? Deshalb hat Nagle die Akten am Boden verstreut. Er kannte Miss Bolam gut und war ziemlich sicher, dass sie es nicht lassen konnte, die Unterlagen aufzuheben. Dr. Baguley hielt es für möglich, dass sie im ersten Ärger Nagle anrief, der ihr helfen sollte. Das hat sie natürlich nicht getan, weil sie ja jeden Augenblick mit ihm rechnete. Stattdessen begann sie selbst mit der Arbeit und verschaffte ihm die zwei oder drei Minuten, die er brauchte.

Und dies ist meine Version der Ereignisse. Gegen zehn nach sechs Uhr geht er in das Hausdienerzimmer, um seinen Mantel anzuziehen. Bei dieser Gelegenheit schließt er die Tür zum Archiv auf und bringt die Akten in Unordnung. Er lässt das Licht brennen und macht die Tür zu, ohne sie abzuschließen. Dann entriegelt er die Hintertür. Als Nächstes geht er ins Hauptbüro, um die abgehende Post zu holen. Miss Priddy ist dort, geht aber ab und zu in den benachbarten Ablageraum. Er braucht nur eine halbe Minute, um Miss Bolam anzurufen und sie zu bitten, ins Archiv zu kommen, da er ihr etwas Schlimmes zeigen müsse. Wir wissen, wie sie auf diese Mitteilung reagiert hat. Ehe Nagle Gelegenheit hat, den Hörer aufzulegen, kommt Jennifer Priddy zurück. Er behält die Nerven, drückt die Telefongabel hinab und tut, als spreche er mit Schwester Bolam über die Wäsche. Unmittelbar darauf zieht er mit der Post los. Er braucht nur über die Straße zum Briefkasten zu gehen. Dann eilt er durch die Gasse, betritt den Keller durch die entriegelte Hintertür, lässt den Meißel in seine Tasche gleiten, nimmt Tippetts Fetisch an sich und betritt das Archiv. Wie erwartet, ist Miss Bolam dort; sie kniet am Boden, um die zerrissenen und verstreuten Akten aufzulesen. Sie blickt zu ihm auf und will ihn bestimmt fragen, wo er gesteckt hat. Doch ehe sie ein Wort herausbekommt, schlägt er zu. Nachdem sie bewusstlos ist, kann er sich mit dem Meißel Zeit lassen. Er darf keinen Fehler machen, und er macht auch keinen. Nagle malt Aktbilder und kennt sich mit der menschlichen Anatomie wahrscheinlich so gut aus wie die meisten Psychiater. Und mit dem Meißel war er vertraut. Für den wichtigsten Teil der Arbeit nahm er ein Werkzeug, in das er Vertrauen setzte und mit dem er umgehen konnte.»

«Er hätte nicht rechtzeitig im Keller sein können», sagte Martin, «wenn er zur Ecke der Beefsteak Street gegangen wäre, um seinen *Standard* zu kaufen. Aber der Verkäufer konnte nicht beschwören, dass er ihn gesehen hat. Nagle trug eine Zeitung bei sich, als er in die Klinik zurückkehrte – aber die hätte er sich auch in der Mittagspause beschaffen und in der Tasche aufbewahren können.»

«Ich glaube, das hat er auch getan», sagte Dalgliesh. «Deshalb hat er sie auch Cully nicht gegeben, der die Rennergebnisse nachsehen wollte. Cully hätte sofort bemerkt, dass es sich um die Mittagsausgabe handelte. Stattdessen nimmt Nagle die Zeitung mit nach unten und benutzt sie später, um das Katzenfutter einzuwickeln, ehe er sie im Boiler verbrennt. Er war natürlich nicht lange allein im Keller. Jenny Priddy war ihm dicht auf den Fersen. Aber er hatte noch Zeit, die Hintertür wieder zu verriegeln und Schwester Bolam aufzusuchen und zu fragen, ob die saubere Wäsche nach oben gebracht werden könne. Wenn die Priddy nicht nach unten gekommen wäre, wäre Nagle zu ihr ins Hauptbüro gegangen. Er hätte schon dafür gesorgt, dass er nur ganz kurze Zeit im Keller allein blieb. Der Mord musste auf die Zeit festgelegt werden, als er mit der Post draußen war.»

«Ich habe zuerst überlegt, warum er nach dem Mord nicht die Kellertür entriegelt hat», sagte Martin. «Aber wahrscheinlich brachte er es nicht fertig, die Aufmerksamkeit darauf zu lenken. Wenn ein Fremder auf diesem Wege ins Haus kommen konnte, hätte es sicher nicht lange gedauert, bis die Leute dasselbe auch von Nagle annahmen. Die fünfzehn Pfund hat er bestimmt nach Colonel Fentons Einbruch an sich genommen. Die Leute vom Revier fanden es von Anfang an seltsam, dass der Dieb genau wusste, wo das Geld zu finden war. Vermutlich dachte Nagle, er hätte ein Recht darauf.»

«Eher wollte er den Grund für den Einbruch verschleiern; es sollte mehr nach einem ganz normalen Diebstahl aussehen. Unangenehm, wenn die Polizei sich gefragt hätte, warum ein unbekannter Eindringling an die Krankengeschichte wollte. Der Diebstahl der fünfzehn Pfund – zu dem nur Nagle Gelegenheit hatte – verwischte die Fährte. Ebenso wie die Sache mit dem Fahrstuhl. Das war eine hübsche Ausschmückung. Dauerte bestimmt nur eine Minute, das Ding bis ins erste Obergeschoss zu leiern, ehe er aus der Kellertür schlüpfte, und er konnte durchaus damit rechnen, dass jemand den Lift hören und sich daran erinnern würde.»

Martin äußerte, dass die ganze Sache recht gut zusammenpasste, aber verflixt schwierig zu beweisen war.

«Deshalb habe ich mich gestern in der Klinik so auffällig benommen. Wir müssen ihn verwirren. Deshalb lohnt es sich, heute Abend mal in der Klinik vorbeizuschauen. Wenn er dort ist, nehmen wir ihn etwas in die Zange. Wenigstens wissen wir jetzt, in welcher Richtung der Hase läuft.»

Eine halbe Stunde bevor Dalgliesh und Martin die Wohnung in Pimlico erreichten, betrat Peter Nagle die Steen-Klinik durch die Haupttür, die er wieder hinter sich verschloss. Er schaltete kein Licht ein, sondern benutzte seine schwere Taschenlampe, um in den Keller zu gehen. Er hatte eigentlich nicht viel zu tun: Der Brennofen war abzustellen und der Boiler zu überprüfen. Und dann war da noch eine kleine Privatsache zu erledigen. Dazu musste er das Archiv betreten, doch dieser warme, erinnerungsträchtige Ort des Todes schreckte ihn nicht. Die Toten waren tot, erledigt, machtlos, für ewig zum Schweigen gebracht. In einer Welt zunehmender Unsicherheit war so viel sicher. Ein Mann, der den Mut zum Töten aufbrachte, hatte durchaus einiges zu fürchten. Doch nicht von den Toten.

In diesem Augenblick hörte er die Klingel an der Pforte. Es war ein zögerndes, schüchternes Läuten, das aber in der Stille der Klinik unnatürlich laut widerhallte. Als er die Tür öffnete, glitt Jennys Gestalt so schnell ins Haus, dass sie wie ein Gespenst an ihm vorbeizuhuschen schien, wie ein dünner Geist, aus Dunkelheit und Nebel geboren.

«Tut mir Leid, Liebling», sagte sie atemlos. «Ich musste dich unbedingt sprechen. Als du nicht im Studio warst, hab ich mir überlegt, dass du vielleicht hier bist.»

«Hat dich am Studio jemand gesehen?», fragte er. Ohne den Grund zu wissen, hielt er die Frage für wichtig.

Sie sah ihn überrascht an. «Nein. Das Haus schien ganz leer zu sein. Mir ist niemand begegnet. Warum?»

«Nichts. Ist völlig unwichtig. Komm nach unten. Ich mache den Gasofen an. Du zitterst ja.»

Sie gingen zusammen in den Keller, und ihre Schritte hallten durch die unheimliche, ahnungsvolle Stille eines Hauses, in dem morgen wieder lebhaftes Stimmengewirr, Bewegung und endloses geschäftiges Treiben herrschen würden. Sie ging auf Zehenspitzen, und wenn sie etwas sagte, flüsterte sie. Oben an der Treppe griff sie nach seiner Hand, und er spürte, dass ihre Finger zitterten. Auf halbem Wege gab es plötzlich ein leises Geräusch, und sie fuhr zusammen.

«Was ist das? Was war das für ein Geräusch?»

«Nichts. Vermutlich Tigger auf dem Katzenklo.»

Als sie das Hausdienerzimmer erreicht hatten und das Feuer brannte, warf er sich in einen der Lehnstühle und lächelte zu ihr empor. Verdammt unangenehme Sache, dass sie gerade jetzt hier auftauchte, aber er musste seinen Ärger irgendwie unterdrücken. Wenn er Glück hatte, wurde er sie schnell wieder los, und zwar noch gut vor zehn Uhr.

«Nun?», fragte er.

Plötzlich hockte sie vor ihm auf dem Teppich und umklammerte seine Beine. In ihren hellen Augen, die sein Gesicht erforschten, stand eine leidenschaftliche Bitte.

«Liebling! Ich muss es wissen! Mir ist völlig egal, was du getan hast, wenn ich es nur weiß. Ich liebe dich und möchte dir helfen. Liebling, du musst mir sagen, wenn du irgendwie in der Klemme steckst!»

Das war ja schlimmer, als er erwartet hatte. Irgendwie hatte sie etwas erfahren. Aber wo und was? Er zwang sich zu einem gelassenen Tonfall und fragte: «Was für eine Klemme denn, um Himmels willen? Du meinst doch nicht etwa, dass ich sie umgebracht habe?»

«O Peter! Bitte, mach keine Witze! Ich habe mir große Sorgen gemacht. Irgendetwas stimmt nicht, das weiß ich. Es geht um das Geld, nicht wahr? Du hast die fünfzehn Pfund gestohlen?»

Vor Erleichterung hätte er am liebsten losgelacht. In einer Anwandlung von Gefühl legte er die Arme um sie und zog sie über sich, und seine Stimme klang gedämpft durch ihr Haar. «Du Dummerchen! Ich hätte mir doch jederzeit Bargeld nehmen können, wenn ich hätte stehlen wollen. Wie kommst du nur auf solchen Unsinn?»

«Das habe ich mir ja auch eingeredet. Warum hättest du's nehmen sollen? Oh, Liebling, sei nicht böse! Ich habe mir solche Sorgen gemacht! Weißt du, es fing mit der Zeitung an.»

«Was für eine Zeitung, um Himmels willen?» Er musste an sich halten, um die Worte nicht aus ihr herauszuschütteln. Er war froh, dass sie sein Gesicht nicht sehen konnte. Solange er ihrem Blick nicht begegnen musste, konnte er seinen Zorn und die verhängnisvolle, heimtückische Panik niederkämpfen. Um Himmels willen, was versuchte sie ihm nur zu sagen?

«Der *Standard*. Heute Abend war der Wachtmeister bei uns. Ich war unterwegs, um Fisch und Pommes frites zu holen. Als ich das Zeug in der Küche auswickelte, sah ich mir die Zeitung an, in die es eingeschlagen war. Es war der *Standard* vom Freitag mit einem großen Bild von dem Flugzeugabsturz auf der ersten Seite. Dann fiel mir ein, dass wir ja in deinen *Standard* Tiggers Fressen eingewickelt hatten und die erste Seite ganz anders aussah. Dieses Bild hatte ich noch gar nicht gesehen.»

Er drückte sie enger an sich und sagte ruhig: «Hast du schon mit der Polizei darüber gesprochen?»

«Liebling, natürlich nicht! Wenn man dich deswegen nun verdächtigen würde! Ich habe niemandem etwas gesagt; aber ich muss unbedingt mit dir reden. Die fünfzehn Pfund sind mir egal. Mir ist es auch egal, wenn du dich mit ihr im Keller getroffen hast. Ich weiß, dass du sie nicht getötet hast. Ich will nur, dass du mir vertraust. Ich liebe dich und möchte dir helfen. Ich ertrage es nicht, wenn du mir etwas verschweigst.»

Das sagten alle, doch unter Millionen Frauen gab es nicht eine, die wirklich die Wahrheit über einen Mann hören wollte. Eine Sekunde lang war er in Versuchung, ihr alles zu sagen, ihr die ganze brutale Geschichte in das dumme, flehende Gesicht zu schleudern und zuzuschauen, wie Mitleid und Liebe plötzlich daraus verschwanden. Die Sache mit der Bolam konnte sie wahrscheinlich noch akzeptieren. Was sie aber nicht ertragen konnte, war die Erkenntnis, dass er die Leute nicht um ihrer beider willen erpresst hatte, dass er nicht gehandelt hatte, um ihre Liebe zu erhalten, dass es da gar keine Liebe zu erhalten gab, weder jetzt noch vorher. Natürlich musste er sie heiraten. Er hatte ja immer gewusst, dass es dazu kommen würde. Nur sie konnte stichhaltig gegen ihn aussagen, und es gab nur diesen sicheren Weg, ihr den Mund zu verschließen. Aber die Zeit war kurz. Er wollte Ende der Woche schon in Paris sein. Jetzt sah es so aus, als würde er nicht allein reisen. Hastig überlegte Nagle. Er verlagerte sein Gewicht auf die Seitenlehne des Stuhls, ohne die Umarmung zu öffnen, und drückte sein Gesicht auf ihre Wange.

«Hör zu, Liebling», sagte er leise. «Du sollst etwas erfahren. Ich hab's dir bisher nicht erzählt, weil ich dich nicht beunruhigen wollte. Ich habe die fünfzehn Pfund wirklich genommen. Das war natürlich verdammt blöd von mir, aber es hat keinen Sinn mehr, sich darüber noch Gedanken zu machen. Wahrscheinlich hat Miss Bolam etwas geahnt. Ich weiß es nicht. Sie hat nichts gesagt, und ich habe sie auch nicht angerufen. Aber ich war im Keller, nachdem sie umgebracht worden war. Ich hatte es satt, mich von dem blöden Cully aus- und eintragen zu lassen, als wäre ich ein verrückter Patient, und ich hatte auch keine Lust, ihm die Zeitung zu geben. Warum kann er sich nicht selbst eine kaufen, der alte Geizkragen! Ich wollte ihn mal tüchtig foppen. Als ich durch die Kellertür kam, sah ich, dass im Archiv Licht brannte und die Tür offen stand, und da bin ich hinein. Ich fand ihre Leiche. Ich wollte nicht bei ihr entdeckt werden, besonders wegen der Sache mit den fünfzehn Pfund, falls das herausgekommen wäre. Ich sagte also nichts, ging wieder durch die Hintertür und kam wie üblich von vorn ins Haus. Und seither habe ich den Mund gehalten. Ich *muss* schweigen, mein Schatz. Ich muss Ende der Woche das Bollinger-Stipendium antreten, aber die Polizei ließe das nicht zu, wenn man mich in Verdacht hätte. Wenn ich jetzt nicht fahre, habe ich die Chance meines Lebens verpasst.»

Zumindest die letzten Worte stimmten. Er musste hier weg. Dieser Gedanke war förmlich zur Besessenheit geworden. Es war die letzte Rechtfertigung der mageren Jahre voller Mühen und Erniedrigungen. Er *musste* das Bollinger-Stipendium antreten. Andere Maler mochten an diesem Punkt versagen und letztlich doch noch Erfolg haben. Aber nicht er.

Und auch jetzt noch konnte es schief gehen. Seine Geschichte war ziemlich mager ausgefallen. Noch während er sprach, waren ihm die unlogischen und unstimmigen Punkte aufgefallen. Doch die Bruchstücke hingen zusammen – gerade so eben. Er sah keine Möglichkeit, dass sie ihn widerlegen konnte. Und sie würde es nicht versuchen wollen. Doch ihre Reaktion überraschte ihn.

«Ende dieser Woche! Du meinst, du fährst so schnell nach Paris? Was ist mit der Klinik ... mit deiner Arbeit?»

«Um Himmels willen, Jenny, was macht das schon? Ich gehe ohne Kündigung, und man wird einen anderen finden. Die Klinik muss ohne mich auskommen.»

«Und ich?»

«Du kommst natürlich mit. Hatte ich von Anfang an vor. Das wusstest du doch?»

«Nein», sagte sie, und er hatte das Gefühl, als läge große Traurigkeit in ihrer Stimme. «Nein, davon hatte ich keine Ahnung.»

Er versuchte einen zuversichtlichen und leicht tadelnden Tonfall anzuschlagen.

«Ich habe nie darüber gesprochen, weil ich meinte, dass einige Dinge zwischen uns selbstverständlich wären. Ich weiß, das alles kommt sehr kurzfristig, aber es wird leichter sein, wenn du nicht zu lange zu Hause herumsitzen und warten musst. Die Leute würden nur misstrauisch werden. Du hast doch einen Pass, nicht wahr? Bist du nicht mal mit den Pfadfinderinnen nach Frankreich gefahren? Ich schlage vor, dass wir möglichst schnell mit einer Sonderlizenz heiraten – schließlich haben wir ja jetzt das Geld dazu – und deinen Eltern schreiben, sobald wir in Paris sind. Du willst doch mitkommen, nicht wahr, Jenny?»

Plötzlich zitterte sie in seinen Armen, und er spürte die warme Feuchtigkeit ihrer Tränen unangenehm im Gesicht.

«Ich dachte schon, du wolltest ohne mich fahren! Ein Tag nach dem anderen verging, und du hast kein Wort gesagt. Natürlich möchte ich mit! Mir ist gleichgültig, was geschieht, wenn wir nur zusammen sind. Aber wir können nicht heiraten. Ich habe es dir nie gesagt, weil ich Angst hatte, dass du wütend sein würdest, und du hast mir auch nie Fragen über mich gestellt. Ich kann dich nicht heiraten, weil ich schon verheiratet bin.»

Der Wagen war in die Vauxhall Bridge Road eingebogen, aber es herrschte viel Verkehr, und sie kamen nur langsam voran. Dalgliesh lehnte sich in seinem Sitz zurück, als hätte er den ganzen Tag Zeit, doch innerlich zappelte er vor Sorge. Er hätte keinen Grund für seine Ungeduld nennen können. Der Besuch in der Steen-Klinik war reine Spekulation. Wenn Nagle wirklich in der Klinik vorbeigeschaut hatte, war anzunehmen, dass er längst wieder fort war, wenn sie eintrafen. Wahrscheinlich genoss er gerade in einer Kneipe in Pimlico sein abendliches Bier. An der nächsten Ecke standen die Ampeln auf Rot, und der Wagen stoppte zum dritten Mal auf hundert Metern.

«Er wäre nicht mehr lange ungeschoren geblieben, trotz des Mordes an der Bolam», sagte Martin plötzlich. «Früher oder später wäre Mrs. Fenton – oder vielleicht ein anderes Erpressungsopfer – in die Klinik gekommen.»

«Aber er hätte so lange damit durchkommen können, bis er das Bollinger-Stipendium antrat», erwiderte Dalgliesh. «Und selbst wenn die Erpressung ans Licht kam, ehe er verschwinden konnte – was ließe sich beweisen? Was können wir denn *jetzt* beweisen, wo wir schon mal dabei sind? Die Bolam ist tot – welche Jury könnte mit absoluter Gewissheit behaupten, dass sie nicht die Erpresserin war? Nagle braucht nur auszusagen, dass er ab und zu grünbeschriftete Umschläge gesehen und in die Post der Verwaltungschefin getan hat. Fenton wird bestätigen, dass er der Ansicht war, die Anrufe kämen von einer Frau. Und Erpresser finden manchmal wirklich ein gewaltsames Ende. Nagle hätte ja nach Mrs. Fentons Anruf nicht weiterzumachen brauchen. Auch das würde für ihn sprechen. Die Bolam stirbt, und die Erpressungen hören auf. Oh, ich kenne die Argumente dagegen! Aber was können wir beweisen?»

«Er wird es sicher zu schlau anstellen wollen», sagte Martin ungerührt. «Da sind sich alle gleich. Natürlich steht das Mädchen völlig unter seinem Einfluss, armes Ding. Wenn sie zu ihrer Aussage steht, dass er nicht lange genug allein war, um zu telefonieren ...»

«Sie wird dabei bleiben, Martin.»

«Ich bin ziemlich sicher, dass er nichts von ihrem Ehemann weiß. Wenn die Sache brenzlig wird, nimmt er wahrscheinlich an, er kann sie zum Schweigen bringen, indem er sie heiratet.«

Dalgliesh sagte leise: «Wir müssen ihn schnappen, ehe er feststellt, dass das nicht geht.»

Im Hausdienerzimmer der Steen-Klinik schrieb Nagle einen Brief. Er schrieb mit leichter Hand, die schwülstigen, verlogenen Sätze flossen ihm mit überraschender Leichtigkeit aus der Feder. Er wäre lieber gestorben, als so einen Text zu schreiben. Ein unerträglicher Gedanke, dass jemand diesen gefühlvollen Unsinn lesen und als sein Werk erkennen könnte. Aber nur Jenny würde den Brief lesen, sonst niemand. Schon in dreißig Minuten würde er im Boiler liegen, dann hatte er seinen Zweck erfüllt, und die einschmeichelnden Sätze waren nur noch eine unangenehme Erinnerung. Er hatte keine Mühe, sich vorzustellen, was Jenny von ihm zu hören erwartete. Er wendete das Blatt und schrieb:

Wenn Sie dies lesen, sind wir zusammen in Frankreich. Ich weiß, dass Ihnen das großen Kummer bereiten wird, aber bitte glauben Sie mir, wenn ich sage, dass wir nicht mehr ohne den anderen leben können. Ich weiß, dass wir eines Tages heiraten können. Bis dahin wird es Jenny bei mir gut haben, und ich werde mein Leben der Aufgabe widmen, sie glücklich zu machen. Bitte versuchen Sie uns zu verstehen und zu verzeihen.

Ein guter Schluss, überlegte er, der Jenny unbedingt gefallen würde – und niemand sonst würde ihn lesen. Er rief sie zu sich und schob ihr das Blatt über den Tisch.

«Ob das genügt?»

Sie las schweigend. «Ich glaube schon.»

«Verflixt, Mädchen, was gefällt dir daran nicht?»

Zorn wallte in ihm auf, dass seine Mühe nicht gewürdigt wurde. Er hatte erstaunte Dankbarkeit erwartet und sich schon eine Reaktion darauf zurechtgelegt.

«Mir gefällt's ja», sagte sie leise.

«Dann solltest du jetzt deinen Teil schreiben. Nicht unten drunter. Nimm einen neuen Bogen.»

Er schob ihr das Papier über den Tisch, ohne ihrem Blick zu begegnen. Die Zeit verging, und er wusste nicht, wie lange er noch hatte.

«Fass dich lieber kurz», sagte er.

Sie nahm den Stift zur Hand, machte aber keine Anstalten zu schreiben. «Ich weiß nicht, was ich schreiben soll.»

«Du brauchst nicht mehr viel zu schreiben. Ich habe ja schon alles gesagt.»

«Ja», sagte sie voller Traurigkeit. «Du hast alles schon gesagt.»

Er verdrängte den aufsteigenden Ärger aus seiner Stimme und sagte: «Du musst einfach schreiben, es tue dir Leid, dass du ihnen Kummer bereitest, aber du könntest nicht anders. Etwas in der Art. Verflixt, wir reisen ja nicht ans Ende der Welt. Es liegt doch an ihnen. Wenn sie dich sehen wollen, stelle ich mich nicht dazwischen. Nun übertreib das Leiden aber nicht zu sehr. Ich gehe jetzt nach oben, um das Schloss in Miss Saxons Zimmer zu reparieren. Wenn ich zurück bin, feiern wir ein bisschen. Wir haben zwar nur Bier, aber heute Abend wirst du Bier trinken, mein Schatz, und es wird dir schmecken!»

Er nahm einen Schraubenzieher aus dem Werkzeugkasten und verließ hastig den Raum, ehe sie Einwände erheben konnte. Sein letzter Blick fiel auf ihr ängstliches Gesicht, das ihm nachblickte. Aber sie rief ihn nicht zurück.

Oben dauerte es nur Sekunden, ein Paar Gummihandschuhe überzuziehen und die Tür zum Giftschrank aufzubrechen. Das Schloss gab mit lautem Knacken nach, und er verharrte einen Augenblick wie angewurzelt, auf ihren Ruf gefasst. Aber kein Laut war zu hören. Er erinnerte sich noch deutlich an die Szene vor etwa sechs Monaten, als einer von Dr. Baguleys Patienten wirr und gewalttätig geworden war. Nagle hatte geholfen, ihn zu überwältigen, während Baguley Schwester Ambrose zurief, sie solle etwas Paraldehyd vorbereiten. Nagle entsann sich der Worte: «Wir geben es ihm in Bier. Ziemlich übel riechendes Zeug, aber im Bier ist es kaum zu schmecken. Komischerweise. Zwei Einheiten, Schwester, auf zwei Kubikzentimeter!»

Und Jenny, die Bier nicht mochte, würde erst recht nichts merken.

Hastig steckte er den Schraubenzieher und die kleine blaue Flasche Paraldehyd in seine Jackentasche und eilte hinaus, wobei er mit der Taschenlampe vor sich hin leuchtete. Obwohl alle Vorhänge zugezogen waren, musste er auf das Licht achten. Er brauchte mindestens noch eine ungestörte halbe Stunde.

Sie blickte überrascht auf, als er so schnell zurückkehrte. Er trat hinter sie und küsste sie auf den Hals.

«Tut mir Leid, Liebling. Ich hätte dich nicht allein lassen sollen. Ich hatte ganz vergessen, dass du ja vielleicht unruhig bist. Das Schloss kann warten. Wie steht es mit dem Brief?»

Sie schob ihm das Blatt hin. Er drehte ihr den Rücken zu, um die wenigen Zeilen in aller Ruhe zu lesen. Aber sein Glück hatte ihn nicht verlassen. Es war ein so sauberer und überzeugender Selbstmordbrief, wie er je vor einem Leichenbeschauer verlesen worden war. Er hätte ihr den Text nicht besser diktieren können. Er spürte Zuversicht und Erregung in sich aufsteigen, wie immer, wenn er mit einem Bild gut vorankam. Nun konnte ihm niemand mehr in die Quere kommen. Jenny hatte geschrieben:

Was ich getan habe, tut mir nicht Leid. Ich hatte keine andere Wahl. Ich bin so glücklich, und mein Gefühl wäre vollkommen, wenn ich nicht wüsste, dass ich euch traurig mache. Aber es ist wirklich das Beste für mich. Bitte versucht, mich zu verstehen. Ich liebe euch sehr. Jenny.

Er legte den Brief wieder auf den Tisch und machte sich daran, das Bier einzuschenken, wobei seine Handbewegungen durch die offene Tür des Schranks verdeckt wurden. Himmel, das Zeug stank vielleicht! Hastig schüttete er das schäumende Bier darauf.

«Bist du glücklich?», rief er ihr zu.

«Das weißt du doch!»

«Dann wollen wir darauf trinken. Auf uns, Liebling.»

«Auf uns.»

Sie verzog das Gesicht, als die Flüssigkeit ihre Lippen benetzte.

Er lachte. «Du siehst aus, als trinkst du Gift. Schütt's runter, Mädchen. So!»

Er öffnete seine Kehle und leerte das Glas. Lachend erschauderte sie und schluckte ihr Bier. Er nahm ihr das leere Glas ab und zog sie in seine Arme. Sie klammerte sich an ihn, und ihre Hände waren wie eine kalte Kompresse an seinem Hals. Er machte sich von ihr los und zog sie neben sich in den Sessel. Aneinander geklammert glitten sie zu Boden und lagen dann auf dem Teppich vor dem Gasofen. Nagle hatte das Licht ausgeschaltet, und in dem hellroten Licht des Feuers schimmerte ihr Gesicht, als läge sie in der prallen Sonne. Das Zischen des Gases war das einzige Geräusch in der Stille.

Von einem der Sessel zog er ein Kissen herab und schob es ihr unter den Kopf. Nur ein Kissen; das andere brauchte er noch als Polster für den Gasherd. Die Chance, dass sie erwachte, war geringer, wenn er es ihr auf ihrer letzten kurzen Rutschpartie aus der Bewusstlosigkeit in den Tod bequem machte. Er legte den linken Arm um sie, und sie lagen aneinander geklammert da, ohne zu sprechen. Plötzlich drehte sie das Gesicht herum, und er spürte ihre Zunge feucht und glitschig wie einen Fisch zwischen seinen Zähnen. In ihren Augen, deren Pupillen im Gaslicht schwarz schimmerten, stand Begierde. «Liebling», flüsterte sie. «Liebling.» Himmel, dachte er, nicht das noch! Er konnte sie jetzt nicht lieben. Es würde sie ruhig halten, aber es ging einfach nicht. Er hatte nicht die Zeit dazu. Und bestimmt konnte der Polizeiarzt feststellen, wie lange das bei einer Frau her war. Zum ersten Mal dachte er erleichtert an ihre übertriebene Vorsicht und flüsterte: «Es geht nicht, Liebling. Ich habe nichts mit. Wir können es jetzt nicht riskieren.»

Sie stieß ein leises zustimmendes Murmeln aus und kuschelte sich an ihn, wobei sie das linke Bein über seine Schenkel schob. Schwer und reglos lag es da, doch er wagte sich nicht zu bewegen oder etwas zu sagen, um ihren heimtückischen Sturz in die Bewusstlosigkeit nicht aufzuhalten. Sie atmete tiefer, und ihr Atem traf ihn heiß und aufreizend in das linke Ohr. Himmel, wie lange sollte das noch dauern! Er hielt den Atem an und lauschte. Plötzlich stieß sie ein leises Schnauben aus wie ein zufriedenes Tier. Unter seinem Arm spürte er einen Wechsel im Rhythmus ihres Atems. Die Spannung ließ fast spürbar nach, als ihr Körper erschlaffte. Sie schlief.

Ruhig noch ein paar Minuten warten, dachte er. Er hatte nicht viel Zeit, doch er durfte nichts überstürzen. Es war wichtig, dass ihr Körper keine Druckstellen aufwies, ganz abgesehen davon, dass ihn der Gedanke an einen Kampf mit Entsetzen erfüllte. Aber jetzt gab es kein Zurück mehr. Wenn sie erwachte und sich wehrte, musste er weitermachen.

Also wartete er ab und lag so still, als wären sie zwei Tote, die in symbolischer Umarmung miteinander erkalteten. Nach einer Weile stemmte er sich vorsichtig auf den rechten Ellenbogen hoch und sah sie an. Ihr Gesicht war gerötet, der Mund mit der kurzen Oberlippe, die ihre weißen Kinderzähne freilegte, war halb geöffnet. Er roch das Paraldehyd in ihrem Atem. Er beobachtete sie einen Augenblick und bemerkte dabei die Länge der hellen Wimpern auf ihren Wangen, die hochgeschwungene Linie der Augenbrauen und die Schatten unter den breiten Wangenknochen. Seltsam, dass er nie dazu gekommen war, ihr Gesicht zu zeichnen. Doch es war zu spät, sich darüber Gedanken zu machen.

Als er sie vorsichtig durch das Zimmer zur schwarzen Öffnung des Gasherds trug, murmelte er ihr leise zu: «Alles in Ordnung, Jenny, mein Liebling. Ich bin's nur. Ich lege dich bequemer hin. Alles in Ordnung, Liebling.»

Doch er wusste, dass er nur sich selbst beruhigen wollte.

In dem großen altmodischen Herd war trotz des Kissens viel Platz. Der untere Teil befand sich nur wenige Zentimeter über dem Boden. Nagle tastete nach ihren Schulterblättern und schob sie sanft vorwärts. Als der Kopf mit dem vollen Gewicht auf dem Kissen lag, vergewisserte er sich, dass die Gasdüsen nicht versperrt waren. Sanft rollte ihr Kopf zur Seite, sodass der halbgeöffnete Mund, feucht und verwundbar wie der eines Babys, dicht über den Düsen hing, bereit, den Tod einzuatmen. Als er seine Hände unter ihrem Körper hervorzog, stieß sie ein leises Seufzen aus, als läge sie nun endlich bequem.

Zufrieden mit seiner Arbeit, warf er ihr einen letzten Blick zu.

Jetzt musste er sich beeilen. Er suchte in der Tasche nach den Gummihandschuhen und trat mit erstaunlicher Geschwindigkeit in Aktion, wobei er leichtfüßig herumeilte und nur in schnellen, flachen Zügen atmete, als ertrüge er das Geräusch seines eigenen Atems nicht mehr. Der Abschiedsbrief lag auf dem Tisch. Er nahm den Schraubenzieher und legte sanft ihre rechte Hand darum, drückte die Handfläche um den schimmernden Griff, die rechte Fingerspitze gegen den Metallansatz. Hätte sie das Werkzeug so gehalten? Ja, so ungefähr. Er legte den Schraubenzieher oben auf den Abschiedsbrief.

Als Nächstes wusch er sein Glas aus und stellte es wieder in den Schrank. Anschließend hielt er das Handtuch einen Augenblick vor die Gasheizung, bis der feuchte Fleck verdunstet war. Dann drehte er die Heizung aus. Hier brauchte er sich über Fingerabdrücke keine Gedanken zu machen. Nichts deutete darauf hin, wann das Gerät zum letzten Mal eingeschaltet worden war. Er dachte kurz an die Paraldehydflasche und Jennys Glas, beschloss dann aber, beides mit Jennys Abschiedsbrief auf dem Tisch stehen zu lassen. Es war logisch, da sie trank, während sie am Tisch saß, und dann zum Ofen ging, sobald sie den ersten Anflug von Müdigkeit verspürte. Er wischte seine Fingerabdrücke von der Flasche, drückte ihre linke Hand darum, presste Zeigefinger und Daumen der rechten Hand auf den Stöpsel. Er hätte sie am liebsten gar nicht mehr berührt, doch sie schlief nun sehr tief. Ihre Hand fühlte sich so warm und entspannt an, dass sie knochenlos zu sein schien. Diese Schlaffheit widerte ihn an, diese Berührung, die so nichtssagend, so passiv war. Er war froh, als er das Trinkglas und die Bierflasche ähnlich behandelt hatte. Jetzt brauchte er Jenny nur noch einmal zu berühren.

Zum Schluss nahm er seinen Brief an die Priddys und die Gummihandschuhe und warf beides in den Boiler. Nun war nur noch der Gashahn aufzudrehen. Das Ding befand sich rechts vom Herd und war mit ihrem schlaffen rechten Arm leicht zu erreichen. Er hob den Arm, drückte ihren Zeigefinger und Daumen gegen den Hahn und drehte ihn auf. Leise zischend strömte das Gas aus. Er fragte sich, wie lange es dauern würde. Doch wohl nicht lange. Vielleicht nur Minuten. Er schaltete das Licht aus und ging rückwärts hinaus, wobei er die Tür hinter sich schloss.

In diesem Augenblick fielen ihm die Schlüssel zur Haupttür ein. Sie mussten bei ihr gefunden werden! Ein eisiger Schreck durchlief ihn bei dem Gedanken, wie verhängnisvoll dieser Fehler hätte sein können. Er schaltete seine Taschenlampe ein und schob sich noch einmal in den Raum. Er nahm die Schlüssel aus der Tasche, hielt den Atem an, um kein Gas einzuatmen, und legte ihr die Schlüssel in die linke Hand. Er war schon wieder an der Tür, als er plötzlich Tiggers Miauen hörte. Die Katze musste unter dem Schrank geschlafen haben. Sie strich nun langsam um das liegende Mädchen herum und streckte zögernd die Pfote nach ihrem rechten Fuß aus. Nagle stellte fest, dass er es nicht fertig brachte, noch einmal in ihre Nähe zu gehen.

«Komm her, Tigger», flüsterte er. «Komm zu mir, alter Knabe.»

Der Kater wandte die großen braunen Augen in seine Richtung und schien zu überlegen – doch völlig ohne Emotion und ohne Hast. Dann kam er langsam zur Tür. Nagle fuhr mit dem linken Fuß unter den weichen Bauch und hob die Katze mit einer schnellen Bewegung durch die Tür.

«Komm da raus, du blödes Vieh! Willst du alle neun Leben auf einmal verlieren? Das Zeug ist gefährlich!»

Er schloss die Tür, und die Katze, plötzlich aktiv geworden, huschte in die Dunkelheit.

Ohne Beleuchtung ging Nagle zur Hintertür, tastete nach dem Riegel und verließ das Haus. Er lehnte sich mit dem Rücken an die Tür und wartete einen Augenblick, um sich zu vergewissern, dass die Gasse leer war. Nachdem die Sache nun gelaufen war, spürte er die Folgen der Anstrengung. Stirn und Hände waren feucht von Schweiß, und er hatte Mühe beim Atmen. In tiefen Zügen saugte er die feuchte und angenehm kühle Nachtluft ein. Der Nebel war kaum mehr als ein Dunst, durch den die Straßenlampe am Ende der Gasse wie ein gelber Fleck schimmerte. Dieser Schein, nur vierzig Meter entfernt, bedeutete die Sicherheit. Und doch schien er plötzlich unerreichbar. Wie ein Tier in seinem Bau starrte er in entsetzter Faszination auf das gefährliche Licht und gab seinen Beinen den Befehl zu gehen. Doch er hatte keine Macht mehr über sie. Im Schatten der Tür hockend, den Rücken an das Holz gepresst, kämpfte er die Panik nieder. Schließlich hatte er es gar nicht eilig. In ein paar Sekunden würde er sein unsicheres Versteck verlassen und durch die Gasse gehen. Dann brauchte er nur noch von der anderen Seite wieder auf den Platz zu kommen und zu warten, bis ihn ein zufälliger Passant beobachten konnte, wie er vergeblich an die Pforte hämmerte. Sogar die Worte, die er sprechen wollte, waren bereits überlegt. «Meine Freundin! Ich glaube, sie ist da drin, aber sie macht nicht auf! Sie war vorhin bei mir zu Hause, und als sie fort war, stellte ich fest, dass die Schlüssel fehlten! Sie war ganz durcheinander. Holen Sie lieber einen Polizisten. Ich schlage die Fenster ein.»

Dann das Klirren des Glases, der Sprint in den Keller und die Gelegenheit, die Hintertür wieder zu verriegeln, ehe ihn die hastigen Schritte einholten. Um zehn Uhr war die Leiche längst fort und die Klinik wieder leer. Bald würde er zum letzten Akt antreten. Aber nicht sofort. Nicht auf der Stelle.

Am Embankment war der Verkehr fast zum Erliegen gekommen. Im Savoy schien etwas los zu sein.

«In der Klinik ist natürlich kein Wächter?», fragte Dalgliesh plötzlich.

«Nein, Sir. Wie Sie sich erinnern, habe ich Sie heute früh gefragt, ob wir einen Mann dort stationieren sollten, und Sie haben nein gesagt.»

«Ich weiß.»

«War wohl auch kaum nötig. Wir haben das Haus gründlich durchsucht, außerdem sind wir mit Leuten nicht gerade reichlich gesegnet.»

«Ich weiß, Martin», erwiderte Dalgliesh ärgerlich. «Es wird Sie überraschen, aber das waren genau die Gründe für meine Entscheidung.» Wieder musste der Wagen halten. Dalgliesh steckte den Kopf aus dem Fenster. «Zum Teufel, was macht der nur?»

«Ich glaube, er gibt sich größte Mühe, Sir.»

«Das finde ich ja so deprimierend. Kommen Sie, Martin, steigen Sie aus. Wir gehen den Rest dcs Weges zu Fuß. Ich bin wahrscheinlich ein alter Dummkopf, aber wenn wir an der Klinik sind, kümmern wir uns um beide Ausgänge. Sie gehen hinten rum.»

Wenn Martin überrascht war, so lag es nicht in seiner Art, sich etwas anmerken zu lassen. Irgendetwas schien in den Alten gefahren zu sein. Wahrscheinlich war Nagle längst wieder in seiner Wohnung, und die Klinik lag einsam und verschlossen da. Ganz schön dämlich würden sie sich ausmachen, wenn sie sich an ein leeres Gebäude anschlichen. Na ja, sie hatten bald Gewissheit. Er konzentrierte sich darauf, mit dem Kriminalrat Schritt zu halten.

Nagle wusste nicht, wie lange er geduckt und wie ein Tier keuchend an der Tür wartete. Doch nach einer Weile beruhigte er sich und gewann die Gewalt über seine Beine zurück. Langsam ging er los, schwang sich über das hintere Geländer und trottete durch die Gasse. Er ging wie ein Roboter, die Hände starr herabhängend, die Augen geschlossen. Plötzlich hörte er Schritte. Als er die Augen öffnete, sah er eine vertraute stämmige Gestalt als Silhouette vor der Straßenlaterne. Langsam und unerbittlich kam sie durch den Nebel auf ihn zu. Sein Herz machte einen Sprung und begann dann so heftig zu klopfen, dass sein ganzer Körper durchgeschüttelt wurde. Seine Beine schienen abgestorben zu sein; sie widersetzten sich dem ersten verhängnisvollen Impuls zu fliehen. Aber wenigstens funktionierte sein Gehirn noch. Solange er denken konnte, war noch Hoffnung. Er war schlauer als sie. Wenn er Glück hatte, kamen sie gar nicht auf den Gedanken, in der Klinik nachzuschauen. Warum auch? Und sie war bestimmt längst tot! Wenn Jenny tot war, mochten sie denken, was sie wollten. Beweisen konnten sie ihm nichts.

Die Taschenlampe leuchtete ihm ins Gesicht.

«Guten Abend, junger Mann», sagte die langsame, tonlose Stimme. «Wir hatten gehofft, Sie hier zu treffen. Wollen Sie hinein, oder kommen Sie heraus?»

Nagle antwortete nicht. Er verzog die Lippen und hoffte, dass ein Lächeln dabei herauskam. Er konnte nur vermuten, wie er in dem grellen Lichtstrahl aussah; ein Totenschädel, der Mund vor Angst klaffend, die Augen starr.

In diesem Augenblick spürte er den schüchternen Druck an den Beinen. Der Polizist bückte sich und hob die Katze hoch, hielt sie vor sich. Als das Tier die Wärme der riesigen Hand spürte, begann es sofort zufrieden zu schnurren.

«Ah, da ist ja Tigger. Sie haben ihn rausgelassen, nicht? Sie und die Katze sind zusammen aus dem Haus gekommen.»

Beide merkten es im gleichen Moment, und ihre Blicke begegneten sich. Aus der Wärme des Katzenfells zwischen ihnen stieg ein schwacher, aber unverkennbarer Gasgeruch auf.

Die nächste halbe Stunde brachte für Nagle ein Durcheinander aus Lärm und grellen Lichtern, ein Durcheinander, aus dem einige dramatische Bilder mit unnatürlicher Klarheit hervorstachen und für den Rest seines Lebens in seine Erinnerung eingebrannt wurden. Er merkte gar nicht, wie der Wachtmeister ihn gegen das Eisengeländer drängte, sondern erinnerte sich nur an seinen Griff, der so fest und lähmend war wie der einer Aderpresse, und an das heiße Keuchen von Martins Atem in seinem Ohr. Es krachte, einen Moment später ertönte das traurige Klirren von Glas, als jemand die Fenster des Hausdienerzimmers eintrat, dann das Schrillen einer Pfeife, hastige Schritte auf der Kliniktreppe, aufflammendes Licht, das ihm schmerzlich in die Augen stach. Auf einem der Bilder, die er bewusst wahrnahm, beugte sich Dalgliesh über den Körper des Mädchens. Er hatte den Mund aufgerissen wie ein steinerner Wasserspeier und seine Lippen auf die ihren gedrückt, während er seinen Atem in ihre Lungen presste. Die beiden Körper schienen miteinander zu ringen, schienen in einer obszönen Umarmung vereint – wie eine Vergewaltigung der Toten. Nagle schwieg. Er vermochte kaum noch einen klaren Gedanken zu fassen, aber sein Instinkt sagte ihm, dass er nichts sagen dürfe. Von kräftigen Armen an die Wand gedrückt und fasziniert das fieberhafte Zucken von Dalglieshs Schultern beobachtend, spürte er Tränen in den Augen. Enid Bolam war tot, Jenny war tot, und er war nun müde, unendlich müde. Er hatte sie nicht töten wollen. Es war die Bolam, die ihm die Last und die Gefahren des Mordens aufgezwungen hatte. Sie und Jenny hatten ihm keine andere Wahl gelassen. Und er hatte Jenny verloren.

Jenny war tot. Angesichts der Ungeheuerlichkeit und Unfairness der Dinge, zu denen die beiden ihn gezwungen hatten, spürte er ohne Überraschung warme Tränen des Selbstmitleids auf seinem Gesicht.

Das Zimmer war plötzlich voll. Weitere Uniformierte tauchten auf, einer stämmig wie eine Holbein-Figur, mit Schweinsäuglein und langsamen Bewegungen. Das Zischen von Sauerstoff, das Murmeln sich beratender Stimmen. Dann legten sie mit sanften, erfahrenen Händen etwas auf eine Bahre, eine in rote Decken gehüllte Gestalt, die etwas zur Seite rollte, als die Bahre angehoben wurde. Warum trugen sie sie so vorsichtig? Das Ding spürte doch kein Rucken mehr!

Dalgliesh schwieg, bis man Jenny fortgebracht hatte. Dann sagte er, ohne Nagle anzusehen: «Los, Martin. Schaffen Sie ihn in die Zentrale. Wir hören uns seine Geschichte dort an.»

Nagle bewegte den Mund. Seine Lippen waren so trocken, dass er sie springen hörte. Doch es dauerte einige Sekunden, bis die Worte kamen, und dann vermochte nichts sie aufzuhalten. Die sorgfältig einstudierte Geschichte brach in einem Schwall aus ihm heraus, nüchtern und wenig überzeugend: «Da ist nichts zu berichten. Sie kam zu mir in die Wohnung, und wir haben den Abend zusammen verbracht. Ich musste ihr sagen, dass ich ohne sie fortgehen würde. Sie hat es ziemlich schwer genommen, und als sie fort war, stellte ich fest, dass die Klinikschlüssel fehlten. Ich wusste, dass sie ziemlich durcheinander war, und hielt es für besser, ihr zu folgen. Auf dem Tisch liegt ein Brief. Sie hat einen Brief geschrieben. Ich sah, dass sie tot war und ich ihr nicht mehr helfen konnte, und bin abgehauen. Ich wollte nicht in die Sache hineingezogen werden. Ich muss an das Bollinger-Stipendium denken. Sähe nicht gut aus, wenn ich in einen Selbstmord verwickelt wäre.»

«Am besten sagen Sie noch gar nichts», meinte Dalgliesh. «Allerdings müssen Sie sich schon etwas mehr einfallen lassen. Ihre Aussage stimmt nämlich nicht mit dem überein, was sie uns mitgeteilt hat. Der Zettel auf dem Tisch ist nicht der einzige, den sie uns hinterlassen hat.»

Behutsam zog er einen kleinen zusammengefalteten Zettel aus seiner Brusttasche und hielt ihn dicht vor Nagles faszinierte, angstvolle Augen.

«Wenn Sie heute Abend in Ihrer Wohnung mit ihr zusammen waren, wie erklären Sie dann diesen Zettel, den wir unter Ihrem Türklopfer gefunden haben?»

In diesem Augenblick musste Nagle voller Verzweiflung erkennen, dass die Toten, so machtlos und verachtet sie waren, doch gegen ihn aussagen konnten. Instinktiv wollte er nach dem Zettel greifen, ließ dann den Arm fallen. Dalgliesh steckte das Stück Papier wieder in die Tasche und sah Nagle eindringlich an.

«Sie sind also hierher geeilt, weil Sie sich Sorgen um sie machten?», fragte er. «Wie rührend! Da will ich Sie vorsorglich beruhigen. Sie wird es überleben.»

«Sie ist tot», sagte Nagle tonlos. «Sic hat Selbstmord begangen.»

«Sie atmete, als wir mit ihr fertig waren. Wenn alles gut geht, wird sie uns erzählen können, was passiert ist. Und nicht nur, was heute Abend hier geschehen ist. Wir werden ihr auch ein paar Fragen über den Mord an Miss Bolam stellen.»

Nagle lachte schrill auf. «Der Mord an der Bolam! Den hängen Sie mir nicht an! Und ich will Ihnen auch sagen warum, Sie Dummkopf. Weil ich sie nicht umgebracht habe! Wenn Sie sich mal richtig mit Ruhm bekleckern wollen, machen Sie nur weiter! Ich will Sie nicht aufhalten. Aber ich warne Sie. Wenn ich wegen des Mordes an der Bolam verhaftet werde, mache ich Ihren Namen in jeder Zeitung des Landes lächerlich.»

Er hielt Dalgliesh die Handgelenke hin.

«Los, Kriminalrat! Los, beschuldigen Sie mich. Was hält Sie zurück? Sie haben sich doch alles ganz raffiniert zurechtgelegt, nicht wahr? Aber Sie sind ein bisschen zu schlau gewesen. Sie überheblicher Scheißbulle!«

«Ich beschuldige Sie nicht», sagte Dalgliesh. «Ich fordere Sie auf, mich in die Zentrale zu begleiten, um einige Fragen zu beantworten. Wenn Sie einen Anwalt zu Rate ziehen wollen, ist das Ihr gutes Recht.»

«Ich nehme mir schon noch einen. Aber nicht sofort. Ich habe es nicht eilig, Kriminalrat. Ich erwarte nämlich noch jemanden. Wir wollten uns hier um zehn Uhr treffen, und es ist fast so weit. Wir wollten die Klinik eigentlich für uns allein haben, und ich glaube kaum, dass mein Besuch sich über Ihren Anblick besonders freut! Aber wenn Sie Miss Bolams Mörder kennen lernen wollen, sollten Sie noch ein Weilchen hier bleiben. Es dauert nicht mehr lange. Die Person, die ich erwarte, ist auf Pünktlichkeit getrimmt.»

Plötzlich schien alle Angst von ihm abgefallen zu sein. Seine großen braunen Augen waren wieder ausdruckslose Abgründe, in denen nur die schwarze Iris lebte. Martin, der Nagles Arm nicht losgelassen hatte, spürte, wie sich die Muskeln spannten, spürte die physische Rückkehr der Zuversicht. Doch ehe jemand etwas sagen konnte, hörten alle das Geräusch von Schritten. Jemand hatte das Haus durch die Kellertür betreten und kam leise durch den Gang.

Dalgliesh sprang mit einem Satz zur Tür und stemmte sich dagegen. Die Schritte, die zögernd und ängstlich klangen, verstummten vor dem Eingang. Drei Augenpaare sahen zu, wie sich der Türgriff drehte, zuerst nach rechts, dann nach links.

«Nagle!», rief eine Stimme leise. «Sind Sie da, Nagle! Machen Sie auf!»

Mit einer fließenden Bewegung trat Dalgliesh zur Seite und

riss die Tür auf. Im Schein des fluoreszierenden Lichts trat die schmale Gestalt unwillkürlich einen Schritt vor. Die riesigen grauen Augen weiteten sich und glitten von einem Gesicht zum nächsten, die Augen eines verständnislosen Kindes. Wimmernd hob sie plötzlich ihre Handtasche vor die Brust, als wolle sie ein Baby beschützen. Nagle machte sich aus Martins Griff frei, entriss ihr die Tasche und warf sie Dalgliesh zu. Die Tasche fiel schwer in die Hand des Kriminalbeamten, das billige Plastikmaterial fühlte sich warm und klebrig an. Nagle versuchte ruhig zu sprechen, doch seine Stimme kippte vor Erregung und Triumph über.

«Schauen Sie hinein, Kriminalrat! Es ist alles da. Ich will Ihnen sagen, was Sie finden. Ein unterschriebenes Geständnis über den Mord an Enid Bolam und hundert Pfund in Scheinen – eine erste Zahlung, damit ich den Mund halte.»

Er wandte sich an seine Besucherin.

«Tut mir Leid, Kleines. So hatte ich das nicht geplant. Ich wollte wirklich den Mund halten über meine Beobachtungen, aber seit Freitagabend hat sich einiges getan. Ich habe jetzt selber Sorgen, und mir soll niemand eine Mordanklage anhängen. Unser kleines Arrangement ist abgeblasen.»

Aber Marion Bolam war bereits in Ohnmacht gefallen.

Zwei Monate später wurde Marion Bolam von einem Amtsgericht des Mordes an ihrer Cousine angeklagt und an ein Schwurgericht überwiesen. Ein launischer Herbst war zu einem strengen Winter geworden, und Dalgliesh wanderte unter einem grauen Himmel, der schwer von Schnee zu sein schien, allein zum Hauptquartier zurück. Schon fielen die ersten feuchten Flocken und schmolzen auf seinem Gesicht. Im Büro seines Vorgesetzten brannten die Lampen, und die Vorhänge waren geschlossen und verdrängten den schimmernden Fluss, das Lichterband am Embankment und die kalte Trägheit des Winternachmittags aus dem Zimmer. Dalgliesh erstattete kurz Bericht.

Der stellvertretende Polizeichef hörte schweigend zu und sagte: «Vermutlich wird man auf verminderte Zurechnungsfähigkeit plädieren. Was für einen Eindruck machte das Mädchen?»

«Absolut ruhig, wie ein Kind, das genau weiß, dass es ungezogen gewesen ist und das sich nun in der Hoffnung auf Nachsicht sehr zusammennimmt. Ich vermute, dass sie keine großen Schuldgefühle hat – abgesehen von der üblichen weiblichen Zerknirschtheit darüber, dass man sie erwischt hat.»

«Ein selten klarer Fall», sagte der stellvertretende Polizeichef. «Die offensichtliche Verdächtige, das offensichtliche Motiv.»

«Für mich anscheinend zu offensichtlich», sagte Dalgliesh bitter. «Wenn mich das nicht von meiner Eitelkeit kuriert, ist es zu spät. Hätte ich mich mehr um das Offensichtliche gekümmert, hätte ich sie zum Beispiel fragen können, warum sie erst nach elf Uhr in die Rettinger Street zurückkehrte, als das Fernsehprogramm bereits Schluss machte. Sie war natürlich bei Nagle gewesen und hatte die Erpressungszahlungen arrangiert. Anscheinend trafen sich die beiden im St. James Park. Er erkannte seine Chance, als er das Archiv betrat und sie über ihrer Cousine stehen sah. Er muss dicht hinter ihr gewesen sein, ehe sie etwas hörte. Und dann nahm er die Sache mit gewohnter Tüchtigkeit in die Hand. Er war es natürlich, der den Fetisch sorgfältig auf der Leiche zurechtlegte. Schon dieses Detail führte mich in die Irre. Irgendwie konnte ich mir nicht vorstellen, dass Marion Bolam eine solche verächtliche Abschiedsgeste fertig bringen würde. Aber es war trotzdem ein klarer Fall. Sie gab sich kaum Mühe, etwas zu verschleiern. Die Gummihandschuhe, die sie trug, stopfte sie wieder in die Tasche. Die Waffen, die sie sich aussuchte, waren die nächstliegenden. Sie versuchte keinen Dritten zu belasten. Sie versuchte nicht einmal falsche Fährten zu legen. Gegen achtzehn Uhr zwölf rief sie im Hauptbüro an und bat Nagle, er solle noch nicht wegen der Wäsche herabkommen; übrigens konnte er nicht wiederstehen, mich wegen dieses Anrufs anzulügen, was mir wieder Gelegenheit gab, ganz besonders raffiniert zu sein. Dann rief sie ihre Cousine an. Sie wusste natürlich nicht genau, ob Enid allein kommen würde, sodass ihre Geschichte stimmen musste; also verstreute sie die Krankenakten auf dem Boden. Dann wartete sie im Archivraum auf ihr Opfer; den Fetisch hatte sie in der Hand, den Meißel in der Tasche. Ihr Pech, dass Nagle heimlich in die Klinik zurückkehrte, nachdem er mit der Post unterwegs gewesen war. Er hatte Miss Bolams Anruf beim Sekretär mitgehört und wollte die Fenton-Akte an sich nehmen. Es war ihm sicherer, sie in den Boiler zu werfen. Als er auf die Mörderin stieß, musste er seine Pläne ändern und hatte keine Gelegenheit mehr zur Vernichtung der Akte, nachdem die Leiche entdeckt und der Archivraum versiegelt worden war. Schwester Bolam hatte sich den Zeitpunkt der Tat nicht aussuchen können. Sie hatte Mittwochabend erfahren, dass Enid ihr Testament ändern wollte. Freitag war der nächste Abend, an dem eine Lysergsäure-Behandlung stattfand und sie im Keller allein war. Sie konnte nicht früher handeln und wagte es nicht, länger zu warten.»

«Der Mord passte Nagle ausgezeichnet in den Kram», sagte der Chef. «Sie brauchen sich nicht zu ärgern, dass Sie sich auf ihn konzentriert haben. Aber wenn Sie unbedingt im Selbstmitleid versinken möchten, will ich Ihnen den Spaß nicht verderben.»

«Mag sein, dass ihm der Mord in den Kram passte – muss aber nicht unbedingt so gewesen sein», erwiderte Dalgliesh. «Warum hätte er die Bolam umbringen sollen? Außer dem schnellen Geldverdienen hatte er doch nur ein Ziel – er wollte das Bollinger-Stipendium antreten und sich ohne Ärger nach Europa absetzen. Er muss gewusst haben, dass es schwierig gewesen wäre, ihm die Fenton-Erpressung anzuhängen, selbst wenn der Sekretär die Polizei eingeschaltet hätte. Und auch jetzt haben wir nicht genügend Beweise, um ihn in dieser Sache anzuklagen. Aber bei einem Mord ist das anders. Jeder, der mit einem Mordfall in Verbindung kommt, muss damit rechnen, dass seine privaten Pläne durchkreuzt werden. Selbst ein Unschuldiger schüttelt diesen schmutzigen Staub nicht so schnell von den Füßen. Der Mord an der Priddy war etwas anderes. Mit einem Streich konnte er sein Alibi sichern, eine Last loswerden und sich der Hoffnung hingeben, die Erbin von annähernd dreißigtausend Pfund zu heiraten. Er wusste, dass er bei Marion Bolam kaum Chancen hatte, wenn sie erfuhr, dass die Priddy seine Geliebte gewesen war. Sie war nicht umsonst Enid Bolams Cousine.»

Der stellvertretende Polizeichef sagte: «Wenigstens haben wir ihn als Mitwisser, und das dürfte ihn für einige Zeit hinter Gitter bringen. Ich begrüße es, dass den Fentons die Peinlichkeit einer Aussage vor Gericht erspart bleibt. Aber ich bezweifle, ob die Anklage auf versuchten Mord durchkommt – nicht solange die Priddy bei ihrer Aussage bleibt. Wenn sie seine Geschichte weiter bestätigt, kommen wir nicht weiter.»

«Sie ändert ihre Aussage bestimmt nicht, Sir», sagte Dalgliesh bitter. «Nagle will natürlich nichts von ihr wissen, aber das ändert gar nichts. Sie hat nur einen Gedanken – wie sie ihr gemeinsames Leben gestaltet, wenn er freikommt. Und Gott steh ihr bei, wenn es wirklich so weit ist.»

Ärgerlich bewegte der stellvertretende Polizeichef seinen massigen Körper im Stuhl, schloss die Akte und schob sie über den Tisch.

«Das kann nun keiner mehr ändern – weder Sie noch sonst

jemand», sagte er. «Sie gehört zu dem Typ Frau, der sich schwungvoll die eigene Grube gräbt. Übrigens hat mir dieser Maler auf der Seele gelegen, Sugg heißt er. Was für ungewöhnliche Vorstellungen solche Leute von juristischen Verfahren haben! Ich sagte ihm, die Sache liege nicht mehr bei uns und habe ihn an die richtige Stelle verwiesen. Er will für Nagles Verteidigung zahlen, stellen Sie sich das vor! Er meinte, wenn wir einen Fehler gemacht hätten, würde die Welt ein bemerkenswertes Talent verlieren.»

«Das ist längst verloren», sagte Dalgliesh und dachte laut weiter: «Ich frage mich, wie gut ein Künstler sein müsste, ehe man ihm ein solches Verbrechen durchgehen ließe. Michelangelo? Velázquez? Rembrandt?»

«Na ja», sagte der stellvertretende Polizeichef leichthin. «Wenn wir uns mit solchen Fragen herumschlagen müssten, wären wir keine Polizisten.»

In Dalglieshs Büro war Martin mit der Ablage beschäftigt. Er warf einen Blick auf das Gesicht des Kriminalrats, sagte ruhig: «Gute Nacht, Sir», und ging. Es gab Situationen, denen er in seiner umkomplizierten Art lieber aus dem Weg ging. Kaum war die Tür hinter ihm zugefallen, klingelte das Telefon! Es war Mrs. Shorthouse.

«Hallo!», rief sie. «Sind Sie das? Verflixte Plage, bis man mal zu Ihnen durchkommt. Habe Sie heute vor Gericht gesehen. Aber Sie haben mich wohl nicht bemerkt, wie geht es Ihnen?»

«Danke, gut, Mrs. Shorthouse.»

«Ich glaube nicht, dass wir uns nochmal über den Weg laufen, und da dachte ich, ruf ihn doch mal an, um tschüs zu sagen und ein bisschen zu tratschen. In der Klinik ist so manches passiert, das kann ich Ihnen sagen. Erstens verlässt uns Miss Saxon. Sie wird im Norden in einem Heim für geistig zurückgebliebene Kinder arbeiten. Ein katholisches Heim, jawohl. Stellen Sie sich vor, sie haut ab, um in einem Konvent zu arbeiten! So was hat in der Klinik bisher noch keiner gemacht.»

Dalgliesh sagte, das könne er sich durchaus vorstellen.

«Miss Priddy ist in eine Lungenklinik versetzt worden. Mr. Lauder meinte, die Veränderung würde ihr gut tun. Sie hat einen schrecklichen Streit mit ihrer Familie gehabt und wohnt nun allein in einer Einzimmerwohnung in Kilburn. Aber das wissen Sie sicher alles. Mrs. Bolam ist in ein teures Pflegeheim bei Worthing gegangen. Natürlich von ihrem Anteil an Enid Bolams Geld. Armes Mädchen. Ich bin überrascht, dass sie es fertig bringt, einen Penny davon anzurühren.«

Dalgliesh war gar nicht überrascht, was er aber verschwieg.

«Und dann Dr. Steiner», fuhr Mrs. Shorthouse fort. «Der heiratet seine Frau.»

«Wie bitte, Mrs. Shorthouse?»

«Na ja, er heiratet sie zum zweiten Mal. Ganz plötzliche Entscheidung. Die beiden hatten sich scheiden lassen, und jetzt heiraten sie wieder. Was halten Sie davon?»

Dalgliesh sagte, entscheidend sei doch, was Dr. Steiner davon halte.

«Oh, der ist so glücklich wie ein Hund mit einem neuen Halsband. Und so was Ähnliches bekommt er ja auch, wenn Sie mich fragen. Es gibt Gerüchte, dass der Bezirksrat die Klinik schließt und alle in die Ambulanz eines Krankenhauses versetzt. Na ja, kein Wunder! Zuerst ein Dolchmord, dann ein Gasmordversuch und jetzt ein Mordprozess. Eigentlich gar nicht hübsch. Dr. Etherege meint, die Patienten regen sich darüber auf, aber ich habe bis jetzt noch nichts gemerkt. Die Ziffern sind seit Oktober ziemlich gestiegen. Miss Bolam hätte sich darüber gefreut. Die hat es ja immer mit der Statistik gehabt. Sicher, es gibt auch Leute, die meinen, es hätte den Ärger mit Nagle und der Priddy nicht gegeben, wenn Sie gleich auf den Richtigen gekommen wären – knapp verfehlt. Aber ich sage, Sie haben Ihr Bestes getan, und es hat ja im Grunde keinen nennenswerten Schaden gegeben.»

Keinen nennenswerten Schaden! Das war also der Nachruf auf sein Versagen, überlegte Dalgliesh bitter, als er den Hörer auflegte. Ihm genügte schon sein destruktives Selbstmitleid – auf die moralische Aufrüstung des stellvertretenden Polizeichefs, auf Martins Takt und Amy Shorthouses Zuspruch konnte er verzichten. Wenn er von seiner durchdringenden Niedergeschlagenheit loskommen wollte, brauchte er eine Erholung von Verbrechen und Tod, musste er mal einen Abend lang ohne den Schatten von Erpressung und Mord leben können. Ihm kam zu Bewusstsein, dass er am liebsten mit Deborah Riscoe zu Abend gegessen hätte. Wenigstens wäre das mal eine andere Sorge, die er sich auflud, überlegte er lächelnd. Er griff nach dem Telefon und hielt inne, gebremst von der alten Vorsicht, von der alten Unsicherheit. Er war ja nicht mal sicher, ob sie im Büro angerufen werden wollte und was sie bei Hearne & Illingworth für eine Position hatte. Dann erinnerte er sich, wie sie bei ihrem letzten Zusammentreffen ausgesehen hatte, und hob den Hörer. Er konnte doch wohl mit einer anziehenden Frau zu Abend essen, ohne vorher eine morbide Selbstanalyse durchzumachen! Die Einladung verpflichtete ihn zu nichts Schlimmerem, als dafür zu sorgen, dass sie einen angenehmen Abend verbrachte, und die Rechnung zu bezahlen. Und er hatte doch wohl das Recht, seinen Verleger anzurufen.

P. D. James

Adam Dalgliesh ist Lyriker von Passion, vor allem aber ist er einer der besten Polizisten von Scotland Yard. Und er ist die Erfindung von **P. D. James.** «Im Reich der Krimis regieren die Damen», schrieb die Sunday Times und spielte auf Agatha Christie und Dorothy L. Sayers an, «ihre Königin aber ist P. D. James.» In Wirklichkeit heißt sie Phyllis White, ist 1920 in Oxford geboren, und hat selbst lange Jahre in der Kriminalabteilung des britischen Innenministeriums gearbeitet.

Ein reizender Job für eine Frau
Kriminalroman
(23077)
Der Sohn eines berühmten Wissenschaftlers in Cambridge hat sich angeblich umgebracht. Aber die ehrfürchtig bewunderte Idylle der Gelehrsamkeit trügt.

Der schwarze Turm
Kriminalroman
(23025)
Ein Kommissar entkommt mit knapper Not dem Tod und muß im Pflegeheim schon wieder unnatürliche Todesfälle aufdecken.

Eine Seele von Mörder
Kriminalroman
(23075)
Als in einer vornehmen Nervenklinik die bestgehaßte Frau ermordet wird, scheint der Fall klar – aber die Lösung stellt alle Prognosen über den Schuldigen auf den Kopf.

rororo Unterhaltung

Tod eines Sachverständigen
Kriminalroman
(23076)
Wie mit einem Seziermesser untersucht P. D. James die Lebensverhältnisse eines verhaßten Kriminologen und zieht den Leser in ein kunstvolles Netz von Spannung und psychologischer Raffinesse.

Ein unverhofftes Geständnis
Kriminalroman
(26314)
«P. D. James versteht es, detektivischen Scharfsinn mit der präzisen Analyse eines Milieus zu verbinden.»
Abendzeitung, München

Ein Gesamtverzeichnis aller lieferbaren Titel von **P.D. James** finden Sie in der **Rowohlt Revue**. Vierteljährlich neu. Kostenlos in Ihrer Buchhandlung.
Rowohlt im Internet:
www.rororo.de